走向后人文主义
——理查德·罗蒂的文学理论和文化批评

刘剑 著

中国社会科学出版社

图书在版编目(CIP)数据

走向后人文主义：理查德·罗蒂的文学理论和文化批评/刘剑著.—北京：中国社会科学出版社，2018.11

ISBN 978-7-5203-1988-1

Ⅰ.①走… Ⅱ.①刘… Ⅲ.①罗蒂（Rorty，Richard McKay 1931—2007）-文学理论-研究 Ⅳ.①I0

中国版本图书馆 CIP 数据核字（2018）第 015720 号

出 版 人	赵剑英
选题策划	许 琳
责任编辑	慈明亮
责任校对	赵雪姣
责任印制	李寡寡

出　　版	中国社会科学出版社
社　　址	北京鼓楼西大街甲 158 号
邮　　编	100720
网　　址	http://www.csspw.cn
发 行 部	010-84083685
门 市 部	010-84029450
经　　销	新华书店及其他书店

印刷装订	环球东方（北京）印务有限公司
版　　次	2018 年 11 月第 1 版
印　　次	2018 年 11 月第 1 次印刷

开　　本	710×1000　1/16
印　　张	20.25
插　　页	2
字　　数	305 千字
定　　价	85.00 元

凡购买中国社会科学出版社图书，如有质量问题请与本社营销中心联系调换
电话：010-84083683
版权所有　侵权必究

从"非此即彼"到"亦此亦彼"
——刘剑与罗蒂的对话与潜对话
赵 勇

2004年7月,理查德·罗蒂来访北师大,2日安排了一场"分析哲学与叙事哲学"的演讲。我虽惦记着这个讲座,却只是到下午三点多才走进了主楼八层哲学学院的报告厅。姗姗来迟的原因是贪恋世界杯,那天看希腊—捷克队的半决赛至凌晨五点多,中午补觉睡过了头。到达现场时,演讲刚刚结束,互动已经开始。报告厅里座无虚席,演讲台与下面座位之间的空地上铺着地毯,一些听众席地而坐。不一会儿,坐在地上的一位同学获得提问机会,他接过话筒,由坐改为跪,开始说英语。他的跪姿立刻引来一片哄笑。我相信,那些笑声是善意的,那位同学也是无意的(因为坐着太低,角度不对),但我同时也想到,莫非这就是面见大师的一种姿态?

那次讲座之后,我买回来罗蒂的《偶然、反讽与团结》和《后哲学文化》,打算补补课,却一直没找出认真研读的时间。没想到的是,几年之后,刘剑跟罗蒂摽上了。

刘剑是我招收的第二届博士生,她来读博时已老大不小,就像我当年跟随童庆炳老师读博那样。在活蹦乱跳的年轻同学面前,年龄大者或许会心虚气短,甚至还会生出一些羞愧,但文艺学专业哪里是"不明真相的群众"理解的那样唱歌跳舞吃青春饭?它更需要积累、体验和人生阅历。这样,上点岁数又成了无价之宝。记得刘剑重回师大读书,理论功底已然不俗,嘴上功夫也很是了得。读书会上,她思路清晰,滔滔不绝,众同学听得一愣一愣的。当其时也,同样也老大不小的杨玲博士恰好来我这里进站读博后。或许是因为三观不同,个性迥异，加上杨玲研究粉丝文化，新潮且激进，刘剑浸淫于传统文论，保守又执着，她们俩便不时摆开大战三百合的擂台，你来我往，唇枪舌剑，从网下"掐"到网上，直到把某个学术问题争个底儿掉。现在想来，或许这就是人文主义与后现代主义、文学研究与文化研究之争的中国博士版本？

刘剑自然代表着人文主义的一方，她对人文主义的痴情显然也影响到了她的博士论文选题。2010年9月，刘剑给我写来长邮件，说选题一事。那个时候，中国的文化研究正轰轰烈烈着，但刘剑却不以为然。她说："我好像一直关心的就是文化研究走得有点过火了，尤其是我们这个现实国情，跟在人家后头大谈文化研究有点奢侈。……文化研究在中国不是批判权贵，而是有可能变成权贵的帮凶，变成旷新年说的'二奶'和'吊带衫'。"既然文化研究离国情太远，还越来越有可能滑向不切实际的文化政治，如何才能摆正自己的研究位置呢？刘剑的答案是人文主义："我感觉在伊格尔顿所说的'理论之后'，有必要重提'人文主义批评'。"

很显然，刘剑的问题意识是异常明确的，而这种问题意识也让她胃口大开——她想梳理"人文主义批评的发展脉络"，从亚里士多德谈起，途经新古典主义、启蒙主义、白璧德的新人文主义等，一直写到艾伦·布卢姆、玛莎·努斯鲍姆和理查德·罗蒂。当然，她也意识到如此操作的难度，便事先给自己留下退路："或者我可以仍然做罗蒂，从人文主义这个视角来做，联系以前提到的跟人文主义批评有关的那些人，把这些散落的珠子插入对罗蒂问题的阐释中去。"慎重考虑后，我"枪毙"了她的第一种做法，建议她在罗蒂与布卢姆之间好好琢磨一下，看哪个理论家分量既重，也能在做论文时学到更多东西。于是，刘剑选择了罗蒂。

我把刘剑选题的过程简略交代如上，一是想说明博士论文选题之难，二是也想指出，我的那次"阻拦"或许给刘剑带来了麻烦，她做论文时也就不得不承受额外的痛苦。有时候想想，做论文选题目大概就像找对象谈恋爱，最好是一见钟情、情投意合那种，这样每天守着它过日子才赏心悦目。当然，假如是"先结婚，后恋爱"，修炼到李双双同志那种境界，也未尝不是一件好事。怕的是脾气不对，性格不合，怎么看怎么不顺眼。假如选的是这种题目，这日子还怎么往下过？刘剑坦陈她"有逻各斯情结和确定性追寻"，这应该是人文主义和本质主义的流风遗韵；而罗蒂恰恰与本质主义不共戴天，他认为事物的内在与外在、现象与本质之别必须放弃，"我称放弃这种区别的企图为反本质主义"①。这就意味着罗蒂之于刘剑，虽然还到不了横挑鼻子竖挑眼的地步，但至少在气质上是比较拧巴的。刘剑在这本书中说："罗蒂是爬上了传统哲学'柏拉图—康德'的梯子，正当凌绝顶，已经决意要把那个梯子蹬掉的人，而我则四下罔顾，正在梯子中间的磴子上，临风飘摇。因为柏拉图和康德我还都没有读透，所以我最担心的一直是：被罗蒂抽掉梯子后，我会不会掉进虚无主义的万丈深渊？所以每一次阅读罗蒂都是在和梦魇决斗，他说服我一次，我就在心里埋葬过去的自己一次。而最痛苦的事情总是，我读到那些批评罗蒂的文章会觉得非常有道理，因为他们说出了我隐隐约约的怀疑，并且表达得那么清楚。"我很能理解这种痛苦，并且认为这种痛苦并不是一般做论文者所能体会到的。刘剑能够与之为伍，固然不幸得很，却也该是她的幸运所在。

都这样了，哪来幸运可言？这正是我想解释的地方。一般而言，守着心仪的对象做研究，往往是一个崇敬、膜拜、解读、释放的过程，这是一种顺向思维。这么做的好处自不待言，却也容易形成事故。莫蕾斯基（T. Modleski）曾经批评当下的大众文化研究者"一头浸淫于（大众）文化当中，半遮半掩地与他们的研究主体发生了爱恋"，"结果一来，他们或许就在不经意间，一手为大众文化写下满纸的歉语，一手却又紧抱大众文化的意识形态"②。——这里说的就是这种情况。刘剑与罗蒂拧巴着、别扭着，她就不可能顺竿爬，而是得时时检视罗蒂的观点是否正确，处处反思自己的价值观是否偏执，这么

---

① ［美］理查德·罗蒂：《后哲学文化》，黄勇编译，上海译文出版社2004年版，第136页。

② 转引自David Morley《电视、观众与文化研究》，冯建三译，远流出版事业股份有限公司1995年版，第60—61页。

来来往往，反反复复，就擦亮了眼睛，撞出了火花。这是逆向思维，是布莱希特所谓的"间离效果"，也是一步三回头、五里一徘徊的怀疑、辨析、批判和吸纳。在这种情况下，巴赫金所谓的"对话理论"就派上了用场。

依我看，正是这种对话意识，才让这本书具有了不少新意。而仔细琢磨，这种对话又是在两个层面上进行的。或者也可以说，书中对话由一明一暗两条线组成：明线是让罗蒂与众思想家对话，暗线则是作者与罗蒂的"潜对话"。罗蒂的思想资源是异常丰富的，除他青睐的三个哲学英雄（杜威、海德格尔、维特根斯坦）外，可以说从柏拉图开始，西方欧陆许多大牌思想家（如康德、黑格尔、尼采、弗洛伊德、伽达默尔、福柯、德里达、阿多诺、戴维森、哈贝马斯、施特劳斯等）已被他一网打尽，他们的思想也成了他改造的理论武器或攻击的批判对象。不仅如此，当罗蒂呼吁"背弃理论，转向叙述"① 时，首先是他自己身体力行，于是狄更斯、昆德拉、奥威尔、纳博科夫等小说家便进入他的视野，特里林、哈罗德·布鲁姆、艾柯、努斯鲍姆等文学理论家（他们有的同时也是小说家）也被他高度关注。面对如此庞杂的思想体系，刘剑没有让罗蒂单音独鸣，而是追求着一种众声喧哗的效果——在罗蒂与他人的对话中展示其思考，在比较的视野中完成对罗蒂的思想定位。一个巴掌拍不响，比较的好处之一是，你可以在两个人之间、多种理论之间东张西望，左顾右盼。这就是我所谓的"互看"，即通过甲的视角思考乙，再通过乙的视角琢磨甲。而比较的结果是要揭示甲与乙之间的异中之同与同中之异。例如，当刘剑把罗蒂与布鲁姆放到一起谈论时，她就必须回答为什么在捍卫经典的层面罗蒂成了布鲁姆的盟友（此为异中之同），也必须解释为什么他们捍卫的理由却不尽相同（此为同中之异）。然而如此比较，难度不可谓不大，因为你不仅要弄清楚罗蒂怎么说如何想，而且还要把康德、杜威、海德格尔、维特根斯坦、阿多诺、萨特、努斯鲍姆、斯坦

---

① ［美］理查德·罗蒂：《偶然、反讽与团结》，徐文瑞译，商务印书馆2003年版，第8页。

利·菲什、哈罗德·布鲁姆、艾伦·布卢姆等人请回来，供起来，使劲琢磨，如此"道生一，一生二，二生三，三生万物"，芝麻就变成了西瓜，蚂蚁也变成了大象，论述空间已被大大撑开，难度系数却也大大增加。我想，一般人是不敢如此操刀的，因为弄不好就会玩火自焚，死得难看，但刘剑就这么一路冲杀过来了。在这一点上，我真佩服她的胆量和勇气。

更值得注意的是刘剑与罗蒂的"潜对话"。如前所述，刘剑是"拧巴着"进入罗蒂的世界的，这显然有助于她用传统人文主义的冷峻眼光打量罗蒂。但罗蒂又是迷人的，他出没于"哲学文化"与"文学文化"之间，指点江山，激扬文字。在欧陆哲学家看来，这位"哲学叛徒"所倡导的"新实用主义"和"反讽主义"或许不够高大上，但就我有限的阅读，我觉得罗蒂应该是当今哲学界、思想界最接地气的理论家之一。他把高高在上仿佛远在天国的哲学加工再造，让它重新回到了人间，这样，他的理论就具有一种烟火气和在地性（locality）。刘剑面对这样一位不怎么受人待见的理论家，她必须调整姿态，展开一场排斥与吸纳的拉锯战，然后让"异质"的成分进入自己的思维框架中，这就需要对话和潜对话。巴赫金说："思想不是生活在孤立的个人意识之中，它如果仅仅留在这里，就会退化以至死亡。思想只有同他人别的思想发生重要的对话关系之后，才能开始自己的生活，亦即才能形成、发展、寻找和更新自己的语言表现形式，衍生新的思想。人的想法要成为真正的思想，即成为思想观点，必须是在同他人另一个思想的积极交往之中。"① 我不清楚刘剑当初是否意识到了巴赫金此说的重要性，但显然她像巴赫金说的那样做起来了，于是有了一系列重要发现。比如，她把罗蒂定位于"不够'左'的左派"，"不够'右'的自由主义者"和"不够'后'的后现代主义者"，就很有意思。她说"罗蒂意义上的后人文主义文学理论，既守护传统人文主义价值，又迎接后哲学文化的挑战，是用'后'学思想

---

① ［苏］巴赫金：《陀思妥耶夫斯基诗学问题》，白春仁、顾亚铃译，生活·读书·新知三联书店1988年版，第132页。

'重新表述'的人文主义批评",也很耐人寻味。凡此种种,我以为都与"潜对话"有关,是"以我观物"和"以物观我"的产物。

由此我也想到了罗蒂对昆德拉的引用。昆德拉说:"'非此即彼'的思维方式概括了人类没有能力容忍世间人事固有的相对性。"罗蒂不仅欣赏此说,而且认为,昆德拉与海德格尔虽然都在对付"西方形而上学传统"这一共同的敌人,但昆德拉的思路显然更为可取。① 这是不是意味着罗蒂更看重"亦此亦彼"?是不是意味着马克思主义的成分在罗蒂的思想谱系中主要体现为社会(底层)关怀,但一不留神,他也在方法论层面有了一些马克思主义的味道?因为恩格斯曾经说过:

> 一切差异都在中间阶段融合,一切对立都经过中间环节而互相转移,对自然观的这样的发展阶段来说,旧的形而上学的思维方法不再够用了。辩证的思维方法同样不知道什么严格的界线,不知道什么普遍绝对有效的"非此即彼",它使固定的形而上学的差异互相转移,除了"非此即彼",又在恰当的地方承认"亦此亦彼",并使对立通过中介相联系;这样的辩证思维方法是唯一在最高程度上适合于自然观的这一发展阶段的思维方法。自然,对于日常应用,对于科学上的细小研究,形而上学的范畴仍然是有效的。②

我这番"意识流"既是想说明罗蒂的思维特点,也是想提醒刘剑,假如她在琢磨罗蒂做论文时学会了"亦此亦彼",因而对其本质主义的世界观构成了某种冲击或补充,那将是她这次写作之旅的最重要收获。我一直觉得,博士论文的写作是研究的过程,但同时也是学习的过程,有些时候,后者的重要性甚至超过了前者。

---

① 参见[美]理查德·罗蒂《哲学、文学和政治》,黄宗英等译,上海译文出版社2009年版,第40—45页。
② 恩格斯:《自然辩证法》,《马克思恩格斯选集》第4卷,人民出版社1995年版,第318—319页。

说一说"刘剑论罗蒂"中我最感兴趣的两个方面吧,那里面或许就有"亦此亦彼"之音的鸣响。我曾经在阿多诺的"审美自主性"与萨特的"文学公共性"之间徘徊良久,却一直没有下决心去面对这一理论难题。而刘剑则在"个人完善和社会团结"的罗蒂式问题框架中提出并解决了这一问题。在刘剑看来,萨特梦想着改变现实,所以他对文学公共性情有独钟——这是不是本质主义式的一根筋?阿多诺对改变现实不抱希望,对文学艺术沦为宣传工具心存警惕,所以审美自主性就成了他打磨的思想利器。刘剑说:"阿多诺对艺术审美自主性和公共关怀无疑仍然内在于审美现代性话语,强调世界背后的理念、秩序、本质和真理。"——这是不是意味着强调"非同一性"的阿多诺其实也是一位本质主义者?而两位本质主义者干架,一者偏要打狗,一者硬要追鸡,最终的结果是不是只能鸡飞狗跳?但是,到了罗蒂这里,他的处理方式却发生了重大变化。刘剑说,他把社会正义(公众性)与神秘情感(审美)"各自分立,互补共存,不再做缝合一体的努力",结果这个无解的问题也就迎刃而解了。

正是刘剑的如此梳理引诱让我细读了《偶然、反讽与团结》,而罗蒂对纳博科夫与奥威尔的相关论述也让我颇感新颖。众所周知,《洛丽塔》出版之后,曾给文学界带来了极大的道德恐慌和审美麻烦。直到它面世50年后,我的朋友李建军先生还把纳博科夫看作"道德冷淡症"的"典型患者",而《洛丽塔》则"是一个本质上很乏味很无聊的故事"[①]。《1984》面世以来,尽管它在批判极权主义的层面颇受好评,却也面临着文学性差或审美意味不足的种种指责。纳博科夫认为,小说存在的价值在于它能提供所谓的"审美极乐"(aesthetic bliss),而"观念文学"(Literature of Ideas)只能制造出一些"话题垃圾"(topical trash)。于是他直接把巴尔扎克、高尔基、托马斯·曼看作这种垃圾制造者,奥威尔显然也能归入此类。[②] 但是,假如奥威

---

① 李建军:《小说的纪律:基本理念与当代经验》,江苏文艺出版社2009年版,第13、15页。

② See Richard Rorty, *Contingency, Irony and Solidarity*, Cambridge: Cambridge University Press, 1989, pp.144–145.

尔能够活到《洛丽塔》面世,致力于"使政治性写作成为一门艺术"①的他是不是也会觉得纳博科夫很无聊?那么,究竟该如何解决这一矛盾呢?罗蒂指出,如果我们相信"作家的目标"或"文学的本质"之类的宏大叙事,那么就应该把奥威尔与纳博科夫调和起来,但实际上又是不可能的。因为"对于某些作家来说,追求私人完美乃完全合理之目标,柏拉图、海德格尔、普鲁斯特、纳博科夫等作家属之,他们共享着某些天资。对于另外一些作家而言,服务于人类自由乃非常合理之鹄的,狄更斯、穆勒、杜威、奥威尔、哈贝马斯、罗尔斯等人属之,他们共享着另一些才能。人为设置'文学'、'艺术'或'写作'种种名目,试图将这些不同追求放在同一个天平上衡量,乃毫无意义之举。同理,试图将这些追求统合到一起,也无济于事。"②这样一来,纳博科夫与奥威尔就可以各自运行在自己的价值轨道上,各司其职,各管一方,共同把文学的某种功能推向极致了。

这是典型的"亦此亦彼"。在别人那里,审美性与公共性的矛盾曾闹得不可开交,但罗蒂却悬置了矛盾,也消解了这一问题。在绝对主义批评家(absolutism critic)看来,如此做法简直是大逆不道,罪该万死。但我们不得不承认,这确实也是解决问题的一种办法,因为它符合文学发展的实际情况。而从文学史的角度看,在不同的历史阶段,也确实存在着或者"为人生而艺术"或者"为艺术而艺术"的作家作品。他(它)们此消彼长,构成了向文学外部扩张与向文学内部掘进的不同通道。

另一个"亦此亦彼"的案例体现在罗蒂对文学研究与文化研究的态度上。刘剑分析过罗蒂对布鲁姆的支持和对杰姆逊的批评之后如此总结道:"杰姆逊(Fredric Jameson)等人认为现在是文化研究的时代,纯粹的文学研究已经过时了,这种看法是罗蒂所不能接受的。他

---

① [英]乔治·奥威尔:《政治与文学》,李存捧译,译林出版社2011年版,第415—416页。

② [美]理查德·罗蒂:《偶然、反讽与团结》,徐文瑞译,商务印书馆2003年版,第206页。此译文根据原文略有改动。Richard Rorty, *Contingency, Irony and Solidarity*, p. 145.

认为最好的状况可能是,文学研究和文化研究并存。"罗蒂的这种思路是很能让我心有戚戚的。因为九年前,我曾写过一篇文章——《在文学研究与文化研究之间——对一种新的研究范式的期待》(《湛江师范学院学报》2008年第5期),但我当时并不知道罗蒂有如此高见。在这个问题上,罗蒂为什么又要"亦此亦彼"呢?根子大概在他对新左派(文化左派)的失望那里。20世纪60年代之后,那个重在社会参与的老左派(改良左派)衰落了,取而代之的是待在学院中做冷眼旁观状的新左派。新左派把"差异政治"挂在嘴边,做"文化研究",讲"文化认同",批"晚期资本主义",但他们的所作所为就像朱学勤所谓的"在文化的脂肪上搔痒"①一样,自己搔得固然舒坦,却于世无补。于是罗蒂指出:

> 这种残余左派(residual Left)和学院左派(academic Left)的区别可从两类读者的阅读中一见分晓:其一是读托马斯·盖根(Thomas Geoghegan)《你站在哪一边?》(*Which Side Are You On?*)——该书对工会如何失败的解释精彩绝伦——之类著作的人,其二是读弗雷德里克·杰姆逊《后现代主义,或晚期资本主义的文化逻辑》(*Postmodernism, or The Cultural Logic of Late Capitalism*)的人。杰姆逊的书同样精彩,但阐述得过于抽象,无法掌握任何具体的政治主动权。读过盖根之后,你会关注一些事情,且知道该怎么做;而读过杰姆逊之后,你几乎事事明白,但就是无从下手。②

这里所谓的"残余左派"即改良左派的残余,而学院左派就是文化左派。从以上论述可以看出,罗蒂对劳工律师盖根那样的老左派颇有好感,因为他们参与在日常政治活动之中,并能召唤出人们的行

---

① 参见朱学勤《书斋里的革命》,长春出版社1999年版,第168—175页。
② Richard Rorty, *Achieving Our Country: Leftist Thought in Twentieth-Century America*, Cambridge, MA.: Harvard University Press, 1998, p.78. 中译文参见[美]理查德·罗蒂《筑就我们的国家》,黄宗英译,生活·读书·新知三联书店2006年版,第57页。

动。而对于新左之王杰姆逊，罗蒂就不敢恭维了，他觉得杰姆逊批判资本主义费了九牛二虎之力，实际上却是让人找不着北。这种"前见"显然也延伸在罗蒂对文化研究的判断中。1982 年，罗蒂离开分析哲学的大本营普林斯顿大学，前往弗吉尼亚大学担任凯南人文讲座教授，此后他关注文学也就有了更多的理由。那个年代，美国正在经历着"开放经典"（open the canon）和"捍卫经典"的文化大战，文化研究者鼓吹前者，文学研究者专注于后者。在这场大战中，布鲁姆横刀立马，倡导审美价值，痛斥"憎恨学派"（School of Resentment），似乎是以一己之力抵挡着文化研究的凌厉攻势。这时候，罗蒂出场了，他挺布鲁姆，贬杰姆逊，也把布鲁姆的担心变成了他自己的忧虑："如果文学系变成文化研究系，它们开始时会希望做迫切的政治工作，但会以训练学生用行话表达憎恨而告终。"① 当然，他并没有像布鲁姆那样感情用事，而是以哲学家的冷静和敏锐，力陈文学经典如何具有"激励价值"（inspirational value），布鲁姆的工作如何具有现实意义，并由此指出了布鲁姆与杰姆逊的重要区别："布鲁姆之于杰姆逊如同 1930 年代的怀特海（A. N. whitehead）之于艾耶尔（A. J. Ayer）。怀特海代表着卡里斯玛、天才人物、罗曼蒂克与华兹华斯。他像布鲁姆一样赞同歌德的如下观点：因敬畏而战栗，此乃人类的卓越本性。与此相反，艾耶尔则象征着逻辑、揭露与知性。他想让哲学成为科学团队之事，而不是借助于英雄人物的创造性突破。"于是，在怀特海把敬畏而发抖看作人类本性的地方，艾耶尔却把它看成了"神经病症状"。②

　　罗蒂如此解读布鲁姆与杰姆逊，确实让人耳目一新。而更重要的还在于，在罗蒂看来，人文科学不能仅仅成为知识生产基地，它还应该生产希望。这样一来，布鲁姆所代表的这一极就与"诗与远方"紧

---

　　① ［美］理查德·罗蒂：《哲学、文学和政治》，黄宗英等译，上海译文出版社 2009 年版，第 117 页。

　　② Richard Rorty, *Achieving Our Country: Leftist Thought in Twentieth-Century America*, pp. 128-129. 中译文参见 ［美］理查德·罗蒂《筑就我们的国家》，黄宗英译，生活·读书·新知三联书店 2006 年版，第 95 页。

密相连，杰姆逊所代表的那一极则冷冰冰，很理性，味同嚼蜡，毫无诗性可言。但是很显然，他也不主张抛弃杰姆逊，因为正如哲学系同时需要怀特海和艾耶尔才能健康发展一样，文学系也应该同时需要布鲁姆与杰姆逊。这样，布鲁姆所倡导的文学研究与杰姆逊所推重的文化研究就可以并驾齐驱了。

实际上，以上这番是是非非，刘剑已在书中做过梳理。我之所以要重新描述一番，是想以此说明杰姆逊与布鲁姆在中国接受的不同待遇。众所周知，自从杰姆逊1985年来北大讲学，其讲演录《后现代主义与文化理论》也随之面世后，他就成了一颗照亮中国人文学科的学术明星。可以毫不夸张地说，当年中文系的学人，无论是教师还是学生，没受过杰姆逊学说影响的人微乎其微。我就记得1987年初读杰姆逊所带来的巨大震撼。从此之后，杰姆逊的著作文章被源源不断地翻译过来，好多学人也成了他的拥趸或粉丝。相比之下，虽然早在1989年布鲁姆也随其《影响的焦虑》进入中国，却远不如杰姆逊那么吃香，他的知名度只是在其《西方正典》（2005）被翻译过来之后才略有提高。然而，无论是布鲁姆唱"经典悲歌"，还是念叨"哀伤的结语"①，中国的文化研究者似乎都没太把他当回事，因为被杰姆逊等人的理论洗脑之后，中国学界的文化研究正高歌猛进着，文化研究者已很难听得进布鲁姆的喃喃自语了。而那个时候，我的导师童庆炳先生也正与文化研究倡导者车轮大战着，他对审美的守护，对诗意的捍卫，活脱脱就是布鲁姆现身。现在想来，中国的文学研究（文化诗学）与文化研究之争，是否也可看作布鲁姆—杰姆逊之争的遥远回响？但遗憾的是，在这场争论中，似乎并无力挺中国布鲁姆的罗蒂式人物出场。于是，今天重新琢磨罗蒂的这番思考，它对中国文论界的意义也就依然不可低估。因为，尽管我觉得杰姆逊对于中国学界很重要，但引入布鲁姆的维度，却有助于打破杰姆逊的垄断格局，也有助于改变中国学者的思维法式，是很能够给中国的文化研究者败败火、

---

① 参见［美］哈罗德·布鲁姆《西方正典》，江宁康译，译林出版社2005年版，第11、409页。

降降温的。罗蒂曾以哲学系"老司机"的口气说:"我毫不怀疑,30年后,文化研究将成为明日黄花,如同逻辑实证主义得势30年就衰落了一样。"① 这番预言出现在1996年,这么说,文化研究在美国的好戏也就只有十年左右的光景了?中国的文化研究者是否也能从这番预言中得到某种警示?

我想,这就是刘剑研究罗蒂的价值和意义。对于中国学界来说,罗蒂显然不是大力丸,而是清醒剂。他的一招一式,他的亦此亦彼,或许能给我们带来种种启迪;而他把反本质主义立场与后人文主义追求奇妙地"接合"起来的方式,或许也能让我们深长思之。正是在这一意义上,我得感谢刘剑,因为她当年的那篇论文和今天的这本书逼住了我,我才读了点罗蒂。而就这么一点点,已让我喜欢上了这个美国老头儿。因为他有趣,是个明白人,更重要的是,他不装。

但我对刘剑也有不太满意的地方。她做完这篇论文后,似乎就刀枪入库,马放南山了。结果,别的文章层出不穷,有关罗蒂的论文却没有发表几篇。我以为,大个儿东西固然需要"十年磨一剑",但"不时放几枪"也是必需的。千万不能"悄悄地进村,打枪的不要"。因为一旦准备"放枪",你就得对其章节充实、完善、巩固、提高,因此,"放枪"其实是为了更好地"磨剑"。当然,一次性推出也有其好处,因为它可以一鸣惊人。

我是希望刘剑能一鸣惊人,能真正成为罗蒂研究专家的。这样,以后不管再做什么研究,有罗蒂这碗酒垫底,一切就都可以心平气和、心明眼亮了。

2017年8月20日

---

① [美]理查德·罗蒂:《筑就我们的国家:20世纪美国左派思想》,黄宗英译,生活·读书·新知三联书店2006年版,第97页。

目　录

绪论 …………………………………………………………（1）
第一章　"理论"之后，走向人文 …………………………（10）
　第一节　罗蒂与人文主义 ………………………………（10）
　　一　生平经历 …………………………………………（10）
　　二　思想发展 …………………………………………（12）
　　三　一生情结 …………………………………………（13）
　　四　回到人文主义 ……………………………………（15）
　第二节　研究综述 ………………………………………（18）
　　一　国内研究 …………………………………………（18）
　　二　国外研究 …………………………………………（20）
　第三节　选题意义、研究方法和创新点 ………………（23）
　　一　选题意义："理论"之后，走向人文 ……………（23）
　　二　研究方法 …………………………………………（25）
　　三　创新点：后人文主义的视角 ……………………（26）
第二章　罗蒂的后人文主义思想 …………………………（28）
　第一节　传统人文主义批评及其内在困境 ……………（29）
　　一　发展脉络 …………………………………………（30）
　　二　基本价值 …………………………………………（37）
　　三　内在困境 …………………………………………（40）
　第二节　罗蒂哲学的思想渊源 …………………………（42）
　　一　后现代转折：海德格尔与欧陆思想的影响 ……（43）
　　二　语言论转向：维特根斯坦与英美经验主义—分析
　　　　哲学 ………………………………………………（47）

三　新实用主义：从杜威的"经验"到罗蒂的
　　　　"语言" …………………………………………………… (50)
第三节　后人文主义 ……………………………………………… (54)
　　一　后哲学文化及其特点 ………………………………………… (55)
　　二　文学文化 ……………………………………………………… (58)
　　三　后人文主义的关怀 …………………………………………… (61)

第三章　后人文主义的文学理论 ………………………………………… (67)
第一节　文学阐释：从本质主义到反本质主义 ………………… (68)
　　一　独断型阐释与探究型阐释 …………………………………… (69)
　　二　诠释本文和使用本文 ………………………………………… (73)
　　三　发现意义还是建构意义 ……………………………………… (76)
　　四　客观标准与协同共识 ………………………………………… (79)
　　五　激发灵感与回归人文 ………………………………………… (81)
第二节　文学经典：永恒的经典与动态的经典 ………………… (84)
　　一　从本质主义到功能主义：罗蒂与哈罗德·布鲁姆 …… (85)
　　二　诗性与正义：罗蒂与玛莎·努斯鲍姆 ………………… (92)
　　三　走出自我中心获得救赎 ……………………………………… (98)
第三节　文学批评：强读者的批评模式 ………………………… (105)
　　一　理论与批评：浪漫主义与后人文主义 ……………………… (107)
　　二　后人文主义批评与解构批评 ………………………………… (122)
　　三　读者反应批评与后人文主义批评 …………………………… (132)
第四节　文学价值：个人完善与社会团结 ……………………… (137)
　　一　置身偶然的世界 ……………………………………………… (138)
　　二　"正视反讽"还是"期待救赎" ……………………………… (149)
　　三　文学的自主性与公共性 ……………………………………… (163)

第四章　后人文主义的文化批评 ………………………………………… (180)
第一节　罗蒂与文化左派：不够"左"的左派 ………………… (181)
　　一　知识分子和民族认同 ………………………………………… (181)
　　二　改良左派与文化左派 ………………………………………… (186)
　　三　罗蒂与马克思主义的纠结 …………………………………… (192)

第二节　罗蒂与新保守主义：不够"右"的自由主义者……（196）
　　　　一　罗蒂与列奥·施特劳斯的潜在对话 ………………（196）
　　　　二　罗蒂与艾伦·布卢姆的争论 ……………………（208）
　　　　三　自由左派的立场…………………………………（221）
　　第三节　罗蒂与后现代主义：不够"后"的后现代
　　　　　　主义者 ……………………………………………（229）
　　　　一　现代与后现代：新实用主义的哲学观 …………（230）
　　　　二　保守与创新：新浪漫主义的美学观 ……………（238）
　　　　三　反讽与自由：后人文主义文化政治观 …………（244）

第五章　后人文话语的意义与局限 ……………………………（250）
　　第一节　后人文关怀与当代思想论争 …………………（250）
　　　　一　反反种族中心主义………………………………（250）
　　　　二　消解二元对立思维………………………………（256）
　　　　三　人文主义的批判智慧……………………………（263）
　　第二节　后人文话语与中国现代性语境 ………………（267）
　　　　一　区分公共领域和私人领域 ……………………（267）
　　　　二　中西"文化左派"的批判与建构 ………………（275）
　　　　三　作为立法者与阐释者的知识分子 ……………（281）

结语 ………………………………………………………………（287）
参考文献 …………………………………………………………（292）
后记 ………………………………………………………………（304）

绪 论

理查德·罗蒂（Richard Rorty, 1931—2007）作为后哲学文化的开拓者和杰出的公共知识分子，在西方学界一直是一位影响巨大而又争议颇多的人物。正如美国法学家波斯纳所指出的那样，"我们生活在一个像经济学家罗纳德·科斯和格莱·贝克，哲学家约翰·罗尔斯和理查德·罗蒂，文学批评家斯坦利·费什在法学界成为真正在场的时代"[①]。无论作为生活中的人，作为传统哲学的批判者，还是公共领域的知识分子，罗蒂一直对文学寄托颇深。罗蒂的所谓"后哲学文化"即"文学文化"，是一个"人文主义的乌托邦"[②]，文学叙事作为偶然、反讽、多元、小写真理的体现者，深受罗蒂新实用主义哲学的青睐。有别于很多后现代哲学家强烈批判人文主义传统，罗蒂在抽掉哲学本质主义的根基后，仍常以"我们人文主义者"自居。本书试图从"后人文主义"的视角来探讨罗蒂的文学理论和文化批评。

罗蒂是个强辩的人，生前自顾在哲学界和人文社科的公共领域厮杀，不怕得罪学界，也不怕得罪朋友；罗蒂的哲学也是强辩的，他条分缕析分析欧陆哲学和英美哲学的汇合点和分歧处，处处透着洞见，又能把自己的观点一以贯穿。正如学者刘擎所言，他是一个不够"左"的左派，不够"后"的后现代主义者[③]。他开启了哲学的语言学转向和后现代转向，《语言学转向》和《哲学和自然之镜》之后，传统哲学再也

[①] Richard A. Posner, *Overcoming Law*, Harvard University Press, 1995, p. vii. 中译本为[美]波斯纳《超越法律》，朱苏力译，中国政法大学出版社2001年版。

[②] 王俊:《译者序》，[美]理查德·罗蒂:《哲学的场景》，王俊、陆月宏译，上海译文出版社2009年版，"译者序"第3页。

[③] 刘擎:《领略罗蒂》，《声东击西》，新星出版社2005年版，第45页。

无法面对语言学和阐释学的后现代语境而闭起眼睛。他用皇皇巨著阐释自己的思想和信念，和人论辩总是保持着风度和优雅。他从不把话说得咄咄逼人，和他相比，他的那些批评者总是显得气急败坏。

嵇中散临行东市，说到《广陵散》于今绝矣。罗蒂离世后，我想他的哲学不怕从此高山流水无知音；罗蒂是个乐观的实用主义者，不怕别人说他庸俗，也不会担心自己身后这哲学成为别人批评的靶底。不相信确定"真理"的罗蒂倒是能赞同那变动中的"真理"是会越辩越明的，而能够特立独行弹奏出时代强音的人总是需要有特殊的内力。如此说来，我每次面对罗蒂时的惶恐不安无疑说明了自己的内力不足——学识上的内力不足再加上"形而上学"思想根深蒂固。

乔纳森·卡勒（Jonathan D. Culler）曾经说过："实用主义者，如罗蒂或斯坦利·费什（Stanley Fish）要求我们不要老是去问那么多的问题的这种观点实际上是想过河拆桥。想一脚踢掉他们自己借以爬上学术研究顶峰的梯子，彻底否认这种梯子对后人的作用。"① 我总是感觉这个"梯子"的比喻无比形象，罗蒂是爬上了传统哲学"柏拉图—康德"的梯子，正当凌绝顶，已经决意要把那个梯子蹬掉的人，而我则四下罔顾，正在梯子中间的磴子上，临风飘摇。因为柏拉图和康德我还都没有读透，所以我最担心的一直是：被罗蒂抽掉梯子后，我会不会掉进虚无主义的万丈深渊？所以每一次阅读罗蒂都是在和梦魇决斗，他说服我一次，我就在心里埋葬过去的自己一次。而最痛苦的事情总是，我读到那些批评罗蒂的文章会觉得非常有道理，因为他们说出了我隐隐约约的怀疑，并且表达得那么清楚。不管是翟振明关于超越交互主义的质疑，还是理查德·沃林一点都不客气的批评②，我都有很大一部分深以为然并拍手称快。于是我总有这样的感觉，这个人

---

① ［英］柯里尼：《导论》，［意］艾柯等《诠释与过度诠释》，王宇根译，生活·读书·新知三联书店1997年版，第17页。

② ［美］理查德·沃林：《文化批评的观念》，张国清译，商务印书馆2007年版，第242页。在《新实用主义的重新语境化：罗蒂反基础主义的政治意义》一文中，沃林批评罗蒂把哲学还原成一种上流社会的娱乐，一种审美的智力游戏，其洋洋洒洒阐发的不过是某种新自由主义的护教学。

这个题目可能是我驾驭不了的，因为我在阅读他的时候变成了"墙头草"。这样的情况对于一向以"固执"著称的我来说是很少见的。

那么为什么还是选择了罗蒂呢？与罗蒂相识，似乎是很早以前的事情了。

那应该是在 2003 年，我还在读硕士的时候，因为读利奥塔和哈贝马斯关于现代性和后现代性的争论，我找到了王岳川老师主编的《后现代主义文化与美学》那本书，在这场关于现代与后现代的恶战中，罗蒂的披肝沥胆和游刃有余让我惊愕、赞叹，使我继阅读罗素之后对英美哲学经验主义的思路又有了更深一层好感。我的感觉是，德法哲学界的两大高手在那里真刀真枪正打得不可开交，罗蒂出现了，恰似世外高人，把两个人的招式一一点破。然后说，别打了，你们这样打下去对解决问题根本无益，我告诉你们杜威遇到这种情况会怎么办吧。大有"螳螂捕蝉，黄雀在后"之势，那种清晰和严谨，真是帅呆酷毙了。

2004 年 7 月罗蒂访华，到北师大来做讲座。我不是一个有偶像崇拜的人，所以放了暑假就逃离北京的暑热回了家里，也没有因为罗蒂再度起程返京。再一次认真阅读罗蒂是 2009 年的事情了。当时随我的博士生导师赵勇先生做一本教材，我恰好负责写"文学阐释"一章，关于阐释的有效性和开放性问题，有逻各斯情结和确定性追寻的我和深受后现代思想影响的杨玲师姐展开争论，酣战不已。后来常培杰师弟像罗蒂一样站出来说，暂停，我告诉你们罗蒂有个好主意，既不放弃刘剑师姐人文主义的追求，也不触犯杨玲老师本质主义的大忌，是为"反本质主义的人文主义"。

这么好的东西马上让我眼前一亮，想看看这个故人罗蒂到底又说了什么，于是过了两天就到盛世情书店找书，这本书就是 2009 年出版的一套罗蒂自选集中的一本——《哲学、文学和政治》。我在入手这本书初读罗蒂之后很有感觉，动了想以罗蒂为选题做博士学位论文的念头，又担心自己放下博大精深的法兰克福学派研究和比较流行的媒介文化理论，转头去攻读这样一个似乎不太入流的美国后现代哲学家，是不是有点不走寻常路。于是怀着忐忑的心情写邮件与赵老师谈了想法，没想到很快得到了赵老师的回复和首肯，并继续提供了一些相关书目鼓励我做更深入的研读。

关于现代性和阐释，我两度在自己关心的问题上和罗蒂相遇，而他总能给我以教益。这使我留心是否可以多多挖掘这个人的思想宝藏。还有一个问题就是哲学、文学和政治的关系，以及当今全球化和大变动时代知识分子的角色问题。罗蒂对"文化左派"的批判，也使我如遇知音，感叹不已。在《筑就我们的国家》中，罗蒂指出美国学院左翼大声呼吁身份政治，却为此不顾牺牲美国底层的经济利益。这些"文化左派"躲进理论的象牙塔里，不再试图参与和力求改变公共生活。2016年，唐纳德·特朗普的当选让无数进步派和建制保守派惊讶不已，而罗蒂早在1998年就曾经洞若观火地写道："工会成员和没有组织起来的非技术熟练工人，迟早会意识到，他们的政府根本没有采取任何措施防止工资下降或工作机会外流。与此同时，他们可能会意识到，郊区的白领工人不会愿意多缴税来为他人提供社会福利，因为他们担心自己的生活水平会下降。这时就会出现社会危机。郊区之外的选民会认为，这个制度已经失败，并开始四处寻找一个铁腕人物来投票支持他。"①

罗蒂在2007年去世，所以我们永远不知道他对特朗普此番胜选会做何感想。罗蒂当年的很多提议似乎成为特朗普击破学院左派理论铁幕，从而重新赢得选民支持的施政纲领，而特朗普似乎正是罗蒂当年的"远虑"中那个会应运而生、能鼓动起民粹主义力量的政治强人。哈佛大学出版社人文学科的执行主编林赛·沃特斯（Lindsay Waters）这样评价他的故友："罗蒂是一个有大局观的人。他受到艾默生和威廉·詹姆斯的启发，关注美国的灵魂，关注美国发生了什么。我想这是他和其他人最不同的地方之一。他敢于思考国家以及什么才对国家有益。"②

---

① ［美］理查德·罗蒂：《筑就我们的国家》，黄宗英译，生活·读书·新知三联书店2006年版，第66页。

② 转引自宋奇光《斯坦福大学教授理查德·罗蒂：预言大选结果的哲学家》，《文汇报》2016年12月2日。

正如理查德·沃林（Richard Wolin）所说，罗蒂赞同的哲学英雄尼采、海德格尔、德里达等，都是哈贝马斯所说的审美无政府主义者，无论是极右还是极"左"，他们在政治上的选择都是激进的。而罗蒂却能用这些人的方法论捍卫自由主义的理念和政治实践，保持和哈贝马斯、罗尔斯大致相同的温煦的政治立场。这在沃林看来，是在他的激进的后现代哲学观和新保守的政治立场之间，存在着无可缝合的矛盾和裂缝。而我则认为，他是在后形而上学时代，用一套全新的哲学语言使人文主义再度焕发出光彩。

因此，本书把以罗蒂为代表的文学理论，称作"后人文主义"批评。"什么是'后人文主义'"？后人文主义理论家凯瑞·沃尔夫（Cary Wolfe）曾经在专著《什么是后人文主义？》（*What Is Posthumanism?*）对此问题做出过不同程度的解答。正如格雷格·波洛克（Greg Pollock）所言："在沃尔夫看来，后人文主义是摆在我们面前的一系列问题以及探讨这些问题的方法，因为我们再也无法依赖作为一种自足的、提供给我们赖以了解世界的阿基米德支点的理性存在的'人'（the human）了。"王宁老师谈道："后人文主义是伴随着人文主义的危机而来的，它的来临意味着在人文主义时代的那种人类无所不在并具有强大作用的角色已经趋于终结，人类进入了一个'后人类'（posthuman）的时代。"① 笔者认为，罗蒂意义上的后人文主义文学理论，既守护传统人文主义价值，又迎接后哲学文化的挑战，是用"后"学思想"重新表述"的人文主义批评。本书试图界定罗蒂意义上的"后人文主义"，并阐明它和传统人文主义批评的联系与区别。

如果我们回首历史，就可以看到传统人文主义批评曾经在整个现代性进程中，为不同共同体中的人们经由文学想象去寻求诗性正义②（poetic justice）、建构理想的公共生活起过积极的作用。国内学界先有20世纪90年代陈思和、王晓明等批评家对"人文精神"的提倡，

---

① 王宁：《"后理论时代"的理论风云：走向后人文主义》，《文艺理论研究》2013年第6期。

② ［美］玛莎·努斯鲍姆：《诗性正义：文学想象与公共生活》，丁晓东译，北京大学出版社2010年版。

近年也有夏志清、王德威、李欧梵为代表的海外文学批评对人文精神和人文主义的强调，本土也有吴亮、赵勇、李建军等批评家在批评实践中对人文价值的肯定，梳理传统人文主义这条线索对当下的批评理论是有意义的。

目前国内外学术界随着"后"学理论的流行和社会学研究的兴起，文学阅读已成式微之势。"后"学通过解构"理性"和"主体性"，鼓吹相对主义，听任价值虚无。在各种"后"学流行过的"理论之后"（伊格尔顿语），面临新媒介时代对"人"的湮没，以及消费社会对理想主义的侵蚀，我们有必要重新回到"人文"阅读，为在后现代荒原中流浪的人们找到价值皈依。而以罗蒂为代表的后人文主义版本，对传统人文主义价值理念既有继承，又有超越，我们很有必要进行了解，以应对本土语境中的一些焦点问题。

本书第一章介绍了罗蒂与人文主义的关系，本论题的研究意义、研究方法以及创新之处。罗蒂自小成长于自由主义人文主义知识分子家庭，杜威的实用主义哲学和特里林的人文主义文学趣味给他终生影响。从罗蒂的生平经历和思想发展可以看出，托洛茨基和野兰花是他一生的情结，怎样把前者代表的社会正义和后者代表的私人完美统合在一起，是他走上哲学之路时最初的关怀。

第二章论述罗蒂后人文主义思想的来源及主要内涵。第一节追溯传统人文主义批评的发展脉络。从新古典主义者到新人文主义者，再到新批评，以及当代人文阅读的提倡者，它以保守主义的政治观、启蒙主义的哲学观、古典主义的美学观以及精英主义的批评观为基本价值诉求。传统人文主义批评历经新古典主义、新人文主义和新批评等各个阶段，以启蒙哲学为基础，崇尚保守主义的政治观和古典主义的美学观。但是在后现代思潮和各种新马克思主义的冲击下，其"人性""理性"等审美现代性话语面临新的困境。第二节探讨罗蒂思想的哲学渊源，在经历后现代转折、语言学转向之后，罗蒂以新实用主义思想实现了对英美与欧陆哲学的批判综合。尼采、海德格尔哲学的反本质主义、浪漫化倾向，维特根斯坦的语言哲学对"语言游戏"的强调，以及詹姆斯和杜威的实用主义，都给予罗蒂很深的影响。罗蒂的新实用主义不再强调"经验",而是强调"语言"。他接过传统的人文主义关怀,但用一套完全不同的"后哲学"词汇对之进行"重新描述"。第三节阐明什么是"后人文主义"。以"后哲学文化"为背景,"后人文主义"是一种"人文主义的有限主义"(humanistic finitism)①。一方面它是"后"学反本质主义的,正面迎对各种后现代境遇的挑战;另一方面它又是自由人文主义的,并不抛弃弥足珍贵的人文理想。它正视人生的有限和偶然,以弱理性取代强理性,是一种整体主义的文化,具有文学文化的特点和实用主义的关怀。

第三章论述罗蒂后人文主义的文学理论。第一节在文学阐释上,罗蒂坚持反本质主义的阐释观。他认同戴维森的语境理论,主张探究性阐释而非独断性阐释;认为意义是建构出来的,而非被发现的;"诠释"本文总已经在"使用"本文;因此划定"过度诠释"的界限就是对读者的想象力画地为牢;因为阐释并没有客观标准,而只有特定解释社群的协同共识,因此意义的合理性只存在于一个"文化达尔文主义"的历史选择过程中。第二节谈罗蒂的文学经典观也是功能主义的,"经典"就是那些能给人们带来兴奋和希望的书籍,不是因为它是经典人们才去阅读它,而是因为总有好多人在阅读它才成为经典。因此罗蒂认为没有永恒的、封闭的经典,只有动态的、开放的经典。他支持哈罗德·布鲁姆"捍卫经典"的声音,但是他对"文化研究"的不满却和布鲁姆并不全同;在罗蒂看来,以杰姆逊为代表的学院批评在"政治正确"的名义下,以冷漠的学术知性取代了文学阅读的灵感想象。罗蒂像玛莎·努斯鲍姆一样,认同诗性与正义之间的关系,但是与努斯鲍姆努力揭示历史上哲学真理与文学故事间的连续性不同,罗蒂更愿意看到差异性,以发展的、变动的眼光看待历史上和文学中的具体道德事实;并注重文学和宗教、哲学的关系,主张通过阅读小说实现自律自我,并走出以自我为中心,从而获得救赎。第三节,罗蒂的后人文主义文学批评接近于读者反应批评,是一种"强读

---

① [美]理查德·罗蒂:《哲学的场景》,王俊、陆月宏译,上海译文出版社2009年版,第176页。

者"的批评模式,主张将阅读对象"重新脉络化",对本文进行创造性"误读";它同时也是一种实用主义批评、解构批评和浪漫主义批评。第四节罗蒂在文学价值上注重文学对塑造个人完美和凝聚社会团结的作用。他强调语言、自我和自由主义社会的偶然,区分苦行牧师的虔诚和小说的智慧,欣赏像米兰·昆德拉一样正视反讽的自由主义者。同时他从独特的角度介入文学自主性与公共性的古老冲突,区分纳博科夫和乔治·奥威尔等两类不同作家,认为前者旨在塑造私人完美,而后者追求社会正义,各自代表不同的价值,以不同的方式共同服务于使社会减少残酷,因此可以分立并存,同等受到尊重,而不必互相指责。

第四章介绍罗蒂的后人文主义的文化批评。主要是在当今美国学界的"左""右"之间,凸显他在"文化政治"意义上"自由左派"的立场和关怀。首先,指出并阐明罗蒂是一个不够"左"的左派。他不喜欢"文化左派"的身份政治和"文化研究",认为他们不如当年的"改良左派"关注实际问题,而是以冷漠的怨恨代替了参与的热情,不利于知识分子弘扬杜威、惠特曼的民主理想,塑造当代美国的民族认同。其次,罗蒂也是一个不够"右"的自由主义者。他不同意新保守主义者列奥·施特劳斯和艾伦·布卢姆等人用"自然权利"为自由主义提供哲学基础,而是认为自由主义植根于特定历史传统和具体的社会环境中,无须任何哲学论证,其有效性仍能通过实践和与其他社会的比较证成。因此他的政治哲学观是历史主义的,而非本质主义的,他认为民主先于哲学,反对精英政治。最后,他也是一位不够"后"的后现代主义者。他以实用主义的哲学观介入利奥塔和哈贝马斯之间的现代性论争,对二人各有褒贬。与丹尼尔·贝尔的古典主义美学观不同,他提倡新浪漫主义的想象力和创造性,欣赏德里达式"解构阅读"的游戏精神。在反本质主义方面,他同情福柯、利奥塔、德里达等后现代主义者,但与这些人对现实虚无主义的悲观不同,他仍充满乐观地坚持自由主义人文主义理想。

第五章回到中国语境,阐明罗蒂后人文话语的意义与局限。首先,在当代思想论争中,"普世价值"和"中国模式"说常常各执一词，罗蒂提出了超越两者的"反反种族中心主义"，以应对当今世界发展中的一元和多元问题。他提倡每个民族可以"自我"为中心，探索扎根于自己历史和传统的社会发展道路；既然多个种族中心并存，那么不同共同体之间应该建立弱联系，不靠"强理性"和"强权"推行"普世价值"压服，而是通过了解和"对话"说服对方，从而把更多的"他者"吸纳进"我们"的范围。他还主张消解二元对立思维模式，提倡一种人文主义的批判智慧，兼容不同价值。他认为具体政治选择充满了偶然性，因此人们在进行道德评判时应该考虑到复杂的历史情境，宽容道德两难。其次，在当下中国现代性语境中，罗蒂对公共和私人两个领域的区分虽然在哲学上还有种种困难，但在社会实践中却非常有用，有助于厘清个体对社会和对自身的责任。罗蒂的"文化左派"批判使我们看到中国"新左派"的学术话语来源及其存在的主要问题。无论中国还是西方，"文化左派"都不仅只是批判的力量，还应担负起建构的责任，以经验主义、实用主义的态度着手循序渐进地具体改良措施，而不能兀自缠绕于冰冷玄奥的学术话语。在当代中国前现代、现代、后现代纵横交错的景观中，知识分子不应只做"阐释者"，在不同文化共同体之间传译解释；也应该做"立法者"，在本共同体内部建构理想的社会秩序和公共生活，因为我们仍然走在现代性的途中。

总而言之，罗蒂是一位削平哲学深度模式的哲学家，反本质主义的人文主义者。他认为哲学和自然之镜不复存在，取而代之的是信念和欲望之网。在人生和社会演进的偶然中，是每个人的信念和愿望决定了我们在具体语境中的现实行动和政治选择。一切关于理念的空洞玄想都可以抛弃，独有共同体中每个人的自由和幸福值得珍视，它是一切话语、描述、阐释的出发点和归宿。同时值得注意的是，罗蒂的思想本身是驳杂的，就像后现代光怪陆离的"拼贴"，但其后现代哲学话语和中国当下的现代性语境之间，确实存在着某种程度的错位，传统人文主义话语在中国依然没有过时。因此我们在研读罗蒂的后现代理论时，要有自己的问题意识和本土意识。

第一章

"理论"之后,走向人文

第一节 罗蒂与人文主义

一 生平经历

理查德·罗蒂(Richard Rorty,1931—2007)的《语言学转向》(1967)和《哲学和自然之镜》(1979)推动了20世纪哲学著名的语言学和后现代转向,从此之后,传统哲学再也无法面对语言学和阐释学的后现代语境闭起眼睛。他的著作自20世纪80年代以来被陆续介绍进中国①,反应比较热烈。罗蒂本人也曾于1985年和2004年两度访华,在汉语学界一直影响比较大。随着2007年罗蒂去世和2009年上海译文出版社五卷本"罗蒂自选集"的出版,罗蒂的研究再次推向一个新的高潮。本书旨在梳理罗蒂与传统人文主义批评之间既有继承又有背离的错综复杂关系,阐明罗蒂"后人文主义"的主要关怀。

罗蒂1931年出生于美国纽约一个知识分子家庭,按照弗洛伊德的理论,他的出身和童年生活带给他一生深远影响。在《偶然、反讽与团结》的题记中,他说"谨以此书献给六位自由主义者:我的父母、祖父母和外祖父母"②。可以说这六位自由主义者影响了罗蒂自由左翼的政治选择。他的外祖父沃尔特·劳申布施(Walter Rauschen-

---

① 中译本包括《哲学与自然之镜》(1986)、《后哲学文化》(1992)、《偶然、反讽与团结》(2003)、《真理与进步》(2003)和《筑就我们的国家》(2006)等。

② Richard Rorty, *Contingency, Irony, and Solidarity*, Cambridge: Cambridge University Press, 1989, p. v.

busch）是美国宗教领袖，他试图通过基督教和社会主义思想的结合寻找社会问题的答案。在他那里，私人生活的完美和公共生活的正义可以结合在一起。而罗蒂的母亲维妮弗蕾德·劳申布施却对她父亲的新教共和主义并不满意，她不认同父亲一辈人的道德宗教词汇，反倒像个天生的实验主义者，注重追随内心改变环境，创造新奇的生活。

罗蒂的父亲詹姆斯·罗蒂和母亲维妮弗蕾德·劳申布施都曾经是社会主义者、美国共产党人。在1932年他们因政见不和脱离美国共产党，被当时的报纸划归为"托洛茨基分子"。在斯大林对托洛茨基余党的暗杀和追捕中，罗蒂的父母曾经为托洛茨基的秘书约翰·弗兰克提供过庇护，这些"惊险"的童年经历让罗蒂很小就对社会政治问题比较关心。罗蒂12岁的时候已经跟随父母在"工会联合会"里做一些勤杂，这使他有更多的机会跟穷人接触，也在少年敏感的心中更加了解这个世界的不公："所以，在我12岁时，我就已经知道做人的意义就在于以人的生命与社会非正义作斗争。"① 总之，家学渊源使他从小就很关心社会正义。

除了家庭给予他的社会启蒙，由纽约知识分子组成的生活圈子也极大地影响了罗蒂的人生志趣。罗蒂说："少年时，我对悉尼·胡克（Sidney Hook）和莱昂内尔·特里林（Lionel Trilling）在《党派评论》上发表的每一句反斯大林的言论都笃信不疑，部分原因可能是在我还是婴儿时曾被他们在膝盖上举上举下的。我母亲过去常常充满自豪地告诉我，七岁时我就有幸给万圣节晚会的客人上三明治，客人中有约翰·杜威和卡洛·特雷斯卡。"② 杜威的实用主义成为罗蒂最终的哲学归宿，尽管很多人认为他对杜威的解读充满了"六经注我"式的"误读"，但是罗蒂却以自己的方式重塑了实用主义在当代美国的影响。胡克一家和特里林一家都曾是罗蒂童年家庭聚会的常客。而特里林的文学趣味和他在哈佛的挚友丹尼尔·贝尔一样，本来属于政治上的保

---

① ［美］理查德·罗蒂：《后形而上学希望》，张国清译，上海译文出版社2009年版，第361页。

② ［美］理查德·罗蒂：《筑就我们的国家》，黄宗英译，生活·读书·新知三联书店2006年版，第47页。

守主义传统和文学上的人文主义批评,他们都哀叹世风日下,褒扬古典现实主义,推崇"诚挚"的道德批评。这些在罗蒂的思想中打下了深深烙印,以至于在其成年后,即便成为后现代运动中的主将,但他在文学功能、价值和趣味的理解上仍然和特里林遥相呼应。这些纽约著名知识分子带来的影响,使得他日后成长的思想背景既丰富广阔又斑驳复杂。

和艾伦·布卢姆一样,罗蒂是一个哲学上的少年天才。他分别于1949年、1952年在芝加哥大学获得学士和硕士学位,他当时的指导教师是查尔斯·哈茨霍恩——怀特海的弟子。由此罗蒂迷恋上了哲学和形而上学。1956年他在耶鲁大学获得博士学位。从1962年开始罗蒂任教于分析哲学的重镇普林斯顿大学达21年之久,其专业生涯的主要时期浸淫于当时风靡美国的分析哲学,这却使他看出了个中问题,他对分析哲学逐渐远离社会和人生、成为学院精英圈内的专业爬梳越来越不满,开始转向杜威和詹姆斯代表的实用主义,并更新了实用主义的语汇,使之服务于人文文化社会生活各个领域,从而成为一名对当今世界焦点话题不断发出声音的公共知识分子。

二 思想发展

罗蒂的思想发展大致分为三个阶段,第一阶段以《语言学转折》(1967)的出版为标志,他是这本书的主编并写了长篇导言,该书为他带来了巨大的声誉。这一阶段他不仅对传统形而上学发起进攻,而且开始对分析哲学的基本假设也产生了怀疑。在这个过程中罗蒂的学术兴趣由元哲学(传统哲学)走向分析哲学,成为分析哲学的出色学生和半信半疑的探索者。

第二阶段以其名作《哲学与自然之镜》(普林斯顿,1979)的出版为标志,这本书奠定了他在哲学界的地位,并引起整个西方思想界的巨大震动。这是罗蒂唯一一部系统性著作,这本书和以后出版的论文集《实用主义的后果》(明尼阿波利斯,1982),主要内容都是在清理传统哲学如笛卡尔"心"的概念、康德认识论的概念等,并从内部对分析哲学展开批判。这一阶段罗蒂开始由分析哲学走向实用主义，并展望后哲学文化的前景。

罗蒂由哲学内部发起的对哲学的批评，在美国思想界极具影响力和挑衅性，引起学界广泛注意的同时也招来很多非难，这使他在同行和同事中间变得越来越孤独。1982年，罗蒂离开了普林斯顿大学，担任弗吉尼亚大学人文科学凯南讲座教授。在此之后罗蒂充分发挥了他的后哲学文化思想，并让哲学很好地扮演了和政治、文学等人文学科各个领域"对话"的角色。这一阶段是其思想发展的第三阶段，他的学术兴趣由分析哲学所代表的科学主义文化，转向欧陆哲学所关注的人文主义文化。这一时期除了著作《偶然、反讽与团结》（英国剑桥，1988）外，他出版了很多的演讲、论文和对话集。比如剑桥出版社出版的四卷论文集：《客观性、相对主义和真理》（1991）、《论海德格尔和其他》（1991）、《真理与进步》（1998）、《哲学作为文化政治学》（2007）和企鹅出版社出版的《哲学和社会希望》（1999），哈佛大学出版的演讲集《筑就我们的国家》（1998）。在罗蒂学术研究的这一阶段，他不仅是一位专业学者，也成为横跨人文学科各个领域的公共知识分子，并对国际政治、族群冲突、普世价值、文化差异、女权主义等公共话题发表见解，涉及政治、小说、诗歌、精神分析、隐喻等各个论题层面，他的新实用主义以强有力的"重新描述"，在很大程度上更新了后形而上学思想，重塑了"无根基"时代的人文精神。

三 一生情结

罗蒂自己曾经写过自传《托洛茨基与野兰花》，在这篇文章里，他深情地回顾了自己从小种下、直到长大后依然念念不忘的"托洛茨基与野兰花"情结。20世纪90年代他在美国思想界受到政治右派和左派的两面夹击的时候，他坦然向人们阐明他赖以形成思想的信念之网是怎样编织而成的。"如果说我的哲学观点在多大程度上冒犯了右派，那么我的政治观点便在多大程度上冒犯了左派。"① 当时美国的右

---

① ［美］理查德·罗蒂：《后形而上学希望》，张国清译，上海译文出版社2009年版，第359页。

派认为他抽去了哲学和道德的根基，因而是盲目乐观和不负责任的，而左派则认为他是大西洋富裕社会傲慢、悠闲的资产阶级学说代表，加入了被乔纳森·亚德所称"美国拍马比赛"的活动。因此罗蒂的这篇自传实际是在剖明心迹与自辩，也可算作对种种时代误解的回应。少年的他已经开始关心托洛茨基案件，不自觉地卷入冷战意识形态的明暗斗争，关心穷人和这个贫富分化社会的未来前景，总之，他一直是个准备为这个世界的公共生活献身的人。

同时他也从小像别的孩子一样，希望阅读那些闪耀着救赎性真理和道德光芒的著作，并且对童年住所通向新泽西山区路上的野兰花情有独钟。"在那些山上大概有40种野兰花，而我最终发现了其中的17种。野兰花不是一般的花草，又性喜洁净。在我周围的这么多人中间，只有我知道它们长在何处、它们的拉丁文名字、它们开放的时间，我为此感到非常得意。在纽约的时候，我总是会到第42号街公共图书馆去重读19世纪美国东部野兰花植物学著作。"① 因此对高贵、纯洁、淡雅的北美野兰花的热爱可以看作他的又一个情结。如果说托洛茨基案件造成的童年阴影带给他的是公共生活关切，那么对野兰花的偏爱则使得他对私人想象、感性创造、神秘之物有一种难以遏制的兴趣。于是在他长大求学的过程中有一个最大的担心，就是他曾经崇拜的英雄托洛茨基（写过《文学与革命》）一定不会同情他对野兰花的兴趣。

那么怎样将公共生活的正义和私人创造的完美这两者调和起来，"在单纯的一瞥中把握实在和正义"（叶芝诗中所言），成为他一生纠结的问题。"我既想成为一个有思想有灵魂的势利小人，又想成为一个全人类的朋友——既想做一个与世无争的隐士，又想做一名追求正义的战士。"② 然而，走过了漫长的追求哲学真理和社会正义的道路，他终于发现柏拉图—康德所预言的"拼图"世界观是有问题的。他明白了真理之光普照漫山遍野的兰花和清除世间所有不义的那一刻不会

---

① ［美］理查德·罗蒂：《后形而上学希望》，张国清译，上海译文出版社2009年版，第361页。

② 同上书，第363页。

同时到来，于是他彻底抛弃了传统形而上学玄想，就像启蒙哲学家当年抛下了宗教安慰。他懂得了世界的多元共生，知道没有一个单一的真理可以普度众生。人们所能做的就是安于人生的变动不居，并用我们的语言尽量描述和提出、解决我们时代的问题，这样才会使每一个同胞更加宽容和正直，人类之间更多幸福和团结。

由此可见，从童年的幻想到深厚的"托洛茨基和野兰花"情结，以至于之后走上漫长曲折的学术探索之路，无论是作为生活中的人、作为传统哲学的批判者还是公共领域的知识分子，罗蒂一直对代表私人创造并培养社会同情的文学寄托颇深。可以不夸张地说，罗蒂的学术取向一直走在将尼采对"哲学/文学"的二元解构推向深入的路上。文学作为叙事，偶然性、反讽和隐喻的小写"真理"，一直受到罗蒂的青睐。罗蒂在破解哲学神话过程中的一系列哲学著作中都散见有对文学作品和文学理论的独到分析。[①] 对于他来说，一面拆穿传统哲学的高严镜喻和学科优越感，一面不断关注"托洛茨基和野兰花"——公共领域和私人完美的问题，并在多部著作中主张回到文学叙事，把"重新描述"看作新的希望开启之途。

四 回到人文主义

在罗蒂的学术生涯中，应该有三个转向值得铭记，除了语言学和后现代转向，还有一个从哲学到文学文化的转向。并且这个转向和他以前对哲学/文学的解构是一脉相承的，而不是断裂的。他走出了专业哲学的狭窄领域，开始向哲学、文学、政治等综合性人文领域进军。他对当今世界的一系列问题发表的看法都建筑在深厚的人文关怀之上。仔细阅读罗蒂的著述，你就会发现罗蒂在文学趣味上和保守主义者丹尼尔·贝尔、莱昂内尔·特里林极其相似，他在文学批评上也总是喜欢提到哈罗德·布鲁姆，而对风靡学院的"文化左派"不以为

---

① 这些哲学著作包括：《实用主义的后果》（1982），《偶然、反讽与团结》（1989），《客观性、相对主义与真理——哲学论文第一集》（1991），《论海德格尔与其他哲学家——哲学论文第二集》（1991），《真理与进步——哲学论文第三集》（1998），《立国论》（1998）和《哲学与社会希望》（2000）。

然。他常在文本中以"我们人文主义者"自居，有时不惮于使用反讽的、调侃的口吻。① 在批评"学院左派"的文化政治时，他写道"依我所见，所有这类政治的支持者拥有的是怀疑，是对传统的资产阶级自由主义目标的怀疑，以及对本应夹杂在这些目标里面的一种叫作'人文主义'的东西的怀疑。作为一个够格的资产阶级自由主义者，作为一个发现不了'人文主义'有什么不对头的人，我对这种新发现的绝望感到莫名其妙"②。《哲学的场景》译者王俊曾提出，在罗蒂那里有一个"人文主义乌托邦"，"以政治代科学、以文学代哲学、以心理代伦理、以生活代理论"③，我觉得这个概括是很精辟的。

　　在抛弃了真理镜喻和人性基础之后，罗蒂的人文主义和传统人文主义大有不同。我将其称为"后人文主义"，或者用罗蒂自己的表达就是一种"人文主义的有限主义（humanist finitism）"④。所谓"后人文主义"既是"后"学反本质主义的，正面迎对各种后现代境遇的挑战，又是自由人文主义的，并不因此抛弃弥足珍贵的人文关怀和现实立场。有限度的人文主义承认人生存的偶然、经验的有限，不刻意去寻求普世主义的高度和浪漫主义的深度。相信人生的碎片无法缝合，结尾后面永远不是句号而是省略号。有限度的人文观沿着生活的地平线移动，用现实中的人一个替代一个具体的行动改善（人文）这种水平的转喻取代世界背后关于垂直深度（真理）和永恒高度（上帝）的暗喻。对于较早的怀疑主义者（实用主义者）普罗泰戈拉的名言"人是万物的尺度"，后人文主义的理解不是豪情万丈的，而是充满了谦卑，他们认为这句话"是这一观点的一种表达方式，即人类只能用

---

　　① 参见［美］理查德·罗蒂《偶然、反讽与团结》，徐文瑞译，商务印书馆2003年版，第162页；《文学、哲学和政治》，第124、79、194页；《诠释与过度诠释》，第132页，《哲学的场景》，第7、9页。

　　② ［美］理查德·罗蒂：《哲学、文学和政治》，黄宗英等译，上海译文出版社2009年版，第194页。

　　③ 王俊：《译者序》，［美］理查德·罗蒂：《哲学的场景》，王俊、陆月宏译，上海译文出版社2009年版，"译者序"第5页。

　　④ 同上书，第176页。

他们个人的和社会的过去来衡量自己"①。

就像后现代主义和现代主义的关系一样,首先"后人文主义"(posthumanism)对以利维斯、特里林等人为代表的传统人文主义批评有承续的一面。罗蒂在文学趣味上从小深受特里林影响,他相信文学对凝聚人心、升华道德、拓宽想象所起的积极作用;在政治立场上坚持"后现代主义的自由主义",其生命的晚期从普林斯顿的哲学系转入弗吉尼亚大学的人文教席,也说明了他从专业哲学家向文学文化的人文通识学者的转变。在文化批评中,他更基于自己"自由左派"的立场,对涉及文学、哲学、政治等不同领域的公共事务发出自己的声音,他认为从事文化批评的人文知识分子就是骑在各个专业的旋转木马上的人。

其次,"后人文主义"对传统人文主义批评,又有超越的一面。它不再相信普遍抽象的人性而是回归具体有限的个人,它不强调理想之光无所不在的、大写的"强理性",而是强调每个人的理解,同情小写的"弱理性"。"强理性"有似中国的儒家哲学,主张"天行健,君子以自强不息",启蒙理性主义哲学是强理性的代表,主张人的理性为自然立法。在天人关系上,强理性相信人定胜天,强调人为,主张行动,积极进取,改造这世界。"弱理性"有似中国的道家哲学,海德格尔的后现代哲学是弱理性的代表。主张应该认识到人的生存条件的有限性,顺从天道,恭顺地聆听自然,谦卑处下,清静无为。弱理性主张顺从自然,同情地理解万物,体验自身的限度,提倡天人和谐(而非斗争),在世界中生活。在文学阐释中,"后人文主义"不坚持客观标准的普遍有效性,而是坚持在文化达尔文主义的历史淘汰过程中形成各个时代的读者形成的协同共识。它对文学经典的看法也是功能主义的,而非本质主义的。一方面在哲学上它是彻底反基础主义的,另一方面它又汲取了后现代哲学如海德格尔等人的有限性思想。"后人文主义"正视生命的破碎和偶然,以反讽的态度对待自己

---

① [美]理查德·罗蒂:《哲学的场景》,王俊、陆月宏译,上海译文出版社2009年版,第176页。

的观点和别人的观点,它从不偏执地坚持己见。它与传统的人文主义批评相比,更重视创新而非保守传统;它更强调历史上和学科间道德事实的差异性而非连续性。它是情境主义的和历史主义的,相信人生和社会的进化过程中,试错的实验在所难免;同时它又是低调的和务实的,将有限共同体中每个人的幸福这一实用主义目的看成是所有学问的最终鹄的。

第二节 研究综述

虽然国内学界关于罗蒂研究每年发表的论文很多,但是专著却很少,并且主要集中在他的后哲学理论方面。造成这种情况主要跟罗蒂的后哲学在美国本土就颇受主流哲学非议有关,另外就是罗蒂的后现代取向和汉语学界现代性学术语境之间存在着对接上的错位。人们一般都能承认罗蒂的言说令人耳目一新,但是罗蒂削平哲学深度模式的做法令好多人对他不以为然。[①] 因此国内研究罗蒂的主要论文往往引介、辨析与商榷并存,在分析哲学、新实用主义、后现代、后哲学、文化政治等关键词上用力颇多。博硕士学位论文的选题也多集中在马克思主义哲学、自然哲学、语言哲学等专业领域,从文学理论和文化批评的角度对罗蒂进行研究的论文少之又少。[②]

一 国内研究

目前国内罗蒂研究的专著大多都集中在外国哲学方面,主要有 5

[①] 罗蒂在 2004 年上海之行关于康德道德哲学的演讲受到国内学界的质疑就是一个很好的例子。吴冠军在《困于康德与罗蒂之间》中有这样几句话:"罗蒂演讲一结束,便激起了多位中国学者的质疑。童世骏、倪培民、翟振明、成中英等学者均先后从同情康德的角度对罗蒂提出了质问,有的尚是温和的商榷意见,而有的则为措辞激烈的批评。"(吴冠军:《困于康德和罗蒂之间》,《开放时代》2004 年第 5 期)

[②] 在文艺学专业目前所见有 2006 年 1 篇硕士学位论文和 2009 年 1 篇博士学位论文,都来自山东大学。

部。中国人民大学1996年科学哲学方向蒋劲松的博士学位论文《从自然之镜到信念之网——R.罗蒂哲学述评》，杭州大学西方哲学科学哲学方向张国清的博士学位论文《无镜的哲学》，后更名为"无根基时代的精神状况：罗蒂哲学思想研究"，由上海三联书店于2001年出版。2009年出版的陈亚军的《形而上学与社会希望：罗蒂哲学研究》，该书以罗蒂的社会文化批判理论为对象，力求展示出罗蒂的后哲学文化体系以及它的价值和缺陷。2010年上海人民出版社出版的顾林正的《从个体知识到社会知识：罗蒂的知识论研究》将传统的知识论具体归纳为七大问题，该作认为罗蒂的理论将个体知识的自我基础导向社会知识的地域性、不可公度性和协同性，从而为知识论研究敞开了一个新的视域。总之，这几部专著理论性很强，论述都很翔实，尤其是前两部是在博士学位论文的基础上成书的，对罗蒂的研究起步比较早，这两个人也是罗蒂著述较早的中文译者，为罗蒂哲学思想在中国学界的引介打开了局面，同时也为以后对罗蒂思想各个方面的细化研究奠定了基础。但是这四位作者都是英美哲学、科学哲学等专业出身，虽然对于罗蒂后哲学文化的总体特性有概述性地把握，但是并没有涉及对罗蒂文学思想和文化理论的具体文本研究。

很有意思的是，从1996年至2007年这十多年间国内一直未见有以罗蒂为研究对象的博士学位论文出现。这可能与罗蒂生前过于强辩，与大陆学术界的交往也比较密切、饱受争议有关。所以虽然研究罗蒂的单篇论文每年都接连不断，但是对罗蒂的深层阐释相对就显得格外小心。2007年罗蒂去世后，其研究开始出现一个小小的热潮，并且将重心放在其后哲学文化思想。

2009年山东大学文艺学博士安佰鸿的论文《理查德·罗蒂的文化观念和文学理论研究》，是目前少有的一篇罗蒂研究文艺学论文。论文的主体部分三章分别论述罗蒂的新实用主义哲学、后哲学文化和新实用主义的文学理论，并对这三个问题做了简要评述。该论文重在从"新实用主义"的哲学出发关照罗蒂的文学文化理论，对罗蒂文学理论的研究有一定的开创性，主要缺憾在文学自身的问题意识还有待突出，也缺乏对罗蒂的文化批评文本进行细读分析。

二 国外研究

罗蒂由形而上学哲学入门转而厌倦传统哲学,在20世纪60年代以《语言学转向》为标志成为分析哲学和语言哲学的代表人物;又在70年代以《哲学和自然之镜》为界华丽转身,将分析哲学和传统形而上学一道批判,成为和福柯、利奥塔、德里达等人同路的后现代思想家。在80年代前后,随着他就任弗吉尼亚大学人文教授,罗蒂走出了专业哲学的桎梏,开始就哲学和文学、政治等人文学科的公共问题发表看法。罗蒂生命的晚期成为一个公共知识分子,活跃在当代全球政治、哲学、文化舞台上。因此,美国国内对罗蒂的研究一直不乏其人。因为罗蒂生前经常接受采访,并去过很多地方进行讲学、演讲等。他文集中的大多数文章都是先以论文的形式在期刊上发表的。罗蒂的观点往往也总有"一石激起千层浪"的效果,这些期刊论文对罗蒂哲学、政治、文化观点的回应和评述,不再一一细析。

像哈贝马斯、罗尔斯、福柯、利奥塔等学者一样,罗蒂已经被写入20世纪西方哲学史。目前已经翻译过来的很多哲学史相关著作中有对罗蒂的专章或专节讨论,兹举有代表性的三种言说以窥全豹。在希尔贝克的《西方哲学史》中专有一节谈到德里达、福柯和罗蒂,认为他们是解构和批判旧哲学理论的代表,并认为罗蒂是一个情境主义者和实用主义者。对于他来说,"政治传统的位置处于哲学之前"[①],并且指出其实罗蒂立足的情境就是他祖国的自由民主传统。罗蒂认为哲学文本和文学文本并无太大的不同。他的特点就是在公共领域和私人领域之间进行分离:一方面阅读尼采和海德格尔,坚持私人领域的完美;另一方面在政治领域,坚定支持自由主义。最后希尔贝克提出对罗蒂哲学的两点质疑,他的观点也精练地代表了西方哲学语境中对罗蒂的主流批评:一是认为对真理的最极端形式的拒斥并不能成为拒绝它的某种温和形式的理由。二是认为罗蒂一向致力于消解真理/谬

[①] [挪]希尔贝克等:《西方哲学史》,童世骏等译,上海译文出版社2004年版,第625页。

误等各项区分，但是却坚持公共/私人的清晰分野，这看起来有些自相矛盾。

理查德·伯恩斯坦是罗蒂最有力的论敌。在《新星云：现代性、后现代性的伦理政治视域》中①，他把对罗蒂哲学的批评推向深入。他认为多年以来，（罗蒂）著作中的审美趋向已经变得越来越明显。并认为罗蒂花了大量时间"强误读"前人的文本，重复尼采、海德格尔、德里达散布的关于哲学史的一个崭新但靠不住的叙事，所做的工作是将旧文本任由己用，尼采化了詹姆斯，维特根斯坦化了德里达，海德格尔化了杜威。伯恩斯坦认为杜威严肃对待的问题，罗蒂并没有认真思考就以不负责任的态度轻松化解掉，比如"作为一种资产阶级的结构动力哲学怎样系统地破坏和掩饰了自由的理想"这样的问题。伯恩斯坦认为哲学应该为政治立场提供理论论证，而罗蒂却认为这种立场只有通过现实去检验。伯恩斯坦在罗蒂的后现代取向中看到了哈贝马斯在福柯、德里达等人那里看到的东西——个人主义的审美化哲学。

理查德·沃林在其代表作《文化批评的观念》中设专节探讨罗蒂的文化观念——"新实用主义的重新语境化——罗蒂反基础主义的政治意义"，单看这个题目好像沃林要有意彰显罗蒂的意义，而细看内容却发现恰恰相反。他通过对新实用主义重新语境化，实际上正是对罗蒂话语进行有力的解构。作者认为在《哲学和自然之镜》里罗蒂对自笛卡尔以来的现代性哲学话语进行尖锐而鲜明的重读，但是"他提出的创造性见解过于夸张"②。第一，沃林认为罗蒂用力攻击的形而上学基础主义早已是强弩之末，在分析哲学和语言转向之后，在杜威、海德格尔和维特根斯坦之后，这些基础早已名存实亡，罗蒂攻击的不过是个无还手之力的形而上学鬼怪。第二，他认为罗蒂取得成功实际上不在哲学领域，而在哲学之外。在他看来罗蒂的观点是对丹尼尔·贝尔《意识形态的终结》中某些新保守主义立场的暗中应和。诸如

---

① 参见 Richard Bernstein, The New Constellation, Cambridge, 1991, pp. 258-292。
② ［美］理查德·沃林：《文化批评的观念》，张国清译，商务印书馆2007年版，第222页。

"民主先于哲学"之类说法正和贝尔鼓吹的技术治国论遥相呼应,其潜台词是通过反思平衡讨论社会政策的具体实施,而无须再做意识形态批判。沃林指向罗蒂的第三个批判是由反基础主义导致的相对主义。罗蒂为相对主义辩护时认为只有相对价值才能导向"宽容",而在沃林看来,"宽容"如何被证明不是绝对而是相对和有限度的呢?所以他以为,罗蒂反形而上学反得过于激进彻底了,因此难逃逻辑上的自我指涉性。在他看来,一个人完全可以既是反形而上学家又是理性和真理的信奉者,二者并不矛盾,因为固定的真理概念早已声名狼藉。人们完全可以通过实践证明一些普世价值的存在,比如"民主""人权""自由""宽容"等,而不必求助于形而上学。

就此,沃林指出了罗蒂哲学一个致命的弱点"通过整个的删除正确的力量或规范性对语境的约束,他有意地忽视了理性和批判的超语境力量"①。在他看来这最终导致罗蒂新保守主义的政治立场。罗蒂的哲学是"语境主义"的,语境主义的相对性等于让那些诉诸普世价值的传统专制批判话语自动失效,而随时准备迎接认识论的犬儒主义。像伯恩斯坦一样,沃林也认为罗蒂对语言不具有指称事物功能而只是指向另一些语言的过分强调导致了某种理论的唯美主义。为了创新和追求趣味,不惜丢弃身边世界这个常识。他认为罗蒂在解构以往严肃哲学的同时,也会把人类一直为之奋斗的理想目标一概加以抛弃,不管这是否是其主观意愿。罗蒂削平深度的哲学只是一种"快乐"哲学,在这种状态中,我们失去了感受自身异化的能力。他还指出,罗蒂强于"解构"而疏于"建构",当提到人们怎样以更好的理由追求更好的生活以及该信奉什么时,他不是语焉不详就是重复自由主义的陈词滥调。他认为罗蒂把杜威对消费社会和晚期资本主义的忧虑置之不理,而使自己的哲学变成不负责任而又自鸣得意的上流社会精英的消遣,成为某种谨慎的新自由主义护教学。应该说,沃林从自己左翼的政治立场出发,承继伯恩斯坦的论调,对罗蒂的批评是全面、深刻

---

① [美] 理查德·沃林:《文化批评的观念》,张国清译,商务印书馆2007年版,第229页。

和犀利的。罗蒂要在这样密不透风的理论敌阵里全身而退，必须为自己的哲学找到更有力的辩护形式。

第三节 选题意义、研究方法和创新点

一 选题意义："理论"之后，走向人文

罗蒂主要是一位哲学家，以往专著和博论研究大多集中在他的哲学、社会学、政治学和语言哲学方面的贡献。目前可见的一篇文艺学博士学位论文也主要从"新实用主义"的视角分析罗蒂的文化和文学理论。但我的研究重点主要不在这些，我更注重从文学本身的问题意识出发，看罗蒂对我们一直关心的文学和文化政治问题，做出了怎样的回答。细读罗蒂最新出版的文学文化批评文本，关注他如何以"后哲学"坚持人文主义的价值立场。

之所以对古老的人文主义重新发生兴趣，第一，与目前国内文艺理论学界这几年的争议有关。随着视觉时代的来临、"后"学理论和"文化研究"的兴起，文学阅读近年来在普通大众那里已成式微之势。花样翻新的各种"后"理论无法告诉我们从哪里开始建构积极的自我，用合理的文学想象重构身边的公共生活。解构"理性"和"主体性"之后，人们安身立命的支点也被打翻，理论成为过眼云烟的时尚，积极生活仍不知该何去何从。"这正是一个消费社会蓬勃发展，传媒、大众文化、亚文化、青年崇拜作为社会力量出现，必须认真对待的时代，而且还是一个社会各等级制度，传统上的道德观念正受到嘲讽攻击的时代。社会的整个感受力已经经历了一次周期性的改变。我们已从认真、自律、顺从转移到了孤傲冷漠、追求享乐、抗命犯上。"① 在伊格尔顿等人所说的"理论之后"，我们有必要重新回到"人文"，重新强调经典阅读和精神生活，为在后现代之后精神荒原中

---

① ［英］特里·伊格尔顿：《理论之后》，商正译，商务印书馆2009年版，第25页。

流浪的人们找到一定程度上的价值皈依。因此在理论上很有必要了解一下罗蒂提出的后现代人文主义版本。

第二，目前流行的"文化研究"在某些论说里变成左派"文化政治"的代名词，它通过对文化现象和以往的文学经典做"症候阅读"，从文本结构穿刺进社会结构，以社会学、政治学、人类学的视野和跨学科的方法取得了对人类文化和生活方式的全新解读，也以怀疑精神打开了经典的大门。然而同样不可忽视的是，文化研究用"表征性阐释"① 建立起社会文本和文学文本之间的"互文关系"，把所有的文学问题化约为意识形态问题。然而文学毕竟不是社会学的注脚，文学如果过度关注时代政治议题就可能被锁在自己的时代而"速朽"。权力可能是文本形成的秘密之一，却无法解释文本魅力的全部。文学在关注时代、干预现实、承诺公共性的同时也依然保持着自身的自主性。文学首先必须先起"文学的"作用，其次才会实现"政治的"功能。难怪连一直主张"文化政治"解读的萨义德和伊格尔顿都痛心疾首，认为文化研究的风行导致了文学价值和精神的失落。大而化之的"文化研究"取代注重文本的"文学批评"的后果，很可能是没有人愿意再做细读分析，没有人再重视文本本身的独特性和创造性，所有的文字经由阶级、种族、性别的秘密诠释通向文化政治。哈罗德·布鲁姆在《西方正典》中将目前大搞"文化研究"的学院左派称为"憎恨学派"实有其道理。因此重读罗蒂对"文化左派"的批判及其在"文学经典"等问题上的态度，在当下就有着现实意义。

第三，传统人文主义在中国没有过时，仍是我们值得捍卫的理想和价值。文学的目标是长远的，要"求真"和"求美"；而政治的指向是功利的，要"求胜"或"求败"。当把一直廓落"无为而无所为"的文学绑在政治的战车上，只能堵塞灵感源泉，剪掉理想翅膀，在所有文字背后看到金钱、权力和性别中的不平等。正如哈罗德·布

---

① ［美］乔纳森·卡勒:《文学理论》，李平译，辽宁教育出版社1998年版。在这本书里，卡勒称"文化研究"文化身份政治文本解读法为"表征性阐释"，其主要特点是倾向于直接建立起文学和社会、文本和政治之间的同构关系；而把发挥语言美感、文学想象，注重文本独特性和创造性的读法称作"鉴赏性阐释"。

鲁姆在《西方正典》中所言，文学的最终作用在于使偶然被抛入此世的人善用自己的孤独。因此传统的人文主义阅读在当代并没过时，因为尊重人的价值，坚持人的尊严，捍卫人的权利，张扬人的个性，实现人的理想，所有这一切与"人文"有关的价值在我们这块土地上，一直不是被提倡得过多，而是提倡得太少。以罗蒂研究为契机，回首人文主义批评，是因为我们正视在过去的几个世纪中，人文主义曾经帮助和促进了人类的精神成长，在这样的批评中，曾经有对人性的理解、对人道的尊重和理想的闪光，这样的批评曾经在整个现代性进程中，为不同共同体中的人们途经文学想象，寻求诗性正义和建构理想的公共生活起过积极的作用。

二 研究方法

论文的主要研究方法是把实证描述和理论演绎归纳相统一，在共时性和历时性两个不同维度相比较。立足罗蒂文学理论、文化批评进行文本细读，梳理其与传统人文主义批评的继承和革新关系。

首先，将文本细读与学理辨析融为一体。主要研究方法是文本细读，本书拟从文学批评、文学阐释、文学经典、文学价值、文化批评等角度揳入，在关于罗蒂的文学和文化文本细读基础上，厘清他的后人文主义批评理论，比较该理论与传统人文主义、白璧德新人文主义，以及与哈罗德·布鲁姆、艾伦·布卢姆[①]、玛莎·努斯鲍姆等人代表的当代人文经典阅读提倡者的不同。既从罗蒂的理论文本出发，注重对其核心观点的实证描述和分析，又在此基础上进行适当的理论归纳和演绎总结，力求客观阐明罗蒂理论在当代思想版图中的位置，其文学和文化观对当代文学、文化批评激发的有益思考。

其次，注重把共时性的比较研究和历时性的梳理研究相结合。在纵向梳理中，主要凸显罗蒂在以往人文主义批评传统中的特殊地位——既包含了对传统人文主义批评精神的坚持和继承，又看到了传统人文主义批评的有限性，在理论上通过后哲学实现了对传统人文主

---

① 艾伦·布卢姆（Allan Bloom，1930—1992），著有《美国精神的封闭》。

义的内在超越；在横向比较中，通过比较罗蒂与当代人文阅读的提倡者之不同，找到其文学批评理论的独特位置，通过分析罗蒂与利奥塔、哈贝马斯、杰姆逊、丹尼尔·贝尔等人理论旨趣的关系，厘清其文化批评的独特立场。

三 创新点：后人文主义的视角

首先，以"人文主义批评"命名梳理古典现实主义批评的发展脉络，把"新古典主义"—"新人文主义"—"新批评"连在一起，找出其共同的古典审美趣味和保守主义价值观，廓清其作为基础的现代性审美话语，以及这些话语在后现代语境中面临的挑战。在这个脉络末端，定位罗蒂"后人文主义"的批评旨趣和立场。

其次，从文学理论和文化批评自身问题出发，兼顾罗蒂的后现代主义自由主义的政治立场，将罗蒂的文学和文化批评命名为"后人文主义"，阐明其主要批评观念。后人文主义目前在美国的主要提倡者有加利·沃尔夫（Cary Wolfe）[1]、格雷格·波洛克（Greg Pollock）[2]以及英国的后人文主义理论家尼尔·贝明顿（Neil Badmington）[3]等。罗蒂承认是一个后现代自由主义者，作品里有一个"人文主义的乌托邦"，承认自己提倡的人文主义是一种有限度的人文主义。但他生前并未旗帜鲜明地说过自己是一个"后人文主义者"。用"后人文主义"这个视角来概括罗蒂的文学理论和文化批评，是笔者基于罗蒂文本特征和理论主张进行的结合、概括和提炼。那么为什么以前人们很少关注这个视角呢？首先，可能是因为罗蒂这些涉及文学理论、文化批评与知识分子文化政治的文集（包括《文学、哲学和政治》《哲学的场景》）翻译过来中文比较晚，2009年中译本才正式结集出版，以前的零星译介似乎并没有引起国内文学界的足够重视，因此对罗蒂学术后期的人文转向研究还不充分。其次，造成这种现象的原因也和

---

[1] Cary, Wolfe, *What Is Posthumanism*? Minneapolis: University of Minnesota Press, 2009.

[2] Greg Pollock, "'What Is Posthumanism' by Cary Wolfe", *Journal for Critical Animal Studies*, Vol. 9, No. 1/2, 2011, pp. 235-241.

[3] Neil Badmington, "Theorizing Posthumanism", *Cultural Critique* 53, 2003, pp. 10-27.

罗蒂本人学术理路有关。人们一般认为像尼采、海德格尔、德里达等后现代理论家都以反人文主义、反人性论、反本质主义、反基础主义而著称，所以很难把罗蒂这样一位深受德法思想影响、很"后"学、很新锐、看似很激进的哲学家，同老生常谈的"人文主义"挂起钩来。但我认为罗蒂思想的最有魅力之处，恰恰就是正面迎对了后现代语境的挑战，同时仍不放弃传统的人文主义理想，是一种反本质主义的人文主义，也可以称为"后人文主义"。

由哲学而文学文化，这使罗蒂先天就有高屋建瓴的眼光。罗蒂成名于在哲学上对欧陆与英美两大传统的批判和综合，他的文本解读立基于这样的精神理解，自由出入于欧陆经典文本和美国各种文学形象之间。他尤其是对深受尼采、海德格尔、德里达、福柯等哲学影响的解构主义文学批评有着深入理解和分析。走出专业哲学桎梏的罗蒂作为公共知识分子活跃在美国和世界各地的学术、文化、政治舞台上，鲜见迭出而又始终保持着积极的社会关怀。其人文视野跨越经济、社会、文化、法律、民族、国际关系等诸多领域，发表的诸多论文结集在《文学、哲学和政治》（中译本，2009）以及《哲学的场景》（中译本，2009）中。在这些文集中，他对文学经典、文学阐释、文化研究、左派政治、宗教救赎、私人与公共领域、现代性、后现代性和知识分子等重要问题，都有鲜明独到的见解，并不断将自己置身于当代学术前沿各种理论争鸣和思想交锋之中。① 比如，他同情哈罗德·布鲁姆对文学经典的捍卫，对以"文化研究"为代表的文化身份政治对文学想象的侵蚀多有微词；对以杰姆逊为代表的"文化左派"把玩理论的高深颇为不满；他不完全同意艾伦·布卢姆从新保守主义的政治立场出发提出的研读经典和大学教育理念；也尝试与玛莎·努斯鲍姆关于通过文学想象寻求"诗性正义"的说法展开对话等。由此看来，他不断用后现代视角擦亮人文主义的理念，在罗蒂那里，文学恰恰可以是寄托后哲学文化人文关怀和后形而上学时代社会希望之所在。

---

① ［美］海尔曼·J. 萨特康普：《罗蒂和实用主义——哲学家对批评家的回应》，张国清译，商务印书馆2004年版。里面记载了新实用主义在美国引起的质疑和罗蒂的回应。

第二章

罗蒂的后人文主义思想

传统哲学一直把探索真理视为己任，认为心灵是自然的镜子，意识就是这镜子里的映象，真理就是主观和客观的符合，古往今来哲学的功能就是不断地去擦拭这面镜子，去发现真理。认同表象/实质的二元对立，这是西方哲学的主流传统。这在海德格尔那里叫作"逻各斯中心主义"，在德里达那里叫作"在场形而上学"。罗蒂的名作《哲学与自然之镜》，主要就是在澄清这个传统哲学的误区，旗帜鲜明地反本质主义。罗蒂是一个唯名论者，是所有怀疑主义的后代。和欧陆后现代转向之后的哲学家尼采、海德格尔一样，他是传统形而上学的不遗余力的掘墓人，也是怀疑时代以来最彻底的怀疑论者之一。在罗蒂看来，文艺复兴以来启蒙时代的哲学真理观取代了中世纪的神学上帝在人们心目中的地位，而后哲学文化——文学文化在当今的兴起，又意味着一次新的取代。

他的"后人文主义"乌托邦正是在后哲学文化的背景中凸显出来的。理性神话破灭之后，叙事故事兴起。罗蒂认为目前人们的精神生活中，文学形象起着更大的作用，不管是文学经典阅读还是大众文化形象都取代了以往哲学的中心地位。"就宗教正在近几个世纪的知识分子中消失而言，它是由于人文主义文化（启蒙哲学）的吸引力，而非由于有神论话语的内在瑕疵。就实在论正在哲学家中消失而言，这是因为更深刻更直白的人文主义文化（文学文化）较最不幸的启蒙遗产之自大的科学主义提供的文化更有吸引力。"[①] 他认为当今人文主义

---

① ［美］理查德·罗蒂：《哲学的场景》，王俊、陆月宏译，上海译文出版社2009年版，第5页。

文化或曰后哲学文化（文学文化）将更适合描述新的时代，增进人们之间的同情，扩大人类的幸福。因此，正如《哲学的场景》译者王俊所言："罗蒂所预想的后哲学文化，将以新实用主义为普适原则，不再执着于'真理''存在'与'大写的历史'，也不再寻找终极的至善和绝对的正义，不再相信科学的万能。而是小心翼翼地直面偶然的世界，在反讽中寻求个人的审美，在揭示微观残酷的前提下走向共同体式的团结。这就是罗蒂所说的他的'人文主义乌托邦'。"①

在本章中，我们将首先梳理传统人文主义批评及其基本价值、内在困境；其次从罗蒂的三个哲学英雄海德格尔、维特根斯坦、杜威入手，追溯罗蒂哲学的思想渊源；最后正面论述罗蒂的"后哲学文化"观和其"后人文主义"思想。

第一节 传统人文主义批评及其内在困境

丹尼尔·贝尔在《资本主义文化矛盾》中曾经这样概括后现代主义以及罗蒂思想在其中的位置，他说："后现代主义是从哲学——我想到的是福柯、德里达和罗蒂——跃入文化史、修辞和美学，以及对普遍主义者和超验价值的否定（如果不是颠覆的话）。和布尔迪厄的社会学一起，它继续着由尼采开始的对人文主义和道德以及权力关系的'揭露'，尽管——和哈贝马斯不同——它没有提出一个取代性的标准价值体系，来和西方个人主义的人文主义相对照（罗蒂有部分例外，他提出了将社会民主政治和海德格尔反形而上学相结合的一种奇怪联合）。"② 由此可见，在持保守主义文化政治观的丹尼尔·贝尔看来，后现代主义总体上是对西方传统个人主义—人文主义价值标准的批判和背离。但他也别有洞见地看到，只有罗蒂是个例外。罗蒂将后

---

① 王俊：《译者序》，[美] 理查德·罗蒂：《哲学的场景》，王俊、陆月宏译，上海译文出版社2009年版，"译者序"第3页。

② [美] 丹尼尔·贝尔：《资本主义文化矛盾》，严蓓雯译，凤凰出版传媒集团、江苏人民出版社2007年版，第312页。

现代的哲学观和自由人文主义的传统政治立场很好地结合在了一起，因此使其文学理论和文化批评以一套完全不同的"描述"为传统的人文价值辩护。本节我们主要追溯传统人文主义批评的发展脉络，并阐明其基本价值及内在困境。

一 发展脉络

"人文主义"（Humanism）这个英文词一直到1808年才出现。在古罗马作家西塞罗的著述中，有拉丁文的 humanitas；德国启蒙哲学家将人类统称为 Humanität，那时的人文主义者称自身为 humanista。作为历史概念，在欧洲哲学史发展进程中，"人文主义"常被用来描述14—16世纪的思想，用以和中世纪相区别。一般来说这段时期的思潮变化在文化和社会层面被西方历史学家称作"文艺复兴"，而在教育层面称为"人文主义"。作为文艺复兴核心思想，"人文主义"一般被认为是资产阶级上升时期用以反对封建教权和皇权的一整套价值观念系统。它的核心主张包括肯定人的价值和尊严，尊重人的权利，张扬人的个性，享受人的欢乐，追求人的自由和平等，推崇人的感性经验和理性思维等。从文学视角看，"人文主义"由古希腊文学主题的捍卫英雄荣誉尊严、接受神祇命运安排，转向了更多张扬人的精神、欲望和利益的觉醒。在启蒙哲学之后，"人文主义"主要作为一种和科学主义对立的学科概念而发展。一般的人文学科如哲学、政治、社会学、法律等的研究需要以"人"为基本价值的核心，考虑人的关怀和感受，注重人的创造性和想象力，"人文精神"因此在工具理性蔓延的现代社会成为一种新的寄托和救赎。

（一）新古典主义

"人文主义"作为一种批评模式，主要从新古典主义时代，才有了自觉意识。新古典主义是法国十七、十八世纪批评的主流，它力图描摹人性，发现文学创作的规律和规则。在当时代批评家、作家讨论的基础上形成了关于批评标准的基本观念，有着大体一致的美学和价值追求，并且有自己独立的诗学主张。新古典主义者如皮埃尔·高乃依（Pierre Corneille，1606—1684）、亚历山大·蒲柏

（Alexander Pope，1688—1744）等人尊崇亚里士多德在《诗学》里提炼出的智慧。新古典主义的学说假定存在着一种稳定的人性心理，作品本身具有一套基本模式，人的感受性与智力有着统一的活动，可使我们探讨适用于一切艺术和文学的规则。在这里我们不能把批评史简化，认为那些起而推翻权威者就是浪漫主义者，而那些继续尊奉权威的就是古典主义者。新古典主义者认为他们对亚里士多德的尊崇不是因为亚里士多德是权威，而是因为他的诗学总结是根植于理性和经验的，所以对他们来说，对亚里士多德的信仰可以和对理性的信仰并行不悖。

新古典主义文学理论的中心概念是"摹仿自然"。这里的"摹仿"即亚里士多德的"再现"之意；"自然"也不意味着一般无生命的自然，而是指一般的现实，尤其是指人性。也就是说诗人不仅在于内省或者袒露自我，更在于世事洞明、人情练达，直抵事物的核心，通过艺术再造现实。关于艺术与现实的关系，以及戏剧与观众、文学与读者的互动，贺拉斯（Quintus Horatius Flaccus，公元前65—前8）的"寓教于乐"成为这个时代的人们所尊古典之源——诗人应该在给人教益的同时给人以乐趣，或者是通过给人以美感和乐趣传达某些教益。诗人应该是"风尚的医生"。除了贺拉斯的"寓教于乐"，亚里士多德的"净化"说也屡屡得到重新解释。高乃依认为诗人和剧作家通过这种方式清洗或者改造人类的灵魂，因此道德品质和学识造诣对于成为诗人来说是必需的。但是这一时期剧作中对道德的过度强调也导致了对作品艺术性认识的不足。

18世纪最有力的变化是与启蒙理性相伴随的历史主义的生长，新古典主义开始向情感主义、自然主义位移，从而开启了一直延续到19世纪的浪漫主义思潮。18世纪的历史意识把时代精神和民族精神也看成一个生长中的有机生物体，把承认个性与意识到历史总在变化发展联系起来。正确的个性不再是个高悬的"人"的模板，而是一个历史中的、发展中的存在。由此人们越来越重视通过文学的环境来研究文学的气候、地理的条件、民族的特性。历史主义的发展形成了关于"进步的"概念，开始承认每个时代有自己评定文学趣味的标准，在

"古今之争"之后，具备了独特性、个别性和民族性的现代文学，原始的、自然的、素朴的文学风格成为18世纪批评家一个新的好尚。

（二）新人文主义

新古典主义时代之后，浪漫主义成为19世纪文学主流。但是伴随着对法国大革命及其历史效果的指责，从政治层面回归于文学层面，对浪漫主义的批评一直不绝如缕。比如埃德蒙·伯克（Edmund Burke，1729—1797）、阿历克西·德·托克维尔（Alexis de Tocqueville，1805—1859）、以赛亚·伯林（Isaiah Berlin，1909—1997）等，其中尤以20世纪初美国文论家欧文·白璧德（Irving Babbitt，1865—1933年）的《卢梭与浪漫主义》①所言痛切。他的"新人文主义"和新"人性"观，其美学趣味与政治保守倾向与新古典主义一脉相承。

关于"人文主义"的内涵，白璧德认为，人文主义是在理性与感性之间的平衡，极度的同情与极度的纪律、选择之间的游移。②"人文主义"提倡中庸的人性观，像孔子所说的"过犹不及"，他认为人性有神性一面，也有动物性一面，因此理想的人性是二者之间的动态平衡。像马修·阿诺德（Matthew Arnold，1822—1888）一样，白璧德希望能稳定地、整体地看待人类生活，承认人是一种注定片面的造物，发现"人身上的人"。他认为文艺复兴是一次解放运动，是对感官、才智和良知的解放。文艺复兴是伟大的个人主义的扩张，同时也是知识和同情心的一次扩张。拉伯雷（1494—1553）那样的作家打破中世纪的传统镣铐，表现出一种生机勃勃的天分，但是与此同时蒙蔽了对高雅和选择的需求，使得个人能力中的无序和无纪律盲目扩张，在自由与管束之间一味强调前者的好处，因而给这一时期带来了某种程度上特殊的恶。在萨缪尔·约翰逊博士（Dr. Samuel Johnson，1709—1784）看来，温和适中比热情洋溢更值得信任。白璧德还区别

---

① 参见［美］欧文·白璧德《卢梭与浪漫主义》，孙宜学译，河北教育出版社2003年版。

② ［美］欧文·白璧德：《什么是人文主义》，转引自美国《人文》杂志社编《人文主义：全盘反思》，多人译，生活·读书·新知三联书店2003年版，第15页。

了自己主张的"人文主义"（humanism）与卢梭提倡的"人道主义"（Humanitarianism）。与人道主义相比，人文主义者对个体完善更感兴趣，而非要提高人类全体这类空想；虽然人文主义者也会考虑到同情，但他认为同情须用判断进行训练和调节。人道主义注重学识宽广和博大的同情心；人文主义的关怀对象却更讲究选择性，它提倡一种受过训练的、有选择的同情，因为在人文主义者看来，无原则的同情在某种程度上是一种滥情。按照白璧德的划分，莎士比亚是一个典型的人文主义者，而托尔斯泰是一个狂热的人道主义者。人道主义者带着各种方案四处游走，改革除了他们自己之外的几乎所有事情，他们扩大了知识和同情的世界主义范围；而真正的人文主义者，总力图在同情与选择之间保持一种适当的平衡。现代人倾向于为了同情而牺牲一切，而像古希腊古罗马那样的古代人却倾向于为了选择而牺牲同情。

由此可见，新人文主义者和儒家学说一样认为伦理而非情感是道德的基础，他们提倡一种推己及人之爱。卢梭对整个人类施以仁爱，却缺乏对身边具体个体的关切，体现出的正是"人道主义"这种新的感性哲学的悖论。关于文化与政治的关系，白璧德立足埃德蒙·伯克的保守主义传统，对法国大革命思想进行批判。[①] 他认为"自由—保守主义"政治哲学的基点在于把社会救治的药方开向自我，着力于人性的改善；而法国大革命引领的思想却是主张把药方开向社会，主张激进的暴力革命。在浪漫主义和自然主义联手绞杀了伦理意志之后，人的自然冲动变得无所约束，现代文化因此成为感伤和情绪化的代名词。在自我感受方面是自我放纵，在他人感受方面是人道主义，这就是卢梭带给我们的影响。白璧德试图警告知识分子和所有的人，也许集权主义并不是偶然的事件，也许我们一直要消灭的魔鬼就在我们自己身上。恢复人的罪感，在世界和自然面前重新变得节制而又谦卑，才能使社会在经验和传统的基础上更理性、守成地向前发展。

[①] ［美］欧文·白璧德：《卢梭与浪漫主义·原序》，孙宜学译，河北教育出版社2003年版，"原序"第7页。

(三)"新批评"

作为文学批评上的保守主义者,也拉起"新古典主义"大旗的,是20世纪上半叶风靡美国的"新批评"学派。"新批评"的早期人文主义思想是以马修·阿诺德(Matthew Arnold,1822—1888)和F.R.利维斯(Frank Raymond Leavis,1895—1978)为代表。马修·阿诺德是英国著名文化批评家,维多利亚时代社会和文化批评的主将。在其名作《文化与无政府状态》(1869)中,他试图将自由人文主义的意识形态和当时代的现实生活结合起来,他的所有批评都致力于教育和人心的改变,提倡权威和秩序。他认为当时堕落的文化应该为政治上的无政府状态负责,他的《文化与无政府状态》因而成为最早一部探讨文化和政治关系的名作。阿诺德重视文化与人心的关系。在他看来,文化就是追求人内心的美好和光明。通过倡导美与智的文化,可以对抗随心所欲、我行我素的个人主义与工业主义所导致的无政府状态,以期实现"文化、人性整体和谐、全面发展的完美"①。其次,阿诺德的文化批评仍然是精英趣味的。他极度反对公众的文化,认为这种文化是没有教养和秩序的代表,是没有价值和情趣的文化,他自始至终关注文化和权力的关系,主张用精英文化提升社会公众的整体素养,服务于对人性与人文的维护。他直接开启了以后利维斯主义等人的保守主义、精英主义批评传统。英国的马克思主义者特里·伊格尔顿曾认为,阿诺德等人意在把文学当成19世纪的世俗宗教②,以拯救世道人心,使暴乱的群氓不再诉诸无政府状态,而是遵从现行的统治秩序。

如果说阿诺德献身于文化之拯救作用的"文化批评",他的后继者英国学者F.R.利维斯的批评著作《伟大的传统》(1948)则的确可以称为"文学批评"。利维斯和阿诺德都怀疑物质的进步是否能真正增进人类的幸福,因此不敢贸然加入投身社会改革的激进自由派和

---

① [英]马修·阿诺德:《文化与无政府状态》,韩敏中译,生活·读书·新知三联书店2002年版,第11页。

② [英]特里·伊格尔顿:《二十世纪西方文学理论》,伍晓明译,陕西师范大学出版社1986年版,第28—34页。

左派，他们都担心"自由"会不会最终将"更多的果酱"看成生活的目的①，"解放"是不是首先意味着一种破坏的力量。但是两人心目中理想的"文化"不尽相同。对于阿诺德来说，文化除了意味着古希腊罗马的荣光，同时也不排除向德国、法国的当代文化学习；对于利维斯来说，文化的"黄金时代"是本土未被工业文明和资本主义所浸染的17世纪有机社会。阿诺德的文化指内在精神的完美，文化的完善导向人的完善；利维斯则在一定程度上让文化变成一个语言问题，保持英语的纯度和表现力、鉴赏力显得尤为重要，只有少数具有如此禀赋的人才是文化圣殿的看护者和圣斗士。"高品质的生活取决于这些少数人中不成文的标准，文化的精粹就是这些人辨别优劣的语言。假如语言的标准获得保持，文化的传承才有希望。利维斯非常同意艾兹拉·庞德在《如何阅读》（1928）中提出的观点，那就是文化的健康来自语言的健康，没有语言的健康就没有思想工具本身的整洁。"②

利维斯继承阿诺德的衣钵，认为文学的最终目的乃是一种"对生活的批评"（a criticism of life），并将其身体力行。他喜欢用"人性""道德""同情"和"宽容""睿智"等词语作为批评的关键词。在利维斯看来，真正伟大的作家必然意识到人性的局限、生活的局限，在每一个丑角身上都能或多或少照出我们自身的渺小和脆弱。文学在于用设身处地的情境为我们描绘自身可能有的悲哀和局限，增进我们对同类的理解和同情。这和罗蒂的文学观很相似。《伟大的传统》问世后，美国批评家屈瑞林（Lionel Trilling 又译作莱昂内尔·特里林，1905—1975）即在《纽约客》上热情支持推荐，认为梳理伟大作品的传统以帮助人们有效地解读经典，这是一个批评家所能做的最有意义的事情，"这是一流的批评判断，它的力量和准确性来自于利维斯博士直言不讳的道德态度。确实，伟大的传统不仅是文学传统，也是

---

① 陆建德：《序》，[英] F. R. 利维斯：《伟大的传统》，袁伟译，生活·读书·新知三联书店2002年版，"序"第8页。
② 同上书，"序"第9页。

道德意义上的传统。"① 利维斯的批评从整体上说属于道德批评,对道德问题他并没有给出一劳永逸的答案,而是显示出了严肃而紧迫的关怀;有别于那些对生活持游戏放纵和犬儒低调的态度,他带着更多的宽容和人情味去重新诠释道德。他认为伟大的作家并不意味着一定要在作品中扬善除恶,相反,他们往往竭力避免去简单地如此行事。毋宁说他们更需要用人物的复杂、故事的复杂来表现生活中道德的复杂性,发现寻常生活中复杂的人性和复杂的道德状态,这才需要不同寻常的眼光。

与"阿诺德—利维斯"开辟的传统一脉相承,新批评的另一位早期代表人物 T. S. 艾略特在 20 世纪 20 年代末的很多作品,也显示出从宗教正统出发的道德批评特色②。他不同意新批评后来发展中的形式主义和文本中心主义,他的批评路向显著影响了新批评的思想倾向,虽然在传统继承问题上他有强烈的历史感,使得后来的新批评不愿将其引为同道。但是他与后来文本中心形式主义者的偏离,正体现了他对欧洲传统新古典主义批评的继承和回归。

艾略特认为,每个民族都有自己的创作传统和批评传统,最天才的诗人在成熟期表现出的不仅仅是他自身特异的部分,而这部分最有可能恰恰就是历史上的优秀作家所共有的品质,他强调"传统"与"个人才能"的关系。认为古往今来的文学传统是一个开放的整体,时刻等待着新成员的加入,新人者也进一步见证了"传统"的伟大,丰富了"传统"的含量。追随"传统"不是对前辈诗人盲目地模仿,而是有一种创作的意识,理解本国的心灵,体现在本国文学史中的时代心灵,这胜过关注自我的伤感。重视"传统"意味着有一种完整的历史意识,使一个作家最敏锐地意识到自己在时间中的位置,自己和过去和当代的关系。"传统"有一个内在的、整体的秩序,随着后来

---

① [美] 莱昂内尔·特里林:《利维斯博士与道德传统》,转引自陆建德《序》,[英] F. R. 利维斯《伟大的传统》,袁伟译,生活·读书·新知三联书店 2002 年版,"序"第 16 页。

② [英] T. S. 艾略特:《传统与个人才能》(1917),赵毅衡主编:《"新批评"文集》,中国社会科学出版社 1988 年版,第 24 页。

诗人加入而会有变动，但是传统本身不会质变。在马克思主义批评家特里·伊格尔顿看来，T. S. 艾略特的"传统"是一个封闭的、志趣相投者的"俱乐部"，代表了古往今来欧洲中产阶级白人男性共同的审美趣味。

艾略特的"传统和个人才能"之说实际上以浪漫主义文论为潜在论敌，艾略特深信"诗不是放纵感情，而是逃避感情；不是表现个性，而是逃避个性"①。对于艾略特来说，过去的传统在后代诗人那里不仅产生"影响的焦虑"，而且也提供汇入传统长河必备的质素，把握和研习这些前辈诗人才能成就"自我"的卓异。他提倡恰当的批评态度应该客观冷静，他主张诚实的批评和敏感的鉴赏应该将兴趣从诗人身上转到诗本身。他主张的"灵魂乃天赐，圣洁不动情"② 实际上是回归了古典主义的理性、秩序和和谐。这使得艾略特的诗论和新古典主义的文学趣味遥相呼应。作为一个学术派别，"新批评"与新人文主义一样，具有强烈的保守政治色彩，它对文学的社会、道德功能的强调，可以在罗蒂的文学批评中找到回音。

二 基本价值

综上所述，传统的人文主义批评一直是西方文学批评的主流，在发展过程中，逐渐形成了其基本的批评标准和价值观。它强调普遍共通的人性、尊重传统权威和理性秩序，主张"寓教于乐"的社会道德批评。从古希腊亚里士多德、古罗马贺拉斯的人性论和人文观，一直到新古典主义时代拉辛、高乃依的批评主张，再到启蒙时代莱辛、萨缪尔·约翰逊博士的人文批评，它遵循了基本的批评取向。以此为基础，20世纪白璧德所倡导的"新人文主义"则是对其人性观的进一步发展，"新人文主义"主张"人性善恶二元论"，区分"人文主义"和"人道主义"，并对浪漫主义思潮多有批评。而以阿诺德和利维斯

---

① ［英］T. S. 艾略特：《传统与个人才能》（1917），赵毅衡主编：《"新批评"文集》，中国社会科学出版社1988年版，第32页。

② ［古希腊］亚里士多德：《灵魂篇》，转引自赵毅衡主编《"新批评"文集》，中国社会科学出版社1988年版，第32页。

所代表的"新批评"早期思想，则凸显了人文主义批评重视"道德批评"和"生活批评"的旨趣，其中坚人物艾伦·退特、T. S. 艾略特的文学批评等都明显带有保守主义色彩，他们公开主张恢复新古典主义。因此通过追溯这条彼此相关的发展脉络，我们可以概括出传统人文主义批评的基本价值。

（一）哲学观

在哲学和世界观上，传统人文主义提倡理性、和谐、有序。人文主义批评假定存在着一种稳定的人性心理，作品本身是人类心灵的产品。文学批评应该基于文本，并同时应该成为道德批评和一种对社会和生活的批评。文学可以移风易俗，阅读文学是为了使你成为"更好的人"，文学创作应尽力导向"更好的社会"和"更好的生活"。正因如此，阿诺德坚持认为，败坏的文学和文化应该为一个社会的无政府状态负责。传统人文主义的哲学基础是启蒙哲学，而它的美学基础则是主张真、善、美相统一的理性美学。这些哲学、美学基础是由亚里士多德、贺拉斯、歌德、席勒、康德、黑格尔和胡塞尔、哈贝马斯等人相继奠定的，因此人文主义批评深深扎根于现代性的哲学话语与美学话语。现代性审美话语强调普遍的人性、先验的理性和美学上的共通感，认同哈贝马斯所说"现代性仍是一项未完成的计划"，我们迄今仍走在现代性的途中。因此，人文主义批评关注个体成人和社会建设。它强调独立的主体性和健全的理性在塑造自我意识、完善公共领域、构建美好生活过程中所起的作用。人文主义批评相信永恒人性的普世存在，并对理性的前景无限乐观——相信所有的人们都能够通过理性选择，过上有尊严的生活，人们可以经由理性找到共同体生活的理想秩序，达到自我发展和社会和谐的完美统一。

（二）政治观

人文主义批评在政治哲学上的立足点是保守主义，又称保守的自由主义，代表人物是列奥·施特劳斯的政治哲学和艾伦·布鲁姆的人文教育理念。列奥·施特劳斯在《自然权利和历史》中对历史主义和虚无主义做追本溯源的清理，高调强调人性的至善和社会的自然正义；艾伦·布卢姆的《美国精神的封闭》则尖锐地指出了虚无主义导致的当代人文教育的危机。他们都不是专业的文学家和批评家，但作品涉及文学想象和社会正义之间的联系，也就是玛莎·努斯鲍姆所说的"诗性正义"问题，就像他们认为政治哲学能够为自由主义社会提供理论基础一样，在这些政治哲人视野中，保守主义对自然、人性与艺术之真、善、美的强调，可以成为人文主义批评的最终鹄的。艾伦·布卢姆本人在《巨人与侏儒》一书中"强调美国社会应该提倡一种更加具有确定性，更有实质性内容的道德价值，这些道德的价值就来源于经典作品"①。

(三) 文学美学观

传统人文主义批评在美学趣味上是古典主义的，讲究道德、理性、节制、均衡，与浪漫主义的感伤和历史主义的变动不同，它强调稳定和秩序。传统人文主义批评突出文学的基本关怀和社会人群相关，它追求的完美来源于内在和外在的整体和谐。康德的名言"世界上唯有两件事让我激动不已：一是头顶灿烂的星空，一是内心崇高的道德"，恰恰体现了人心中的秩序和自然界秩序的永恒存在，这是古典人文主义的终极关怀。亚里士多德的人文理论和中国早期儒家有相通之处，但与西方古典人性论对人的罪感认识不同，儒家对人性的估计过于乐观，新人文主义的人性"善恶二元论"是对传统人性论的一个理论突破。人文主义批评强调文化是现代人心灵中的宗教，提倡通过文化实现世俗救赎，对人的有限性有充分的认识，反对极端的个性扩张和浪漫冲动，主张遵从秩序、适度节制的有限性思想。人文主义批评主张人之为人应该有不同于动物的人伦价值关怀。按照利维斯、艾伦·退特、特里林等人的说法，文学批评应该在提供道德救赎、承担社会关怀的同时，依然立足于对文学审美自主性的强调。他们主张文学应该超越一时一地的意识形态之争，作用于永恒的世道人心，通过改造人心来改善现实，治愈社会病症。

---

① 王鸿刚：《〈巨人与侏儒〉——布卢姆，靠经典说话》，《环球时报》2004年2月2日。

新人文主义批评在中国最初由学衡派引入、经白璧德的弟子梁实秋大力倡导，而以周作人、李健吾等人为代表的京派批评深受其理性、秩序、和谐、中庸的古典美学观影响。此外钱锺书的批评观也直接受到剑桥文学批评如瑞恰兹（新批评早期）的影响。中国当代文学批评中也有一些批评家坚持文学的价值取向，比如李建军、谢有顺等，他们把文学看成"真善美"相统一的力量，并以此作为批评标准。他们都认同文学中应该有对人类社会生活道德伦理的承担，强调文学是要有精神、有灵魂的。好的文学应该是美善同一、有益于追求信仰的高度和灵魂的深度，有益于建构正常、健康的个人生活和公共生活，因此他们的批评也可以看作对以往人文主义批评的悠远回声。

三　内在困境

"人文主义"在西方一直被看作资产阶级正统意识形态的代表，所以"人文主义批评"在20世纪受到"后"学批评和各种新马克思主义的猛烈冲击。传统人文主义批评关于"自足的主体性""永恒的人性"和"无所不能的理性"等观点，渐渐失去有效性和合理性，其自身发展出现了新的困境。

首先，对"理性"的清理和反思。从叔本华一直到尼采、弗洛伊德、海德格尔，人们认识到，在理性的背后还有强大的非理性力量的存在。不管这力量是叔本华的生命意志、尼采的权力意志还是柏格森的生命之流，抑或海德格尔那神秘的"大地"力量，或者是弗洛伊德的性本能，20世纪以来形形色色的非理性主义哲学开始对理性进行怀疑和解构，并渐渐占据了学术思想的主流。相信大自然和人心之中存在共通的"理性"秩序，一直是传统人文主义批评的理论根基。但现在，几乎所有的人们都开始在哲学、美学、政治等各个层面质疑现代性及其后果，反思是否存在"古典主义—人文主义者"宣称的"自足的理性"。

除了从理性的反面对理性进行反攻外，各路思想家也从其他不同的关注视角，渐渐看清了"理性主义及其限度"①。比如德语传统中的西方马克思主义者注意到了理性的过度发展，霍克海默、阿多诺等认为"启蒙理性已经走到了其自身的反面"，"启蒙辩证法"面临着吊诡逻辑；而另一位法兰克福学派的代表人物哈贝马斯则在《现代性的哲学话语》提醒我们要重新面对"理性的他者"，像马克斯·韦伯一样，他们都渐渐看到理性发展成了"工具理性"，技术变成"技术的牢笼"。理性的尽头，是人性的监狱。理性变成了对人进行异化的工具，进而对自由形成新的威胁。

其次，启蒙哲学的"主体性"和"自我"概念也同样遭到质疑。在法语传统中，德里达追随尼采和海德格尔进一步解构了形而上学，后结构主义的领军人物如福柯、布迪厄等对知识—权力的关系也开始进行清理。在后结构主义者看来，独立自足的"主体性"是有问题的，罗兰·巴尔特和福柯一起欢呼"作者已死"，继尼采的"上帝之死"后，"人之死"标志着古老人文主义理念似乎寿终正寝。独立主体的自我"意识"也是靠不住的，"主体性"开始为哈贝马斯所言的"主体间性"所取代。它提醒人们：在内在封闭的自我意识之外，还有广阔的、悠久的社群成员间的认同；个体意识背后还有弗洛伊德的"个体无意识"或者荣格的"集体无意识"。从笛卡尔时代开始以来的主客符合认识论开始让位于海德格尔—伽达默尔倡导的本体论解释学，语言取代了人（主体）的位置，索绪尔和维特根斯坦带来的革命性变化到海德格尔那里发展成为一个洞见——"语言是存在的家"。

最后，浪漫主义时代以来，历史主义与具体性、实践性的概念也对"永恒的人性"观提出了挑战。在这个哈贝马斯所言的"后形而上学"时代，爱因斯坦无序的、相对的、变动的世界观开始挑战牛顿的有序的、完整的、稳定的世界观。理性、主体性的单一独白话语开始被后现代的杂语喧哗、多元共生相取代。后形而上学时代没有古典主义—人文主义批评所谓的"典型的人"和"美的理想"，我们拥有的

---

① 参见哈佛燕京学社、三联书店主编《理性主义及其限制》，生活·读书·新知三联书店2003年版；[美]卡尔·贝克尔：《十八世纪哲学家的天城》，生活·读书·新知三联书店2011年版，"序言"。

只是中国人、美国人、日本人、印度人，男人、女人等生存在具体地方、具体历史时代的人们。每个人都有独一无二的个体性，那个永恒共通的人性公约数自维特根斯坦以来，就一直被认定是不存在的，大家之间只有"家族相似"而已。因此也就没有了中西古代先贤所谓的亘古不变的"良心"和永恒的"道德法则"。但是，在抽调了理性和人性的根基之后，文学作品还靠什么和读者产生共鸣呢？后现代主义者和解构主义者似乎并不担心这些，他们要做的只是"祛蔽"而已。这就为那些试图在后现代语境中，寻找自由主义—人文主义理想认同的哲学家提出了新的课题。

总之，后现代大潮滚滚而来，势不可当。传统人文主义的话语虽然已经显得陈旧，但其扎实的批评影响却历久弥深。那些读着经典人文主义作品长大的作家、思想家，如哈罗德·布鲁姆、艾伦·布卢姆、玛莎·努斯鲍姆等，开始在后现代大行其道的文化中为人文阅读的式微而大声疾呼。人文主义—保守主义的文学趣味也影响了像罗蒂这样的后现代哲学家，深厚的人文关怀使他接过传统人文主义的衣钵，装备上后现代话语的武器，重新上路。罗蒂提出的"后人文主义"观念，又可以叫作"新实用主义的人文主义"，或曰"反本质主义的人文主义"，可以通过注入"后现代—新实用主义"理论的新鲜血液，对以往传统人文主义批评"重新描述"，擦亮人文主义的理念，让古老的人文主义批评重获新生。

第二节　罗蒂哲学的思想渊源

在"语言学转向""后现代转折"与"新实用主义"并进的潮流中，罗蒂不仅是个推手，也以重要发言加入了这个大合唱，《语言学转向》和《哲学与自然之镜》都给理论界带来振聋发聩的效果。罗蒂认同的三个哲学英雄里，除了杜威之外，海德格尔和维特根斯坦都出身欧陆。所以在罗蒂学术研究的盛年，虽然埋头于分析哲学的城堡——普林斯顿大学，但是对欧陆风景的展望和思考从未停止过。在其学术生涯的后期离开普林斯顿之后,不管是身体力行还是在思想上,他更频繁地出入于英美和大陆两大哲学传统之间,宣讲海德格尔、弗洛伊德和德里达等人的学问,关注哈贝马斯—利奥塔等人之间的论争。可以说,他的哲学思考架起了英美哲学和欧陆哲学之间有益的桥梁。因此,罗蒂提倡的"后哲学文化"——"文学文化"除了深受英美实用主义影响,也深深打上了这些欧陆思想的烙印。罗蒂综合欧陆哲学和英美经验主义——分析哲学,在杜威古典实用主义的基础上开出美国本土哲学的新路——新实用主义。而新实用主义所要置身的文化就是后哲学文化,也即人们在他《哲学的场景》译本序里总结出来的"人文主义乌托邦"[①]。

一 后现代转折:海德格尔与欧陆思想的影响

海德格尔是罗蒂愿意经常提到的欧陆哲学家,在从现代到后现代的转折中,罗蒂否认传统哲学的拼图世界观(the jigsaw puzzle approach),进而拆穿哲学是自然之镜的庄严比喻,他的做法与尼采、海德格尔对形而上学的批判可以遥相呼应,而海氏的弟子伽达默尔的本体论解释学也有好多观点让罗蒂深为赞同。罗蒂认为,"尼采是反本质主义者,实用主义者,和反平等主义者"[②]。如果仔细阅读尼采,很容易发现他的观点和实用主义的相通之处。

首先,尼采同赫拉克利特一样认为万物是流变的,没有固定的实在,实在是一个生成、流变不息的过程。知识是一个解释的过程,但这个过程以生命的需要为基础。在此基础上他建立了实用主义的知识观,模糊真理与谎言、真理与谬误的区别,认为知识都是为我们的利益服务的。在他看来,权力意志就是一种想要征服、掌控的原始冲动和欲望。这种欲望不仅指现实中的政治权力,而且指向知识领域。因为在他看来求知也是一种权力意志,知识和权力一起增长。因为实在是生成的流

---

① 王俊:《译者序》,[美]理查德·罗蒂:《哲学的场景》,王俊、陆月宏译,上海译文出版社2009年版,"译者序"第3页。

② [美]理查德·罗蒂:《后哲学文化》,黄勇译,上海译文出版社2009年版,第138页。

变，而不是固定的存在，所以被称作真理的只是对我们有用的知识，根本没有绝对的超验的真理性。语言使我们误以为我们说世界的方式就是在反映实在，但语言及其表达究其根本也不过是人的虚构，它的正当性不在客观的根据，也没有终极的客观根据，而在于它的实用性。

其次，尼采哲学在致力于个人完美和创造上也使罗蒂如遇知音。尼采主张重估一切价值，提出要清理道德的谱系，认为世间只有两种道德——"主人道德"和"奴隶道德"，他认为犹太—基督教道德提倡怜悯同情、削平人性的崇高和尊严，是"奴隶道德"；而恺撒、歌德、拿破仑这样的"超人"，则主张"消灭道德，以便解放生命"，因此是"主人道德"。尼采认为应该从那些禁欲主义、谦卑的庸众里解救那些强有力的、高贵、庄严的人，即罗蒂常说的能够自我创造、自我立法的人。尼采解构了西方灵魂/身体的二元对立与区分，不再把灵魂看成是主宰，把身体看成是形具和附庸。而是强调"灵魂并不高于身体，身体是本能与冲动的结合，是力的集合，它不仅是道德的起源，也是一切知识和真理的起源，思想只不过是内驱力的一种功能……尼采要求将感性的身体代替理性的主体，从生命和权力意志的角度重新理解知识"①，破除理性主义的教条，将知识问题变成求生存的问题，变成功利和实用的问题。

继尼采之后，罗蒂也在海德格尔那里发现了实用主义很多重要论点。比如对近代主观主义和基础主义的批判；对二元论的怀疑和解构；对"偏见"的翻案；对人的历史性的强调，等等。

首先，海德格尔对"存在"的发现、对形而上学的解构和罗蒂的反本质主义有很多相似之处。海德格尔认为人是先行被抛入世界的，是与他人共在。意义和诸种关系先于各种逻辑和理念充塞于我们的生存（Existens）中。西方哲学从柏拉图哲学开始，尤其是亚里士多德那里经过一系列理性提纯改造升格为形而上学。把哲学丰富的内涵简约为逻辑和概念，混淆了"存在"与"存在者"的区别，使理性思维一统天下。形而上学偷换了概念，使哲学的关注点转向存在者（人）本身，所以

---

① 张汝伦：《现代西方哲学十五讲》，北京大学出版社2003年版，第59—60页。

西方的主体哲学实际上是本体论形而上学。忘记了生存的真正本体是"存在"，发生、显现、变化本身，只有置身于上下文的语境中，这个动词 to be 才能发挥作用，而不是他的动名词形式 Being。海德格尔生存论的存在主义要人学会谦卑，对"存在的天命"恭顺地聆听。不做自由主义个人主义原子式的"强主体"，而做与自然、与他人共在的"弱主体"。这有似道家所说顺乎"天道"和儒家所说顺乎"人情"。在海德格尔看来，在世命运的展开要比哲学的抽象还原对现实中的人更有意义。他把存在者（人）的存在称为"此在"（Dasein），"此在"总是充满了无数可能性，总是"我"的存在，总是"存在于世中"（In-der-Welt-sein），总是与他人"共在"。这样海德格尔就将哲学的关注点从具有意向相关性的人脑中的先验意识结构，转回到人间烟火的大地，转向人的命运在世界中的具体展开。

其次，海德格尔的实践观也和实用主义异趣沟通。海德格尔通过对人的存在进行生存论分析，颠覆了传统西方哲学的一些最根本的前提。近代西方哲学将世界分成主体和客体，主体又被规定为意识，客体被看作认知的对象。但按照海德格尔，既然人一出生就开始和世界打交道，我们日常与世界打交道的实践活动（海德格尔把这种活动叫作"烦"）总是第一位的，我们一定是在已经熟悉了事物以后，才会把它作为一个外在于我，与我没有实践关系的东西来客观地观察。"事物对于我们首先是作为'上手'（zuhanden）的事物出现的"①，各种器具来到我们面前，带着各种被他称为"因缘"（Bewand-nis）的生存论条件，因一个锤子我们会想到捶打—修固—防风避雨，这都是器物与生存之间的联系。就像看见梵高画作中一双农妇鞋我们会看到耕作的劳苦、丰收的喜悦、成熟的希冀、分娩的阵痛，以及在那暮色与风霜的田间小路上向我们踽踽走来的农妇的身影。这些都是我们对世界意义的"领会"。存在总是与这些意义、与他人、与各种关系共在。因此，他扭转了近代主体论哲学原子化个人主义倾向，而注入了注重世界、注重日常生活实践的品格。这结束了西方哲学中几乎从无争议的理论知识优先的取向，而赋

---

① 张汝伦：《现代西方哲学十五讲》，北京大学出版社 2003 年版，第 232 页。

予人的生命实践以哲学基础地位。所以胡塞尔称《存在与时间》是人类学的著作，偏离了哲学的探求方向。这和罗蒂的哲学偏重人类学、伦理学，重视社群而非个人的理论旨趣很相投。

伽达默尔也是罗蒂心仪的欧陆哲学家，他对"系统哲学"的不屑和对"教化哲学"的看重深受伽达默尔的影响。虽然伽达默尔本人继承了海德格尔对美国实用主义的轻蔑，但是他对实践智慧的强调，对主客二元对立的克服，对人类有限性的认识，对所有理解的可错性和经验向未来开放性的重视，都使他实际上与美国实用主义很接近。以哲学阐释学为基础，他将人类的理解活动归入与生存、存在、真理问题有关的思考，由此建立了和19世纪方法论解释学相区别的本体论解释学。伽达默尔的本体论解释学重视理解的开放性，是对传统主客二元对立认识论解释学的克服。在《真理与方法》中，他写道："它（诠释学）标志着此在的根本运动型，这种运动构成此在的有限性和历史性，因而也包括此在的全部世界经验。"① 在他看来，阐释意味着一种对意义的嵌入，而不是对意义的寻找。他的哲学阐释学核心概念包括"先入之见"与传统，时间距离与自我理解、效果历史与视域融合等概念。在他看来，建立在主客体对立分裂的基础上认识所谓"科学真理"，是根本无法达到"存在"的真理的。存在论释义学要展示的是一个前方法、前主体的世界。这是存在论的活动，而非认识论的。领会的对象是领会者自己和这个世界。领会的过程是世界自我展开的过程，而不是主体认识客体的过程。伽达默尔认为理解不只是一种复制的行为，而始终是一种创造性的行为。我们可能永远无法自称某个理解是完善理解，而宁愿相信所有的努力都是向着完善的进步。和罗蒂一样，他重视理解的历史性。人作为"在世存在"总是处于具体的生存情境之中，人必须在历史的过程中理解这种境遇并加以扩大和修正，作为"此在"向前的投射，所有的理解都是"效果历史事件"，在历史性与共时性相交的"视域融合"过程中，过去与现在、

---

① ［德］伽达默尔：《真理与方法》第2卷，洪汉鼎译，上海译文出版社2004年版，第484页。

主体与客体、自我与他者消弭界限而成统一的整体。

二 语言论转向：维特根斯坦与英美经验主义—分析哲学

罗蒂从业之初接受的都是分析哲学，其严格的方法训练使得罗蒂受用终生。他承认是塞拉斯和戴维森这样的分析哲学家对"所与"神话的批判和对真理所抱的"融贯论"的态度，使他不再愿意去追究真理的本质，开始怀疑近代哲学的形而上学假设。普特南在评价罗蒂时也说："罗蒂使用的方法与分析哲学家极为相似。"① 罗蒂最终反对的，可能只是分析哲学中的反历史主义倾向和对形而上学批判不彻底的一面。在某种意义上，他仍然是个分析哲学家，在罗蒂看来，分析哲学和大陆哲学最近的关怀是一样的，"双方都说，我们将绝不可能走出语言之外，绝不可能把握不以一个语言学描绘为中介的实在"②。但是罗蒂也同时看到，分析哲学渐渐稳固的体制内地位和专业化趋向，使其逐渐失去了当年摧毁形而上学的革命性，陷于专业爬梳和自我满足。最为关键的是，它像传统哲学一样把语言看作知识的确定性基础，企图通过语言的精确分析，到达事物的本质。虽然它曾经清除了过去哲学中的许多伪问题，但是对自身却失去了反省。然而分析哲学与实用主义毕竟都来自英美经验主义的哲学传统，不仅都曾是形而上学的敌人，而且在真理观和方法论上也有共同的基因。比如实用主义的开创者"皮尔士使哲学尽量科学化的尝试和对逻辑的初步探讨就可以看作分析哲学的先声"③，这就提示了在两者之间进行某种综合的可能。罗蒂在维特根斯坦那里找到了他们的结合点，他认为透过维特根斯坦的语言哲学，可以实现分析哲学和实用主义的良好互动。维特根斯坦使得哲学的关注从语言逻辑转型为伦理生活，正好弥补了罗蒂对分析哲学专业化的不满。

维特根斯坦对哲学的看法与罗蒂非常接近。在维特根斯坦看来哲学

---

① ［美］普特南：《重建哲学》，杨玉成译，上海译文出版社2008年版，第66页。

② ［美］理查德·罗蒂：《后形而上学希望》，张国清译，上海译文出版社2003年版，第27页。

③ 安佰鸿：《理查德·罗蒂的文化观念和文学理论研究》，博士学位论文，山东大学，2009年。

并不是理论,而是行动。哲学只是语言批判,向人们指出语言的所能与不能。但这些涉及的都只是思想和逻辑,而没有涉及生命的意义。但恰恰生命的意义是最重要的,维特根斯坦的哲学关怀一直是伦理学的。在《文化与价值》中他这样写道:"我认为,我的话总结了我对哲学的态度:哲学确实只应该作为诗文来写。似乎对我来说,不管我的思想属于现在、将来或者过去,如此获得哲学是一定可能的。因为这样做的话,我就能揭示我自己,而不象有的人不能随意地尽其所能去活动。"①

罗蒂对语言的重视和对偶然的发现也可以在维特根斯坦所说的"家族相似"和"语言游戏"中找到知音。维特根斯坦声称对理论没有兴趣,只是关注语言批判和思想的澄清。早期的他曾经沉湎于本质主义,即语言与世界共有一种逻辑本质,他们之间是对应同构的关系。但后来发现这种本质主义的看法是成问题的,因为哲学家老是试图用科学的方法来提问和回答问题,造成对偶然和个别情况的忽视和化约,并且奢望发现普遍规律或者是真理等普遍性。普遍性的追求中内含着对个别和差异性的忽视。"语词没有固定的意义,只有人们赋予它们的意义。"坚持命题和它所描述的东西间有一定的相同的"形式"是不合理的。"世界并非按照一定的结构组织起来,然后再把它的结构用语言表述出来。而是可以对同一个世界有多种不同的描述,概念只在一定的语境下才有意义。"②肯定事物有客观的本质,必然去追求一种理想的语言,而日常语言才是人们生活中的实在。同类事物之间没有共同的本质,只有偶然的"家族相似"。就像我们探寻人之为人的本性时发现的一样,事物之间很难找到终极本质的共同公约数。罗蒂的哲学就是否定这个公约数的存在。命题是多种多样的,人们无法找到涵盖所有命题的定义,语言也并无本质,语言这个由或多或少的亲缘关系构造的家族没有形式上的统一性,是由各种各样的语言游戏组成的。

要理解一种语言,就是要理解一种生活方式。"句子、语词没有

---

① [英]路德维希·维特根斯坦:《文化与价值》,黄正东、唐少杰译,清华大学出版社1987年版,第34页。

② 张汝伦:《现代西方哲学十五讲》,北京大学出版社2003年版,第160页。

独立、自足的'真正'的意义。……生活形式是我们不得不接受的东西，它结合了文化、世界观和语言。"① 语言游戏的全部规则植根在生活形式中，属于语言游戏所在的整个共同体文化"。维特根斯坦把语言作为一种生活、文化现象和实践形式来理解，使语言哲学超出了专业哲学范围，走向更广阔的生活。维特根斯坦厌恶职业哲学家的学院生活，他像罗蒂一样重视语言描述，把哲学的作用看作治疗性的，应该服务于生活实践。哲学应该关心的问题不是理论问题，而是生活实践问题。职业哲学家是对一个真正哲学家的讽刺。在他看来，哲学的疾患也是时代的疾患，解决哲学的问题就是解决生活的问题。"属于一个时代的疾患需要通过人们的生活方式、思维方式的转换来医治，而不是通过某个人发明的药物。"② 在对语言的强调、哲学非专业化取向和治疗功能方面，罗蒂深受维特根斯坦的影响。他也认为哲学的问题归根结底是语言的逻辑问题，是改变事物的描述方式的问题。哲学问题不应该引向玄思冥想的形而上学理论，而是应该回到人们的具体生活实践。语言使用和生活形式应该联系在一起，改变谈论和描述世界的方式意味着实践关系的改变。

可以说，维特根斯坦的语言学转向和海德格尔、伽达默尔对语言本体论的强调，给罗蒂很深的影响。本体论阐释学对"对话"和"传统"的重视，使我们看到伽达默尔的"对话"观正和他本人温情脉脉的保守人文主义一脉相连。③ 人们一般在诟病哲学阐释学时把它和相

---

① 张汝伦：《现代西方哲学十五讲》，北京大学出版社2003年版，第162页。

② Wittgenstein, Bemerkungen iober die Grundlagen der Mathenatik, p.132。转引自张汝伦《现代西方哲学十五讲》，北京大学出版社2003年版，第171页。

③ ［美］马泰·卡林内斯库：《现代性的五副面孔》，顾爱斌、李瑞华译，商务印书馆2003年版，第292页。马泰·卡林内斯库在《现代性的五副面孔》中曾经这样谈起海德格尔和伽达默尔："处于瓦蒂莫思想核心的是海德格尔式的概念，回忆、再思（以别于克服、治愈、康复等）。另一个关键的术语是虔敬。弱思想的伦理集结于这个旗号下。弱思想最充分的表现形式是一种正确的阐释学态度，在这种态度中，如伽达默尔的《真理与方法》所表明的，阐释学可以说是在实践一种方法上的弱（包括对阐释对象内在需求的关照体贴和顺从迁就、尊重其本质的脆弱性，在质疑它之前乐于倾听其诉说，以及不把自己的理性与信念强加于它的全新努力）。"

对主义、虚无主义联系在一起，却常常忽略在哲学（本体论）阐释学相对和虚无表象背后，是一种属于"弱思想"（卡林内斯库语），它体现的是一种的宽容、体贴的人文态度。谦卑、恭顺、敞开、包容，"后"学和人文主义这一对冤家在这里似乎找到了一个可以结合的生长点。对罗蒂的后现代主义和人文主义的关系，我们也可以作如是观。

三　新实用主义：从杜威的"经验"到罗蒂的"语言"

罗蒂借鉴欧陆后现代思想和英美分析哲学的方法，但其思想底色还是美国本土的实用主义。在20世纪30年代，实用主义已经被分析哲学挤出了美国的哲学舞台，有赖于罗蒂对实用主义的重新阐释和利用，"新实用主义"开始重领风骚。罗蒂的新实用主义世界观，受到古典实用主义的三个代表人物皮尔士、詹姆斯和杜威各自不同的影响。罗蒂的创新在于他将杜威对"经验"的关注转向"语言"，并且彻底抛弃了詹姆斯的"新实在论"倾向。

从思想渊源上说，实用主义来自洛克的经验主义和休谟的怀疑论传统，实用主义（pragmatism）一词有"实用的""实际化""现实化"之义。"实用主义注重行动，行为、实践在哲学中的决定性意义，认为哲学必须立足于现实生活之上，行动以确定的信息作为出发点，把采取行动当作谋生的主要手段，把开拓、创新视为基本的生活态度，把获得成效当作生活的最高目标。"① 首先使用"实用主义"一词的皮尔士坚持一种"实用主义—科学主义"的方法论，他相信存在着一种康德所说的对象的基本结构，尽管他认为这个结构不是先验的，而是人们后天创造的，但是他力图以逻辑和科学的方法去接近这个"实在"以形成关于"真理"的共识，这使罗蒂看到他的不彻底性。"正是在这种意义上，他是实用主义所要反对的那个传统的最后一个哲学家。"②

---

① 涂纪亮：《从古典实用主义到新实用主义》，人民出版社2006年版，第3页。
② 黄勇：《译者序》，[美] 理查德·罗蒂：《后哲学文化》，黄勇译，上海译文出版社2009年版，"译者序"第15页。

罗蒂从实用主义的另外两个代表人物詹姆斯和杜威那里，却收获良多。詹姆斯认为实用主义的核心是两种真理观——具体真理和绝对真理，实用主义者关注前者。他大胆地提出实用真理只是被确证了的信念。真理像人类一样是进化发展的，今天的真理就有可能是明天的谬误。詹姆斯倡导"彻底的经验主义"，把事物之间的关系看作具体经验的对象，我们所感知的一切内容都是可经验的连贯的结构，宇宙并不需要外在的超验关系来作为基础，从而真理的一切都是可检验的。除了真理观和实在论，詹姆斯还将哲学讨论引向道德生活和信仰意志。在罗蒂看来："詹姆斯有时表现为固执的、经验的和热爱事实与详细细节的。但在其他时候，特别是在其信仰意志中，可以很清楚地看到，他的主要动机是把他父亲将社会作为人的得救形式的信念与硬科学理论放在同等地位，他认为真信念就是成功的行为规则。这样，他认为，可以消除在'有根据的'科学信念与'毫无根据地'接受的宗教信仰之间的区别。"[①] 由此可见，詹姆斯试图融合经验论和唯理论，使实用主义在保持与经验与事实的密切联系的同时，为可以经验到的信仰留下一席之地。罗蒂吸取了詹姆斯对道德和救赎的关怀以及对文学阅读的重视，但是却认为詹姆斯的实用主义真理观和彻底经验主义信仰论在对"实在"的看法上是存在矛盾的，与"实在"相接触对于宗教情结深厚的詹姆斯来说是个"经验"，而在罗蒂看来却是堕入了神秘主义和形而上学。罗蒂以对本质主义坚决的拒斥，彻底抛弃了詹姆斯的"新实在论"倾向。

杜威是罗蒂的哲学史版本中首屈一指的哲学英雄，尽管已经有很多人指出，罗蒂是杜威的"强误读者"（strong-misreader），他在以"为我所用"方式误读杜威。但是他在多个地方公开宣称杜威对其深厚影响。杜威深受由达尔文代表的自然科学的影响，这使他脱离了早期黑格尔主义。黑格尔教会他看重历史，并根据历史实在描述科学世界。杜威所接受的达尔文进化论思维和黑格尔历史主义深深形塑了罗

---

① ［美］理查德·罗蒂：《没有方法的实用主义》，转引自黄勇《译者序》，《后哲学文化》，上海译文出版社2009年版，第15页。

蒂的哲学。罗蒂认为杜威一直在黑格尔和达尔文之间试图将二者调和起来。"我们要认为达尔文向我们表明了如何将黑格尔自然化——如何保留不带康德唯心主义的赫尔德的历史主义,如何在保有黑格尔进步叙事的同时又免于宣称现实的就是合理的(the real is the rational)。"① 他接受了杜威的"自然主义经验论"和实用主义方法论,以及以实用主义的眼光关注社会、文化与政治的开阔视野。杜威的实用主义版本强调经验,认为经验是人与环境相互作用的产物,经验与自然是一个整体,并具有连续性。杜威对整体经验连续性的强调使他反对主客、心物、理论与实践的二分。

杜威的真理观也是工具主义的,强调判断真理的标准是实际的结果和效用。"这些信念对我来说似乎是解决问题的有效工具。'真理'不是探索者必须尊重其权威的某个事物的名称。相反,它只是表示将在满足人类需要方面发挥最佳作用的一组信念的名称。"② 这样杜威就把真理看作应付世界解决实际问题的一种方式和手段。但是罗蒂不喜欢杜威思想中经验主义的成分,他爱读的杜威的书是《哲学与改造》,他认为如果杜威不写《经验与自然》这本书会更好一些。以他看来在《经验与自然》中,杜威试图建立一种关于"经验"的形而上学理论,这说明他对基础主义哲学的抵制还不彻底。在"杜威的形而上学"一文中,他对此提出了批评。"终其一生,杜威一直在治疗型的立场和另一个非常不同的立场之间摇摆,那就是:哲学要成为'科学的'或'经验的',并且要做某种严肃的、系统的、重要的以及建设性的事情。"③ 他认为杜威缺少语言哲学的意识,因此看不清知识与经验之间没有直接的证明关系。罗蒂认为对"经验"的强调使杜威偏向了洛克的自然经验主义。

---

① [美]理查德·罗蒂:《实用主义哲学》,林南译,上海译文出版社2009年版,第301页。

② [美]理查德·罗蒂:《后形而上学希望》,张国清译,上海译文出版社2003年版,第5页。

③ Richard Rorty, *Consequences of Pragmatism*, Minneapolis: The University of Minnesota Press, 1982, p. 73.

罗蒂把杜威对"经验"的强调转向"语言"。实用主义对"知识""真理"和"道德"都有话可说，但是并不给人们强加一套理论，而是在实用中展示这些术语能为我们带来的对生活的理解。他概括了新实用主义的三个特征。

第一个特征是实用主义是反本质主义的。它不承认世界背后有柏拉图所说的至善"理念"和康德所说永恒的"先验结构""道德法则"，他们认为真理只在我们生活世界的内部，任何真理的表述都离不开语言，任何语言都是共同体生活的产物，因此没有抽象的本质和真理，没有超文化和超历史的永恒的道德法则。对于实用主义者来说，真理不是理论的词汇，而是实践的词汇。

罗蒂认为实用主义的第二个特征是淡化形而上学的二元区分，比如事实与价值、理智与情感、本质与现象、主体与客体等。他认为"在关于应该是什么的真理和关于实际是什么的真理之间，没有任何认识论的区别，在事实与价值之间，没有任何形而上学的区别，在道德与科学之间没有任何方法论的区别"[①]。他认为导致在事实与价值、科学与道德之间作截然区分的错误在于不把人看成是实践中的人，我们是在世界之中的，我们判定事实就无法不戴着各自价值的有色眼镜，我们认定什么是科学的东西也早已先行渗入了道德偏好，每个人不能将自己从生活世界和文化传统中连根拔起，以超越的视角做到价值中立。我们以视觉方式审视外物，似乎能抽离我们自身进行客观的思考，由此产生一种错误的观念：认为不能屈从趣味、情感和意欲，而要找到可以与之符合的对象，否则就没有合理性的希望。人内心深处对"真理符合论"和"确定性"的渴求实际上是变相的对"神"的依赖。

罗蒂对实用主义的第三个概括是祛除"大写的哲学"，正视生存的偶然。所有涉及人的本性、颠扑不破的真理等词汇都是稀薄的、空洞的。我们必须放弃寻找心灵的秩序、宇宙的秩序，放弃柏拉图和康

---

① ［美］理查德·罗蒂：《后哲学文化》，黄勇编译，上海译文出版社 2009 年版，第 232 页。

德式的"拼图"世界观,而承认生活在一个偶在的世界。在他看来,人们必须对自己谈论问题的出发点和问题域进行选择,否则所有的问题便无从谈起。我们无法清楚自身对所有事情阐述的理论预设,因此我们必须接受所有问题出发点的偶然,而不是力图避开这种偶然性,用形而上学的眼光将它看成一个"普遍"的问题。他说:"接受出发点的偶然性,就是把来自我们人类伙伴的遗产和与他们的对话看作是我们唯一的指导来源。而试图避开它,则是希望成为一架恰当的程序化的机器。"①

新实用主义的哲学图景向我们昭示,后现代之后,所有人们拿来作为基础、作为本质、作为标准的"大写真理"都不复存在了,为此,罗蒂宣称,我们正走向彻底的"后哲学文化"的时代。

第三节 后人文主义

罗蒂似乎是一个天生不安分的人。他的学问来源庞杂,不管是经验主义和大陆哲学,还是美国本土的实用主义,他总是能做到批判继承与兼收并蓄;而他的学术之路也比较曲折,他不断地成为每一个哲学阵营中的"叛徒",从其内部发起进攻并义无反顾自立新说。20世纪60年代在普林斯顿大学任教期间,他先是用分析哲学的语言反叛传统形而上学。《语言学转向》发表之后的20世纪70年代及以后,他又以新实用主义的思考来审视当代分析哲学的欠缺,1979年发表的《哲学和自然之镜》可以说是对这一时段思考的总结。分析哲学给他语言和逻辑的训练,使他重视语言,把语言看成世界中更普遍的事物,而"后学"思想和实用主义从不同的方面坚定了他对柏拉图—康德以来神圣"大写"哲学的怀疑。当他确认以往对世界背后"本质"的追寻,都是源于形而上学的超越渴念而为自己的思维设置的路障

---

① [美]理查德·罗蒂:《后哲学文化》,黄勇编译,上海译文出版社2009年版,第235页。

时,他选择义无反顾地走出来,走出自己过往的"系统哲学",而皈依于与时俱进、更关注伦理学、人类学的"教化哲学"。

因为持续的对哲学的"不敬"和对哲学传统功用的"诋毁",罗蒂在1982年离开普林斯顿到弗吉尼亚大学就任人文科学凯南讲座的教授。走出了分析哲学也就等于走出了在英美世界占主流的专业哲学领域,罗蒂致力于发挥詹姆斯和杜威的思想,把实用主义的新思路和当代法国、德国哲学联系起来,架起大陆理性主义和英美经验主义两大哲学传统之间的桥梁。在他看来,后尼采主义者海德格尔、福柯和德里达说出的是和实用主义者杜威大致相同的东西。分析哲学的最新发展已经远离了笛卡尔的表象主义,走向达尔文的自然主义。詹姆斯和尼采在有关认识和真理的性质问题上共享许多重要的实用主义观点,在《存在与时间》中海德格尔据以对柏拉图和笛卡尔提出批评的,正是尼采的实用主义,而德里达针对海德格尔的批评则把实用主义的观点更加推向深入。所以他认为欧陆哲学和英美哲学只有风格上的差别,而无实质上的不同。德里达和维特根斯坦的语言观、福柯和杜威的权力话语观都可以异趣沟通。罗蒂认为在美国实用主义和德法哲学之间的聚合关系将越来越明朗,他愿意做这样的打通工作。因为所有后哲学分享一个基本共识,那就是对形而上学批判,对人的有用性、社会性和"在世性"的强调。所有"后哲学"提倡者和怀疑论者、唯名论者一样,都反对"巴门尼德—柏拉图—康德—胡塞尔"的"本质主义—确定性"世界观,而把注意力转向认识一个具体的、流变的、历史的、特殊的世界。

一 后哲学文化及其特点

在启蒙哲学作为一种"后神学文化"被提出之后,罗蒂重新提出了"后哲学文化",这和欧陆哲学家哈贝马斯等人所说的"后形而上学思想"[①] 遥相呼应。罗蒂所着力批判的不仅是分析哲学运动,而是

[①] [德] 尤尔根·哈贝马斯:《后形而上学思想》,曹卫东等译,译林出版社2001年版。

整个自柏拉图以来形而上学哲学传统。这个传统一直把寻求超越意见的真实知识、发现现象背后的绝对实在当作哲学的主要目标。在他看来，如果说启蒙运动给我们带来的是一个后神学文化的话，对柏拉图主义传统的超越将会导致一个崭新的后哲学文化。后哲学文化主要呈现出以下特点：

（一）反本质主义的实在观

"后哲学文化"中的"哲学"指的是传统形而上学，"后哲学文化"指的是克服形而上学（基督教的"上帝"、柏拉图的"理念"、康德的"先验结构"、黑格尔的"绝对精神"、实证主义者的"物理实在"等）观念之后文化存在的状态。"后哲学"意指人们不再试图与某种非人类的东西如上帝、理念、绝对精神、物理实在、道德律等建立联系。这些前实用主义的哲学充满了德里达所谓的"在场形而上学"——希望发现某种固定不变的东西，使我们用认识取代意见。后哲学文化放弃了这样的希望，不再把现象与实在、意见与知识看成对立的。在"后哲学文化"中，人们将不再相信世界背后有永恒的、超历史的实在或者本质，而是同意黑格尔关于时间性的观点，那就是哲学是在"思想中对它自己时代的把握"。后哲学文化是实用主义眼中的当代文化，实用主义者拒绝承认真理是与实在相符合的"大写"哲学，而是钟情相信纯粹偶然和约定真理的"小写"哲学。

实用主义者持整体论的观点，相信事物之间有着普遍的关联，不同文化、时代之间有着不同的语汇相关联。"这样的知识分子骑着文学的—历史的—人类学的旋转木马。"[①] "大写"哲学一直有一种冲动——想让知识分子从这个旋转木马上下来跨到某个进步、科学的东西上去，但是"小写"哲学的提倡者安于这个旋转木马的处境。那些反实用主义者担心"大写"哲学的消失会使得西方理智生活失去重心，正如宗教直觉不被看重所引起的震荡一样。然而宗教最终还是为启蒙运动所接替。所以实用主义者也相信，将有全新的文化接替启蒙

---

① [美] 理查德·罗蒂：《后哲学文化》，黄勇译，上海译文出版社2009年版，第13页。

的科学实证主义文化。在罗蒂看来,"大写"哲学的观念是德国启蒙哲学中那些理念论者如康德和黑格尔的发明,时间发展到现在,哲学应该懂得自己的有限性,不再宣称能为文化其他部门立法,即能够提供总体解释框架和跨学科、超文化、非历史的衡量标准。

(二) 实用主义的真理观

在"后哲学文化"中,人们应该悬置繁复的哲学理论话语,放弃关于"真理""本质"等问题的艰深讨论,关注社会的实际问题。在罗蒂看来,没有任何东西比增进现实共同体中人们的幸福更加重要。传统的非实用主义哲学一直假定,真理外在于人类需要和目的,但实用主义认为"到处都是人类的足迹",没有任何东西是离开了人类目的的"实在"本身。他认为人们周围只有向前投射的由自我的信念和欲望编织的网络,而没有向后看的"现象"与"实在"的区分。"真理"或者"实在"是我们对有用的东西所做的赞美之词。一个信念为真,说明它有利于持此信念的人应付环境,而不是因为它摹写了"实在"。比如我们倾向于同意一个"日心说"论者,而不是一个持"地心说"信念的人,很可能是由于我们与前者处于相同的共同体,前者的信念更利于我们改造自己周围的环境。伽利略推翻了亚里士多德的世界模式,之后哥白尼的日心说打击了基督教的创世观,牛顿更新了以往物理学对世界的理解,爱因斯坦又把我们从牛顿静止的力学思维里拯救出来从而承认万物的运动、相对和流变。这些库恩所言科学上的"范式"革命足以证明:关于世界背后那个大写的"实在",我们永远处在认识的途中,而无法获得终极的认识和理解。对于实用主义者而言,对"实在"的谈论只是一种说话的方式,是可以被悬置不谈的,也是可以随着科学的发展被其他的描述取代的。

因此,实用主义的真理观更是一种戴维森意义上的整体论和融贯论,而非传统哲学的主客符合论。"真理的首要标准是其与一个人的其他信念的一致。"① 那被称作"真理"的,是对我们有用的信念,

---

① [美] 理查德·罗蒂:《序》,《后哲学文化》,黄勇译,上海译文出版社 2009 年版,第 2 页。

是经过了实践检验的、符合我们利益的思想而已。根据这种真理观，好多认识论问题可以转化为政治问题来解决，即不再纠缠于主体与客体、现象与实在等深奥范畴，而是去问为哪些团体服务、为何种需要从事研究等。罗蒂的学术旨趣始终是把哲学的、玄学的思辨落实于具体的政治问题，把超越的规则放到具体环境中和小共同体之内，把不变的本质放进流变的时间和历史里考验。

（三）重新描述的语言观

后哲学文化的另一个重要特点是承认语言在我们生活中的无处不在，认为哲学和文学一样，也是对世界的描述，我们必须在世界之中描述世界，存在着无数的真实描述，没有终极的哲学意义和普遍价值，人们著书立说不仅仅是为了发现世界的本质和唯一真理，而是为了生活得更美好，重新描述我们周围的这个世界，发展一套全新的语言。所以后哲学文化除了承认语言比我们想象的更是原初的东西，还注重一种历史主义的、变动的观点，注重所有问题和活动、语言和描述的时间性。

同时，后哲学文化也关怀现实中的人们。看重人与世界的互动和适应，在适应中对所有的哲学或者理论进行重新定向、试错和调节。它承认人类条件的有限性，放弃任何形而上学的超越的渴望。承认在人生和人类研究应当为什么目的服务的问题上，各个团体还会意见不一。承认有关"什么是真"的问题意见分歧无穷无尽。因此，真理只被看作与人们的目的有关的表示满意的一个形容词的名词化。这样一种文化愿意把尼采和詹姆斯看作开路先锋，因为在罗蒂看来，他们提供了"重新描述"我们生活的工具，这种描述将最终使我们更自由更幸福。

二 文学文化

在后哲学文化中，文学文化将更为普遍，发挥更为重要的作用。英国学者斯诺（C. P. Snow, 1905—1980）在《两种文化和科学革命》一书中（剑桥，1959），曾经用"两种文化"说明了"文学文化"和"科学文化"的对立，罗蒂喜欢"文学文化"的提法，他认为这个对立有着极其重要的意义。"这个对立是那些自认为陷于时间的牢笼、成为一个持续对话中一瞬间的人与那些希望从牛顿的海滩拾得一块卵石来加固一个持存结构的人之间的对立。"接受赫拉克利特流变的世界和唯名论的主张,以及黑格尔的历史主义,罗蒂认为后哲学文化中哲学所能做的就是重新描述我们的生存状态。"罗蒂认为哲学不能回答我们时代的思想与某个(不只是替换词汇的)终极实在的关系,它所能做的是对人类迄今发明的各种谈话方式进行比较研究。"[①]

(一)整体主义的文化

在后哲学文化中,文学和文化批评将有新的定位。他认为文化批评学者骑着文学的—历史的—人类学的—政治学的旋转木马。他可以自由自在地评论任何东西。"他是一个后哲学文化的全能知识分子的雏形。"[②]他放弃了对"大写"哲学的追求,游刃有余地逡巡于从海明威到普鲁斯特、从马克思到福柯、从道格拉斯到当前的东南亚状况之间。在这样的文化中,将不存在"大写"的哲学家,也再没有哲学与"实在"相连的专业形象。在此中活跃的是兴趣广泛的知识分子,他们是类似"文化批评家"之类的人,乐于对任何一个事物提供一个观点,希望这个事物能与所有其他事物关联。这种文化仍然崇拜英雄,但英雄不再与上帝相连或者是神祇之子。这里的英雄只是善于做各种不同事情,并表现出众的普通人。他们不必像先知一样知晓"大写"的奥秘,也不必追求"大写"真理,他们不过是善于成为"人"的人。他们就像在我们国内语境中所说的"公共知识分子",以陈思和所说的知识分子的"岗位意识"和陈平原所说的学者的"人间情怀"为出发点,对世间事物发表从个体本位出发的观点,很低调务实地发挥对社会的作用。

(二)人文主义的文化

"文学文化"和"科学文化"的对立体现在可朽的词汇和不朽的

[①] [美]理查德·罗蒂:《后哲学文化》,黄勇译,上海译文出版社2009年版,第16页。罗蒂认为没有所谓"终极实在",我们常用的逻各斯、理念等"大词"都只是替换词汇而已。

[②] 同上。

命题之间的对立。"文学文化"完成的是描绘、叙述,在各种词汇之间进行非结论性的比较和对照,而科学文化则重视特有的程序和严格的证明。倾向于科学文化和"大写哲学"的人会认为文学无法解决争端和确立通行的标准。但是罗蒂认为,"在这样一种(文学)文化中,人们将以实用主义的眼光看待标准,即只把它当作为某个功用目的而建构的临时支点"①,把这个临时支点看作为了帮助一个共同体促进其文化研究而建构的。但是这种丧失标准的文化会让人们觉得在道德上很难接受。他们会说假如苏格拉底是错的,假如我们从未知道过"大写真理",我们凭什么对他的被判死刑进行评判?假如秘密警察带走公民或者虐待者侵犯无辜时,我们拿什么进行谴责?但是尽管有这么多现实和理论的纠结,后哲学文化作为一种偏向文学的"弱"文化,仍然谨慎地绕开文化标准的强制,坚持杜威和福柯、詹姆斯和尼采都愿意赞同的看法:认为"除了我们自己放在那里的东西,我们内部并无任何更深刻的东西;除了我们自己建立的标准,也没有任何其他准则;除了服从我们自己约定的证明,没有任何严格证明"②。

在这样的文化中,人们感受到自身是孤独与有限的,与某种超越的东西失去了联系。从实用主义者的角度来看,实证主义者在这方面并不彻底,因为他们还保留了科学"真理"这尊新神。而实用主义者不把科学奉为新的上帝,而是认为科学在某种程度上也是一种描述,就像文学。它并不认为伦理学应该变得像物理学那样更科学,在他们看来"数学有助于物理学,文学有助于伦理学,有些研究产生命题,有些产生叙说,有些产生图画"③,只是分工不同,没有优劣高下,能帮助我们达到预期目的的东西就是好的。

取代科学实证主义文化的"文学文化",也能发挥道德促进作用。罗蒂认为:"对于道德进步来说,文学更加重要,因为它有助于扩展人们的道德想象力。它通过深化我们对我们同伴们的种种动机以及他

---

① [美]理查德·罗蒂:《后哲学文化》,黄勇译,上海译文出版社2009年版,第18页。

② 同上书,第19页。

③ 同上书,第20页。

们之间的种种差异的理解,使得我们更加敏感了。哲学对于概括以前的种种道德上的洞见是有益的,但它并没有做太多创造性的工作。比如哲学反思对于消除奴隶制并没有太大助益,但关于奴隶生活的种种文学性叙述则对此大有贡献。"① 罗蒂钟情的作者有两类,一类是像厄普顿·辛克莱、辛克莱·刘易斯、詹姆斯·法雷尔、埃弥尔·左拉、西奥多·德莱赛这样的社会主义小说家;另一类是像托马斯·曼和普鲁斯特这样的关心教育和道德形成的小说家。

在罗蒂看来,文学虽然对道德有所促进但并不必要变成一种单纯的工具,沦为一种为揭露残酷、促进团结而使用的手段。培养体贴认同他人之敏感并不是文学所做的唯一的事情。文学的成就应该是多方面的,可以娱乐,可以给予我们一些更全面的世界观。孔子在谈到诗经的教化作用时曾经说:"诗可以兴,可以观,可以群,可以怨。迩之事父,远之事君,多识夫鸟兽草木之名。"也就是说文学可以有审美、认识、团结、抒发不满等功能,这一点与罗蒂偏向伦理的文学教化观倒有相通之处。罗蒂认为华兹华斯和柯勒律治以生动的形式给我们的是与哲学所给予我们的相同的东西。文学还可以树立生活的偶像,认识一些像威廉·布莱克和惠特曼这样的超凡人物。

总之,"后哲学文化—文学文化"将为无根基时代提供精神滋养,但是这并不是说,罗蒂希望像哲学取代神学一样,让文学取代哲学在人们心目中尊主的地位。毋宁说他更愿意把哲学、文学、神学、政治等看成同等价值的语言游戏,在其中,他从不厚此薄彼,而是提倡一种多元、共容的态度。

三 后人文主义的关怀

罗蒂提倡的"后哲学文化—文学文化",实际上秉承的是一种后人文主义的思想关怀。尽管,对于一贯主张创新思想的罗蒂来说,"人文主义"这个古老的词语他并不经常用到。然而,其基本理论旨

---

① [美] 理查德·罗蒂:《实用主义哲学》,林南译,上海译文出版社 2009 年版,第 313 页。

趣却和许多旧人文主义者异曲同工,尽管他用的是全新的后现代语言。比如他的"教化哲学"和伽达默尔非常相似,而他的文学趣味一直同老派人文主义者如特里林等紧密相连。我倾向于认为,他是在后现代的语境下,重新提出"人"的关怀,让文学成为这个时代新的救赎。他一直相信人文主义文化将比科学文化和以往的哲学文化更有吸引力,在其哲学论文《关于当代分析哲学的实用主义视角》中,他提到,"我们在那非人类世界的推动下,所需的最好的方式是重新编织信念和欲望的网络"①。我们不再向过去追问实在,而是面对未来积极地"重新描述"我们的状况,我们的需要和愿望,这样"一种充实的人文主义文化'——我想象的文化类型——才会出现"②。这种后人文主义的文化体现为以下特征。

(一) 实用主义:关怀人的福祉

如果说有神论者将上帝带进了生活,物理学家将电子带进了生命,与罗蒂一般的实用主义者就以同样的方式将美元和美分带进了我们的生命。"它(本体论承诺的观念)与我先列出的总体的人文主义立场相一致,它认为不存在被我们称作能履行'同意'或'承诺'的行为,它们将把我们放进与对象的关系中,它不同于仅仅在句子中谈论那一对象的关系,我们已经将这些句子的真带进了我们的生命。"③ 由此可见,这种传统人文主义的立场,注重对人性永恒的坚持和理性不变的承诺,而"后人文主义"则关注现实中的对象——"人"本身,它使我们关于"他们"的语言是"述行"的——切实改变"他们"的生活。

罗蒂自始至终关注的是人的自由和幸福,人的共同体以及其所置身的具体、历史的、变动的语境。他接过詹姆斯的叙述,认为某一个现象之所以存在,唯一可能的理由在于:这样一种现象实际上是别人期望着。因此这不是一种目的主义,而是彻头彻尾的"结果主义",

---

① [美] 理查德·罗蒂:《哲学的场景》,王俊、陆月宏译,上海译文出版社 2009 年版,第 7 页。
② 同上。
③ 同上书,第 9 页。

而他宁愿不避讳重新启用"功利主义"的名字。"功利主义"——最大多数人的最大幸福，看上去庸俗不堪，实际上是因为他把每个人的自由和幸福看成是最至高无上的东西。不是"理念""绝对精神""存在""欧洲""权力意志""建构理性""阶级斗争"，不是某个超凡的"实在"和道德法则决定着现实中人们的取舍和历史的方向，而是每个有知觉的生命所持的主张，需要我们切实为之负起责任。他强调谈论我们对真理和理性所负的责任，必须由谈论我们对同胞对人类的责任所取代。这容易使人联想到《中国青年报》曾刊登过一篇《大逃港》①的"冰点"深度报道，回顾了20世纪50年代末和60年代在内地普遍饥慌、动乱的危机下，很多内地人民冒着生命危险逃向香港求生，"文化大革命"的倒行逆施让人民用脚投票逃离自己的祖国。可以说，改革开放之初南方深圳等经济特区一系列英明正确的决策，是有很大一部分来源于这些由深圳逃港者鲜血所付出的代价。人们会用流血表达意愿，冒着生命危险逃离残酷和匮乏。因此不管多么严肃的哲学、高妙的伦理学，在证明其可爱的同时，必须同时是可欲的。"真理"必须用共同体中所有人人心所向证明自己的正确性和合理性。而那些拔高人们现阶段的认识水平，让人们实际上处于禁欲主义和封闭社会的现实环境中，而以"建构理性"许诺"乌托邦"前景的真理，只会是乔治·奥威尔的著作《一九八四》中"真理部"的真理。

（二）有限主义：正视人生的偶然

罗蒂强调"重新描述"，他从不追求普遍永恒的人性，也不像其他后现代哲学家强调非理性的意志、冲动和本能，而是强调一切人和事的偶然性、事件性，这可以看作一种人与事之间的"弱理性"。由此，我们可以把他的思想称作"后人文主义"，或者如他所说这是"人文主义的有限论（humanist finitism）"。罗蒂写道："我将用术语'人文主义的有限论'代表抛弃崇高的普遍主义隐喻和深度的浪漫主义隐喻的意愿……'有限论'承认不管我们进行了多少论证和获得了

---

① 参见陈秉安《大逃港》，广东人民出版社2010年版。该书通过对绵延几十年来一波接一波的逃港浪潮的解密，真实再现了这段极具标本意义的历史，找寻当年推动改革开放政治经济决策的直接历史经验动因。

多少洞识，人生始终存在着漏洞，新的碎片或许无法缝合。有限论用沿着视域平行移动的隐喻，取代向上永远攀升和向下幽深坠落的隐喻。以我看来，席勒复活普罗泰戈拉'人是万物尺度的努力'的古老教谕，即相信人类只能按照他们自己个人和社会的过去来衡量他们自身。"① 这是对人的更深入的认识，并且没有以往自足理性的骄矜和狂妄。可以说，没有哪个思想像罗蒂和杜威这样重视"人"，他们重视人的创造性、人的偶然性，人的欲望、信念编织的语言之网，人对生活"重新描述"的能力。

（三）后现代主义的自由主义

后人文主义，用文化政治的表述就是后现代主义的自由主义。关于人文主义和实用主义的关系，罗蒂援引牛津哲学家席勒的话说："实用主义实际上是将人道主义用于知识理论。"② 他进一步解释说这样的人道主义者，主张人们只是在彼此之间才相互负责，因此要求放弃表象主义和知识论。在当代后现代诸位大家中，伽达默尔和罗蒂是少有地把全新的学说依然立足于自由主义—人文主义关怀③的思想者，我以为，他们的立场是后人文主义的，而不是反人文主义的。对于启蒙现代性的主导价值观，民主、平等、正义、自由等，罗蒂从没有像其他后现代主义者一样连婴儿和洗澡水一起倒掉，这种价值立场使他认为："我和哈贝马斯的理论并没有太大的分歧，我们的分歧只是表述上的分歧，是只有纯粹哲学家才能区别出来的那种分歧。"④

这种自由主义的价值观点表现在文学理论上就是对人文主义的珍视和维护。这种人文主义更加接近伽达默尔着眼于"传统"和"共同体"的"后人文主义"。后人文主义立足的"人"不再是一个抽象普

---

① ［美］理查德·罗蒂：《哲学的场景》，王俊、陆月宏译，上海译文出版社 2009 年版，第 176 页。

② ［英］席勒：《人文主义：哲学论文》，转引自理查德·罗蒂《哲学的场景》，上海译文出版社 2009 年版，第 3 页。

③ 就如同他的论敌伯恩斯坦所说，罗蒂的观点"只不过是用时髦的后现代话语对自由主义的某个过时冷战版本所进行的意识形态辩护而已"。见罗蒂《后形而上学希望》，上海译文出版社 2009 年版，第 358 页。

④ 战洋：《告别哲学家》，《中国社会科学院报》2008 年 11 月 20 日。

遍的"大写的人",而是一个具体实在的"小写的人";不是抽象的人类,而是每一个共同体中千万人的正义和幸福;不是一个普遍原则下的独白话语,而是不同共同体之间平等的对话交流,决定着人们之间的团结能达到的程度和人们将过上怎样的生活。

(四) 通过文学实现救赎

因此罗蒂抛弃了普遍的人性,关注具体语境中的特殊具体的个人,把私人追求完美的自由和最大限度地允许这种自由的存在,看成是一个好社会仅可以有的最低标志;他不强调空洞的理性,而强调由叙述和体验造成的人与人之间的理解和同情。他的人文关怀是在看到人的具体有限性之后仍然坚持的对人的福祉的关怀。他把每个人的自由和幸福看作一切哲学和政治立场的出发点,也是文学主要的旨归和描述对象。他总在强调是具体的人的信念和愿望切实改变着具体的行动和行动的方向,然而所有这些行动都是具体语境的选择,有许多人生的偶然和社会的偶然因素在里面。因此没有抽象空洞的政治理想和信念能高过人的福祉本身,值得人们前赴后继。这是从更实用的角度出发对人的尊重,对人的切实生存权利的维护和对人的具体生命尊严的关照。在"诸神退隐"、宗教没落之后,世界再一次失去了哲学形而上学的精神根基。在后形而上学时代,形成柏拉图的"拼图"①式人生虽然值得神往却注定是无法获得的。现实中的人必须承受偶然的、破碎的、流浪的存在,但是如果人依然需要从自我中心得到救赎,这救赎就不再来自宗教,也不是哲学,而是要靠文学。

文学能够发挥后形而上时代哲学的作用和神学时代宗教的作用,因为文学通过反讽达成自我的人生态度,通过叙述成就对他人的理解和同情,这能够帮我们更好地完善自我,促进共同体内部和之间的团结。并且文学能起到这样的作用不是靠强硬的信条,而是靠息息相通的体验和同情。这里的"自我"是能够看到人生有限和偶然的反讽的"自我",这里的"团结"也没有强权的压力,而是基于同病相怜的

---

① [美] 理查德·罗蒂:《托洛茨基和野兰花——理查德·罗蒂自传》,《后形而上学希望》,张国清译,上海译文出版社 2009 年版,第 368 页。

"弱"团结。

  所以，后人文主义，以具体的、有限的个人代替了抽象的、普遍的人性；以交往共识中的协同性代替了人类普遍标准的客观性；以基于体验和同情之上的弱理性代替了相信人类理性之光无所不在的强理性。后人文主义者不习惯强调抽象普遍的理想和自然，哲学和自然之镜不复存在，取而代之的是信念和欲望之网。罗蒂喜欢说在人生和社会演进的偶然中，是每个人的信念和愿望决定了我们在具体语境中的现实行动和政治选择。

第三章

后人文主义的文学理论

本章将从文学阐释、文学经典、文学批评模式、文学价值论四个方面论述罗蒂后人文主义的文学理论。

首先，在文学阐释上，罗蒂坚持反本质主义的阐释观。他认同戴维森的语境理论，主张探究性阐释而非独断性阐释；认为意义是建构出来的，而非被发现的；"诠释"本文时已经在"使用"本文，因此划定"过度诠释"的界限就是对读者的想象力画地为牢；因为阐释并没有客观标准，而只有特定解释社群的协同共识，因此意义的合理性只存在于一个"文化达尔文主义"的历史选择过程中。

其次，罗蒂的文学经典观也是功能主义的，"经典"就是那些能给人们带来兴奋和希望的书籍，不是因为它是经典人们才去阅读它，而是因为总有好多人在阅读它才成为经典。因此他认为没有永恒的、封闭的经典，只有动态的、开放的经典。他支持哈罗德·布鲁姆"捍卫经典"的声音，但是他对"文化研究"的不满却和布鲁姆并不完全相同；在罗蒂看来，以杰姆逊为代表的学院批评在"政治正确"的名义下，以冷漠的学术知性取代了文学阅读的灵感想象。罗蒂同玛莎·努斯鲍姆一样，认同诗性与正义之间的关系，但是与努斯鲍姆努力揭示历史上哲学真理与文学故事间的连续性不同，罗蒂更愿意看到差异性，以发展的、变动的眼光看待历史上和文学中的具体道德事实；并注重文学和宗教、哲学的关系，主张通过阅读小说实现自律自我，并走出以自我为中心，从而获得救赎。

再次，罗蒂的后人文主义文学批评接近于读者反应批评，是一种"强读者"的批评模式，主张将阅读对象"重新脉络化"，对本文进行创造性"误读"；它同时也是一种实用主义批评、解构批评和浪漫主义批评。

最后，罗蒂在文学价值上注重文学对塑造个人完美和凝聚社会团结的作用。他强调语言、自我和自由主义社会的偶然，区分苦行牧师的虔诚和小说的智慧，欣赏像米兰·昆德拉一样正视反讽的自由主义者。同时他从独特的角度介入文学自主性与公共性的古老冲突，区分了纳博科夫和乔治·奥威尔等两类不同作家，认为前者旨在塑造私人完美，而后者追求社会正义，各自代表不同的价值，以不同的方式共同服务于使社会减少残酷，因此可以分立并存，同等受到尊重，而不必互相指责。

第一节　文学阐释：从本质主义到反本质主义

罗蒂关于阐释问题的态度主要集中于他在1990年剑桥大学三一学院的凯南丹纳讲座的演讲。"丹纳讲座"（Tanner Lectures）设立的宗旨之一是推动并反思与人文价值相关的判断。① 1990年这次讲座的主持人是意大利著名学者艾柯（Umberto Eco），他所提交的讲题是"诠释与过度诠释"。其他还有两位发言人是乔纳森·卡勒和斯蒂娜·布鲁克-罗斯。无疑，诠释问题关乎人文价值的判断，而这几位发言人也各自代表了不同的学术背景和研究视角，他们就阐释问题展开的激烈辩论因此成为一次思想的盛宴，罗蒂的观点一如既往最彻底也最引人争议。

在罗蒂看来，既然没有统一的本质，真理是被制作出来的，而不是被发现的，那么相当于"本文的真理"的意义，也是被建构出来的，而非被发现的。因此，他坚持反本质主义的阐释观，认为"诠释"本文已经是在"使用"本文②，因为意义是由语境决定的，而认

---

① ［英］斯蒂芬·柯里尼（Stefan Collini）：《诠释：有限与无限》，转引自［意］艾柯等《诠释与过度诠释》，王宇根译，生活·读书·新知三联书店1997年版，第1页。

② ［美］理查德·罗蒂：《实用主义之进程》，［意］艾柯等《诠释与过度诠释》，王宇根译，生活·读书·新知三联书店1997年版，第115页。

为每一次"诠释"本文已经是在"使用"本文。文本阐释应联系的语境没有限制，文本整体的内在连贯性与人们的目的、需要和兴趣相关；阐释也没有客观的标准，不能人为地给读者的想象力画地为牢。在这里意义标准的客观性让位于意义共识的协同性。他认为，艾柯企图通过界定"过度诠释"、以制止无限衍义的做法，注定是徒劳的，这种想法本身就是柏拉图本质主义形而上学的余绪。就此而言，他拥护斯坦利·费什"强读者"的阐释模式，认为所有的阐释都不过是"重新描述"，有多少读者就有多少意义。因此阐释的合理性属于特定的社群和历史，需要经过"大浪淘沙"般文化达尔文主义的历史选择过程。值得注意的是，罗蒂非常激进的阐释观最终却回到古老人文主义的关怀，他提倡对文本富有灵感和激情的解读，把阐释看作重塑自我、改变生活的契机。

一 独断型阐释与探究型阐释

为了了解罗蒂从其新实用主义、后哲学文化的视角对"文学阐释"所做的阐释，我们还要先追溯一下"阐释"的由来。阐释在古代一直是一门关于理解、翻译和解释的技艺学科。从西方古代一直到中世纪末期，阐释学都和解经学密切联系在一起，注重对圣经文本的精细释读，有点类似于中国古代社会对经典文本的注疏和训诂。文艺复兴后，阐释学开始摆脱神学束缚，自18世纪以来，阐释学先后受到维柯、施莱尔马赫、狄尔泰等人的影响，经历了神学、文字学、精神科学等几个重要发展阶段。[①] 由方法论研究开始转向本体论关注，途经海德格尔对形而上学的解构和语言论转向，以哲学解释学的形态在伽达默尔那里集大成。但是本体论解释学对历史流变的重视同时打开了阐释相对性的大门，因此意大利学者艾柯在他的《诠释与过度诠释》中，试图为我们厘清什么是合理有效的阐释。关于阐释的循环是否能够突破？在阐释的开放性和意义的有效性之间，这个合理的

---

① 李砾：《阐释》，赵一凡主编《西方文论关键词》，外语教学与研究出版社2006年版，第2页。

"度"应该在哪里？

按照乔纳森·卡勒的说法，阐释有两种，一种叫恢复解释（hermeneutics of recovery），另一种叫怀疑解释（hermeneutics of suspiction），前者力图恢复作者的原初语境以跨越时代获得本真的理解；后者试图揭露文本是借助哪些未经验证的假设（如政治的、性的、哲学的、语言学的）才得以形成的。[①] 前者是对待经典文本的态度，代表着对经典文本的回归，比如我们在课堂上试图向学生传达的课文；后者是对待问题文本的态度，代表着对过去经典的质疑和刷新，比如当前"文化研究"对经典文本所做的女权主义、后殖民主义等理论视角的解读。在价值上，这两种解读没有高下之分。"恢复阐释"捍卫了经典的价值，但也有可能把文本封锁在遥远的过去，从而实际缩减了文本的功能；"怀疑阐释"打开了经典的大门使其直面当代问题，让文本重新焕发意义，但也有可能在方法上削足适履、以古律今。而一个文本到底是顺向（在"经典"的意义上）还是逆向（在"问题"的意义上）被我们阅读，还要取决于我们自己和我们所处的时代语境。

就此而言，英美"新批评"的"鉴赏式分析—细读"代表的是一种"恢复解释学"，试图重新发现"文本的意义"；而欧陆传统代表是一种"怀疑解释学"，提倡打开经典的大门，重估一切价值。但是这两个传统在20世纪英美文学研究专业化和打破专业化的漫长路途中，却狭路相逢，产生了激烈的碰撞。"新批评"号称"实用批评"，以瑞恰兹、兰色姆、艾略特、利维斯等为代表，他们主张用"科学的方法"，对"伟大的传统"中经典作品的语言细节进行敏锐而精细的分析，这种批评模式在美国落地开花，号称"南方集团"的沃伦、布鲁克斯、艾伦·退特、维姆萨特等都以自己的批评实践和理论主张推进了这一批评模式。这种批评模式的核心观念是将文学作品视为一个审美客体，认为无依无傍、自由自在地阐述文学本文意义产生的动态

[①] ［美］乔纳森·卡勒：《文学理论》，李平译，辽宁教育出版社1998年版，第71—72页。

机制正是文学批评家的主要任务。

20世纪五六十年代,这种批评在英美文学界如日中天,大有一统天下之势。但是20世纪七八十年代以来,欧陆哲学传统如现象学、解释学与结构语言学的引入却发展了对文本解读的非正统观念。索绪尔对"能指任意性"的强调、海德格尔和伽达默尔本体论解释学的影响,以及雅克·德里达对写作意义"不确定性"令人目眩的解释都大大推进了这一思潮。以往对文学经典灵光的膜拜这时被看作"专制主义"的解释,更民主平等、"政治正确"的做法是给每个人以解读权,承认每一种解读的合法性,打开经典的大门,让少数族裔、女性、劳工阶级等更多人的作品走进经典的圣殿。但是传统的批评虽然饱受指责,仍然坚持着自己最后的合法领地,他们受"后笛卡尔"哲学影响的这些新锐批评包括文化研究、女权主义、解构主义等,将所有约定俗成、众所周知的意义都投上怀疑主义的阴影,是很成问题的。他们指责后结构主义批评家"玩着双重的游戏",用新的语言策略解构别人的本文,又用旧的传统方法和标准语言宣传自己的理论主张。

而艾柯这次提出的关于"阐释的可能性和有限性"的讨论,就在两派论争的风口浪尖上。艾柯本人对受德里达激发的"解构批评"心存不满,他认为保罗·德·曼和希利斯·米勒给予了读者无拘无束、天马行空地阅读本文的权利。这是对他一向批判的"无限衍义"(unlimited semiosis)这一观念的挪用。[①]他希望通过此次探讨对诠释的范围进行限定,能将某些阐释确认为"过度诠释"。艾柯演讲"诠释与历史"一节追溯了"秘密意义"阐释思路的神秘主义根源,在"过度诠释本文"一节中,他认为人们确实能够确认出哪些阐释是"过度诠释"而不必费劲去证明哪些阐释是"合适的阐释",也不必依据任何成文的关于正确诠释的理论。艾柯还提出了"作品的意图"(intentio operis)这个挑战性的观念,并认为本文的意图就在于产生出

---

① [意]艾柯等:《诠释与过度诠释》,王宇根译,生活·读书·新知三联书店1997年版,第28页。

它的"标准读者"①——以本文应该被阅读的方式去阅读本文的读者，尽管并不排除对本文进行多种解读的可能性。他还提出关于"经验作者"（the Empirical Author）在诠释"自己的"作品时是否享有某种特权的问题，比如他本人作为《玫瑰之名》的作者，还是比普通读者有某些特权能够把某些诠释摒除于"合法阐释"之外。艾柯的三篇演讲都致力于在后现代光怪陆离的解读中，确立合法阐释和有效阐释的概念，防止意义"无限衍义"，他认为对文本进行民主、自由地解读必须要面临实证的技术问题，他想找回意义诠释在某些方面的相对确定性。他的观点与一向主张"解中心"和"去根基""淡化标准"的罗蒂哲学观念相抵触。

　　罗蒂的阐释理念融进了他自己所说的"实用主义之进程"，属于伽达默尔意义上的"探究型阐释学"。伽达默尔曾经对比这一提法，把施莱尔马赫代表的阐释学称作"独断型阐释学"。他认为"独断阐释"是一种本质主义的思维方式，而"探究阐释"是一种历史主义的思维方式。"独断型阐释学"认为文本的意义是客观的、固定的，"意义"就是作者的意图，"理解"所做的就是把确定无疑的真理用于个别案例；而"探究型阐释学"认为作品的意义是构成物，是在历史的长久时间里不断建构、沉淀、累积形成的，探讨字句在全文中传达的具体意义随具体时代具体人而有所不同。理解并不是简单的复制，更是一种创造，就像法官的判案不是为了把个别案例归于一般法律，每个案例本身也是对法律的补充和添写一样，文学文本的阐释和理解也可作如是观，它同样在理解的过程中修正、补充和增益我们的"前理解"，发展"传统"本身。"诠释学必然要不断地超越单纯的重构。我们会不断地思考那些作者从未思考过的东西，并将其带入问题的开放性中。……这不是打开任意解释的大门，而是揭示一直在发生的事情。"② 作者传意是一种写作，读者释意是一种"重写"。在我们阅读

---

　　① ［意］艾柯等：《诠释与过度诠释》，王宇根译，生活·读书·新知三联书店1997年版，第79页。

　　② ［德］伽达默尔：《真理与方法》第2卷，洪汉鼎译，上海译文出版社2004年版，第485页。

过程中，我们心中因为有不同的"己意"会对眼前的作品（一个不断会说话的存在）做出种种的"意会"。读者和作品的相遇是一种对话，一种交谈。伽达默尔把诠释的活动看作对话，而非独白的注释。由于有了不同的历史性，所以有了不完全相同的回响。阐释经验中的所谓意义应该是活动的，不是固定的。

独断型阐释与探究型阐释的区别

阐释性质	代表人物	思维方式	阐释类型	代表哲学家
阐释的有效性	艾柯	本质主义	独断型	赫施①
阐释的开放性	罗蒂	历史主义	探究型	伽达默尔

在罗蒂看来，既然哲学的目的不是在"探寻事物的本原"，哲学也不是其他学科的基础，哲学就只不过是参与日久恒新的"文化会话"中的诸多学科之一种。只要能满足我们的目的和需要，任何音调、词汇和观点都可在此会话中自由地表达自身。罗蒂继承詹姆斯、杜威以来的实用主义观点，就阐释问题发表了他的"实用主义之进程"的发言，从实用主义和后哲学的角度重新观照阐释问题。

二 诠释本文和使用本文

罗蒂把艾柯的小说《福科摆》创造性地编织进自己"反本质主义"的会话网络。他认为艾柯的这部小说是对传统小说意义深度模式探求的一种反讽。罗蒂认为自己可以用解构主义的术语把这部小说读作对结构主义的戏仿。他承认自己独具特色的解读与宗教偏执狂分类学家把文本纳入头脑中一个既定模式（譬如圣殿骑士团的神秘历史）并无不同。在如此解读的时候，他体会到的是罗兰·巴尔特所说的创造"可写"文本的极乐。

在罗蒂看来，我们用以解读任何文本的钥匙是一种"半自传式叙

---

① 赫施（E. D. Hirsch），他于 1967 年出版的《解释的有效性》（*Validity in Interpretation*），主要针对伽达默尔 1960 年出版的《真理与方法》一书提出了批评，并系统地阐释了自己的解释学思想。

事",并且都可以纳入一种实用主义之进程。在罗蒂的术语里,他把这种混杂着文学和哲学的想象,模糊着信仰、希望和爱的状态叫"罗曼司"。这种"罗曼司"是在废除传统哲学二元对立基础上形成的。这些二元对立包括实在/表象、心灵/肉体、理性/感性,符号学的井井有条/符号的无限衍义等,曾经构成西方哲学一种高严的整体感和差级的有序感。然而启蒙之后的人们,不再把阅读看作必须经历的启蒙,而是看作与某些书籍的偶然相遇,这种相遇与对生命和社会实践的理解混在一起。这样我们就走向了罗蒂所说的实用主义进程的最后阶段。"在这个阶段中,所有描述的优劣价值都是根据它们合于某种外在目的的程度,而非根据它们对被描述物体的忠实程度来判断的。"① 在这个阶段中,实用主义者不再认为自身在世界历史的内在目的中扮演着重要角色,而是认识到所有的阐释也不过是一种描述,因为目的不同,因此也会有多种描述呈现。

罗蒂不同意艾柯试图在"诠释"本文和"使用"本文之间进行区分。对罗蒂来说,"任何人对任何物所做的任何事都是一种'使用'。诠释某个事物、认识某个事物、深入某个事物的本质等,描述的都只不过是使用事物的不同方式"②。对于本文来说,"诠释"就已经包含了"使用",有"使用"目的投射才有了"如此"阐释的可能。他认为艾柯依然醉心于"诠释/使用"这样的无意义区分,乃是因为他仍然在新批评的"内部研究/外部研究"和赫施的"意义(meaning)/意思(significance)"上打转,而这种内外区分正是像罗蒂这样的反本质主义者不愿意接受的。

罗蒂泯灭"诠释本文"和"使用本文"界限的做法和伽达默尔很相似。伽达默尔曾以法律文献的诠释和使用为例,说明人们对某些原则的"阐释"就是"使用"的一部分,而对意义的"使用"不同于对一把斧子的"使用",对意义的"使用"归根结底也就是"阐释"。在伽达默尔看来,"应用"不是紧随理解现象的一个偶然成分,而是

---

① [意]艾柯等:《诠释与过度诠释》,王宇根译,生活·读书·新知三联书店1997年版,第114页。

② 同上书,第115页。

从一开始就整个地规定了"理解"本身。"所以应用在这里不是某个预先给出的普遍东西对某个特殊情况的关系。研讨某个流传物的解释者就是试图把这种流传物应用于自身。"① 伽达默尔认为"运用"是"理解"的组成部分,"理解"已经是"运用"(anwendung)了。所以说,一位文学释义者便和舞台上的导演、法庭上的法官处于十分相似的地位。这些文学本文、戏剧和法律条文都是早期产生的,所以一般都有前人为其做了释义。然而由于当前的情境绝非与以前相同,所以连一位法官都不能仅仅重复前例。为了要做到公正,必须考虑当前背景里新的因素的加入而重新解释。

同理,在罗蒂看来"理解"总是置于具体情境中的理解,你"能"从本文中读出什么(结果)和你"想"从本文中读出什么(目的和愿望)有着千丝万缕的联系。正因如此,他认为没有必要为"正确阐释"与"错误阐释"划分一定的界限。一定要那样做的话,是人类自己在束缚自己的想象力,画地为牢。

罗蒂想消除"诠释/使用"这样的区分,他还谈到阐释的语境问题。因为在他看来一个本文与另一个本文之间的界限并没有人们通常所认为的那样清晰。如果对同一作者(比如艾柯三部作品《符号学原理》《语义学与语言哲学》和《福科摆》)中的一部进行诠释,我难道应该只锁定其中的一部如《福科摆》,而将其他两部悬置放进括号吗?② 罗蒂的提问因此涉及了"语境"理论:即"我"可以在多大范围上运用与作者相关的背景知识。

就语境问题,几乎所有的批评理论都承认意义受制于语境,只不过在确定这种语境的范围时有人认为语境自身是无限的,有人认为在具体解读中语境必定是有限制的。实用主义的语境理论从戴维森以来,一贯坚持一种整体主义的解释策略。整体主义者认为理解心灵和语言就是理解我们现在所从事的社会实践之发展的事情。从语言方面来说,整体主

---

① [德]伽达默尔:《真理与方法》第2卷,洪汉鼎译,上海译文出版社2004年版,第420页。

② [美]理查德·罗蒂:《实用主义之进程》,[意]艾柯等《诠释与过度诠释》,王宇根译,生活·读书·新知三联书店1997年版,第116页。

义就是强调字词的意义不是来自它自身的表现性，而是来自它与其他字词的关系，它与读者、作者以及周围环境的关系。

艾柯的想法表面看起来同这种整体主义相去不远，但是他想在"读者意图"和"本文意图"之间划定一个界限，希望通过"本文内在连贯性"限定对"语境"一词的运用，对"无法抑制的读者冲动"进行有效限制，从而为可以判定"过度诠释"提供标准：意义是否从本文的连贯性整体中得出。但是罗蒂受现象学的意向性理论和本体论解释学的影响，他理解的"整体主义"和"语境"理论总是包容了"本文意图"和"读者意图"，他总是认为"本文意图"本身就已经有了"读者意图"的投射。这种"本文连贯性"并不内在或外在于任何东西，而是与我们内在的需要有关，服务于我们对那些符号的描述和分析。罗蒂认为连贯性与我们的需要和兴趣相联系，欲望、冲动和需要会激发我们发现新的连贯性或断裂性。这里所谓的"自己的需要（目的）"不是对更高、更完善的东西的追求，而是一种更适合某一具体"语境"的要求。满足这一要求的能力就是"合适感"，它是对特定情境的敏感和合适表达或忽略的能力。

三 发现意义还是建构意义

罗蒂后哲学的"语境"理论让我们更多从"本文意图"这样含混不清的术语上离开，他认为也难以设定"标准读者"这样的读者，我们所做的就是根据本文周围的各种文化语境，作者的各种生活文本和文字文本，对本文进行更有创造性的解读。正如他反复强调的那样，"真理是被制造出来的，而不是被发现到的"，他认为意义在认识论视野中相当于文本的真理和本质，也是被建构（制造）（making）出来的，而不是被发现（finding）的。他倾向于认为本文的连贯性并非在诠释车轮最后一圈转动中突然获得，也就是说这种连贯性并非是在它得到描述之前既已存在的东西。因此我们每一次理解无法独立于我们的生活和实践、目的和兴趣。在这个意义上每一次对本文的阐释都是一次"重新描述"，并不存在一个固定的"点"区别开我们的描述对象与我们对这个对象的描述。

第三章　后人文主义的文学理论

在罗蒂看来，艾柯的"语境"和"内在连贯性"理论终究还是本质主义的，他认为在本文意图和读者意图之间划定鸿沟的做法还是基于柏拉图—康德以来的拼图世界观。在他眼中这种世界观把在作品中淘取意义的过程看作连接若干个不定点、连接成既定图式的过程。苏珊·桑塔格在《反对阐释》中曾把"发现意义"比作"向作品的背后挖掘，挖掘出一个'代作品'来，认为那'代作品'才是真正的作品本身……去理解就是去诠释，而诠释便是去重立现象，去找到他的对等体"①。她认为把"发现意义"看成是一个与"作者—作品—读者"相对应的"手—饼—手"的传递过程是一种过于幼稚的自信。

与实用主义哲学真理观相适应，罗蒂不愿承认本文具有这样的力量，不认为本文有固定的本质或者意义等待我们去发现。他同意艾柯说："本文是在诠释的过程中逐渐建构起来的，而诠释的有效性又是根据它所建构的东西的最终结果来判断的：这是一个循环的过程。我们实用主义者很欣赏这种抹平'发现'（finding）一个东西与'建构'（making）一个东西之间的区别的方式。"② 明显可见以上是对古老的阐释学循环"部分没有整体不知所属，整体则必须依赖部分逐步地认识才得以完成"的重新表述。罗蒂和艾柯都能认识到意义是在阅读过程中被建构出来，而非等在那里被发现，这与伽达默尔对"意义"和"理解"的看法不谋而合。伽达默尔本体论解释学的一个出发点就是认为，意义不是先于阅读、先于读者理解的自在之物，而是在阅读过程中的生成物。

罗蒂则认为，不存在一个符号世界和物质世界的截然二元区分。岩石、夸克、噪声、符号、句子和本文不过都是有语音的句子，我们并不能精确地创造它们，也不能准确地发现它们。如果我们站在杜威和戴维森一边，不把语言看作对某个事物的精确表述，我们就会逐渐

---

① ［美］苏珊·桑塔格：《反对阐释》，程巍译，上海译文出版社2003年版，第6页。

② ［意］艾柯等：《诠释与过度诠释》，王宇根译，生活·读书·新知三联书店1997年版，第119页。

抹杀符号与非符号、文化与自然之间、语言与事实之间的哲学区分。根据自然主义的观点，罗蒂的"无镜"①哲学认为，我们所能做的就是面对这些句子、这些刺激物做出反应，从这些反应、这些句子又引发出另外一些句子和另外一些反应，以此形成人类生活的网络和百科全书式的知识系统。"这种百科全书式的论断受到新鲜的刺激后会发生变化，但我们却根本上无法根据这些刺激物、更无法根据此百科全书之外的某个东西的内在连贯性来对它进行检验。此百科全书可以因为它自身之外的某个东西而得到改变，但他只有将其自身的元素与其他的元素相比较时才能得到检验。我们不可以用一个物体来检验一个句子。一个句子的检验只有通过其他句子才能进行，所有的句子都通过许多迷宫般的相互参照关系而连接在一起。"②

根据这样的看法，我们发现罗蒂用削平哲学深度的模式，把人们对心灵的谈论归因于反应，把对物质和符号的划分统一看成句子，他不在符号表述事物的垂直层面，而是在句子与其他句子关系的水平层面考虑问题。把人类文化看成句子迷宫构成的网络，在这里已有的句子构成了伽达默尔所说的"传统"，而我们和所有这些句子并存构成维特根斯坦的"生活世界"。所有新句子的涌入都重新丰富了我们的生活世界，因而增进了我们对周遭的理解。这和伽达默尔的阐释观非常相近。在伽达默尔看来，解释总是一个具体化的过程，要解释某物总是意味着要把一般规则用于具体事例。解释的前提就是解释者和文本之间必须有一个共享的意义系统，有一个无言的共同规则事先存在。比如在一个不讲法治的地方，援引多少法律条文阐释证明案情都不能保证这套解释有效。

罗蒂的实用主义文本意义观和伽达默尔对阐释过程的理解正可以异趣沟通，只不过基于哲学传统和学术背景不同，他们各用了不同的词汇来描述这一过程。伽达默尔追溯传统人文主义世界与人的关系，

---

① "无镜"：罗蒂《哲学与自然之镜》的主要观点认为，后现代哲学是一种"无镜"的哲学，是一种反表象的哲学。这种哲学是没有理论体系的，它认为知识并无终极的基础，各种话语之间不可通约。

② [美] R. 罗蒂：《实用主义之进程》，[意] 艾柯等《诠释与过度诠释》，王宇根译，生活·读书·新知三联书店1997年版，第123页。

而罗蒂更从分析哲学层面看重语言和句子。伽达默尔认为是"重写"的地方,罗蒂称作"重新描述";伽达默尔认为是阅读是"人与人相遇"的地方,罗蒂看到了"句子"与"句子"之间的"加入"和"改写"。他们都强调理解的过程是人与文本的交互作用,并将周遭的世界卷入其中。理解不是读者"独白"地将思维作用于"阅读对象"(文本),而是参与了一场阅读者和古往今来所有人的对话,或者用罗蒂的话说,加入了整体的符号学句子网络。

四 客观标准与协同共识

对于文本阐释,除了参与进去,我们无法另立标准,这是罗蒂和伽达默尔用不同学术语言向我们传达的东西。认识论哲学谈论的是客观严肃的话题,它追求合理性和可公度的"逻各斯",而解释学的转向之后,人们只关心那些不可公度的东西,重视创造的自由和差异的共存,因此其哲学趣味倾向于主观。在罗蒂看来,所有可公度话语与不可公度话语的区别不过是通常说的"正常话语"和"反常话语"的区别,根本没有绝对的客观性,真正成立的只有在对话中形成的"一致同意"。他曾说:"我们唯一可用的客观性概念,是'一致性'而非'映现性'。"[①] 并且指出,"这种意义上的客观性是理论的一种性质,经过充分讨论之后,它被合理的讨论者的共识所选中。反之,一种'主观的'考虑曾被、将被或应被合理的讨论者所摒弃,这种考虑看作是或应该被看作是与理论的主题无关联的"[②],这里所谓的"客观性"实际上是一个共同体内部基于共同的兴趣、目标、规则等方面的一致性而产生的"协同性"(solidarity)。

由此我们可以看出,罗蒂对意义共识采取"弱理性"的态度,而不是启蒙以来的"强理性"——把"标准"和"共识"强加于人。怀疑主义和实用主义使他和提倡"读者反应批评"的斯坦利·费什

[①] [美] 理查德·罗蒂:《哲学和自然之镜》,李幼蒸译,生活·读书·新知三联书店1987年版,第292页。

[②] Richard Rorty, *Objectivity, Relativism and Truth*, Cambridge: Cambridge University Press, 1991, pp.36-37.

（Stanley Fish）成为同道，他把费什看作"文学批评上的实用主义者"，因为在他看来，费什倡导的就是一种不必再把"诠释"与"使用"分离开来、整体的、能动的、实践的阅读理解观。斯坦利·费什认为讨论桌上并没有放着"客观的"作品，也没有作品的客观结构。文学是一种动态的艺术，批评应该注意的对象是读者的经验结构，而不是去文本中发现什么"客观"结构。因此，这是另一种形式的"万物皆备于我"，读者成为真正的中心，不仅是阅读活动的中心，而且是意义的主要来源。

罗蒂认为艾柯对解构批评的看法与像他自己这样的戴维森主义者和斯坦利·费什主义者们的观点很相近，只不过所持的态度不同。罗蒂和费什们极力鼓励和赞同千姿百态的解读，而艾柯则对此忧心忡忡。"艾柯认为德里达解构主义的许多本文解读方法都是一种'前本文的解读'（Pre-textual reading），这种解读并不是为了对本文进行诠释，而是为了显示语言在多大程度上可以产生出无限的意义。"[①] 在艾柯看来，这些妙笔生花的任意解读会因个人灵感升华出的"无限的意义"，最后难免变成他所说的"无限衍义"，继而走向"过度诠释"。但是在罗蒂看来，既然艾柯认为，"一种合理的哲学实践往往为文学批评以及新的文本诠释策略提供模式"（艾柯《读者的意图》），那么在此基础上就应该承认德里达和德·曼是两位值得尊重的理论家。德里达比德·曼更彻底地远离了狄尔泰式的古典阐释论调，放弃划分文学语言和非文学语言，也不再像德·曼那样看重"意向性物体"和"自然物体"之间的区分。罗蒂声称，"我们实用主义者"也像德里达一样，不再妄想用"哲学"为所有的语言设立规范，也不再想追问任何文学语言背后的本质，不想去探讨根据一种固定的规范本文究竟意味着什么。就实用主义而言，反对各种变相的本质论，就是反对本文通过艾柯所说的"内在连贯性"向我们揭示某些具体的"东西"，反对探讨本文究竟意味着什么，阅读方面的权威人士通过什么标准可

---

① [美]理查德·罗蒂：《实用主义之进程》，[意]艾柯等《诠释与过度诠释》，王宇根译，生活·读书·新知三联书店1997年版，第124页。

以把"过度诠释"剔除出去。

罗蒂这种"实用主义—反本质主义"的阅读阐释理论认为，本文并非向我们诉说，等待我们倾听，而只不过是提供了某种刺激物，在此基础上我们延伸自己的希望和幻想而已。他认为诠释不必受到本文自身机制的强有力制约，这是很容易理解的事情。"本文"像螺丝刀一样，只是撬开自我、激发灵感的一个工具，在他看来探讨本文如何运行而不考虑那个阅读者，是非常滑稽的事情。因为不存在客观的标准，意义的合法性来自人们的共识，那些经得起阐释留存下来的，就是经过了历史的大浪淘沙，在不同的社群生活中永远能激起希望和感恩的作品。这样，罗蒂唯一能承认的阐释合理性，存在于一个文化达尔文主义的历史选择过程中。那"有意义"的解释来源于特定社群的共识，是被更多人认为有意义的，并且经过了历史的自然选择过程，历经各个时代仍不褪色。

五　激发灵感与回归人文

对于罗蒂来说，所有的阅读归根结底都是个人行为，和阅读者此时此地的目的、兴趣甚至个人癖好密切相关，文学和哲学一样，更多是一种个人心智活动，它通向个人精神创造的完美。所有把阅读的理论和实践分开，强调"诠释"和"使用"本文不同的理论都是"亚里士多德—康德"本质主义形而上学传统的遗留。在实用主义者看来，相比理论与实践、目的与道德的区分，更重要的区分是"你想从文本中得到什么"和"阅读文本将怎样改变你"，这个界限能区分按部就班的阅读和凭灵感与激情的阅读。

在这个意义上，罗蒂提倡那种创造性的有灵感和激情的阅读，而不看好那种按部就班的"正确"解读。他不认同时下流行的精神分析、读者反应批评、女性主义、解构主义、新历史主义等大杂烩式的批评，将其称作"政治正确"的解读。他认为这种"文化政治"读法除了使读者借助批评的手术刀把文本解剖得七零八落，并把所得结论按图索骥装进自己的意识形态随身包之外，并不会从文本中得到什么。这样一次次的阅读不过是一次次加深自己已有的政治信念（偏见）而已。而他主张的富有灵感的批评，看上去更像是哈罗德·布鲁姆所主张的用心灵贴近经典的阅读方式,这样的阅读使读者更深地理解自我,更能善待自己的孤独。"它是批评家与作者、人物、情节、诗节、诗行或某个古代雕像相遭遇的结果,这些东西改变了批评家对'她是谁,她擅长于什么,她想怎样对待她自己'等一系列问题的看法;这种看法重新调整或改变了她的意图和目的。"① 它会加深我们对现实的理解、对过去的认同和对未来的感受,它激起伟大的爱和伟大的恨,正是这些东西通过改变我们的目的,改变我们所遇到的人、事和本文的用途而改变我们自身。

通过阅读加深自我意识和回归传统,这听起来和温和的自由主义人文主义的古老说辞何其相似! 但是,罗蒂在这里却唯恐别人看穿他只是对旧的人文主义进行"重新描述"。"当我这样来表达自己时,我是站在所谓'传统人文主义批评的立场',而反对另一种类型的东西——对这种类型最方便的称呼,如卡勒教授所言,是'理论'两个字。尽管我认为近来人们对这种人文主义批评的指责过于严厉,我的立场却并不是人文主义的。因为许多人文主义批评都是本质论的——认为人性中隐含着许多深层的、永恒的东西,期待着文学去发现,去向我们展示。"② 正因为如此,他澄清自己的观点并不是完全站在"传统人文主义批评"的立场,而是和前者有很大不同。他认为人文主义中那些本质论的东西是他一直努力予以抛弃的,比如有固定的人性、永恒的本质等。但是他也无法完全认同当下时髦的"理论"。虽然他从德里达、海德格尔等人的"理论"中受益匪浅,但他认为"理论"并不能为我们提供一劳永逸的"一种阅读的伦理"(希利斯·米勒语),任何阅读都是独特的"这一个"和独特的"这一次"的相遇,理论要求烦琐的批评技术和概念的重复区分,而阅读总是个人的想象、理解和创造的过程。

这时我们回过头来,重温莱昂内尔·特里林的教诲,也许会明白,

---

① [意] 艾柯等:《诠释与过度诠释》,王宇根译,生活·读书·新知三联书店1997年版,第132页。

② [美] 理查德·罗蒂:《实用主义之进程》,[意] 艾柯等《诠释与过度诠释》,王宇根译,生活·读书·新知三联书店1997年版,第132页。

罗蒂经由漫长的后现代、实用主义之旅到达的文学彼岸，离他童年时代神秘感性的野兰花梦幻并不遥远。1961年当论及自己所从事的现代文学教学工作时，莱昂内尔·特里林曾这样说过："我本人通常将文学情境视为一种文化情境，将文化情境视为精心设置的、重大的伦理问题之争；这种伦理问题之争与偶然获得的'个人形象'有关，而个人存在之意象则与作者的写作风格有关：在表明这一点之后，我感到我就可以自由地从我认为是最重要的问题开始——作者的爱憎，他的意图、他想要的东西，他想要发生的事。"① 特里林文学批评的关键词"文化情境""伦理问题""个人形象""文学风格"看上去极为保守，但是与罗蒂最为前卫的"实用主义—后人文主义"文学批评的主体关怀，也许并无特别大的鸿沟。如罗蒂所言，在"你"与本文的相遇中改变"你"的生活，使"你"成为更好的人，经受某种狂喜或者心神不宁，这里也许就隐含着某个虽然低调但并不难辨认出的个人形象。

经由后现代—实用主义的各种"理论"，罗蒂的阐释学在方法上属于伽达默尔所说的探究型阐释学而非独断型阐释学；但在阐释目的上他主张回到经典阅读，属于乔纳森·卡勒意义上的恢复阐释学，而非以"文化研究"为代表的怀疑阐释学。他强调作者创作和读者阅读时的灵感想象，认为通过阅读作品读者会经历心灵的成长和世界观的改变，这和利维斯"伟大的传统"以及瑞恰兹的敏感"细读"殊途同归。因为他们共同专注的焦点是改变我们的生活，改变我们自己。虽然"前语言的主体"那种先天的给定性（giveness）在罗蒂这里已经受到了怀疑，但是正如斯蒂芬·柯里尼所言"所有试图使用一套'后人文主义'（post-humanist）话语以对传统人文主义话语进行颠覆的努力，都必然表达着某种对于人类经验的态度：这种态度只能被称作伦理的态度"②。无论如何偏爱意义的开放性和永无止境的自我创新，无论怎样贬低某种"本质论"和"人性观"，人文科学都难免逃

---

① Lionel Trilling, "On the Teaching of Modern Literature", *Beyond Culture: Essays on Literature and Learning*, New York, 1965, p.13.

② ［意］艾柯等：《诠释与过度诠释》，王宇根译，生活·读书·新知三联书店1997年版，第26页。

避关于人和人类生活的价值判断，而正是这一点，是永远关乎人文价值的。它使得罗蒂经由可敬的二元解构和对立消融，以无比精致的方式，用"重新描述"的语言，从终点又回到了起点。

第二节　文学经典：永恒的经典与动态的经典

关于文学经典，罗蒂的态度也是实用主义、功能主义的，并且立足于对现实中人的关怀。"经典"就是那些能为读者——现实中的人，带来兴奋和希望的书。因此经典没有固定的光晕，而是在历史流变中和每一个读者阅读的生存际遇结合在一起。这很类似于伽达默尔的艺术真理观。伽达默尔认为艺术作品的真理是一个意义持存的事件，只要作品存在并继续被阅读，意义就在持存地发生而没有完结。因此艺术作品真正的存在史就是它的接受史。[①] 在罗蒂看来，经典并没有什么固定的本质，不是因为它是经典，人们才要争先恐后地去阅读它，而是因为世世代代总有人去阅读它，而它总能为不同时代的人们带来兴奋和希望，它才成为经典。这种近似于"文化达尔文主义"的经典观，强调文学作品在流传过程中自动披沙沥金、优胜劣汰的作用。经典的形成更多依赖于不同时代人们之间的共识——也就是罗蒂常说的主体之间的"协同性"，而不是主客符合的"客观性"。这种经典观同样也是"弱理性"的，而非强加于人的"强理性"。他认为经典既切实存在，又向未来保持开放；经典不是没有标准，但它的标准不是固定的教条，而是来自历经久远的历史时间里不同社群人们阅读的共识，因而这个标准不是静止的，而是动态的。

罗蒂对哈罗德·布鲁姆"捍卫经典"的声音表示支持，但他们拥护经典阅读的理由却不尽一致。虽然二人都对以杰姆逊为代表的"文化研究"不满，但是布鲁姆认为"文化研究"过于政治化，使得文学失去

---

① 比如说《红楼梦》的意义不在纸上文字中，也不在作者头脑里，而是在古往今来读者的阅读中。

了陌生性、原创性等美学标准，一味地为"政治正确"开路；而罗蒂则不仅批评杰姆逊等玩弄学术术语，以冷漠的"知性批评"取代感性阅读和文学救赎理想，而且认为他们在政治上的追求也是不彻底的，会因满足于充满怨恨的学院式批判，失去实际参与改良政治的热情。

关于文学经典的社会作用，罗蒂同意玛莎·努斯鲍姆的看法。认为诗性与正义之间有密切的联系，他也认为文学中提供的道德哲学是强调具体语境的，因此更有弹性和说服力。但对努斯鲍姆认为文学经典阅读中体会的道德感与真理之间的关系，却持不同见解，他不同意努斯鲍姆所说一些真理只有通过（经典）的叙事形式表达。罗蒂能认同经典叙事可以改变人们的生活，但是不认为是经由"传达真理"的方式。与努斯鲍姆努力揭示历史上哲学真理与文学故事间的连续性不同，罗蒂更愿意选择差异性，以发展的、变动的眼光看待历史上的道德事实。他认为努斯鲍姆容易告诉我们人类有史以来一直是什么样的，而不利于告诉我们在时间进程中人类是如何改变的。照努斯鲍姆喜欢的这种方式看待人，会引导人把历史看成是对永恒真理的接近和把握，"而不仅仅是社会和个人自我中心的减少，以及做道德决定时灵活性和同情心的增加"[①]。

像哈罗德·布鲁姆一样，罗蒂非常重视经典文学阅读的作用，他把阅读小说看作一个精神历练的过程，看成是与"有朽"之人进行交流的方式。哲学提供道德原则，而宗教旨在道德净化，小说却致力于增加道德宽容——在具体道德情境中加深对人类存在多样性和道德偶然性的认识，并促进我们对同类的理解和同情。罗蒂认为小说不仅可以塑造和巩固一个自律的自我，而且可以用完全不同于宗教和哲学的方式，帮助人们走出以自我为中心，获得世俗的救赎。

一 从本质主义到功能主义：罗蒂与哈罗德·布鲁姆

（一）捍卫经典 VS 打开经典

"经典"拼写作"canon"，其原意是圣经经典。20世纪后半叶，

[①] ［美］理查德·罗蒂：《哲学、文学和政治》，黄宗英等译，上海译文出版社2009年版，第92页。

伴随着后现代主义思潮和"文化研究"的兴起,围绕"文学经典"问题一直讨论非常激烈。相对于乔纳森·卡勒的两种阐释观,也有两种文学经典观;主张恢复性阐释的一方要"捍卫经典",主张怀疑性阐释的另一方要"打开经典"。"捍卫经典"者试图保护传统经典作品的崇高地位和灵感光晕,强调伟大的文学作品有明显的文本质素特征,也有超越时间、阶级、性别和种族的内在美学标准。因此阅读应该回归原来的语境,要争取不受当代各种流行解读的影响,这种多少带些精英意味的阅读观,以写作《西方正典》的哈罗德·布鲁姆为代表。

"打开经典"支持者则主张对经典进行怀疑性阐释,他们集结在"文化研究"的麾下,大力提倡应拓宽经典(the open-up of the canon)范围,使经典代表多元文化,而不是欧洲中心。他们认为任何作品在成典过程中都要经过专家遴选,这种选择难免涉入某些群体利益、意识形态痕迹和主观偏见,因此只有"打开经典",才能使文学阅读对更多的读者和作家保持开放和公正。女性主义、马克思主义、后殖民主义和新历史主义的学者,相继加入这个声讨经典的大合唱中来。他(她)们要求改变经典的标准,去除经典选取中的精英和等级意识、种族歧视、男性霸权和帝国主义色彩,他们主张应该让经典包括更多女作家和少数族裔作家作品,甚至可以包括像好莱坞电影、电视连续剧、通俗歌曲和畅销小说等通俗文学。他们这种使经典包含大众文化的要求其实比"打开经典"更为激进,因为它实际上等于说取消了经典(文学阅读书目的差序层次)。值得注意的是,修正文学经典的运动不是孤立的文学现象,它是20世纪后期多元思想、文化和政治运动的一个分支。

布鲁姆在其名著《西方正典》中,针对最近出现的这种"打开经典",以至"消解经典"的倾向,曾经以悲情的口吻表达了对经典阅读衰落的不满,他尤其对美国大学校园日益兴起的"文化研究"颇有微词。在《西方正典》序言中,他提到,现今大学里的文学教学已被政治化,为了政治正确,各种伪马克思主义、伪女性主义,各种法国理论、海德格尔式奇谈、后殖民主义、多元文化主义以及族裔研究,组成围攻经典的十字军,他呼吁大学教师和大学生重新投入伟大经典作品的阅读行列中。并认为西方经典的全部意义在于"使人善用自己的孤独",布鲁姆推崇创造性而不是循规蹈矩地阅读,并将弗洛伊德著名的"弑父情结"用于一切文学作家与前辈诗人之间的继承与创新关系。他确立了以莎士比亚为核心的"西方正典"体系——他一个人眼中的经典,他试图通过对26位经典作家的重读,清理文艺复兴以来西方文学"道统",以挽救当今文学审美阅读的颓势。

布鲁姆认为"打开经典"实质为"摧毁经典"。时下的人们不能容忍一张掉腿的桌子,却愿意向后辈学者推荐一些掉了腿的、精神残缺、称不上"书"的读物,仅仅是因为这些读物是由一些有特殊身份、性别、性取向和族裔背景的人所写,或者取悦流行于媒体与大学的"怨恨政治"。"因为我们正在讲授的并不包括那些最好的女性作家以及非裔、西裔、亚裔作家的作品,却包含了那些只以'怨恨'为共同特征的作品。在这种怨恨中是没有陌生性和原创性的。"① 实际上当下大学校园中"经典的传播"就意味着"经典的消亡"。在布鲁姆看来,虽然经典的陌生性并不依赖大胆创新带来的冲击而存在,但是任何一部作品首先要有原创魅力才能加入经典。但是最近的批评包括他所言的"憎恨学派"在内,却在"政治正确"的名义下,将所有的美学标准和多数知识标准都抛弃了。

(二) 两种文学观:知性与启示

在哈罗德·布鲁姆大战"文化研究"诸学派理论风车的悲情战斗中,理查德·罗蒂始终是他坚定的支持者。罗蒂对布鲁姆批评"政治正确"之说深有同感。他也认为:"美国大学里的文学系先是被'理论'所主宰,然后又被文化研究所主宰。这使得学生更难以读好书,因为这些做法企图把政治和哲学凌驾于文学之上,减少了虚构文学的救赎力量。"② 在罗蒂看来,以"文化研究"为代表的学院批评盲目

---

① [美]哈罗德·布鲁姆:《西方正典·序言与开篇》,江宁康译,译林出版社2005年版,第5页。

② [美]理查德·罗蒂:《哲学、文学和政治》,黄宗英等译,上海译文出版社2009年版,第72页。

利用海德格尔—德里达对形而上学的解构和福柯—马克思对权力的批评，在一切虚构文学中寻求解构"本质"和"权力"，这对文学阅读和研究造成的后果非常引人担忧。就像他曾经亲身经历的一样，如果文学系的"文化研究"终将取代传统文学研究，那么这种学术重心的变化将不可避免地减少文学作品的情感想象力量，使得文学系走向专业—学院式研究。

有别于布鲁姆把以弗里德里克·杰姆逊等人称作"憎恨学派"，罗蒂更喜欢称这些人为"知性"批评家。在罗蒂看来，这种"知性"批评宣告了"资产阶级自我"的结束，"知性作为一种心灵状态，使你不再为灵魂敬畏而发抖，为浪漫热情而受蛊惑。知性批评把传统文学批评看作旧式意识形态批评的奢侈品，它们不再像阿诺德和特里林那样，喜欢进行义愤填膺的道德谴责，而是将以往批评中的文化英雄崇拜看作懦弱的表现"[1]。在知性批评家看来，除了展示专业术语和学术知性外，批评并不需要承载更多的东西。罗蒂认为他们对现实充满悲观，而不是抱有热情；对未来充满义愤，而不是抱有希望。他同意布鲁姆的看法，认为这样的批评者把学习文学变成一门沉闷的社会科学。他认为布鲁姆的担心是有道理的："如果文学系变成文化研究系，它们将以希望做政治工作开始，但以训练学生用行话表达憎恨告终。"[2]

很显然，罗蒂的质疑与他身跨文学、哲学两个学科，对这两个学科共同的危机感同身受有关。在罗蒂出身的哲学界，分析哲学作为哲学专业化的象征，一度把哲学变成学院内师生小圈子的喃喃自语；而四分之一个世纪以来，文学研究像哲学一样，已经变得面目全非。如今的文学系学生学习文学，不再膜拜莎士比亚那样的经典作家，而是大谈麦当娜和肯德基在全球的"意象"优势，在文学批评上各类"文化研究"也彻底打倒了"新批评"树立的"细读"权威。不管是文本阅读还是文学批评，都不再仰仗想象和同情，而是强调分析的学术

---

[1] [美]理查德·罗蒂:《哲学、文学和政治》，黄宗英等译，上海译文出版社2009年版，第117页。

[2] 同上。

理性，用文化政治的批判和专业术语的冷淡取代文学研究的热情。在罗蒂看来，"布鲁姆之于杰姆逊就像20世纪30年代的怀特海之于艾耶尔。怀特海像布鲁姆一样代表魅力、天赋、浪漫的东西，而艾耶尔则代表逻辑、批判和知性的东西。在历时两代人的时间里，哲学界发生的故事就是艾耶尔的单调战胜了怀特海的浪漫"①。哲学变成科学的、"分析的"、反形而上学的和不浪漫的。罗蒂担心，如果文化研究取代文学研究，让杰姆逊批评话语的学术理性取代布鲁姆的批评敏感的话，文学系将丧失与周遭世界生动的联系，像哲学系一样走向专业化和自闭症。因此他呼吁，人们应该让各个学科，不管是哲学还是文学，都享有浪漫和灵感的权利，而不能只剩下学术智力。

基于这个原因，他援引小说家多萝西·阿莉森的话，提倡应该重视经典文学作品的"启示价值"，阿莉森把文学看作"无神论者的宗教"，主张人们去"相信文学"。她写道："有一个地方，在那儿，我们总是单独面对死亡，在那儿，我们必须拥有比我们自己伟大的东西来依靠——上帝，或者历史，或者政治，或者文学，或者相信爱有着康复力量的信念，或者甚至可以是义愤。有时我觉得它们都一样。一个相信的原因，一个主宰世界的方法，并且坚持认为生活不只是我们所想象的这些。"② 强调文学作品的启示价值，就是确认这些文学经典能带给我们想象不同生活的能力。相信能在文本中找到启示价值，就是不把文本看作文化生产机制的产物，而是认为文本是和一个人的对话，它不只给阅读者带来理解，也带来希望；不只带来知识，也带来内在自我真正的改变。

应该看到，罗蒂和布鲁姆都对"憎恨学派"轻视传统文学研究不满，都想捍卫传统文学研究中的阅读敏感和救赎理想，但是捍卫的理由却各不相同。布鲁姆认为"文化研究"如果大行其道，那么面对自我的"文学阅读"和"审美批评"最终将"被政治化"，"政治正确"将成为文学课堂的风向标，这就会进一步使得不入流的作品因为身份政治

---

① [美] 理查德·罗蒂：《哲学、文学和政治》，黄宗英等译，上海译文出版社2009年版，119页。

② 同上书，第121页。

而侵犯经典的神圣殿堂，使得文学失去批评标准和审美自主性，变成非文学的"外部研究"。而在罗蒂看来，以杰姆逊为代表的"文化研究"剔除了批评的感性，运用各种"理论"的学术话语支撑起文学批评，将会由于过于专业而显得云山雾罩、曲高和寡，失去和生活现实的联系，成为纯粹的"学院批评"和小圈子之内的"内部研究"，丧失改变现实的热情和参与社会的能力，以及成为失去生命力的"灰色研究"。布鲁姆看到了"文化研究"过多地关怀政治，把文学和文化研究变成身份政治；而罗蒂则看到了"文化研究"对政治的关怀是不彻底和过于悲观的、学术化的，缺少改良的希望和参与的热情。

（三）两种经典观：本质主义与功能主义

罗蒂提倡阅读"文学经典"，但是并不相信传统人文主义"经典"观背后的柏拉图哲学基础。柏拉图哲学千百年来试图向人们灌输永恒的经典观，认为"文学经典是伟大的"，因为它使我们想起相同的人类经验。在柏拉图哲学那里，只有永恒之物才能起到启示的作用，伟大的源泉一直在那里，在物质表象的这层面纱之后，它无数次地被不同时代的人们所描述，通过说这些人们获得灵感和知识。在罗蒂看来，这种柏拉图式的假设最好丢弃。"但是，这么做不应该使我们丢弃埃里森、布鲁姆、马修·阿诺德和我们共同拥有的希望——希望有一种文学宗教，在这儿，带有世俗想象的作品代替作为每代人的启示和希望的主要源泉的圣经。我们应该高兴地承认，经典书目是暂时的，检验标准是可代替的。但是这不应该使我们丢弃经典观念。"① 文学经典依然存在，但以动态的方式，检验标准也不再是永恒的标准，比如依赖于对过去"本质"事件的记忆和重复等。不是有一个标准悬在那里，像普洛克路斯忒斯（Procrustes）的床一样，人们把历代作品削足适履地装进去和它符合，而是意味着经典是开放的、变化的，检验标准也随着时代有所不同。

如此看法也等于变相地打开了经典大门，松动了部分检验标准，那

---

① [美] 理查德·罗蒂：《哲学、文学和政治》，黄宗英等译，上海译文出版社 2009 年版，第 123 页。

么，我们以什么来确定"经典"呢？罗蒂的回答是，经典的存在并非像我们通常理解的那样，是本质主义的，有内在的、永恒的文本特性使我们能把一部作品定义为"经典"，毋宁说经典的存在是功能主义的。真正的经典能在不同时代的读者心中引起共鸣、激发出情感，这才是经典存在的证明。"我们应该认为文学经典是伟大的，因为他们启发了许多读者，而不是认为文学经典启发了许多读者，因为他们是伟大的。"[①] 经典的伟大并非因其有什么内在的本质，而是因为它启迪了不同时代的读者，经历了时间的考验。这就是罗蒂的实用主义、功能主义的经典观和柏拉图本质主义经典观的不同。"本质主义者把经典的地位看作一种暗示，暗示着与永恒真理之间有一个纽带，把缺乏对经典著作的兴趣看作道德缺陷，然而功能主义者认为，经典的地位跟读者的历史处境和个人处境一样，是可以改变的。"[②]

　　罗蒂认为，如保罗·德·曼这样的仍然倾向于本质主义的批评家，会把哲学看成其他学科的基础，认为做一个好的批评者必须先学哲学，在其他任何非哲学的文本中寻找与哲学相共通的精神；而像他自己以及艾伯拉姆斯和哈罗德·布鲁姆这样的功能主义批评家，却认为读哲学论文的方法和读诗歌的方法是一样的，人们都是通过想象激发情感，在文本中找寻兴奋和希望。艾伯拉姆斯和哈罗德·布鲁姆本人会在多大程度上同意罗蒂对他们的解读，我们不得而知。总之，罗蒂将这两个人引为实用主义的同道，就像他用"强误读"的模式来赞美杜威和戴维森一样让人存疑。但是你不得不承认，布鲁姆虽然一再强调审美价值和标准，但他阐述的这些价值和标准却并没有涉及任何文本的本质特征，他只是在读者反应的意义上强调"陌生性"和"原创性"，而这两个特点都是相对于前辈作家而言的，并非内在于文本本身。所以，罗蒂把布鲁姆引为同道，将他解读成功能主义的经典论者也不是空穴来风。

[①] [美]理查德·罗蒂：《哲学、文学和政治》，黄宗英等译，上海译文出版社2009年版，第123页。

[②] 同上书，第124页。

二 诗性与正义：罗蒂与玛莎·努斯鲍姆

（一）诗性与正义

玛莎·努斯鲍姆①在其名作《诗性正义》中，探讨"诗性"与"正义"——文学人文教育与一个国家公共生活之间的关系。她认为文学阅读使我们带着同情心去关注那些不同于我们的生命，小说扩展了我们的道德想象能力，让我们能够更好地对公共生活做出判断。文学和想象代表的"诗性正义"是我们正视人"本真"生存的很好途径，通过想象、理解和同情我们才能不忽视人本身的独特性、丰富性和复杂性。这是把人当人看，而不是把人当物看，由此她不同意理查德·波斯纳法律实证主义的观点，而是提倡法律中的人文关怀。

在探讨诗歌与正义之间的关系、肯定文学尤其是小说这类想象型作品对于构筑国家公共生活的重要性方面，理查德·罗蒂和玛莎·努斯鲍姆英雄所见略同。1992年玛莎·努斯鲍姆出版了她的名作《爱的知识》，其中对亨利·詹姆斯富有才情的解读，使她的论述和罗蒂产生了某些交集，该作重点阐述了道德哲学和文学的关系。她把詹姆斯对道德哲学的贡献与亚里士多德相提并论，这一独到的发现受到罗蒂的赞赏，罗蒂认为"她的作品反映了近几十年开始的英语国家道德哲学的一种新趋势——摒弃康德把道德看作绝对律令、一般原则的思想"②。

近代以来，有两种道德哲学：一种是功利主义的，以穆勒和边沁的"最大多数人的最大幸福"为代表；另一种是伦理主义的，以康德的"绝对命令"为代表。在西方古代关于道德的讨论中，亚里士多德

---

① 玛莎·努斯鲍姆（Martha C. Nussbaum），芝加哥大学法学院、神学院、哲学系合聘的弗伦德法律与伦理学杰出贡献教授，古典与政治科学系副研究员。著作有《善的脆弱性》(*The Fragility of Goodness*)、《爱的知识》(*Love's Knowledge*)、《欲望的治疗》(*The Therapy of Desire*)、《培育人性》(*Cultivating Humanity*)、《思想的剧变》(*Upheavals of Thought*)、《逃避人性》(*Hiding from Humanity*)、《正义前沿》(*Frontiers of Justice*)、《良心自由》(*Liberty of Conscience*) 等。

② ［美］理查德·罗蒂：《哲学、文学和政治》，黄宗英等译，上海译文出版社2009年版，第85页。

反对柏拉图，亚氏认为道德美德不可以化约为普遍道德原则。很多人认为，柏拉图哲学和诗人之间存在着原始的紧张，而亚里士多德通过对人性的通达探讨和对情境的重视，打通了诗与哲学之间的隔阂，让诗与道德哲学之间架起友谊的桥梁，共同为人类精神生活服务。在这个意义上，努斯鲍姆要做的就是继续亚里士多德在"诗性"与"正义"之间这种打通的工作。在《爱的知识》里，努斯鲍姆通过把"知觉"定义为"犀利敏感地洞察某个人所处的特殊情境的突出特征的能力"①，呼吁一种更加敏于具体情境的伦理学。她认为亚里士多德和詹姆斯对"知觉"的强调打破了柏拉图—康德普遍原则道德观的粗陋。无疑任何道德都是一般原则在具体情境下的运用，把道德关注由一般原则转向具体情境，这一点罗蒂深以为然。

然而在关于道德美德与真理之间的关系上，努斯鲍姆和罗蒂却渐行渐远。努斯鲍姆认为道德知识就是探讨"一个人该如何生活"的问题，是去发现和陈述真理，去追求"对生活要素的真实准确的描述"②。因此，在她看来，善与真之间存在着密切的联系，戏剧诗和伦理哲学探讨的都是一个普遍问题"人类应该如何生活"。只不过，他们探讨这个问题各自用了文学和哲学两种不同的方式。她认为人类生活各个有机部分之间在本质上相互联系，文学叙述的形式最适合充分恰当地让人们认识到这个世界的某些重要真理，并在读者心中引起共鸣。"亨利·詹姆斯的小说和亚里士多德的哲学论文是在协同完成共同的任务，他们探讨的都是一个人应该怎样去过美好的生活。"③

显而易见，她倾向于从联系的观点看待世间万事万物，哲学与文学之间的相关性在于它们共同关心人类生活的根本问题，并各自做出自己的解答；由此亚里士多德时代的困惑依然还是我们的困惑。无论我们写作小说还是探讨哲学，我们无法完全越出古人的思考。继承亚里士多德的道德哲学对情境的强调，努斯鲍姆相信有与"人类"这一

---

① [美]理查德·罗蒂：《哲学、文学和政治》，黄宗英等译，上海译文出版社2009年版，第85页。

② 同上书，第86页。

③ 同上书，第87页。

特定物种相联系的适当行为方式。这个观点对于罗蒂这样的实用主义者来说，太具有"拼图"世界观痕迹和柏拉图本质主义的意味了。他认为努斯鲍姆和亚里士多德一样都是不彻底的，虽然能够放弃对道德原则和道德知识的偏执，但是仍然一厢情愿地相信人类共享某一共同本质，认为哲学可以把这些本质列举出来，组成道德真理指导人们的日常生活。

（二）普遍原则与具体选择

而在罗蒂看来，亨利·詹姆斯向我们提供的并不是关注"人类本性""人怎样追求美好的生活"这类空洞的问题，他只是激发我们"怎么去注意他人的事情——他们的需求、恐惧、自我描述和对于他人的描述"①。这些对他者的关怀和体贴是我们平时因为太以自我为中心、无暇去顾及的事情，读小说只是让我们熟悉其他生活的描述，增进同类之间的同情，而并非借此去发现某些人类本质。这正如品茶师的技艺是"知道如何"去品的技能，而不是关于茶本质的知识。同样，注意更多单个人的道德事实并不见得比别人就更能理解"人是什么样子"，以及"什么样的生活才是美好生活"。在罗蒂看来，"知道如何很好地生活"和"知道对人类来说什么是美好的生活"都是一些泛泛之论，属于茶本质之类的知识。只有相信救赎真理的人才会欣然接受这两个问题或其中任何一个，并去寻求它的答案。

罗蒂无疑对这样的提问方式不感兴趣。他认为当代青年如果想变得敏锐而有高度责任感，最好的办法就是读小说，读大量的小说而不是去纠结于那些空洞的问题。不单是读普鲁斯特和詹姆斯，也读所有帮助我们了解他者需求、欲望和自我描述的次要小说。这与我们了解"什么是人类美好生活"没有太大关系，大量的阅读只是帮助我们在与人打交道的时候不致因妄自尊大而忽视他者。罗蒂把亚里士多德看作"半柏拉图式的形而上学家"，而他自己则是赫尔德、黑格尔和达尔文的追随者。他相信历史是不断前进的，每个时代有自己的文化，人类是慢慢进化的，因此没有永恒不变的理性和人性。我们区别于动

---

① ［美］理查德·罗蒂：《哲学、文学和政治》，黄宗英等译，上海译文出版社2009年版，第87页。

物最重要的能力是我们的语言。因此，我们的时代与亚里士多德的时代不同，我们有我们的问题，也会有我们独一无二的解决方案。

努斯鲍姆认为亨利·詹姆斯像约翰·罗尔斯一样促进了道德哲学，这种看法是罗蒂无法认同的。罗蒂认为罗尔斯在康德的道德基础上发现了差异原则，总结了当代社会民主主义者共有的道德直觉，就像当年康德的道德命令总结了18世纪法国大革命同人的道德直觉一样。但詹姆斯小说的读者，却不是试图去发现这样准宗教的知识，而只是去丰富关于道德感知的精湛技艺。詹姆斯与罗尔斯之间的差异性要大于其相似性。努斯鲍姆想把詹姆斯对感知的丰富和增大的同情提升为对真正实在的理解。她觉得正因如此詹姆斯没有陷入"相对主义"的旋涡，而是保持了"忠实于实在之物"①。因此詹姆斯给予我们的道德感知就具有更大的"客观性"，因为它同"实在"相联系。而这在罗蒂看来，就等于把詹姆斯的小说读作"救赎真理"，他觉得这对哲学或许适宜，但对前哲学的宗教和后哲学的小说来说也许并不合适。

努斯鲍姆在强调文学的重要性时认为"一些真理只有通过叙事形式来表达"，但罗蒂虽然认同叙事对我们生活的重要性，却以为不必将叙事与传达真理扯上关系。叙事只是增加了自我描述和对他人的描述，丰富了感知、理解和同情。在他看来，哲学和文学之间的差异性更大于他们的相似性。"读罗尔斯或康德或密尔给你一个做某事的理由——一个道德原则，你可以由此推断有必要以某种方式行事。读詹姆斯和普鲁斯特给你做某事的精神历练，这种历练可能会引导你以某种方式行事。"② 在小说中立志要去"发现真理"，在罗蒂看来是柏拉图理性主义传统的遗留，那就是认定"唯一可以改变我们生活的事就是：了解某事的真实面目"③。尽管努斯鲍姆并非这个意义上的理性主义者，因为她对"合理性"的解释还宽泛一些，她在对真理的追求中考虑了人的信仰和渴望等隐私，她还重视文学的作用，伴随着健谈和

---

① ［美］理查德·罗蒂：《哲学、文学和政治》，黄宗英等译，上海译文出版社2009年版，第90页。

② 同上。

③ 同上书，第91页。

愿意聆听这样更人文主义的精神。

(三) 哲学与文学

正因如此，罗蒂虽然也认为文学和公共生活有着密切的联系、却认为这中间的桥梁并非通过哲学，也许通过文学文化还更适宜。哲学是"知道什么"的知识，而文学文化是启迪人们"知道如何"去做的精神历练和实践智慧，二者完全不可同日而语。努斯鲍姆愿意看到往古来今人类面对生活问题的累积性和连续性，而罗蒂愿意看到具体的、历史的环境下不断进化的人类，在面对具体问题时的变动性和差异性。总而言之努斯鲍姆仍然是巴门尼德的后代，而罗蒂更像是赫拉克利特真心的当代继承人。变与不变，一与多，殊相与共相之间，二人所侧重的方面截然不同。

在罗蒂看来，道德政治原则总是寄生于具体的历史进程中、建立在具体的政治经验之上的。不管康德还是穆勒、罗尔斯，他们强调的道德直觉都是其自身时代和共同体生活演进的产物。没有持久的道德现实让我们在历史的偶然一瞥中找到放在那里的"实在"和"正义"。以努斯鲍姆的方式看待道德哲学，会忽视历史变化，以为我们人类一直以来都是什么样的，应该遵循怎样的道德职责。而像罗蒂一样看待道德，就容易注意不同时代的人类在时间进程中是如何改变的。努斯鲍姆的方式会把道德问题引向对永恒真理的把握，而罗蒂愿意承认文学中的道德情感只起一种激发的作用，就如同古人说"诗可以兴"，阅读各种作品，熟悉不同的人生，只是使得个人和社会的自我中心倾向逐渐减少，只是使得人们在具体情境下做出道德决定时，灵活性和同情心不断增加。

罗蒂不把阅读文学看作认知的增加，而看作想象力的扩充。小说不必"准确真实地表现实在"，昭示普遍原则、内化习惯和忠诚；小说只是人物的新奇、熟悉程度的增加、生活视野的扩大，它只是在丰富我们的同情心和理解力。罗蒂把"成功的寻找真理""认知上的成就"和"忠实表现实在"之类说法都看作形而上学哲学传统的残余[①]。努斯鲍姆把习惯和

---

① [美]理查德·罗蒂：《哲学、文学和政治》，黄宗英等译，上海译文出版社2009年版，第93页。

忠诚看作普遍原则的内化,而在实用主义的罗蒂看来,这有些本末倒置。"习惯和忠诚有实际的效用,而原则不过是对那些发挥了效用的'过去的'习惯和忠诚的总结。"由此看来,努斯鲍姆对文学中的道德哲学的看法仍然是一个认知主义的态度和范式,而罗蒂则对其持实践的看法。就像他说"真理不是发现的,而是创造出来的"一样,美好生活也不是等在那里有待发现的,而是要我们在具体的历史情境下选择,靠自身创造出每一代人完全不同的美好生活。为此,他并不惧怕被人指责为"相对主义者",在普遍的道德原则和具体的道德直觉知识总结之间,他更愿意相信后者。

努斯鲍姆把道德哲学看作在努力获得规则和知觉之间的一种反思平衡,而罗蒂却更愿意将其看成是在我们继承的旧道德和直接由新环境得到的新道德直觉之间的一种平衡。实在论者认为,道德的进步与对自我的更忠实描述和更清晰认知有关。苏格拉底把道德进步看作自我认知的增加,柏拉图因而启用了"善的理念",亚里士多德开始在此基础上追问"人类美好生活",在罗蒂看来现在人们要做的是放弃柏拉图对虚构"实在"的追问,而走向尼采的"创造"观念。罗蒂认为他和努斯鲍姆都看重文学对公共生活的重要功能,只不过提供的理由各不相同。他们作为新哲学的健儿,都不把自己看作实在论者和形而上学家、旧理性主义者,他们都是反本质主义的,只是在重视情境和感知觉的特殊性上,程度有所不同。努斯鲍姆强调不同学科之间的连续性以及自古至今人类面对问题的连续性;罗蒂则强调文学和哲学之间的差异性,古人和今人面对问题的差异性。对于罗蒂来说,我们的时代和亚里士多德的时代注定不同,我们要经由文学创造属于自己的美好生活,而不是发现世界背后的普遍真理和道德准则。

所以在过去和未来之间,不是知道什么,而是知道如何去做;不是认识而是实践,不是发现而是创造,不是连续性而是差异性,显示了近世经典存在的价值。他认为过去两个世纪的小说共同创造了一个新的宇宙形象和自我形象,不同于古老的世界和古老的生活方式。所以阅读归根结底是一种精神的历练,"包括试图改变自己的价值观进而把自己改造成更好的人"①，这和阿诺德在《文化和无政府状态》中提到的阅读"使你变成更好的人，使社会变成一个更有序的社会"的看法非常相似。如阿诺德、利维斯那样的文化保守主义者往往把文学看成生活的宗教，把文学批评看成一种道德的批评和对生活的批评。在罗蒂那里，文学同样也可以看成我们今日的宗教，文学起着和当年宗教相似的精神作用。"我坚持认为普鲁斯特和詹姆斯的小说帮助我们获得了精神上的成长，从而帮助我们很多人做了一些事情，虔诚的宗教阅读也曾帮助我们祖先做过同样的事情。"②但是文学发生作用不是靠对永恒精神的接近，而是通过叙事分享感受，培养起不同共同体、不同人们之间同病相怜式的理解和同情。

三　走出自我中心获得救赎

（一）文学阅读：巩固一个自律的自我

哈罗德·布鲁姆是理查德·罗蒂的文学英雄，罗蒂称"哈罗德·布鲁姆是美国最睿智、最博学、最让人受益的文学研究者"③。他非常同意布鲁姆，认为只有持续深入的阅读才能帮助人们建立并巩固一个自律的自我，他把读经典看作从自我中心获得救赎的方式。布鲁姆的经典多指虚构文学而非议论文学，这和罗蒂提倡的"文学文化"不谋而合。

在布鲁姆看来，虚构的事物容易给人带来新鲜感，文学因为是虚构，所以里面遍布其中的是生动的形象而非枯燥的论证，因此最有助于痴迷读书的读者获得自律。但是布鲁姆的自律有别人康德的"启蒙"，康德曾经认为"启蒙"就是把人从理智的不成熟状态解救出来。而布鲁姆所思考的"自律"是"能使人从以往的有关人类个体生活和

---

① ［美］理查德·罗蒂：《哲学、文学和政治》，黄宗英等译，上海译文出版社2009年版，第95页。

② 同上。

③ 同上书，第71页。

命运的思维方式中解放出来"①。虚构文学能帮助我们脱离过去，由此获得的解放可以引导人们去改善社会政治、经济、文化各个领域的现状。阅读能够使一个人变得更敏感、更博学和更睿智。罗蒂和布鲁姆一样，认为由文学代替宗教或哲学是一种改善。他们都认为要获得海德格尔所说的"本真性"或者尼采所说的"成为你自己"，最好的方式不是追问"真理是什么？"而是去问"这个世界上有些什么人"，"他们是怎么生活的"。罗蒂认为斯坦贝克、左拉和斯托夫人的小说关注底层和边缘人群的生活，都是很好地扩大同情心、丰富对他人理解的蓝本。其他人比如詹姆斯和普鲁斯特的小说，能培养人对生活的敏感，丰富人的想象力，深厚人们的情感，使人变得更有个性和更自立。

罗蒂同意布鲁姆的看法，他把意识形态说教看作自律的敌人，布鲁姆认为理想的书能给我们对于生活的全新感受，读者会因看到这一本书而重新发现自我，重新理解生活，为自己的生活和阅读重新设置情境——"她会遭遇到作者的一种强大的想象力，以致她神魂颠倒，把她带入一个她从未见过的世界。"②布鲁姆的"自律"在罗蒂看来与海德格尔的"本真性"基本是一回事，用萨缪尔·约翰逊博士的话就是"去除头脑中的说教"。说教是陈词滥调，没有创新思维，常常千篇一律。好的文学作品总能给我们带来布鲁姆所说的"陌生感"，罗蒂喜欢叫作"新情境"。像艾略特、约翰逊和布鲁姆的作品之所以能够做到不说教，是因为"他们的目的在于暗示而不是宣称，在于建议而不是论证"③。

在罗蒂看来，即便真的存在救赎真理，哲学也是通过其清晰明白的内容来实现救赎的，在哲学中理解某人就意味着把其说话内容放进一个已有认知结构，用罗蒂的术语就是一个"话语推断关系网络"，而文学却不是这样起作用的。认识陀思妥耶夫斯基、普鲁斯特或者包

---

① [美]理查德·罗蒂：《哲学、文学和政治》，黄宗英等译，上海译文出版社2009年版，第72页。

② 同上书，第73页。

③ 同上书，第74页。

法利夫人等这些文学中的人物，会改变我们对自身处境和周遭事物的看法，让我们看世界有一个全新视角。阅读与生活的关系就像基督徒与基督的关系，我们在瞬间领悟到一切，但是这种感觉不可名状为任何具体的哲学或者宗教信条。在罗蒂看来，我们与小说中人物的关系就像和父母、和初恋情人的关系一样，它切实存在，但是无法用理性彻底说清，却能实际促成我们在行动上的改变。

对于罗蒂和布鲁姆这样的人来说，拓展自己的工作永远处于未完成的途中，哲学家需要答案的完美，而文学家却需要回答的敞开，任何一个人、任何一本书，都可能在下一刻改变你的生命。所以没有衡量所有书的一个永恒标准摆在那里，你不能妄想自己已经拥有了标准，并且用这个标准去判断所有的书和所有你会遇到的人的价值。因此我们应该放弃通过启蒙而达到一劳永逸的完美自我的梦想，痛快地承认，不存在完全自律的完满，不断丰富自己、改善自己的过程才是关键。当文学取代了宗教和哲学，人们学会从自我中心获得救赎，没有人再希望在旅途中找到永远栖身之所。所有的尝试都将是创新，所有的现在都将被超越，这一代人的梦想可能会为下一代人所嘲笑，但是进取没有终点，自我永远走在改善的途中。

（二）宗教崇拜与小说阅读

罗蒂认为，在虚构文学中，小说最能说明布鲁姆所言的持续集中阅读的效果。根据自身及其同代人的经验，他指出像詹姆斯和普鲁斯特等人的小说，对20世纪西方年轻知识分子的道德教育发挥了持久深厚的影响。小说的兴起改变了西方精神世界的图谱，正如17、18世纪的启蒙哲学曾经对时代发展所起的作用。小说带给我们道德启迪的方式和哲学完全不同，人们阅读的时候不必纠结于前人思考过的那些道德哲学命题，而是直接身临其境进入对他者的了解和体验。"小说给予我们的就是让我们知道和我们全然不一样的人是如何看待自己的，他们如何做出一些让我们惊骇的行为，他们如何给他们的生活赋予意义。(我们一眼看上去觉得悲惨、无意义的生活。) 我们如何生活的问题于是变成如何平衡我们与他们的需求，平衡他们的自我描述与我们的自我描述的问题。"① 以此为通道,"我们"对他者的生活进入移情的理解,这样能使"我们"获得更完善、更丰富的道德观,更多对自我处境与他人描述的理解。②

　　小说发挥作用的方式与非哲学化的宗教很相似,它们都为人们提供救赎但却不受真理问题的纠结和困扰。宗教发挥作用是基于信仰,古希腊人和奥林匹亚诸神的关系就像无知的基督徒和基督的关系一样,它们都是通过努力接近一个强大的、不朽的人来获得救赎。苏格拉底之后,西方理性主义盛行,才开始把形成判断、概念和推理看得在人类活动中高于一切,寻求救赎才开始与真理问题相联系。"但是,宗教崇拜和小说阅读之间的重大区别是:认为不朽者是崇拜的对象,或者自我否弃的爱的对象,或者是可怕的服从的对象,而不是我们正在努力让自己去适应的那些人。"③ 宗教一旦失去敬畏,变成试着去理解那些神迹和圣经故事,就堕落为理性宗教。而小说提供给我们的却很少是神一样的主人公,相反只是平凡的人,它告诉我们凡人如何对待自己,如何在现实的处境选择中实现道德平衡。小说向我们敞开对人类的认识,"帮助我们理解人类生活的多样性和我们自身道德词汇的偶然性"④。小说帮助我们理解那些原教旨主义者、皮诺切特政权的受害者、第二次世界大战神风特攻队员、向日本投下炸弹的美国空军战士,是怎样应付他们的道德困境的。读小说因此可以增加我们对那些道德两难处境的理解和对边缘群体的宽容。

　　由此可见,罗蒂对小说的功能的理解最终是人文主义的。他似乎变换了一个言说方式,又重新回到阿诺德和利维斯当年的教谕:"读小说能够使你更好地理解生活,成为更好的人。"⑤ 但是阿诺德和利维

---

① [美]理查德·罗蒂:《哲学、文学和政治》,黄宗英等译,上海译文出版社2009年版,第77页。

② 我理解"我们"是指大西洋富裕社会中的白人中产阶级。而"他们"指生活在世界其他地区、其他种族的社群,或者"我们"自己社群中经济状况不佳的劳工阶级。

③ [美]理查德·罗蒂:《哲学、文学和政治》,黄宗英等译,上海译文出版社2009年版,第78页。

④ 同上。

⑤ 同上书,第98页。

斯当年阐释这个命题靠的是读者、作者和主人公之间的共通的人性和各自自足的理性，罗蒂的阐释却强调体验和同情的作用。利维斯把文学看成普通人的宗教，而罗蒂进一步指出文学与宗教所起作用有不同的方面，他把读小说看成是和有朽之人进行联系的方式，在他看来文学比宗教更宽容。"祈祷文阅读强调净化而不是增补，消除导致分心的事物而不是把他们融入更大的统一体中。"① 另一方面，小说阅读旨在包容更多而不是消除过剩。有宗教倾向的知识分子总是试图和上帝或某种崇高无限的实体去结合，而为詹姆斯和普鲁斯特作品兴奋的知识分子只希望在此世把自己活成一件真正的艺术品。这样的艺术人生是独特美丽的，也是不可重复的。在这里没有任何超越永恒的决心，只有渗满了生活汁液的成长故事。

（三）回归人文主义：走出以自我为中心

读小说的经验使我们看到，最好的接近真理的路径就是去尽可能了解不同的人。"我们有权称为真的主张是那些我们认为所有持有效观点的人都能认同的主张。"② 罗蒂的这个观点和哈贝马斯的交往理论殊途同归，这个真理不是靠客观符合去认定，而是通过主体间性协商得到。人们持这样的真理观，便不再寻求皈依上帝和客观真理，而是努力寻找同代人中的同道，使自己的主张得到同类的主体间认可，而非与任何非历史、非人类的"实在"相一致。因此他将其称作"真理的人文主义描述"③，一旦发生这样的转变，我们的生活目标就由过去向"大写"真理的接近，走向对邻人、邻国的同情。哲学家和神学家怀疑小说的道德教育功能，他们总乐意提出一个普世的命题比如"所有上帝的孩子都重要""所有的理性行动者都值得尊重"，但是我们在生活中常常遇到的棘手问题是"不信教的人是否是上帝的孩子""无知愚蠢的人是否是理性的行动者"等，因此那些空泛的道德原则很多

---

① 陆建德：《序》，[英] F. R. 利维斯：《伟大的传统》，袁伟译，生活·读书·新知三联书店2002年版，"序"第19页。

② [美] 理查德·罗蒂：《哲学、文学和政治》，黄宗英等译，上海译文出版社2009年版，第79页。

③ 同上。

情况下是无从落实的。

在这一点上，罗蒂和杰姆逊一样，偏爱群体的确定思想而反对个体自我思想的冒险性。"当你把自己个人的主体建构为一个自足的领地和一个封闭的王国时，你因此就把你自己与其他任何事物隔离开来了，从而判决你自己处于一种单一的孤寂之中——即活埋了自己。"①罗蒂强调读小说就是经由阅读宗教一般的感情和体验，达到人与人之间的理解，族群之间的同情，实现人文主义的效果。通过阅读增进对更多人的了解和同情，就会避免以自我为中心。"人们读宗教经文和哲学论文是为了避免对人类之外的事情的无知，而他们读小说是为了避免自我中心。"② 在罗蒂这里，读小说一方面可以巩固一个自律的"自我"，"成为我自己"，使我更加独立和有个性，更认识到自己与古往今来所有人的不同；但另一方面同时意识到，不存在完全的自律，自我永远走在改善的途中，在此过程中文学阅读还可以起反面纠正作用，那就是避免过分抬高"自我"，变得"以自我为中心"。宗教和哲学常常希望把对他者的同情简化为道德原则让人们去信守，而小说才让我们设身处地体验别人的生存处境和道德选择。"小说的读者正在寻求一种救赎，不是摆脱不敬和非理性，而是摆脱迟钝。他们或许不知道、也不关心事物是否真的有本来面貌，但他们关心他们对别人的需求是否有足够的认识。从这一角度看，小说的霸权可以被看成是努力贯彻基督的建议：即爱是唯一法则。"③ "自我中心"在罗蒂看来就是一个人满足于决定自己行为的那一套词汇，不屑了解也不愿倾听别人的词汇和别人对自身生活的描述。每个时代都有这样以自我为中心的人，苏格拉底或哲学家希望通过得到一种确定性来解决这类道德难题，因此他不停地追问"我是谁"，不停地提倡"认识你自己"；而文学家如狄更斯却对这些空洞的探讨不感兴趣，他的小说教

---

① F. Jameson, *Postmodernism, or, The Cultural Logic of Late Capitalism*, Durham, N. C. Duck University Press, 1991, p. 15.

② [美] 理查德·罗蒂：《哲学、文学和政治》，黄宗英等译，上海译文出版社2009年版，第80页。

③ 同上。

给我们摆脱以自我为中心的方式,就是通过描述和阅读,让我们意识到更多曾为我们所忽略的他者的痛苦。就此而言,哲学和宗教带给我们道德原则,而文学增进了我们对道德具体处境的敏感。

因此,罗蒂同意哈罗德·布鲁姆说"年轻人的精神教育最好由虚构文学来完成,而不是由学习宗教传统或道德哲学来完成"①。詹姆斯和普鲁斯特让我们更多地意识到他人的需要,但是就文学阅读中的宗教体验而言,他们和狄更斯、巴尔扎克截然不同。后两位现实主义作家"丰富"了人们的生活及对生活的认识,而前两位更重视自身道德情感转变的作家,他们在很大程度上"改变"了读者的"自我"。读詹姆斯和普鲁斯特的过程会首先产生对自我的怀疑,就像读《天路历程》这样的宗教书籍过程中会首先产生对基督的怀疑。但最终这种怀疑被克服,我们经由他人的故事突破自我中心又回到一个崭新的自我,就像布鲁姆所说:"读小说总是在读我们自己","读小说总是带我们重新回家。"② 在哈罗德·布鲁姆看来,文学是人们善待孤独的方式,罗蒂则强调文学阅读是作者、读者和人物之间建立特殊的、共享的亲密关系的过程。这种亲密从来不是有人告诉你去想什么,而是像情人间的秘密对话,不依赖任何权威,有时甚至只可意会,不可言传。"文学读者会在阅读时突然感到极度兴奋的狂喜,想象力得以扩大,他们感到自己与人物、与作者、与世界共同分享了瞬间即逝的韶光,就像一对情人发现他们互相爱慕时的情景一样。普鲁斯特和詹姆斯为读者提供救赎,但不是救赎真理,就像爱情拯救相爱的人,但不能增加他或她的知识。"③

综上所述,罗蒂把阅读小说看作一个精神历练的过程。在这个过程中人们经历了"精神发展",比如普鲁斯特的小说并非如常人所说容易使人陷入某种顾影自怜的"自恋",而是能"帮助我们了解自我

---

① [美]理查德·罗蒂:《哲学、文学和政治》,黄宗英等译,上海译文出版社2009年版,第82页。

② [美]哈罗德·布鲁姆:《西方正典》,江宁康译,译林出版社2005年版。

③ [美]理查德·罗蒂:《哲学、文学和政治》,黄宗英等译,上海译文出版社2009年版,第84页。

中心的危险性"①，认真地审视自己，审视周围遇到的每一个人。在罗蒂看来，普鲁斯特笔下的生活既是自律的，同时又是克服自我中心的典型。通过阅读这些作品，人们实现了尼采所说的创造性自我。每个人都应该尝试战胜自己，占有和享受生命的过程。人们常常把对生活的审美的、游戏的态度和道德的、严肃的态度截然对立起来，对此二者结合的渴望与不可调和的矛盾与人类生活历史并存。而罗蒂认为，我们创造一个社会，在此间每个人能自主地创造自我，发现生命的形式和意义，这之间不见得必定要提及对他人的责任。就像普鲁斯特和詹姆斯这样的作者，虽然没有为我们提供平衡道德与审美二者之间张力的任何实体性建议，但是读他们的小说却容易使我们变成古典人文主义意义上更人性的、更富有同情心和想象力的、对生活更敏感的人。

第三节 文学批评：强读者的批评模式

本节主要从浪漫主义、解构批评和读者反应批评三个视角来关注后人文主义文学批评。首先，在浪漫主义与普遍主义理论、浪漫主义与古典（人文）主义批评的对比中，找到浪漫主义和后人文主义理论、批评之间的联系与差别。作为普遍主义、本质主义的宿敌，罗蒂赞成浪漫主义者瓦解了普遍主义的"拼图"世界观，使得人们能够容忍继续流浪在破碎的世界，能够相信多元价值并存，但是他并不赞成浪漫主义追求无限性的深度，"后人文主义"怀疑彻底献身和激情承诺，而愿意承认所有人的存在都是具体的、有限的。因此人们应该认真对待诸种善之间的冲突，用妥协的办法解决具体问题，而非用浪漫主义的方法通过斗争超克对方。实用主义的观点是，我们抛弃了普遍有效性，但是仍然珍视主体间的赞同；我们抛弃了浪漫主义的无限深

---

① ［美］理查德·罗蒂：《哲学、文学和政治》，黄宗英等译，上海译文出版社2009年版，第97页。

度，但是仍然承认和珍视新奇性和想象力。

后人文主义作为一种批评体现在罗蒂的解构阅读中，与布鲁姆的浪漫主义批评相去不远，布鲁姆的《西方正典》不是为了重申道德价值，而是为了重估一切价值，它强调天才、想象、生命原欲等非理性的力量。罗蒂的批评主张文学的启示论，强调创造和解读的灵感，重视文本接受中的神秘体验和狂喜心情，反对以学术知性肢解文本。因此罗蒂的后人文主义批评和布鲁姆的浪漫主义批评在不同的方向上背离了传统人文主义，当然又都有某种程度的回归。布鲁姆的回归在于仍然强调审美阅读和经典标准，而罗蒂的回归在于仍然把文学看作世俗的宗教，以浪漫主义的方式重新回到传统人文主义的社会道德关怀。

其次，梳理后人文主义与德里达、德曼等人的解构理论、批评上的亲和与离异之处；在《论解构》的开篇，罗蒂以其一如既往的锐利追溯了解构运动的三个源泉，德里达为其提供了哲学纲领，福柯提供了左倾的政治观点，而保罗·德·曼则使其与文学文本解读相结合，在美国落地开花，形成一个真正的文学批评流派。因此罗蒂从解构主义理论、解构主义批评实践以及解构运动同文化政治的关系来审视这一批评潮流。在德·曼—米勒和德里达—费什之间，罗蒂本人作为文学批评上的实用主义者，更赞许后者的观点，他认为德里达—费什坚持的是一种放松的实用主义观点，他们并不严肃地对待哲学，而只是把它当作必要的任务和偶然脉络中的一环，他们的观点类似于他本人一直推崇的"反讽主义者"。相较而言，德曼和米勒却更加严肃地对待哲学和道德迫切性。但是罗蒂认为费什对"解释共同体"的强调，使得他在告别逻各斯中心、通向实用主义的道路上，走得还是不够彻底。

最后，通过对比斯坦利·费什的读者反应批评，确认后人文主义批评与读者反应批评都是"文学批评上的实用主义者"，它们都提倡"强读者"的批评模式，注重文学阅读中读者的创造作用。因为在罗蒂看来，费什倡导的就是一种整体的、能动的、实践的阅读理解观。罗蒂充分肯定读者的积极阐释权利，对意义共识采取"弱理性"的态度，而不像启蒙以来的"强理性"那样，把"标准"和"共识"强加于人。后人文主义的批评姿态总是怀疑的，面对前辈经典解读"影响的焦虑"，罗蒂把每一次解读都看作读者自我创造的过程，以"解构阅读"和"再描述"的方式将文本或批评对象"重新脉络化"，从而置入自己的话语网络和解释框架。

一 理论与批评：浪漫主义与后人文主义

罗蒂的后人文主义批评无疑深受浪漫主义思潮的影响，他对黑格尔、尼采、海德格尔这些浪漫主义的哲学家褒奖有嘉，他的文学英雄惠特曼和爱默生等，很多都是浪漫主义者。就其本人的精神气质而言，他强调学术研究中"影响的焦虑"，孜孜不倦推陈出新，以求面对新问题，创造新生活，重塑新的自我，提倡创造性、想象力这些浪漫主义推崇的价值。在这一部分我们主要厘清作为哲学思潮的浪漫主义运动对罗蒂后人文主义的影响，以及作为文学批评的浪漫主义批评与罗蒂后人文主义批评之间千丝万缕的联系。

（一）普遍主义、浪漫主义与后人文主义理论

罗蒂从实用主义的研究视角追溯西方哲学史，对普遍主义、浪漫主义和人文主义提出自己的观点和评述。在《普遍主义的高度、浪漫主义的深度、人本主义的限度》[①]一文中，他追随以赛亚·伯林，把浪漫主义不仅仅看作一种与古典主义相对的文学思潮，而是看作一种对抗普遍主义话语范式的思想运动，他着重肯定了浪漫主义运动对普遍主义"拼图世界观"的反拨，并阐明了他自己的"实用主义—人文主义"的态度对普遍主义和浪漫主义的双重超越。

罗蒂首先追溯了西方哲学史中关于"一与多""实体与流变"的论争，他把这场在柏拉图和赫拉克利特之间发生的战斗称作"诸神"

[①] ［美］理查德·罗蒂：《普遍主义的高度、浪漫主义的深度、人本主义的限度》，《罗蒂文选》，孙伟平等译，社会科学文献出版社2007年版，第393—410页。在这篇论文的题目中单词humanism，有些译本又译作"人文主义"。参见《普遍主义的宏伟、浪漫主义的深奥和人文主义的界限》，理查德·罗蒂《哲学的场景》，王俊、陆月宏译，上海译文出版社2009年版，第116—134页。

与"巨人"之间的战斗。他认为随着 21 世纪的到来，高等文化越来越世俗化，人们似乎都倒向了巨人一边。现代人看重政治的功利主义和经验主义原则，他们相信全球共同福祉都将得到保障，人权将得到尊重，机会均等和人类幸福将得以实现，目前所有的政治论证几乎都在朝向这个目标。知识分子间形成的这种共识使原来意义上的哲学越来越被推向文化的边缘。目前的大多数知识分子更多地关怀社会实践，而不再认为一些社会和政治问题必须要有哲学基础才能解决，他们对哲学的不耐烦就像启蒙哲学家当年对宗教的态度一样。

但是柏拉图描绘的另外两场争论还在继续，一场发生在哲学和诗歌之间，这场争吵因浪漫主义运动得以复兴，并在当今表现为 C. P. 斯诺所说的"两种文化"①——科学文化与文学文化之间的张力。罗蒂认为这场争论的关键是"人类是否应尽最大努力运用理性去发现万物的真实状况，还是应该尽力运用想象去改变自己"②。第二场争论发生在柏拉图所说的哲学家与"诡辩论者"之间。"诡辩论者"用来指以普罗泰戈拉为代表的智者学派和怀疑论者。如柏拉图主义一样的普遍主义者把不认为存在"真实之物"和理性"宇宙秩序"的人称为"非理性主义者""真理的否定者"或者"诡辩论者"。柏拉图意义上的哲学家把热爱真理看作一种重要德行，他们把自然科学的研究范式看作一切研究的榜样，把对科学的敌意看作精神上的堕落，然而，他们眼中的"诡辩论者"却完全不这么认为。

1. 普遍有效性：普遍主义的高度

罗蒂把近来诸多论争看作柏拉图普遍主义和尼采浪漫主义之间的争论。"究竟柏拉图认为人类可以通过追求真理而超越偶然是对的，还是尼采把柏拉图主义和宗教看作是逃避现实者的幻象是对的？"③ 无疑作为反柏拉图主义的文化英雄，罗蒂一直站在诗人和"诡辩论者"

---

① [英] C. P. 斯诺：《两种文化》，纪树立译，生活·读书·新知三联书店 1995 年版。
② [美] 理查德·罗蒂：《普遍主义的高度、浪漫主义的深度、人本主义的限度》，《罗蒂文选》，孙伟平等译，社会科学文献出版社 2007 年版，第 394 页。
③ 同上书，第 395 页。

一边，他怀疑任何普遍主义的高度——那种只有数学家和物理学家才能达到的高度，怀疑自然科学的研究范式是否应该普适化，怀疑哲学是否应该作为其他高级文化的基础。

伯特兰·罗素和托马斯·内格尔是对柏拉图普遍有效性观念在现代的延续做出贡献的人，他们都对威廉·詹姆斯这样的实用主义者所描述的思想路线不以为然，而詹姆斯这种实用主义的思想路线，则被他的好友牛津哲学家 F. C. S. 席勒①称为"人文主义"（humanism）②。因为它更多地考虑解决现实问题，更看重人们之间的交往理性，更多是对现实中人的需要、利益和福祉的关怀。在伯特兰·罗素看来，宣称"真理是人造的"这样的实用主义观点虽然提高了人的地位，却剥夺了哲学对一切有价值之物进行沉思的权利，它消灭了人们心中对客观标准和纯粹知识的渴望；而托马斯·内格尔则指出实用主义—相对主义的路线无法将相对主义的思路用于自身。面对这些强有力的攻击者，罗蒂本人毫无疑问站在威廉·詹姆斯和 F. C. S. 席勒一边，捍卫普罗泰戈拉"人是万物的尺度"的教谕。他曾经把实用主义和浪漫主义放在一起，并且曾经维护"诡辩论者"和诗人之间的这种联合。但是后来他又逐渐认识到，浪漫主义和实用主义是有区别的，浪漫主义试图引入柏拉图式的理智与激情的划分，而实用主义者则很少使用理智与激情、客观与主观这样的区分。

罗蒂认为，哈贝马斯在一定意义上也是像罗素和内格尔这样的普遍主义者。哈贝马斯用"交往理性"代替以主体为中心的理性，是一个进步，追随哈贝马斯的看法人们就会把理性看成是交往性的、对话性的，而不是独白的、自言自语的，这样就会更多考虑对他人的责任而不是对抽象标准的责任；哈贝马斯还积极区分理性与"理性的他者"——如神秘的看法、诗性灵感、宗教信念、想象力和真实的自我表现等。在哈贝马斯看来一旦涉及这些"理性的他者"，就是关于真

---

① ［英］费迪南德·凯宁·思戈特·席勒（F. C. S. Schiller），英国实用主义哲学家、人本主义哲学家、逻辑学家、元哲学家。

② ［美］理查德·罗蒂：《普遍主义的高度、浪漫主义的深度、人本主义的限度》，《罗蒂文选》，孙伟平等译，社会科学文献出版社 2007 年版，第 396 页。

理的谈话必须要终止的地方。哈贝马斯把罗蒂对普遍有效性目标的拒绝和对海德格尔世界"澄明"（Welterschliessung）的好感看作对这些浪漫主义"理性的他者"的不幸妥协，而罗蒂却把哈贝马斯对普遍有效性的依依不舍看作柏拉图形而上学传统的残留。"哈贝马斯和我都怀疑形而上学，但他认为，我们必须对普遍有效性的概念给出一个没有形而上学的解释，以便避免浪漫主义的诱惑，而我则认为，这种普遍有效性的概念和形而上学是一丘之貉。"① 哈贝马斯把罗蒂看成是相对主义者，而罗蒂则视哈贝马斯为先验主义者。

在《现代性的哲学话语》里，哈贝马斯认为黑格尔没有完全放弃以主体为中心的理性观念②，没有把理性变成"理智社会性"的主张，也没有走向"前维特根斯坦"的语言学思想，即认为单个人就他无法使用语言来讲，无法就其自身而言为理性的。哈贝马斯认为这正是黑格尔的明智，如果他彻底地贯彻"前维特根斯坦"这种语言论思想路线的话，就会滑向非理性主义，就会使得后来的人们容忍克尔凯郭尔、柏格森、尼采、海德格尔、萨特、福柯以及其他人好战的、"后黑格尔主义"的反理性主义。而罗蒂则认为，正是黑格尔对"理性"和"绝对知识"的坚持，对自身宏大体系的追求和对神人汇合的偏爱，使他没能成功地走到否认以主体为中心的自足理性这一步，也使黑格尔没有能看到：人类的对话是最终无法预测的，我们总是在解决具体的问题，并不断提出新问题，没有人能用体大思精的体系包罗和解决一切问题。

罗蒂认为，正如哈贝马斯所指出的，黑格尔曾经试图调和浪漫主义与古典主义，却没有能够成功。浪漫主义追求"多"和"流变"的观念，强调想象人类的未来和过去不同，创新自我；而古典主义追求"一"和"永恒"，认为实践、历史和差异分自永恒的实体"一"。黑格尔试图在短暂与永恒、古典与浪漫之间寻求某种升华和综合，但

---

① ［美］理查德·罗蒂：《普遍主义的高度、浪漫主义的深度、人本主义的限度》，《罗蒂文选》，孙伟平等译，社会科学文献出版社2007年版，第399页。
② ［德］哈贝马斯：《现代性的哲学话语》，曹卫东等译，译林出版社2004年版，第96页。

事实证明这是徒劳的。左翼黑格尔主义者如约翰·杜威汲取了这个教训，不再使用自然神学追求"绝对知识"的理想，不再追求任何普遍的高度和抽象的深度，仅仅希望通过实用主义的思路帮助人们解决现实中的实际问题。于是在罗素和海德格尔这些哲人看来，杜威将哲学的追求放低了，把哲学家变成了庸俗的中产阶级。而罗蒂则宁愿追随杜威，他认为把哲学家变成中产阶级并没有什么不好。罗蒂主张削平哲学的深度，使哲学关怀更多着眼于社会现实。他认为，不管是柏拉图主张的普遍主义，还是尼采开启的浪漫主义潮流，都不是哲学家必须要追求的高度和深度。哲学的追求最好是实用主义的或者说人文主义的，并且充分认识到这种人文主义的限度。

2. 无限性：浪漫主义的深度

有些思想史家曾经非常不屑古典主义和浪漫主义的这种古老区分，认为根本不存在统一精神色调的浪漫主义运动，这个划分和话语转型只不过是后人意念中的建构；而以赛亚·伯林在《浪漫主义的根源》中却绘声绘色地总结了浪漫主义对于精神意识的这场伟大革命。① 罗蒂认为，"伯林复兴浪漫主义的概念，不是把它与古典主义对立起来，而是与普遍主义对立起来。他由此把它变为一种哲学上的而不是文学上的对立。他把普遍主义叫做'西方主要传统的栋梁'，认为正是这种栋梁才使得浪漫主义'崩溃'。伯林说，浪漫主义是'西方生活中最为深刻和持久的变化'"②。伯林指出，浪漫主义的贡献在于打碎了18世纪晚期以前一直在西方社会流行的"拼图"世界观。"我想强调的是，这种（理性主义）观念的一般模式是生活，是自然，就是一个智力拼图的游戏。我们躺在拼图的散件碎片间，智者，无所不知者，上帝也好，人间博识之人也好——随你怎么想象都行——从理

---

① Isaiah Berlin, *The Roots of Romanticism*, Princeton, N. J: Princeton University. Press, 1999, p. 20. 中译本 [英] 以赛亚·伯林:《浪漫主义的根源》，吕梁等译，译林出版社2008年版，第10—13页。

② [美] 理查德·罗蒂:《普遍主义的高度、浪漫主义的深度、人本主义的限度》，《罗蒂文选》，孙伟平等译，社会科学文献出版社2007年版，第401页。

论上讲都有能力将各种碎片拼成一个完整的图案。"① 这种"拼图"世界观支持柏拉图的看法，认为一个人对爱欲的热情和对城邦民主、青年教育等所有问题都是一个原初问题的碎片，是对世界背后的本质问题从不同侧面进行的回答，因此这些分科别类的问题碎片可以拼成一个整体。而浪漫主义运动，则首先表示了对这个整体可能性的怀疑。自浪漫主义运动以来，流浪在破碎的世界中，不再依托于世界背后的"本质"和"整体"意义而生活，就不再被人们看成是一件不可忍受的事情。

西方思想家把人类生活看作解决"拼图"问题，这是普遍主义思维方式的必然结果，他们认为真正的知识就是找到这些碎片并把它们缝合到一起，形成一个完整的世界图画。有了这个世界图画，人们便会对古往今来的所有问题找到答案。比如"世界的本质是什么""你是谁""人类究竟需要什么"等。以赛亚·伯林的所有著作都在不遗余力地阐明这种"拼图"世界观是多么可笑，这不过是人头脑中对知识确定性产生出来的幻想。很多人间的"善"无法兼容并最终难以拼合在一起，尤其涉及社会政治问题的时候，在两善不能兼得的情况下，总会有人受到伤害。在法国大革命中，我们就曾经残酷地面对这种诸善不可兼容性，结果是丹东被罗伯斯庇尔处死了。这并非由于他们之中某一方的错误，而是由于他们对个体消极自由和集体积极自由这两种价值的强调各有不同侧重，因此出现了一种无法避免的冲突。

浪漫主义运动的努力分离了柏拉图认为可以恰当放置在一起的东西，它蔑视狂喜的性爱和数学的确定性之间这种离谱的综合，并勇敢地抛弃了包罗万象的普遍观念，它不承认在哲学、政治、道德、美学问题上存在着客观标准。浪漫主义削弱了由柏拉图—康德以及后来的哈贝马斯共同持有的一种假定：认为存在一种更好的论证，这种论证拥有普遍的可靠性，存在着一种正确的东西值得我们去做或者去相信。罗蒂认为，他自己和哈贝马斯的分歧就在于哈贝马斯承认存在这

---

① [英]以赛亚·伯林：《浪漫主义的根源》，吕梁等译，译林出版社2008年版，第30页。

种更好的论证，同时又接受了"理性的社会性"的理论；而他自己追随杜威，认为"存在这种更好论证"和"理性的社会性"这两者之间是不可调和的。①

罗蒂看到，浪漫主义者从本体论神学那里得到的一个最重要的概念是"无限"的观念。浪漫主义者要消除由人类的过去设定的一切限制，追求完美的自由，这种浪漫的无限性观点更多是与普罗米修斯的形象有关，而非与苏格拉底有关。伯林使用"深度"和"广度"来描述这种"无限性"的观点。浪漫主义的深度指的是无可穷尽、无法完全掌握的意义和内容。就像海明威的冰山理论，总认为我们能够说出来是很小部分，我们说得越多，没有说出来的东西也就越多。普遍主义者总相信概念化的论证能使人得到完满的答案，而浪漫主义者认为我们在论证的后面总是会留下省略号。在伯林的眼中，只有浪漫主义的天才，才可以把人从有限性中拯救出来，诗人、戏剧家、德国浪漫主义运动中的代表人物弗里德里希·席勒，就曾经和实用主义者一样说道："理想完全不是被发现的，而是被发明的；不是被找到的，而是被创造出来的，就像艺术被创造出来一样。"② 浪漫主义者以无限性的深度取代了理性主义者普遍性的高度，而走向哈贝马斯所谓的"理性的他者"，这就替换了由普遍赞同而确认的合法性。深度来源于内在的自我，而并不乞灵于主体间的赞同。在罗蒂看来，普遍主义者认为抛弃主体间的赞同等于抛弃了判定社会不义的标准；而浪漫主义者则认为承认大家都赞同的东西才是真的，就等于扼杀个体创造性和想象力，屈服于过去对未来的暴政。③

在这里，我们可以看到，罗蒂看到了普遍主义与浪漫主义各自的

---

① [美]理查德·罗蒂：《普遍主义的高度、浪漫主义的深度、人本主义的限度》，《罗蒂文选》，孙伟平等译，社会科学文献出版社2007年版，第404页。

② Isaiah Berlin, *The Roots of Romanticism*, ed. by Henry Hardy, Princeton, N.J: Princeton University. Press, 1999, p. 87. 参见[英]以赛亚·伯林《浪漫主义的根源》，吕梁等译，译林出版社2008年版，第90页。

③ [美]理查德·罗蒂：《普遍主义的高度、浪漫主义的深度、人本主义的限度》，《罗蒂文选》，孙伟平等译，社会科学文献出版社2007年版，第406页。

理论贡献，也正视了它们之间的分歧。作为普遍主义的宿敌，罗蒂对浪漫主义显然更抱好感；但是他并不同意浪漫主义提倡的所有价值，尤其是关于热情和深度的那些看似非理性（浪漫主义提供宗教信仰的深度、灵感的突发性、自我与世界的感应、通灵等）的探讨。接下来，他提出了实用主义——后人文主义的观点。

3. 有限性：人文主义的限度

长篇累牍解读了普遍主义和浪漫主义的主旨和关怀之后，罗蒂的中心观点意在阐明，"应当把实用主义及其对普罗泰戈拉人类中心主义的捍卫，看作是一种不同于浪漫主义的另一种选择，而不是一种浪漫主义的观点。这就说明了为什么哲学家与诡辩论者之间的争论并不同于他们与诗人之间的争论。实用主义者用'功利'的概念替换掉'合法性'，认为普遍主义者所说的'普遍有效性'不过基于主体间的普遍赞同，而浪漫主义者孜孜以求的热情和深度不过是追求新奇和想象力的代名词"①。实用主义者认为哲学家不应该寻味知识来源等形而上学问题，而应该做杜威所努力做的工作：帮助他们的同伴权衡对共识的需要和对新奇性的需要。通过这种权衡，更好地贯彻普罗泰戈拉"人是万物的尺度"这一人本主义的思想。柏拉图式的普遍主义和尼采式的浪漫主义都不能让实用主义者感到满意。实用主义者怀疑这种普遍高度和无限深度的隐喻，他们不追求所谓超越的"真理"，而是认为成功地解决具体问题更为重要，在实用主义者看来，并没有独立于人类需要和利益的事物的本来面目。

罗蒂认为，"实用主义与浪漫主义不同，就在于认真地对待善与善的抵触，但同样怀疑彻底献身和激情承诺"②。与浪漫主义者和普遍主义者解决问题的方式不同，实用主义者认为丹东和罗伯斯庇尔应该去努力适应彼此，达成某种交易或者妥协。不是要争论谁对谁错，谁站在真理的一边，而是承认对方观点的存在合理性，切实解决问题，得到双方都希望得到的哪怕是部分好处。不是鱼死网破的互害，而是

---

① ［美］理查德·罗蒂：《普遍主义的高度、浪漫主义的深度、人本主义的限度》，《罗蒂文选》，孙伟平等译，社会科学文献出版社2007年版，第407页。

② 同上书，第402页。

和平理性的共生，才是罗蒂这样的实用主义者所认为的追求真理的最好方式。实用主义者"把善与善的冲突看作是不可避免的，所以，他们认为不可能得到普遍主义的高度和深度。传统的善与善之间的微妙妥协会带来新的灵感、新的计划，而这些新灵感和新计划之间的抵触又会产生新的东西，以致无穷。我们永远无法逃避黑格尔所谓的'否定的战斗和劳作'，但这仅仅是说，我们不过是有限的生物，服从于具体的时间和空间。"①

在罗蒂看来，伯林在社会政治中所提倡的宽容多元的自由主义，和库恩在科学中采用的实用主义态度一样，都是随时准备解决新出现的异常情况，尽可能以协商的方式解决更多的冲突。虽然浪漫主义者比普遍主义者更好地抵制了"拼图"世界观和"真理符合论"的诱惑，但是他们忽略了自己解释新制度或者新理论的责任，似乎他们所需要的一切天然真实而无须论证。然而，实用主义的观点是，我们抛弃了普遍有效性，但是仍然珍视主体间的赞同；我们抛弃了浪漫主义的无限深度，但是仍然承认和珍视新奇性和想象力。为此，罗蒂写道：

> 我将使用"人文主义的有限主义（humanist finitism）"一词来代表一种态度，即愿意放弃普世主义关于高度的隐喻和浪漫主义关于深度的隐喻，愿意放弃寻找无懈可击的论证和不可废弃的洞见。有限主义承认，在结尾永远都有省略号，无论我们使用了多少论证或者得到了多少洞见，新的片断永远都会出现并要求拼合。有限主义沿着地平线移动，当一个人这样做时变得更加成熟的隐喻，替代了向永恒上升或向深度下降的隐喻。席勒企图复活普罗塔哥拉的口号"人是万物的尺度"的努力，按我的理解，是这一观点的一种表达方式，即人类只能用他们个人的和社会的过

---

① [美]理查德·罗蒂：《普遍主义的高度、浪漫主义的深度、人本主义的限度》，《罗蒂文选》，孙伟平等译，社会科学文献出版社2007年版，第403页。

去来衡量自己。①

罗蒂认为,浪漫主义运动是功不可灭的,因为它成功地破除了传统哲学探究的"拼图"世界观念,使更多的人走向实用主义——那就是哲学探究并不需要更高的目标,而仅仅是在需要的时候和问题出现的时候去解决问题。他指出,"文明的命运取决于当今的知识分子能够避免过分的科学理性主义(普遍主义),同时又能预防文人们肤浅的非理性主义(浪漫主义)"②,不惧怕做"真理的否定者",不相信有"理性的自然秩序",不相信存在无历史、超文化的推论结构。当普遍性的高度和无限性的深度都失去魅力之时,我们应该成为常识上的有限论者,把自身看作随其自然生长的动物,把斯宾诺莎和康德推动的高等文化世俗化,承认每一代人只有通过提出新的问题才能解决旧的问题,如此方能朝向更加自由和进步的方向做出切实的努力。

(二)浪漫主义、古典主义与后人文主义文学批评

罗蒂对想象、天才与创造性的强调和哈罗德·布鲁姆不谋而合,二人的论调都代表了文学研究中对人文价值而非科学价值的强调。但是他们与旧的人文主义——也即以"新批评"为代表的传统人文主义批评,却有明显不同。传统人文主义的理论基础是古典主义的,心仪"新古典主义"提倡的价值如永恒的人性、自足的理性、文本的有机和谐等,并强调文学批评是一种生活批评和道德批评。但是罗蒂的后人文主义批评观却和哈罗德·布鲁姆更接近,他们都与浪漫主义批评极具亲和力。

1. 哈罗德·布鲁姆的浪漫主义批评

布鲁姆(Harold Bloom)的文学批评思想是十分复杂的,他强调文学批评应该首先是审美批评,他对康德关于"审美自主性"的强调并没有强烈的反感。"审美价值常常被视为康德的一个观念而不是一

---

① [美]理查德·罗蒂:《浪漫主义者、智者和体系哲学家》,蒋劲松译,《中国学术》2003年第4期。

② [美]理查德·罗蒂:《普遍主义的高度、浪漫主义的深度、人本主义的限度》,《罗蒂文选》,孙伟平等译,社会科学文献出版社2007年版,第409页。

种现实存在，但我在一生的阅读中，却从未有过如此的经验。"① 在他那里，"影响的焦虑"与"创造性误读"，文学经典重构和对抗性批评并行不悖。

表面看来，布鲁姆在文学阅读式微的后现代语境中，重申经典阅读的意义，似乎与在《美国精神的封闭》②里提倡大学文学教育和精英阅读观的艾伦·布卢姆（Allan Bloom）③殊途同归，很多人可能会认为他所要捍卫的一定是传统人文主义的保守价值观，实则不然。《西方正典》这本书的重点不仅仅是要人们重新阅读经典，更重要的是要自己重新解释经典——用布鲁姆得心应手的"影响的焦虑"理论。它不是要重申道德和价值，而是像尼采一样要重估道德和价值，他想让已经在欧文·白璧德时代就声名狼藉的浪漫主义再度焕发出光辉。

《西方正典》除了是本解构批评，更是一本浪漫主义批评。除了给予像莎士比亚这样浪漫主义的作家很高的评价外，布鲁姆还对书中所列经典作家都做了浪漫主义、充满想象力的解读。陌生化、影响的焦虑和内在互文性成为批评关键词，作者、传记、个性、激情和创造力再次成为批评的中心，性解放和生命冲动尽情舞蹈。他（布鲁姆）的批评"动摇了艾略特的保守形式主义批评"，在布鲁姆笔下，但丁是一个掩不住自己生命欲望的圣徒，浮士德所有的追求走在安放身体的路上。他对于狄更斯和托尔斯泰这两个经典现实主义作家的评述独辟蹊径，与传统的社会关怀和道德批评相去甚远。可以说，作为浪漫主义批评，它颠覆了"新古典主义"—"新人文主义"—"新批评"

---

① ［美］哈罗德·布鲁姆：《西方正典·序言与开篇》，江宁康译，译林出版社，第1页。
② ［美］艾伦·布卢姆：《美国精神的封闭》，战旭英译，译林出版社2007年版。
③ 艾伦·布卢姆（Allan Bloom, 1930—1992），美国思想家、政治哲学家、翻译家。1955年毕业于芝加哥大学，获博士学位。他是罗蒂的同学，曾经一起就教于列奥·施特劳斯，并称两位少年哲学天才。曾任教于耶鲁大学、康奈尔大学、特拉维夫大学、多伦多大学，后回芝加哥大学社会思想委员会任教授。著作有《莎士比亚的政治学》（1981）、《巨人与侏儒》（1990）、《爱与友爱》（1993）等，译著包括卢梭的《爱弥尔》（1979）及柏拉图的《理想国》（1990）等。

者一直推崇的权威和秩序，布鲁姆不再主张皈依"伟大的传统"，而是提倡创造和革新；不再颂扬和谐理性精神，而是强调生命冲动和非理性。

哈罗德·布鲁姆以解构批评的功力，专注于文本裂缝和症候阅读，他看到了以往经典作品中不太为人们所发现的一面——激情和生命力、创造力，作家与前辈之间"影响的焦虑"等。但是在我看来，这些价值对这些作家来说却未必是最主要的，而只是布鲁姆戴着自己浪漫主义的有色眼镜去重新解读的结果。有理由认为布鲁姆在故意改写对经典的理解，以走出传统阐释对自身形成的阴影。《西方正典》书前序言中提到：作者心目中的"英雄偶像是萨缪尔·约翰逊博士"①。布鲁姆之于新批评，恰如罗蒂之于分析哲学，他们都感到专业内部"影响的焦虑"，都是创新者和造反者。布鲁姆脱胎于"新批评"而反叛了"新批评"，就像罗蒂脱胎于分析哲学却从内部反叛了分析哲学。

2. 浪漫主义批评对古典人文主义的背离

同样是提倡经典阅读，布鲁姆的批评是浪漫主义的，而新批评学派则是古典人文主义的。在一定意义上每个人的理论都是自己的自传，T. S. 艾略特的批评文集和韦勒克的《近代文学批评史》都是"新批评"经典之作。艾略特的批评既充满个人敏感与洞见，也在捍卫传统价值，提倡和谐与理性，强调诗歌"非个人"化。他强调皈依传统和寻求文学评价的客观标准。比如对萨缪尔·约翰逊博士，雷纳·韦勒克和哈罗德·布鲁姆都评价很高，但是韦勒克和布鲁姆各自推崇约翰逊博士的理由却很不同。在韦勒克眼里，约翰逊博士是一个伟大的理性主义者，一位负责任、有品位的批评家；而对布鲁姆来说，约翰逊最大的特点在于他像以往的强力诗人一样，是充满个性才华的，以开创性的"自我"形象对文学批评进行价值重估，是独特的"这一个"。总的来说，布鲁姆的解读往往让人眼前一亮，因为他发现了对某个作家来说最新的东西；而韦勒克的批评给人的印象是扎实、

---

① [美] 哈罗德·布鲁姆：《西方正典》，江宁康译，译林出版社2005年版，第3页。

睿智和沉稳，韦勒克总是善于发现对每一个作家来说最为根本和重要的东西。因此，韦勒克的批评更立足于作家本人和作品本身，更是贴近文本的批评，而不是像布鲁姆一样用"一切阅读皆误读"的"强"读者阐释，把该作家的思想装入自己思想的魔瓶，翻手为云覆手为雨，瞬间变出一个新人。《西方正典》是布鲁姆在"新批评"的"影响焦虑"下所写的充满焦虑、刻意出新的批评，可能也是因为英雄所见略同，他吸取了新批评的好多真知灼见。但是值得注意的是，为了"影响的焦虑"，或者也因为最终志趣不同，他也打翻了"新批评"曾珍视的好多传统价值。

应该看到，哈罗德·布鲁姆的文学批评观与传统人文主义批评既有联系又有明显的区别。在承认文学的审美自足性与坚持精英主义的阅读策略上，他和新批评一脉相承。在《影响的焦虑：一种诗歌理论》（1973）中，他明确地提出了"审美自主性"（aesthetic autotomy）的问题，并且强调，"文学只是个人的而非社会的关切，文学批评作为一门艺术，却总是并仍将是一种精英现象；只有审美的力量才能渗入经典，而这种力量又主要是一种混合力：娴熟的形象语言、原创性、认知能力、知识以及丰富的词汇"[①]。他对文学阅读价值定位是使人"善用自己的孤独"[②]，他主张通过文学经历精神成长、塑造自我，在这一点上基本延续了古老的人文关怀，也和罗蒂的文学阅读观遥遥相应。

然而，我们不会忘记，"新批评"提倡在创作和阅读中，无论作者还是读者，都要皈依传统。T. S. 艾略特最著名的教诲就是"诗歌不是感情的放纵，而是感情的疏离；诗歌不是个性的表现，而是个性的脱离"。在《传统与个人才能》里，他提倡诗人应该放弃自我，变成一根白金丝，在传统的熔炉里熔化自己形成新的化合物。代表个人的白金丝是催化剂，形成硫酸时不可缺少，但在生成物中却不含白

[①] ［美］哈罗德·布鲁姆：《影响的焦虑：一种诗歌理论》，徐文博译，江苏教育出版社2005年版。

[②] ［美］哈罗德·布鲁姆：《西方正典》，江宁康译，译林出版社2005年版，第21页。

金。这是"参与"与"脱离"的辩证关系。艺术家应该尽量逃避个人感情、消除个性，归附更有价值的东西——传统。与艾略特相反，布鲁姆的阅读高扬浪漫主义天才的力量，主张打破传统，张扬个性，高度重视性欲冲动和非理性的情感、想象等在诗歌创作中的作用，在这一点上，可以看作对新批评温情脉脉的人文主义的反拨。布鲁姆仍然是关注人的，但不是充满温情地关注人与人之间的伦理交往、社会秩序，而是关注个人才性的发挥，那是一个激情洋溢、更加感性、更加大胆、打破成规的人——"大写"的自我。

3. 文学启示论：罗蒂的后人文主义批评

一定程度上说，罗蒂提倡的"后人文主义"，就是这种颇具浪漫主义色彩的人文主义。他所言的文学作品的"启示价值"，去除了阅读中知识论的倾向，把阅读看作鉴赏的过程，读者会在接触、阅读文本时体验到神秘和狂喜。在他看来，这种阅读需要的是全身心投入的感性体验，与置身文本之外的分析知性有时是不能共存的。"正像你在看出一个人是某种好人的同时，不能够欣喜若狂一样，你不能从一部作品中得到启示，同时又在认识它。"① 他把对文本的感性投入比作初恋，知性分析比作婚姻，认为初恋固然会被婚姻取代，但真正难得的婚姻，是受启示的婚姻，就像受启示的阅读一样，从狂野的、不假思索的迷恋开始。

杰姆逊（Fredric Jameson）等人认为现在是文化研究的时代，纯粹的文学研究已经过时了，杰姆逊认为布鲁姆还专注于他所谓的"资产阶级自我"② 是不合时宜的。这种看法罗蒂不能接受，罗蒂认为最好的状况可能是，文学研究和文化研究并存。作为浪漫主义者，罗蒂认为情感教育与分析的知性、技巧或职业水准比起来，是完全不同的一种教育。二者可以同在，而不可以偏废其中任何一个。在罗蒂看来，人文学科自古以来一直是狂热者的避难所，如果文学研究被挤掉

---

① ［美］理查德·罗蒂：《文学经典的启示价值》，《哲学、文学和政治》，黄宗英等译，上海译文出版社2009年版，第122页。

② ［美］理查德·罗蒂：《哲学、文学和政治》，黄宗英等译，上海译文出版社2009年版，第122页。

了热情，而为文化研究所取代，像布鲁姆这样从几岁开始就贪婪读书、视经典书籍为生命的人，就可能被该中文系的寒气所逼走。正像他当年因为倾心更强调人文价值的欧陆哲学，不得不从分析哲学的重镇普林斯顿出走一样。"如果他们被逼走了，人文学科的学习将会继续产生知识，但是它可能不再产生希望。人文主义教育可能变成19世纪70年代改革以前牛津和剑桥大学里的情况：仅仅是用于准许进入上层社会的旋转门。"[1]

总而言之，布鲁姆和罗蒂虽然同是提倡人文主义教育，他们都在文本阅读中强调人文价值，却以不同的方式远离"新批评"早期人物（如阿诺德、利维斯等）所代表的传统人文主义批评，同时都在一定意义上对传统人文主义有某种程度的回归。与传统人文主义倾向新古典主义的美学风尚不同，他们都提倡浪漫主义的感性、非理性一面。但是布鲁姆的回归在于，他依然把审美感受和语言特征看作文学批评的主要对象，认为"影响的焦虑"实际上是一个艺术创造个性的问题。布鲁姆接受了英国美学家沃尔特·佩特的看法，把浪漫主义定义为使美感增加陌生性效果的艺术，并将其适用于西方经典作品解读，于是西方文学历史进程变成从一个陌生性到另一个陌生性不断发展的过程。在布鲁姆看来，如果没有这样一种前辈作家与后辈作家的潜在竞争和超越焦虑，就不会有富有创新精神和强大感染力的"新经典"出现。创造性地误读并误释前人的文本对后来的强有力作品来说在所难免，并成为这些后来强者的共同特征。一位真正的经典作家不管是否将这种焦虑在作品中加以内化，其创作本身就是这种焦虑。因此，"传统不仅像在艾略特那里一样，是理性的皈依和善意的传承，它还是以往天才与近日雄心之间的对比与冲突。正是这种冲突和超克造成了文学的延续和经典的扩容"[2]。

而罗蒂对人文主义的回归，体现在文学价值上，他依然强调文学是世俗的圣经，是无神论者的宗教，这和阿诺德、利维斯、艾伦·退

---

[1] ［美］理查德·罗蒂:《文学经典的启示价值》,《哲学、文学和政治》,黄宗英等译,上海译文出版社2009年版,第123页。

[2] ［美］哈罗德·布鲁姆:《西方正典》,江宁康译,译林出版社2005年版,第7页。

特的古典人文观不谋而合。但是他只是在经典观的外壳上和这些人相似；在对经典认识的内核——即文学作品的审美质素和内在标准问题上，正如在前面"文学经典"观一节中曾经辨识过的那样，他和传统人文主义批评却有着本质主义和功能主义之别。

二 后人文主义批评与解构批评

在《论解构》的开篇，罗蒂以其一如既往的锐利追溯了解构运动的三个源泉，德里达（Jacques Derrida，1930—2004）为其提供了哲学纲领，福柯（Michel Foucault，1926—1984）提供了左倾的政治观点，而保罗·德·曼（Paul de Man，1919—1983）则使其与文学文本解读相结合，在美国落地开花，形成一个真正的文学批评流派。因此罗蒂从解构主义理论、解构主义批评实践以及解构同文化政治的关系三个方面来审视这一批评潮流。

（一）德里达：解构主义理论

在罗蒂看来，解构主义理论始自德里达对西方形而上学哲学传统的清理。德里达继承了尼采、海德格尔的批判路线，坚决摒弃柏拉图以降的"逻各斯"中心主义传统和一系列的二元对立，包括理性与非理性、原始与派生、统一与多样、客观与主观等。被海德格尔称为"柏拉图主义""形而上学"或"存在主义神学"的东西，德里达称为"在场形而上学"或者"逻各斯中心主义"。在海德格尔批判中，尼采的哲学不过是颠倒了的柏拉图主义，尼采在柏拉图"理念"无所不能的位置换上了"权力意志"；而在德里达看来，海德格尔的反逻各斯中心主义也并不彻底，他对"在者"与"存在"的区分仍然囿于形而上学影响，只不过海德格尔的"存在"不再是主体个体中心论的，而是以"欧洲""日耳曼民族""千年帝国"代替，这仍然是本体论神学的投影。尤其是海德格尔对技术社会的拒斥和对前现代社会的乡愁，使德里达相信他仍然浸淫于过去的语言神话中，无法走出一种"怀古情结"。因此德里达决定创造一套新的语词来讥讽海德格尔的不彻底，这些语词包括异延、播撒、踪迹、补充等。

罗蒂深谙海德格尔和德里达所使用哲学语汇的不同，他认为"海德格尔的词表达了他对不可说的东西、沉默的东西、持存的东西的尊敬,而德里达的词则表达了他对繁衍的东西、难于捉摸的东西、隐喻的东西和不断自我再构造的东西充满深情的赞美"①。通过创造这样的术语,德里达想超越并取代海德格尔,成为第一个后形而上学家和新时代的预言家。由此可见,不管是尼采对柏拉图主义——基督教神学的清算,海德格尔对尼采的继承和超越,还是德里达对海德格尔的取代,都是秉承前辈哲学家"影响的焦虑",并结合实际情况发现自己的时代新问题,创造新的语词来描述和解决问题。

通过这种方式,罗蒂把后现代以来哲学史上一连串的解构,轻而易举地装进了自己的阐释框架。他认为德里达把海德格尔在文本中找寻存在记忆的感伤,转化为一个准政治问题的追问:"我们怎样才能拆穿这样的文本是形而上学的""怎样把这个对立再颠倒过来?"② 于是德里达放弃了对哲学原则的关注,而转向适用于任何文本的"解构"技术。在罗蒂看来,"解构"一词对于德里达的意义正如"毁坏"一词对于海德格尔一样,这些词属于他们各自独特的解释系统,二人不期然间都因这些词而影响深远。"解构"所指的,首先是把一个文本的"偶然"特征看作是在背叛、颠倒其所声称的"本质"的内容的方法。③ 对于罗蒂来说,"解构"就意味着重视他的老朋友——文本的"偶然",并寻找在"偶然"之间存在的线索,以背叛、瓦解批评的主流声部。比如德里达对卢梭的《忏悔录》解构式阅读,就不断寻找文本的缝隙,引用大量的文字证明卢梭本人的忏悔也许达不到字面义所显示的真诚。卢梭每一次对华伦夫人热情的举动似乎都是对她"不在场"的一种"补充",而"补充"之所以可能,是因为那个被"补充"的本体原本就不完全或者不完善,由此德里达得出比原有解读更离经叛道的解释。

德里达指出,海德格尔的困局在于,他想用西方形而上学的语言

---

① [美]理查德·罗蒂:《论解构》,《后哲学文化》,黄勇译,上海译文出版社2009年版,第96页。
② 同上书,第97页。
③ 同上。

反对形而上学本身，但是他无法克服这个矛盾，那就是在他拒斥形而上学的时候，他对语言的使用方式也是隐喻的而不是字面的。为了跳出形而上学语言的藩篱，海德格尔寄希望于一种不受污染的"内心"的言语，这被特里·伊格尔顿讥讽为一种"喃喃自语（utterances）"[①]。在罗蒂看来，海德格尔的语言观依然假定世界是表象，世界背后存在的意义为本质，语言表达世界背后的本质内容——意义，这种语言观和罗蒂在《哲学和自然之镜》里攻击的实在论和镜式哲学实际是一回事。这种陈旧的语言观自古希腊以来统治了西方世界两千多年，直到现代才为索绪尔"语言是差别的表演"这一新的研究范式所取代。索绪尔、维特根斯坦以及罗蒂都认为，事物是通过语词之间的差别，通过其不是什么，（如"红"只能通过其不是"绿"和"蓝"等）来定义自身的。德里达认为，坚持语词意义是某种非语言的东西（如情绪、感觉材料、物理对象、理念或柏拉图的形式等）的直接表达正是逻各斯中心主义传统的遗留。为了破坏这个传统，就要把所有的文本都看成是自我欺骗和自我抵触的，没有一个统一的意义和文本的主流声音，任何文本意义都是多声部的、杂语喧哗的，揭示出这一点，就是在用语言本身来抵抗任何想超越语言的企图。

在罗蒂看来，德里达的这种语言观在美国受到文学系的青睐也许并不偶然，因为在1966年德里达赴美演讲[②]以前，"新批评"一直统治着文学系，文学系的师生都是"细读"法的坚定拥护者和实践者，并且对运用这种方法已经训练有素。跟"新批评"相比，德里达的哲学阅读法可以看作相反方向的"细读"，它不像"新批评"那样期望找到统一的文本主调，而是孜孜以求那些反主流文本声音的、离经叛道的"小调"。新批评强调诗歌本身的"内在运作"机制，把文本看作一个"有机整体"；而德里达的阅读旨趣正好相反，他把文本解读

[①] ［英］特里·伊格尔顿：《二十世纪西方文学理论》，伍晓明译，陕西师范大学出版社1986年版，第77页。

[②] 1966年10月在一次在美国召开的国际学术研讨会上，德里达发表了题为"结构、符号与人文科学中的嬉戏"的演讲，矛头直指当时国际学术界风头正盛的结构主义中的"结构"概念。

看成是一个无穷的自我背叛、自我解决、自我颠倒的过程。

在这里需要注意的是，德里达的哲学主张和罗蒂的实用主义有契合之处，也有不同。显而易见，德里达和罗蒂的共同敌人都是本质主义形而上学，他们都认为我们的概念和意义并不表象、传达和符合一个非语言的世界，并没有一个"超验所指"。但是因为德里达宣称"文本之外无物"，"我们对语言的使用从来不受非语言世界的限制"①，这种激进的观点常常被大多数英美分析哲学家看作向非理性主义的倒退；而罗蒂则在这一点上支持德里达，他认为对于维特根斯坦和戴维森这样的融贯论语言哲学家来说，既然语言和非语言之间的因果关系并不足以使我们认定"语言和实在"之间的符合，那么德里达的观点就并不过激，而是"保存了唯心主义语言观中最真实的部分，同时避免了贝克莱和康德关于物质世界是心灵的创造"②这种过度主观主义的观点。

但是罗蒂对德里达也有所批评。那就是德里达过于强调语言的独立性，认为"任何意识都是语言事件"。罗蒂也认为语言是一个差别系统，但是在他那里这种语言观并不导致放弃在语言的相对单义用法和相对多义用法之间的日常区别；而且对罗蒂来说承认主观和客观之间的区别是相对于语境而定的，他并非要完全取消这一区别。在废除了基础主义幻想之后，他并不会要人们去怀疑科学、语言或常识。同时罗蒂认为，后形而上学对柏拉图主义的胜利并不见得对文化政治发生什么巨大的影响，哲学和文化政治的关系也许没有德里达们想象得那么紧密。相比于德里达这样的欧洲左派对资本主义—自由主义文化政治的悲观、失望，罗蒂要乐观很多。

（二）保罗·德·曼与希利斯·米勒：解构主义批评

德·曼游走于文学与哲学之间，他既熟悉欧陆黑格尔、席勒、尼采、海德格尔的哲学话语，又对华兹华斯、济慈、雪莱、荷尔德林、波德莱尔的文学著作情有独钟。他是德里达和美国学术界的中间人，把德

---

① ［美］理查德·罗蒂：《论解构》，《后哲学文化》，黄勇译，上海译文出版社2009年版，第101页。

② 同上书，第103页。

里达的天马行空的哲学阅读法推广到文学批评领域，并取得了成功。他不满"新批评"忽略欧陆哲学背景和"文学形式的意向结构"①，尽管他也承认文本的复义含混，但认为这些矛盾和多义之处最终并不支撑起一个统一的主调，而是多元并存、互相背叛、多向疏离。"新批评"总的来说代表美国南方保守的价值观，其"有机社会"的理论主张回到维多利亚时代的田园牧歌中去，具有浓厚的怀古乡愁。这种代表保守价值观的"精致"的批评模式在20世纪60年代晚期成为强弩之末，这种趋势的发展显而易见也与当时风起云涌的左翼政治运动有关。20世纪60—70年代，在黑格尔、尼采、海德格尔、弗洛伊德、索绪尔等各种理论背景下的新马克思主义作为一种强有力的力量横扫西方知识界。在这种光荣的激进运动中，以保罗·德·曼为代表的"耶鲁学派"开始独放异彩，它以偏离政治、专注文本的方式呼应政治上的激进反传统之风，在文本阅读间掀起了"解构"的轩然大波。对于大力推崇"解构"的诸君子来说，文本的秩序被解构了，那么人间一切的秩序和体制也都该松动。但是罗蒂发现，号称"耶鲁四人帮"的四位批评家理论旨趣却大不相同。其中哈罗德·布鲁姆和杰弗里·哈特曼引导了20世纪60年代对浪漫主义诗人的再读兴趣，布鲁姆的"影响的焦虑"和"有意义的误读"理论又似乎是对保罗·德·曼批评中"盲视与洞见"理论的发展，同时布鲁姆本人却坚持经典文学阅读观，不愿意自称是"解构主义者"。

众所周知的"法国对逻各斯中心主义的批评向美国文学理论的转型"主要是由德·曼完成的。但是罗蒂注意到了德里达与德·曼之间存在的理论紧张。虽然他们都承认文本是自我解构的，但是德·曼倾向于强调文学及其语言所特有的东西。德·曼认为批评和解构让我们看到了哲学的文学特点和修辞性质，但因为文学自身就是暧昧多义的，所以文学先入为主地自动放弃了对单义性的坚持，免去了哲学那种贯穿于语言的自我欺骗，因此在文化领域中文学可以免于重蹈哲学

---

① ［美］德·曼：《盲视与洞见》，转引自［美］理查德·罗蒂《论解构》，《后哲学文化》，黄勇译，上海译文出版社2009年版，第105页。

失败的覆辙。但德里达认为，德·曼强调文学语言的特殊性，潜意识里仍然屈服于狄尔泰式科学语言和人文语言的古老划分，仍然未完全摆脱过去的形而上学二元对立（如自然—精神，自然—自由，物质—心灵等）①。

在罗蒂看来，"也许在这两个人之间的最大区别在于，德里达既拒绝早期海德格尔的'实存主义'怜悯，又拒绝后期海德格尔启示的无望，而德·曼正好表现了这两个方面。……在德·曼的语言中，充满了牺牲、丧失和克制的观念，至少在语调上，他的著作所接近的是海德格尔而不是德里达"②。德·曼语调中有类似于浪漫主义的无望的勇气、牺牲的精神、崇高的悲情、主体的体验这些东西，这在德里达那里是很少见的。"至少是在许多时候，德里达似乎是在赞扬和例证一种表演的态度。德里达通常表现出的那种机警甚至轻浮，在德·曼那里是根本没有的。"③德里达对形而上学的终结是一种轻描淡写的沮丧态度，这个态度有似罗蒂所言的资产阶级自由主义知识分子对现实所抱的"反讽"意味，而德·曼对形而上学的终结的态度却远为严肃和认真得多。德里达把解构看成是"自由的表演"，但德·曼主义者如希利斯·米勒会认为解构不多不少正是优秀的阅读本身。优秀的读者就是德·曼那样的小心谨慎的读者，他们深知阅读的不可能性，并在自己的阅读中体现这种不可能性。

就此而言，罗蒂认为，在解构批评中有两个很明显的分支，一支是比较保守的德·曼—米勒的阅读批评理论，另一支则是相对比较激进的德里达—斯坦利·费什的理论和批评。希利斯·米勒代表强化了的德·曼，而费什则代表被弱化了的德里达思想。纵观米勒学术轨迹也可以看出他和费什等人在学术师承上的不同。

米勒20世纪50年代前半期还一直致力于学院式的"新批评"，50年代后半期他受到现象学批评"日内瓦学派"的影响，而"日内

---

① ［美］理查德·罗蒂：《论解构》，《后哲学文化》，黄勇译，上海译文出版社2009年版，第108页。

② 同上书，第110页。

③ 同上书，第111页。

瓦"学派受胡塞尔意识哲学和意向性观念影响甚巨,被称作是一种"意识批评",更趋向于批评中的审美意识。这种现象学的意识批评以乔治·普莱(George Poulet)为代表,继承了浪漫主义主体批评的思路,不把文学看成外在现实的模仿,而是看成人的创造意识的产物。这里的意识是经过"现象学还原"之后的"纯粹意识"。现象学阅读方法就是用一种"还原"阅读,把作者、创作情况、作品的实际历史背景乃至读者的知识经验全都置入括弧,存而不论,目的是通过现象学还原达成对文本完全内在的理解,丝毫不受文本之外的东西影响。但是他们强调的不是"新批评"那样文本语言的自足整体,而是作家投射到文本中的意义。他们坚信文本是作家意识的纯粹表现,批评就是要读者澄怀观象、泯灭自我,毫无成见地投入作品原来的世界,于静观默照中直观作者意识。乔治·普莱提出,"阅读是这样一种行为,通过它,我称之为我的那个主体本源在并不中止其活动的情况下发生了变化,变得严格地说我无权再将其视为我的我了。我被借给了另一个人,这另一个人在我心中思想、感觉、痛苦、骚动"[1]。这听起来有点像狄尔泰的"体验诗学"。但是,狄尔泰强调的是情感体验,而该学派要达到的是一种"纯粹意识"认同:以读者的"我思"去体验作家的"我思"。在他们看来,"阅读行为(这是一切真正的批评思维的归宿)意味着两个意识的重合,即读者意识和作家意识的重合"[2]。

乔治·普莱认为,批评就是从自我出发,经历他者的世界,克服重重障碍,重新发现一个人从自我意识开始而组织起来的生命所具有的意义。并且自我意识不止于自我本身,而是向这个世界的投射。这样自我与作者的意识、与人类的意识就获得了一致。能获得这样的"一致"其理论根据来自胡塞尔的"先验意识",或者康德的"先验范畴"。因此文本意义的确定性就来自作家放入文本而读者能够同感到的"纯粹意识"。该学派试图通过复原作者的"纯粹意识",由读

---

[1] [比]乔治·普莱:《批评意识》,百花洲文艺出版社1993年版,第259—260页。
[2] 同上书,第3页。

者实现一种在"本质直观"中洞见出的意向性客体,结果忽略了文本物质存在历史的维度,也没有注意到任何意识无法先于语言这一事实,而语言必定是社会性的。因此现象学批评依照其理论的纯粹精神性也注定要成为一种"超绝言象"的精英批评,事实证明,没有社会性的语言渗入的意识是不存在的。但是"日内瓦学派"以这样从主体到客体再到主体的批评方式,却获得了卓有成效的批评实绩。其旨趣体现为一种靠直觉洞观的审美批评和"诗意"批评。

米勒曾经是这种诗意批评的代表人物之一,20世纪60年代后半期以后,他在德里达的影响下开始走向解构主义,但是原来的文学趣味和对文本审美意识与读者"意会"的强调并不会完全消失。因此,米勒和德·曼的批评应该属于解构批评中倾向于主体性批评、比较保守的一翼,专注于文本细读,能够认同文本机制对读者阅读的影响,更强调"好的阅读"应该是什么样的。米勒在《阅读伦理学》中说过,"我甚至敢于保证,如果所有普通人都成为德·曼意义上的好的读者,人类普遍的正义和和平的黄金时代就将到来"[①]。而林赛·沃特斯在其演讲集《美学权威主义批判》中也把保罗·德·曼和瓦尔特·本雅明、爱德华·赛义德一起,读作"主体批评"的角斗士,"最值得注意的是,本雅明、德·曼和赛义德等理论家的活动已经构成了一种潜在的、非同寻常的文学理论史:一种强调艺术体验的文学艺术批评史。"[②] 林赛·沃特斯认为他们是20世纪少有的重视"艺术体验"的批评家。

与米勒倾向艺术体验式批评不同,斯坦利·费什则被罗蒂称为一个"文学上的实用主义者",他更强调读者像德里达一样天马行空阐释文本的权力。他并不像德·曼和米勒那样看重文学语言,并习惯在哲学/文学的反向二元对立中强调文学语言的特殊性;他也并不学海德格尔和德里达把形而上学的终结看作西方世界历史的大事,他和罗

---

① [美]希利斯·米勒:《阅读伦理学》,转引自[美]理查德·罗蒂《后哲学文化》,黄勇译,上海译文出版社2009年版,第112页。

② [美]林赛·沃特斯:《美学权威主义批判》,昂智慧译,北京大学出版社2000年版,第10页。

蒂一样，只把这件事看成是西方历史发展中各方面因素促成的一个偶然事件。费什认为像德·曼一样强调"正确地"把握文本是毫无意义的，有意义的事情是把文本置于不同的语境，看它究竟能产生多少"有用的"意义。费什和分析哲学家、语言—行为论者塞尔等一样认为，形而上学的失败宣告了赫施意义上文本"确定意义"的破产，必须像德里达一样放弃"核心结构"的概念，专注于文本字缝里自由意志的狂舞和嬉戏。"新批评"以来设立的文学文本及其文化脉络之间的隔阂必须被破除。在"文本没有确定自足意义"这一点上，解构主义者、结构主义者、读者反应批评、现象学家、实用主义者、语言行为理论家和所有人道主义倾向的理论家达成了共识。费什认为，一旦打通文本和文化之间的这种隔膜，就会认为德·曼关于细读的主张和"重新发现阅读的不可能性"的观点是靠不住的。但是，为了文本意义解读的有效性，为了避免陷入主观主义和相对主义，如上节所述，费什倡导一种"解释共同体"的多元论主张。这在坚定的实用主义者罗蒂看来，不过是对"新批评"文本"有机整体观"的逆向翻版。就像尼采对"权力意志"矫枉过正的强调走向反向形而上学思维一样，费什通过对"解释共同体"的强调，实际上限制了德里达主张的文本解释自由，所以罗蒂把费什的观点称作"一个减弱了的德里达"[①]。

无疑，在"德·曼—米勒"和"德里达—费什"之间，罗蒂本人作为文学批评上的实用主义者，更赞许后者的观点，他认为德里达—费什坚持的是一种放松的实用主义观点，他们并不严肃地对待哲学，而只是把哲学当作必要的任务和偶然脉络中的一环，德里达—费什的观点类似于他本人一直推崇的"反讽主义者"。相较而言，德·曼和米勒却更加严肃地对待哲学和道德迫切性。但是罗蒂认为费什对"解释共同体"的强调，使得他在告别逻各斯中心、通向实用主义的道路上，走得还是不够彻底。

[①] ［美］理查德·罗蒂：《后哲学文化》，黄勇译，上海译文出版社 2009 年版，第 115 页。

(三) 解构同文化政治的关系

总而言之，罗蒂以其"实用主义—人文主义"的视角对解构批评的各路主将德里达、德曼、米勒、卡勒等，都有所肯定也有所批判。他认为福柯、海德格尔和德里达，不管来自政治左派（福柯和德里达）还是政治右派（海德格尔），他们都主张把语言看作最后的解放之途。"所有这三个哲学家，虽然动机不一，都一致认为，语言是一种不能归在'人'的概念下的现象。他们认为，我们不应当像塞尔、戴维森和费什一样，把语言简单地看作是人类用符号和声音达到某些目的的东西。所有这三个人都暗示，对语言超越人这个事实的认识将提供新的社会—政治可能性。"[①] 正因为这些批评家风靡一时，"语言"占有了以前"人"占有的位置，文本的解放和人的解放联系起来，使解构批评和激进政治之间建立起某种对应的联系。如今美国的英语系已取代社会科学系，成为孕育和发展各种左翼思想的温床，学院的"文化左派"一心试图通过更新语言和再释文本带来社会政治状况的改变。

这样对文本的重新解读便有了政治含义。"理解"这个词原本属于人文主义传统，它假定伟大的小说反映永恒的人性，用罗蒂的话就是把小说看作永恒的道德真理的仓库。德·曼等人赋予文学一种不断地发现人生的空无和文本的盲目性的功能，让文学不再是人们的安身立命之所，而是灵魂的永远骚动之处。对文本的"盲视和洞见"的不断发现，刺激人们将这种颠覆精神贯彻到政治当中，于是资产阶级民主的虚伪和制度的不公也会昭然若揭。很多解构主义者认为"细读"会有这样的政治功能，能颠覆由人文主义经典作品灌输给大众的既定意识形态，一些喜欢福柯而不喜欢德·曼的解构主义者曾经指责德·曼是政治上的保守主义者[②]，而德·曼及其追随者则坚持只有经过"细读"和语言学的分析，权力批判才有坚实的基础。不管怎样，各路解构主义者都重视语言研究对激进政治的影响，于是各种各样的马

---

① ［美］理查德·罗蒂：《论解构》，《后哲学文化》，黄勇译，上海译文出版社2009年版，第129页。

② 同上。

克思主义和女权主义应运而生。解构主义者认为:"福柯、德里达和德·曼在当代英语国家政治激进分子的理智生活中所起的作用,相当于50年前马克思、恩格斯和托洛茨基的作用。"① 就像马克思主义者发现启蒙意识不过是一种资产阶级意识一样,女权主义者发现"逻各斯中心主义"和"菲勒斯中心主义"② 几乎同义。性的想象贯穿于人文主义和理性主义的文本,因此各位女权批评家对哲学和文学经典的女性主义阅读,致力于揭示文本中暗藏的男权逻辑,并将此看作获得有效政治行动的先决条件。

对罗蒂来说,"解构"就像当年的"社会主义"一词一样,绝不仅仅是文学批评,而是一阵在知识分子中流行的对社会不满和怀疑的旋风,昭示着欧美知识分子自我形象正在发生微妙而深刻的变化。解构和激进文化政治实际上不可分离。这也使我们容易理解,为什么解构主义者不能同情费什松弛的实用主义观点,因为他们认为实用主义在政治上是保守、认同现状的,因而是可疑的。罗蒂和费什意义上的实用主义批评虽然对传统人文主义批评也持批判的态度,"却不想接受德曼关于文本逻辑的观念及其关于阅读是一个无穷的自我颠覆过程的主张"③。很显然,实用主义者和后人文主义者只是想把任何一种解读都看作位于上下文语境中的一种可能性,一种基于读者、作者、此情此景的反应的偶然,他们不想把文本解读纳入悲壮的政治抵抗中去。

三 读者反应批评与后人文主义批评

罗蒂对意义共识采取"弱理性"的态度,而不像启蒙以来的"强理性"那样,把"标准"和"共识"强加于人。怀疑主义和实用主

---

① [美]理查德·罗蒂:《论解构》,《后哲学文化》,黄勇译,上海译文出版社2009年版,第131页。

② 菲勒斯中心主义的"菲勒斯"是一个隐喻的男权符号,所以菲勒斯中心主义也就是人们一般所说的男权中心主义。

③ [美]理查德·罗蒂:《论解构》,《后哲学文化》,黄勇译,上海译文出版社2009年版,第132页。

义使他和提倡读者反应批评的斯坦利·费什成为同道，他把费什看作"文学批评上的实用主义者"。因为在他看来，费什倡导的就是一种整体的、能动的、实践的阅读理解观。

斯坦利·费什认为，讨论桌上并没有放着"客观的"作品，也没有作品的客观的结构。文学是一种动态的艺术，"动态艺术的最大优点在于它能强迫你意识到它是个不断变化的客体，因而也就不存在一个客体"①。"意义即事件""阅读是一种活动，是一件你正在做的事。"②——事件发生在文本的阅读过程中、读者的感受和反应过程中。文本意义完全由读者创造，在阅读中产生。真正的作者是读者，"阅读不是一个发现作品意义的问题，而是一个体验作品对你做了什么的过程"③。批评应该注意的对象是读者的经验结构，而不是去文本中发现什么"客观"结构。因此，这是另一种形式的"万物皆备于我"，读者成为真正的中心。读者不仅是阅读活动的中心，而且是意义的主要来源。

对费什来说，认为意义内在于语言等待解释将其释放出来，是沃尔夫冈·伊塞尔所犯的客观主义错觉。在他看来根本没有"召唤结构"和"隐含读者"外在于理解活动本身，因此"一个文本事实就是一个反应事实"④，文学中或一般世界中没有什么东西是"给定的"，如果"给定"意味着不需要解释的话。这看上去有点像尼采激进的虚无主义观点"没有事实，只有阐释"。但是费什认为强调解释行为的批评仍然倾向于把文本看成客观的，而没有注意意义发生事件本身。解释学一般注意"什么进入作品而不是作品进入什么"，因此费什认为只有去分析读者感受即读者的积极活跃的意识，才是阅读行为应该引向的方向。在实际操作上，读者反应批评的运作方式是"必

---

① ［美］斯坦利·费什：《文学在读者中：感受文体学》，王逢振等编《最新西方文论选》，漓江出版社1991年版，第60页。

② ［美］简·汤普金斯：《读者反应批评》，文化艺术出版社1989年版，第5页。

③ ［英］特雷·伊格尔顿：《二十世纪西方文学理论》，伍晓明译，陕西师范大学出版社1986年版。

④ 王逢振等编：《最新西方文论选》，漓江出版社1991年版，第85页。

需分析读者在阅读按时间顺序逐一出现的词时不断变化发展的反应"①。这些反应具有时间性和连续性。

语言中没有什么东西是上天赋予、永远固定的。从某种意义上说,认为我们可以随心所欲地决定一部作品的意义似乎并没有大错。我们虚构无数个上下文,让一个词可以对我们意谓不同的东西。但是这种想法归根结底只是学院派的幻想,语言不是我们可以任意运用的东西,它是一个社会力场,从根本上塑造我们,认为文学作品可以逃离这个力场进入无限可能之中,只是一厢情愿。费什为了避免使作品消融于无数相互竞争的读解之中,他将理解的普遍有效性诉诸阅读主体自身,即"有知识的读者",以及"内化了的规则系统",在读者反应的任意解读之外,费什企图为文本意义设定大致的标准。这看上去有点像伊赛尔所说的"解释规约",在乔纳森·卡勒那里被称作"文学能力"。

费什认为,这种惯例和成规存在,也只能通过读者的能力和素质起作用。这些学院机构精心培养出的批评者都是"渊博和在行的",不会标新立异地去解读作品。这些称职的读者将支配读者个人的反应,使他们之间不可能过分分歧。"如果说一种语言的人都有一套各人已不知不觉内化了的规则系统,那么理解在某种意义上就会是一致的,也就是说,理解会按照大家共有的那个规则系统进行。"② 同时,费什还提出"解释团体"的概念,以保证批评的客观性。他认为,个人阐释总要受到所属群体的制约,因而拥有共同观念与价值标准的社会群体可以作为客观限制条件。"解释团体"是一个社会化的公众理解系统。这个理解系统有点类似于伽达默尔所说的"传统"。在这个理解系统内,读者对文本的解释会受到制约,文本会向读者提供理解范畴,而读者又以这样的理解范畴去适应文本。所以,伽达默尔和艾略特的"传统"以及费什的"解释团体",都存在一个封闭循环的问题。

---

① [美]斯坦利·费什:《文学在读者中:感受文体学》,王逢振等编《最新西方文论选》,漓江出版社1991年版,第58—59页。

② 同上书,第69页。

应该说，能动的阅读与开放的文本之间，既非完全被动地接受，也不可随心所欲地阐释，毋宁说它们是一种互动的对话关系。因之，既不可将文本意义定于一尊，也不能过分夸大阅读主体能动性而做"过度阐释"。费什的"读者反应批评"集中于对意义多样性和阅读过程复杂性的关注，更注重具体文本在具体情境中的解读过程，因此罗蒂称他为文学上的"实用主义者"。而实用主义的核心，就是一种关怀现实人生和实际福祉的人文主义。只不过罗蒂抛弃了旧人文主义为自己辩护的一套人性根基、文学标准、世界理想之类的宏大叙事，而代之以进化的、进步的、变动的观点。他不再像传统人文主义者一样，带着道德家的精英面孔，以及正统意识形态卫道士的样子。实用主义批评者也主张人文主义，但是并不是认为自己真理在握，并不把自己看作光辉的文学理想、高雅的文学趣味和永恒的文学标准的代言人。后现代主义的人文主义者从不像现代主义的人文主义者那样，带着对自己理论和天赋的确信，宣称哪些作品是符合时代精神的，哪些不是；后人文主义的批评姿态总是怀疑的，与其说是这样的批评是向着确定的目标努力，不如说是基于现实选择的试错。因此每一次解读都是一次读者自我的创造过程，同斯坦利·费什一样，后人文批评也是一种"强读者"的阐释模式，在前辈解读的"影响焦虑"中，对文本意义进行"重新描述"。

所谓"强读者"的阐释模式，就是习惯把读者阐释的强力意志注入文本，它总是提倡有创造性地对文本进行花样翻新的解读，用罗蒂的术语就是将阅读对象"重新脉络化"，编织进自己的话语网络。罗蒂同意伽达默尔的阐释学，他并不承认"解释"和"使用"本文上的截然区分，而是认为"解释"本身就是一种对本文的"使用"。罗蒂也同意在"读者反应批评"中费什所认为的，不存在纯粹的"文本客体"，并且进一步强调，不管我们怎样坚持解读的客观性，你"能从文本中读出什么"总是和"你想从文本中读出什么"这些需要和欲望密切相关。因此，解释的权力就在于富有想象力和创新精神的读者，任何以"文本内在机制"为名，企图对读者自由做出的限制都是自我阉割和画地为牢。阅读的意义就在于不断地激发出新的阅读，且这个过程没有穷尽。比如在《偶然、反讽与团结》中，罗蒂把黑格尔读作一个浪漫主义者，并且认为黑格尔开启了一个他愿意命名为"反讽主义"的传统："它不建构哲学理论，也不提出论证来加以支持；相反地，它借着不断转换语汇从而改变主题，来避免论证。……他对前人的批评，不是他们的命题是错误的，而是他们的语言已经落伍过时了。由于发明了这种批评方法，年轻的黑格尔脱离了黑格尔—康德一脉相承的传统，而为尼采、海德格尔、德里达等人开启了一个反讽主义哲学的传统。"[①] 他认为黑格尔已经不再注重向真理逼近，而是在"影响的焦虑"下，注重与前人哲学的继承—创新关系，注重罗蒂本人一向强调的概念和语汇的转换。罗蒂认为，哲学的功能就在于每个时代的作者，都能根据自己的时代处境不断推陈出新发现问题，并进行"重新描述"，黑格尔较早地以"浪漫主义—历史主义"表达了对不确定性的向往，并以变动的辩证法取代了僵化的形而上学思维。除了认为黑格尔开启了反讽主义传统，他认为黑格尔还差一点成为说出"这一切不过是思想的实验"[②] 的实用主义者。

再比如罗蒂对弗洛伊德的创造性接受。罗蒂认为真理是创造出来的，不是被发现的。民主先于哲学，实践先于理念。世界背后从来没有永恒不变的真理等待我们去发现，他厌恶一切基础、本质、理念的东西，罗蒂不承认有普世不变的人性，他认为每一个个体所要面对的都是偶然性。他扬弃了普遍的人性而重视具体的、历史的情境下的个人，人性没有确定性的追求，只是偶然具体情境下的选择。"偶然"是理解罗蒂哲学的一个关键词。在《偶然、反讽与团结》中，罗蒂看重弗洛伊德所言每个人的童年创伤对人性形成的影响，认为弗洛伊德的精神分析理论对这些早期记忆采用了"事件化"的描述方式。在罗蒂看来，正是这些偶然的"事件"成为抹不掉的记忆，影响人们早年某些"情结"的形成，并决定人们以后人生中的特定选择。在弗洛伊德的理论中，"童年创伤"是属于"个体无意识"的心理范畴，而罗

[①] ［美］理查德·罗蒂：《偶然、反讽与团结》，徐文瑞译，商务印书馆2003年版，第113页。

[②] 同上书，第148页。

蒂却非常富有创造性地将其纳入了自己关于"偶然"的解释框架。由此可见，罗蒂对哲学史、文学史上所有人物的解读，都带着很深的"影响的焦虑"，他习惯将他们"重新脉络化"，进行创造性的"误读"，并身体力行了这种"强读者"的批评模式。

因此，不管是对尼采、海德格尔、杜威、哈贝马斯这样的哲学文本，还是对于惠特曼、狄更斯、纳博科夫、奥威尔那样的文学文本，罗蒂都不惮使用斯坦利·费什"强读者"的阐释模式，将对方纳入自己的解释框架，进行独辟蹊径地解读。他认为，关键不是你能在文本中找到什么（确定的意义），而是作为读者你能把文本纳入多少有新意的解释框架，让文本发挥从未发挥过的作用，焕发出从未有过的光彩。

第四节　文学价值：个人完善与社会团结

在罗蒂那里，"文学批评"一词覆盖了更广的领域，也应该包括哲学、神学论文、政治纲领、革命宣言等，扩大到为人提供可选择的终极语汇的一切书籍。在扩容之后，再称呼它为"文学批评"也没有太大的意义，不如叫"文化批评"。他认为在T.J.克拉克所谓的20世纪30、40年代纽约"托洛茨基—艾略特"文化中，人们读《梦的解析》《荒原》《美国的悲剧》和《人的希望》；现在的"奥威尔—布鲁姆"文化中，人们读《哲学研究》《词与物》《洛丽塔》和《笑忘书》，这些书籍都不是文学所能涵盖，而是具有道德相关性。因此在他看来现在读书的重心不再是研究书的文学性问题，而是应该让书能做道德示范和顾问，缓解传统中的张力，来促进道德的反省。由此可见，和阿诺德、利维斯、特里林一样，罗蒂依然关心文学的道德功能，注重文学对世道人心、移风易俗的积极作用。他并不像苏珊·桑塔格那样主张在纯粹审美自主性上关注文学，而是注重文学的社会价值以及对公共（社群）生活的意义。

在文学价值上，罗蒂注重文学对塑造个人完美和凝聚社会团结的作用。他强调语言、自我和自由主义社会的偶然，区分苦行牧师的虔诚和小说的智慧，欣赏像米兰·昆德拉一样正视反讽的自由主义者。同时他从独特的角度介入文学自主性与公共性的古老冲突，区分纳博科夫和乔治·奥威尔等两类不同作家，认为前者旨在塑造私人完美，而后者追求社会正义，各自代表不同的价值，以不同的方式共同服务于使社会减少残酷，因此可以分立并存，同等受到尊重，而不必互相指责。

一　置身偶然的世界

正视人生的有限和偶然是后人文主义区别于传统人文主义的世界观基础。在《偶然、反讽与团结》里，罗蒂分别从语言的偶然、自我的偶然和自由主义社会的偶然三个方面，阐述了他关于偶然性的思想。在他看来，文学的价值，正在于描述一个偶然的世界，呈现人生中那些偶然的事件，发现生活的可能，从而使得更多的人认识到：在拒绝了永恒的人性基础和确定的世界本质之后，人生仍然是可欲的，也是可爱的。

罗蒂认为18世纪法国大革命的伟大后果，引起社会实践领域与知识组织模式的更新和突变，这使得德国观念论者、法国大革命家和浪漫主义诗人看到，人类革新的激进描述为文化带来的巨大变迁。经历语言的改变之后，人们不再需要向某个非人的权力负责，而一心创造自己去变成新的人类。乌托邦政治学和革命科学给罗蒂的影响，使他确认戴维森的语言哲学更有道理，并不存在人的内在本性、上帝的本性、自然的本性等抽象空洞的东西。我们所能做的就是承认我们使用语言的偶然性。不仅我们诞生在哪个社群所使用的语言是偶然的，良心也是具体事件和情境下的选择，因而也是偶然的。他进而推导出知识和道德的演进，社会的发展，都有偶然性寓居其中，我们生活在一个充满偶然的世界里。

（一）语言的偶然

首先，罗蒂对语言偶然性的认识是和他对哲学地位和"大写真理"观的见解联系在一起的。在他看来哲学作为一门既不同于科学又不同于艺术的学科,启蒙时代以来一度占据人文科学的核心,并有一种不切实际的自负,那就是"发现真理"。对"哲学"一词做世界观和方法论的理解,应该归功于像康德和黑格尔这样的德国观念论者,他们试图使人文科学的认知、道德、审美各个领域各就其位,并发现各自可能的条件和共通的法则。尽管他们对"真理存在那儿"已经有所质疑,但是还都相信人有一个内在的自我,一种内在的自然本性。虽然低一级的"科学真理"是不断推陈出新,可以"制造"出来,并需要用经验去证明;但是高级的"人文真理"则还是哲学的领地,等着我们去"发现"。

罗蒂认为康德和黑格尔的盲点在于仍然认同"人的内在本性"的说法,在他看来,我们应该学会区分"世界存在那里"(The world is out there)和"真理存在那里"(Truth is out there)的不同。"世界存在那里"表明按照一般常识,空间和时间中的大部分东西,都是人类心灵状态以外的原因所造成的结果。"真理不存在那里",指的是如果没有语句,就没有真理;因为语句是人类语言的元素;而人类语言是人类所创造的东西①。真理无法像世界一样独立存在那里,是因为真理依赖于人类语言的表述,而语言必然是社会性的,带着本社群文化传统的烙印;因为即使是具体个人说出的,也难免带有主观视角的偏见。因此,把真理看成和世界一样存在在那里,是旧时代的遗物。

法国大革命的后果和浪漫派诗人的教谕,使得人们看到不管是在政治还是文学领域,秩序都可以重新推倒再来,人们可以运用艺术家的自我创造力和想象力,改变社会、改造自己的生活。因而"真理是被制造出来的,而不是被发现到的"②。不管在文学上还是政治上已经得到越来越多的认同,这两个领域中的创新力量开始形成合力为人生和社会提供意义。宗教、科学和哲学不再占据人文科学舞台的中心位置。在解构了"真理"和"实在"这种"大写哲学"之后,罗蒂认为,人类根据怎样的信念说自己的语言有时是随意的结果而非内心深

---

① [美]理查德·罗蒂:《偶然、反讽与团结》,徐文瑞译,商务印书馆2003年版,第13页。

② 同上书,第3页。

处的表现。我们从一个语言游戏到另一个语言游戏,或者接受社会主义或者接受自由主义的习惯语,或者习惯浪漫主义的诗歌用语或者习惯伽利略的机械论用语,很多时候都是习传的结果。就像库恩的范式革命所证实的,无论科学的进步还是人类社会的进步,都是一个范式取代另一个范式的具体进程,而不是对世界背后的一个大写"实在"的逐步接近,或者是对内在本质自我的逐步发现。

　　罗蒂愿意认同"维特根斯坦—戴维森"的语言观,把不同的语汇看作不同的工具,每一类语汇为我们提供一套特殊的描述。他们都不把语言的任务看作表现意义和再现事实,也不把语言看作自我和实在之间的透明媒介。作为怀疑论者,他们认为,即便语言是这样的媒介,也是模糊的而非透明的。戴维森曾经发展了一种"暂定理论"(a passing theory)①,这种理论认为在任何时候人的行为、语言都有暂定性和即时调整性。就如同我们被空降到一个陌生的部落,和土著居民在语言不通的情况下做手势、打交道所用的语言。两个不同社群的语言很难被对方预测,根本没有抽象的语言独立于传统和风俗发展。交流总是在约定俗成的具体情况下展开的。戴维森是个语言上的行为主义者,这和维特根斯坦很相近,他们都把心灵和语言加以自然化,也就是使得心灵和语言和宇宙万物的关联成为因果问题,而不是再现或表现的符合问题,这样就把表象与本质的垂直关系削平成为不同表述之间的水平关系。

　　尼采把真理看成是"隐喻的机动部队"(a mobile army of metaphors)②,维特根斯坦把语言看成是必须有人参与共同完成、必须有约定俗成规则的游戏。罗蒂也把人文学科各个领域的历史都看成是隐喻的历史,旧的隐喻不断死去,而新的隐喻不断生成。他把我们的语言和我们的文化看成像兰花和类人猿一样偶然的结果,是日久年深无数渐变中的小突变。科学文化史上的很多创新都是由盲目的偶然机遇构成的,就像弗莱明和青霉素的发现。所有的科学革命都可以看成是

---

　　① [美]理查德·罗蒂:《偶然、反讽与团结》,徐文瑞译,商务印书馆2003年版,第25页。

　　② 同上书,第29页。

隐喻的重构，这用罗蒂的词汇来说就是"重新描述"或"重新置入脉络"（recontextualize）。

尼采的文化史观和戴维森的语言哲学，使得罗蒂对历史和文化的演进持一种文化达尔文主义的态度，他把社会进程和科学进步看作一个新的言说形式取代旧的言说形式的过程。他抛弃了真理的符应论，泯灭了实在与现象的区分，以尼采的自我创造取代发现，用"影响的焦虑"中一代被一代超越的图像取代人类一步一步趋近光明的意象。于是无论在哪个领域，新语言和新描述的发明者，就是人类的先锋。罗蒂试图说明，世界并没有中立的固定的判准，我们无法把自己的描述和一个超越语言的事实去比较，我们只能在不同的语言隐喻之间进行比较、选择。没有世界的本然状况，也没有世界或自我的内在本性，所有的语汇都不过是应付世界的工具。这种对待语言的"戴维森—维特根斯坦"式的态度实际上是从语言观的角度将世界加以"祛魅"（de-divinize）。罗蒂认为"布鲁门贝格（Hans Blumenberg）—尼采—弗洛伊德—戴维森"这一脉思想，让我们不再有任何崇拜，而是把"我们的语言、我们的良知和我们的社会都看成是时间和机缘的产物"[①]，像弗洛伊德一样承认偶然决定着我们的命运。

（二）自我的偶然

20世纪以降的哲学家纷纷追随浪漫主义诗人，认识到自由就是要承受偶然。他们不再把生命视为固定不变的整体企图，而是坚持个体存在是纯粹偶然所致。罗蒂认为"自我"的装载单（lading-list）不能是空洞的，丧失差异性是一个诗人和一个创造者最深的恐惧。因此他主张个人的独特"自我"，由此可见尼采超人观、哈罗德·布鲁姆"影响的焦虑"之说，以及弗洛伊德的"自我"观对他的影响。罗蒂也从达尔文进化论那里获得灵感之源，他认为尼采的文化史和戴维森的语言哲学对语言的看法，都说明达尔文对生命进化的看法非常有力，那些新生的生命形式不断消灭旧有的形式，其背后并不存在更高

[①] [美]理查德·罗蒂：《偶然、反讽与团结》，徐文瑞译，商务印书馆2003年版，第35页。

的目的，而是盲目地适应环境的结果，需要不断地调试、试错。

自古以来，诗歌与哲学之间，就存在着古老的张力。诗歌倾向于承认每个个体存在的偶然性并致力于自我的创造，而哲学倾向于超越这种偶然性而追求普遍性。尼采以前的哲学家总是试图让诗歌去传达宗教的教谕，或者让诗歌的短暂生命去靠近哲学以求永恒。他们相信伟大的文学如果想要传诸后世就必须说出真理。因为诗人对永恒和普遍性不感兴趣，所以从柏拉图时代起，诗人就被认为是将我们带离永恒的人。尼采第一个为诗人呐喊，他把真理定义成隐喻的机动部队。他的视点主义（perspective）宣称宇宙没有一张必须被认识的装载单，没有一定的范围。"要追根求底使自己成为自己的原因，其唯一的方式是用新的语言诉说一个关于自己的原因的故事。"[①] 尼采是第一个丢弃"认识真理"这种想法的人，他认为人需要建构自己的心灵，创造自己的语言，冲破前人语言和描述的局限[②]。自我认识的过程就是一个自我创造的过程，就是需要面对生存的偶然，创造崭新的隐喻。要探究使自己成为自己的原因，用新的方式和语言讲述一个关于自己的故事。尼采认为，诗人不追求对人类处境的普遍描述，所以能真正体悟偶然。他区分真理意志（the will to truth）和自我超克的意志（the will to self-overcoming）[③]，提倡做拿破仑、歌德那样的"超人"；他区分创造的人和一般的人，一般的人终其一生只是在用惯常方式行事，根本没有尝试创造自我，因此没有更多机会体悟偶然和可能；而那些天才和富有自我创造精神的人，总是如哈罗德·布鲁姆所说，最担心自己成为别人的复制品。

自浪漫主义时代以来，人们就把自我意识等同于自我创造，发掘自己的创作与前辈诗人的差异性而非连续性，这是哈罗德·布鲁姆主张的"强力诗人"的共同特征。他们通过重新编织"自我"经历自

---

① [美]理查德·罗蒂：《偶然、反讽与团结》，徐文瑞译，商务印书馆2003年版，第43页。

② Nietzsche, *Life as Literature*, Cambridge, Mass.: Harvard University Press, 1985.

③ [美]理查德·罗蒂：《偶然、反讽与团结》，徐文瑞译，商务印书馆2003年版，第45页。

我超克的历程。罗蒂认为，哈罗德·布鲁姆所谓的"生出你自己"（giving birth to oneself）和弗洛伊德的重要性可以说一脉相承。他们帮助我们接受并具体实现尼采和布鲁姆心中强有力的人。因为弗洛伊德把良心的根源追究到我们成长过程的偶然，在这个意义上，他乃是把"自我"加以非神化的道德家。在罗蒂看来这才是弗洛伊德对于我们文化非常重要的原因。康德的言说在一定程度上构成了弗洛伊德出现的背景，康德的"良知"概念神化了自我，把道德自我变成内在的普遍律令，不属于现象和经验世界，不是时间和机缘的产物，不作为自然时空因果的一部分。对于这个道德自我而言，永恒的道德星空昭示了其不可限制性、超升性、无条件性。康德和中国先秦儒家的孟子一样，坚信"自我"的中心乃是他所谓"普遍的道德意识"，因此康德对于浪漫主义者企图使个人独特的、诗的想象力变成自我的中心，感到不可思议。自康德以来，浪漫主义者坚持个人的自发性与私人的完美，而"古典—道德"主义者坚持普遍共有的社会责任，这场审美与道德之间的战争就一直持续着。

正是弗洛伊德的出现，以其"偶然性""事件化"的观念解释人类行为，有助于我们平息这场战争。弗洛伊德把道德意识加以"非普遍化"（de-universalize），使道德意识如同诗人的创作，每个人都有个体的独特性。因此，他把在康德那里普遍的道德意识具体化和语境化，让我们有可能将其看作和政治及美感意识一样，是历史条件、时间与机缘的产物。弗洛伊德曾在一篇讨论达·芬奇的论文中谈到生命存在的这种偶缘性。"……我们都太容易忘记，打从精子和卵子交会的一刹那开始，与我们生命有关的每一件事物，事实上都是机缘……作为人类，我们每个人都对应于这无数实验中的一个，透过这些经验，大自然的那些'原因'才闯入经验之中。"① 除了以恋母情结和恋父情结正视人的精神中非理性的一面，弗洛伊德还重视人的成长经历中具体的细节、偶然的因素对性格形成、精

---

① ［美］理查德·罗蒂：《偶然、反讽与团结》，徐文瑞译，商务印书馆2003年版，第48页。

神健康的影响。比如他比较细致地追究了"同情心的自恋起源",他认为同情心并非来自同类相怜的普遍共通人性,而在于从"自我"的感情需要和具体情境出发,以非常特定的方式对待非常特定的一些人,以及一些非常特殊的事情。比如我们可以对一些有求于我们的人无比温柔和善,而对另外一些也与我们相关的人的痛苦却置若罔闻。在以二战纳粹屠杀犹太人为背景的电影《朗读者》中,女主人公汉娜既是一个有情有义、温柔善良的情人,又是一名纳粹集中营里冷酷无情的女看守。

因此弗洛伊德对道德的考量打破了康德对道德与明智的分野,康德把人分为理性的部分和属于感觉、欲望、情感的非理性的部分,但是弗洛伊德认为理性和非理性之间并没有泾渭分明的界限。弗洛伊德把理性机制化,认为理性不过是偶然之间相互调节的过程中形成的暂时的结构。①道德和明智都是人心理的不同机能,到底是唤起理性的道德秩序还是非理性的暴虐,要看具体语境而定,因此我们并没有一个核心的自我。我们过去若干独特性的偶然事件构成了现在的这个"我",我们要做的是重新编织自己独特的个人叙事,活出自己;我们只需考虑如何使自己摆脱过去的阴影,而无须过虑怎样去遵守普遍标准。

罗蒂认为,弗洛伊德不再像柏拉图—康德主义者那样,企图统合自我创造的私人伦理和相互协调的公共伦理,而是将两者各自分立。他放下审美与道德、浪漫主义者与古典道德主义的争吵,让这些价值同真共存。弗洛伊德的道德心理学,正视人是信念和欲望的产物,正视自我道德形成的偶然和道德情境的具体性。康德会把正直无私、富有责任感的人看作人类的榜样,而尼采和布鲁姆的英雄却是有创造力的强力诗人。在康德和尼采之间,弗洛伊德提供的道德自我观走了中间道路,他认为超人也好,普遍道德意识也好,只是道德机能调节中的个例,打上了个体成长的偶然和盲目的烙印。才子与疯子可能相差

---

① [美]理查德·罗蒂:《偶然、反讽与团结》,徐文瑞译,商务印书馆2003年版,第50页。

无几,诗人纯粹得可能和婴儿一样。没有恒定的模式建构一套人性的理论,道德与性情往往如王国维先生所说"可爱者不可信,可信者不可爱"。抛掉理念人的普遍类型,我们才能打破艺术和生活的界限,把人看作终生必死的动物,视每个人的人生都是一首诗,把每个人都看作一个创造力的存在,从而把天才民主化。

因此罗蒂像弗洛伊德一样认识到每个人的生命都是复杂的个人幻想的展现,并且在我们死亡之前都是未完成的。生命乃是一张关系的网,在时间中延伸,我们无法将其完成,尽管如此仍然必须不断编织。因而每个人都是一部传奇,去重新描述那给予他记忆和过去的模糊印记,去适应新的情境、抓住新的机缘,找到新的措辞,从而创造出一个崭新的自己。

(三) 自由主义社会的偶然

罗蒂认为自由主义文化是开明的、世俗的、去神学的文化,它不再相信人类应该向非人的力量负责,而是认为有限的、偶然存在的、终究会死亡的人类,可以从其对同类的体恤中导出生命的意义。自由主义文化不执着于确立基础,而是企图"重新描述"。在这样的文化中,没有必要质问该社会制度是否"合乎理性",也没有必要去怀疑其社会目标是否会符合"客观的道德价值"。他愿意接受以赛亚·伯林(Isaiah Berlin)的"消极自由"(negative liberty)说。伯林在《自由的两个概念》(*Two Concepts of Liberty*)中,主张人们应该抛弃"拼图世界观"(the jigsaw puzzle approach),放弃一切积极价值(如真、善、美等)必然来源于一个统一本质的观念,而允许多元价值分立并存。弗洛伊德的人性观是把人看作大自然所做的诸多实验之一,而并非大自然杰作的完美体现。伯林援引熊彼特(J. A. Joseph Alois Schumpeter,1883—1950)认为"文明人与野蛮人的差异,就在于文明人虽然了解到个人信念只具有相对的有效性,但却依然坚定不移地捍卫这些信念"[①]。因此伯林把对形而上学的需求看作是一种沿袭已久、根深蒂固的道德上和政治上的不成熟。"弗洛伊德—伯林—熊彼特"一

---

① Isaiah Berlin, *Four Essays on Liberty*, Oxford University Press, 1969, p. 172.

脉的关于人性和自由主义社会的理论，使得罗蒂相信，"20世纪自由主义社会已经产生越来越多的人，包括尼采、威廉·詹姆斯、弗洛伊德、普鲁斯特和维特根斯坦等，能够承认他们用来陈述最崇高希望的语汇，乃是偶然的"①。罗蒂认为这种对偶然的承认，乃是自由主义社会成员的主要品格。

罗蒂试图坚持自由主义社会的理想，但是摒弃启蒙运动理性主义的那一套词汇。"我所勾画的这些观点并不为民主制度垫下基础，不过它们倒容许民主制度的实务和目标可以被重新描述。接下来，我将以非理性主义的、非普遍主义的方式重新构述自由主义的希望。我想以这种方式来构述，将会比旧的描述方式更能促进这些希望的实现。"② 他坦言自己所做的工作不是加固一座房子使其免受攻击，而是重新装修，使其改头换面更加漂亮。

迈克尔·桑德尔（Michael J. Sandel, 1953— ）是当代自由主义传统的反思者，桑德尔认为如果一个人的信念只是相对有效，人们就不必坚定捍卫这些信念。伯林的自由理想如果是和其他相互竞争的理想一样，就无法证明其优越性，因此也无法为坚持自由主义提供理由③。罗蒂却认为，凡是像日常的老生常谈、基本的数学真理等对任何人都绝对有效的信念，因其既不具备争议性也对自我认同或生命的目标无关紧要，因此并不需要勇气去坚持。凡是需要我们以勇气和意志去维系的，反而都是相对有效的信念，因为正是这种信念植根于生活现实，相关于具体道德、政治困境选择。"绝对有效性"预设了白璧德的善恶二元的人性命题，预设了一个分裂的自我：一半是分享神性的天使，一半是分享动物性的魔鬼。然后依此观点接受理性/激情等种种对立，区分普遍理性的信念（rational conviction）和由具体原因

---

① [美] 理查德·罗蒂：《偶然、反讽与团结》，徐文瑞译，商务印书馆2003年版，第69页。

② 同上书，第68页。

③ Introduction to Michael Sandel, ed, *Liberalism and its Critics*, New York: New York University Press, 1984, p. 8.

引起的信念（conviction brought about by causes rather than reasons）[①]。但是罗蒂认为，他愿意认同伯林和弗洛伊德，拒绝这种理性/激情、理由/原因的二元区分，他认为理性的说服形式（基于原则理由的信念—理由）和非理性的说服形式（基于具体原因的信念—原因），也只有当它们存在在一个语言游戏（即同一个社群）内部时，这个区分才是有效的。但是如果我们换一套语汇和核心隐喻，理由和原因的区分就开始失去效用。比如年长的人会认为玩"王者荣耀"的青少年是对自己和未来不负责任的，是幼稚、懒散的，是浪费时间和娱乐至死；而年青一代会认为不玩"王者荣耀"的长辈们占据话语权制高点，对自己不了解的事物横加指责，是保守、狭隘、专制、功利、腐朽、无趣，已经行将被时代抛弃。如果不在同一个语言游戏（社群）内部，视角和占位不同，对理性的理解方式和对未来的信念取舍不同，理由和原因的划分马上失效。

罗蒂认为，我们找不到一种中立的理性概念，来断言历史上的重大发展和政治的演进哪些是理性的，哪些是非理性的。比如基督教、伽利略科学、启蒙运动、浪漫主义等，我们无法以理性和非理性妄加概括。因此，理性和非理性的区分实际上没有看上去那么有用。罗蒂同意戴维森把"理性"看作"内在融贯性"的说法，而舍弃"理性"的绝对标准概念。他认为我们不应该让自由主义的政治观超越历史的偶然，成为普世不变和万古永恒的真理。没有一个基点，供我们站在一切历史的相对性和偶然性之上，审视古往今来的政治制度；也没有一个"中立"的标准，让我们看出纳粹的，或者是斯大林的，或者是宗教战争的，或者是自由主义的意识形态，哪些是合乎"理性"的，具有"道德上的优越性"。如果没有这样一个最高的审视位置和中立的立足点，一个人的信念只能相对有效的问题便自然而然得到解决，无须在桑德尔的质问前为自己辩护。

他认为正如不相信上帝存在的人根本无所谓亵渎神明一样，肯定

[①] [美] 理查德·罗蒂：《偶然、反讽与团结》，徐文瑞译，商务印书馆2003年版，第71页。

戴维森关于语言、文化和社会之主张的人也不怕被质疑为"相对主义者"和"非理性主义者"。他反对"绝对主义/相对主义""理性/非理性""道德/明智"等之类惯常的区分,而把思想的演进看成是人们用自我创造的新概念去"重新描述"的过程,以此来切实促进社会的延续和民主的进步。说着具体社会语言的人,永远无法逃避他们事先给定的具体性和历史性。他认为:"自由主义社会的核心概念是'若只涉及言论而不涉及行动,只用说服而不用暴力,则一切都行(anything goes)。'"① 所以为自由主义提供基础这种说法其实并不适用于自由主义社会。

因为把自由、开放和宽容看作最高价值,自由主义文化所要做的只是提供改善的自我描述。目前我们应该做的是在文化前线激发年轻人的想象领域,开拓艺术与乌托邦政治。罗蒂思想中的浪漫底色使他认为当代知识分子应该留意于文学与政治,让自由主义文化更加"诗化"而非更加"理性化"和"科学化"。他认为在理想的自由主义政治中,布鲁姆意义上的"强力诗人"将成为文化英雄,而不是那些武士、祭师、圣人或追求真理的科学家。这样的文化将摆脱"相对主义""非理性主义"的幽灵困扰,放弃对自由社会的哲学证明,而是认为"自由社会的自我证成,只在于和其他社会组织的历史比较"②。

在罗蒂看来,自由主义的政治哲学不过是目前说明我们这个社会的方便工具而已。持这样一种看法,自由主义思想者就不必把那些政治理论上的宿敌——比如马克思主义——逼到论证的墙角,逼迫他们承认自己的道德欠缺。既然承认大家背后没有"真理"这面墙可以倚靠,"他们"的语汇和"我们"的语汇就都是文化的建构。总而言之,罗蒂坚持伯林的多元价值论,把我们对社会制度的忠诚,看作就像择友和选择英雄行动一样,是有充足的论据扎根于历史发展和具体情境之中的,只能诉诸大家熟悉的、共同接受的前提,而不必搜寻普世、客观的基础。他认为我们置身什么样的社会是偶然的,自由主义

---

① [美]理查德·罗蒂:《偶然、反讽与团结》,徐文瑞译,商务印书馆2003年版,第77页。

② 同上书,79页。

社会的合理性扎根于特殊的语言传统和独特的历史脉络之中。

二 "正视反讽"还是"期待救赎"

(一) 什么是反讽主义者

罗蒂命名的"反讽主义者"(ironist)必须具备以下条件，(1) 她①能意识到其他语汇的存在，因此对自己所使用的一套语汇抱持续的怀疑态度。(2) 她的所有语汇没有支持的绝对基础，也需要不断面对质疑。(3) 她不认为自己的语汇优于其他处境的其他思考和表达。可能因为反讽主义者身上表现为一种弱理性和阴柔的特征，罗蒂用了"她"来代指具有这样反讽品格的人。②

罗蒂列举了很多反讽主义者和形而上学家的不同。他也称反讽主义者为唯名论者(nominalist)，或者历史主义者(historicist)。反讽主义者不相信任何终极语汇、大写的"科学""理性""真理"等，而愿意随时扩展语言游戏的范围，随时挑战既已形成的常识。他喜欢使用"世界观""观点""辩证法""概念架构""历史时代""语言游戏""再描述""语汇"和"反讽"等词语，时刻提醒自己生活在一个无根的时代。③反讽的人不惧怕被形而上学家称为"相对主义"的，她像海德格尔和戴维森一样，承认人的存在是历史的、偶然的；她认为哲学、诗学和政治并没有泾渭分明的分野；她不相信任何普遍共通的事物，不试图寻找任何终极词汇，她喜欢用一个隐喻代替另一个隐喻，追求创造性和新奇性；她不相信世界背后的本质有赖于一种统观的直觉，他喜欢说用新语汇取代旧语汇，而不把历史或者社会的

---

① 关于罗蒂用"她"来指称反讽主义者，参见罗蒂的《偶然、反讽与团结》，第107页。在罗蒂看来，反讽主义者秉承的是弱理性，思想风格是阴柔的、女性化的。反讽主义者在主张自己的思想立场是总是抱着怀疑的、商量的、试试看的态度，没有进攻性和强权意识，不把自己的意志强加于人。就像同样表现军旅题材和爱国主义的主题，诺兰的《敦刻尔克》带着悲悯和人道情怀，总体风格是敦睦怀柔的，而吴京的《战狼2》是霸气外露、阳刚的风格。

② [美]理查德·罗蒂：《偶然、反讽与团结》，徐文瑞译，商务印书馆2003年版，106页。

③ 同上书，第108页。

进步看作接近了对本然的发现。她喜欢谈改造自我意象,重新塑造自我;她喜欢说服,而不是压服;喜欢再描述,而非推论。罗蒂认为黑格尔开启了一个"尼采—海德格尔—德里达"的反讽主义传统,他们懂得把自己的成就建立在与前人的关系上,而非与真理的关系上。

"反讽主义者更格外希望,批评家会协助他们执行黑格尔所擅长的辩证工作。希望批评家能协助他们,透过某种综合(synthesis)的功夫,使他们对那些表面上看矛盾对立(antithecal)的书本,不减赞赏之意。我们希望能够同时赏识布莱克和阿诺德、尼采和穆勒、马克思和波德莱尔、托洛茨基和艾略特、纳博科夫和奥威尔。"① 他希望有个批评家,能把所有这些看似互相矛盾、不可通约的人的书摆在一起,形成一幅美丽的马赛克,这样柏拉图主义的"拼图"世界观就为后现代的"拼贴"马赛克所取代。罗蒂有时又把这种"辩证法"叫作"文学批评",他把"哲学"非认知化和非形而上学化,变成了文学的一个类型。他认为"文学批评"现在所做的就是不再区分哲学家和文学家的活动,而不是竖起他们之间森严的壁垒。"像马修·阿诺德、沃尔特·佩特、F.R.利维斯、T.S.艾略特、埃德蒙·威尔逊、特里林、弗兰克·科莫德、哈罗德·布鲁姆等有力的批评家,——提倡新经典的批评家——所从事的工作,不是解释书本的真实意义,也不是评估所谓的文学价值,相反,他们花时间把书本放在其他书本的脉络中,把人物放在其他人物的脉络中,加以定位。"② 他认为文学批评用新的词汇来修正自己的道德身份,这样它就为反讽主义者提供了一个平台,从而不断地再描述,创造出最佳的自我形象。

(二) 反讽主义的理论家与小说家

罗蒂区分了两类反讽主义者,在他看来反讽主义的理论家尼采、海德格尔和反讽主义的小说家普鲁斯特代表了不同的反讽气质。反讽主义的理论家有反对形而上学的压力,经常要把自己的思考与权力意志、历史、绝对精神、存在这样巨大的事物联系起来。像尼采和海德

---

① [美] 理查德·罗蒂:《偶然、反讽与团结》,徐文瑞译,商务印书馆2003年版,第116页。

② 同上书,第112页。

格尔这样反讽主义的理论家，需要在哲学脉络的影响焦虑中不断反叛前人，又不断地陷入自己设置的语言陷阱。他们的哲学叙事里出现的是大于自我的主角，而不是普鲁斯特小说里常出现的那些芝麻小事。反讽主义的理论家族叙事是一个不断超克的故事：柏拉图让位于圣保罗，而后基督教又为启蒙哲学所超越，康德后面是黑格尔，黑格尔后面跟着尼采或马克思。反讽主义理论必须如此建立关系，实现超克；他必须把整个人类、整个种族、整个文化纳入自己的叙事版本，让那个大于个人生命的主角，走过整个形而上学的历史领域，在这个过程中穷尽它的种种可能性。反讽主义的理论家如尼采、海德格尔必须在时间化、有限化他人理论的时候，时时警惕不使自己重蹈黑格尔自立权威的覆辙，让自己的哲学变成旧历史的终结和新历史的开端，成为后来人新的批判对象。

罗蒂认为与理论家相比，反讽主义小说家更多地看到了人生的有限和存在的偶然，他不是哲学家，没有压力去探究这些貌似宏大的他者，而是专注于自己生活的碎屑凡庸，在此之间发现偶然与庸常之美。比如像《追忆逝水年华》里马德兰小点心的香味，逝去的童年时光，普鲁斯特专注于个人创造，通向私人的完美，不必把自己与一个比自己强大得多的力量联系在一起，作为反讽主义的小说家他只需用"重新描述"的方法获得个人自律。在罗蒂看来，普鲁斯特的小说是由许多互相激荡的、微不足道的偶然所构成的网络。普鲁斯特只需面对终生必死的有限人类，他不必对权力感兴趣，但可以揭示一切人生和权力的有限性，在偶然中安于生存。因此，像普鲁斯特这样的反讽主义小说家，可以把他所遇到的任何权威人物看成是偶然环境的产物，将其时间化和有限化。他不面临辩证法中"扬弃"的问题，因为"美"（beauty）本身就是短暂无常的。他不必强迫自己像那些理论家那样去追求崇高（sublimity）①，不必追求那些隐而不见的巨大实在，重蹈形而上学的覆辙，让"欧洲""历史"或"存在"为人们的日常

---

① ［美］理查德·罗蒂：《偶然、反讽与团结》，徐文瑞译，商务印书馆2003年版，第150页。

生存蒙上巨大的阴影,也不必像那些哲学家一样自我陶醉于做"最后的哲学家"的幻想。普鲁斯特所要的不是超越的崇高,而只是庸常的优美。

值得注意的是,反讽主义的理论家如海德格尔并不愿意被称作"反讽主义者",他谴责反讽主义者那种审美的(aestheticist)①、实用主义的轻率,把反讽主义者只看作玩票的清谈家,欠缺形而上学家的严肃和崇高,他把反讽主义时代"知识分子"的兴起和哲学家的边缘化也看作"世界图像时代"的没落。他认为20世纪以"普鲁斯特—弗洛伊德"为核心的反讽主义文化,是后形而上学时代精致的虚无主义症候,只能带来虚空的无聊和无思索的自我满足。海德格尔试图建构一种可以不断自我解构又不断保持自身严肃性的语汇。罗蒂提醒我们,对海德格尔的解读就像读深爱的一首诗,浅吟低唱,而不把它沾染任何俗物以免戕害它。然而海德格尔本人对罗蒂愿意主张的"人文主义—实用主义"却并不抱好感。在他看来人文主义和实用主义乃是虚无主义当中最为堕落的形式,他总是力避这些诱惑。

罗蒂认为,海德格尔和普鲁斯特都致力于一种"回忆式的思想"(andenkendes Denken)②,只想倾听,只想给过去的权威概念"祛蔽",但是在普鲁斯特成功之处,海德格尔却失败了。在罗蒂看来,普鲁斯特的成功主要因为他没有公共的野心。他不想以自己单个的经验影响别人,作用于时代,而海德格尔却试图对整个西方的公共命运发生影响。海德格尔不愿意把自己的哲学词汇"显现""本体""祛蔽"看成和"盖尔芒特""贡布雷"一样私人的东西。罗蒂对海德格尔有极高的评价,把他看成那个时代伟大的理论心灵。但是他承认自己对海德格尔的偏爱只是因为恰好生活交往的圈子和他相似而已,对于生活圈层相差悬殊的人,他认为海德格尔的理论毫无用武之地。

在罗蒂看来,"反讽理论只不过是现代欧洲数个伟大的文学传统之一,其代表是现代小说。反讽理论和现代小说在成就上一样伟大,

---

① [美]理查德·罗蒂:《偶然、反讽与团结》,徐文瑞译,商务印书馆2003年版,第158页。单词aestheticist原译作"感受主义的。"

② 同上书,第165页。

但反讽理论对于政治、社会希望，或人类团结而言，其相干性却远远不及现代小说"①。他认为当尼采和海德格尔专注于个人叙事时，他们是无与伦比的，但是当他们试图为现代社会或欧洲命运提出政治观点时，则变得索然无味甚至有些虐待狂的倾向。作为一位哲学教授，一个富有创造性的个人，海德格尔是一位悲天悯人的大人物，但是作为一个公共生活的哲学家，他对20世纪人们所乐业安居的这个科技世界却充满了敌意和狭隘的批评，有时因为对前现代的浪漫主义乡愁，而对希特勒道路大加礼赞，甚至显得有些残酷。

所以罗蒂承认反讽主义理论于公共用途微乎其微。形而上学理论想证明私人生活和公共生活以普遍人性和理性为共同基础，因而能够因一个本质统合起来，达到双向目的而又不致发生矛盾；反讽主义理论则认为，这是一个痴心妄想。因为按照反讽主义理论，以叙述取代了系统，每个人讲着属于自己的故事，很难把纷繁复杂的"多"统合为"一"。反讽主义者安于承认，我们唯一能公用的基本词汇就是免于痛苦和侮辱，减少残酷。对于一个自由主义反讽主义者而言，既然找不到可以通约的语汇，统合起公共和私人领域，那么人们所能做的就是追求个人创造的最大完美，和保持自由主义政治的最简单纯朴论述，像奥威尔做到的那样。

（三）"苦行牧师"与小说的智慧

罗蒂意义上的反讽主义者对待生活的态度和米兰·昆德拉相似，他们都看到了理论的僵硬，因而推崇小说的智慧。他们都把人生观和世界观正统的人看作"假正经"，就像拉伯雷嘲笑的那些不懂得幽默的中世纪教士。他们都提倡对人生一种举重若轻的、不执着的态度。他们都对严肃和宏大的东西本能地抱有怀疑，并且他们都热爱艺术和文学，认为："真正的艺术乃是上帝笑声的回音，在艺术所创造出来的令人着迷的想象世界中，没有人拥有真理，而每一个人都有权利被别人正确地了解。——对个人及其独创思考的尊重，对个人不可侵犯

---

① [美]理查德·罗蒂：《偶然、反讽与团结》，徐文瑞译，商务印书馆2003年版，第167页。

的隐私权的尊重……我相信,欧洲精神中最珍贵的精髓还安然无恙地保存在小说历史的宝盒或小说的智慧之中。"①

罗蒂将小说(文学)的智慧与理论(哲学)的僵硬做对比,认为小说代表了他愿意提倡的多元、宽容和偶然等价值,而理论总是强调发现本质,献身理想的执着,也即一种偏执。在他的关注视野中,拉伯雷、塞万提斯、尼采、弗洛伊德、德里达、昆德拉、奥威尔和狄更斯是一类人,他们都能认识到小说的智慧,并且亲身践行之,他们都是多元论者和反本质主义者。而马丁·路德、伏尔泰和海德格尔则属于被尼采称作"苦行牧师"的另一类人,他们都是本质主义者,愿意追求宏大的目标,执着献身理想。苦行牧师们代表了私人创造的完美,可是他们却要一意孤行把自己的理想推向整个社会。以天道自任的"他还坚持认为我们必须遵循他的理想,并用我们的生命来实现他的理想。这个可怕的道德代码绝不是人类历史上一个莫名其妙的、孤立的事件;相反,它恰恰是人类历史上一个最广泛流传和流传时间最长的传统之一"②。可以想见,苦行牧师们的人间道义感恰恰成为近世以来许多重大人道主义灾难的(个人)思想根源。

在罗蒂看来,有虔诚信念的人,往往觉得自己必然真理在握,喜欢发号施令,他们在观点上不容异己,不喜欢对话和妥协。他们很容易提出对所有人都有保障的生活标准,很容易许诺人们达到整齐划一的幸福。本质主义者在很多领域坚信,纷繁复杂的各种运动背后有着精确复杂的联系,他们试图从眼花缭乱的宏观结构背后发现清晰的微观结构,这种倾向表现在海德格尔等人的哲学里。稍加注意就会发现,海德格尔是罗蒂愿意称道的反讽主义者中少有的"苦行牧师"形象。罗蒂认为,海德格尔以一种从远处回看的方式审视西方和它的结构,把技术沉沦而不是自由希望看作西方历史发展的遗产,因此对整个西方前景抱有一种文化政治上的悲观。像海德格尔这样的哲人觉得

---

① [捷]米兰·昆德拉:《小说的艺术》,董强译,上海译文出版社2004年版,第206页。
② [美]理查德·罗蒂:《哲学、文学和政治》,黄宗英等译,上海译文出版社2009年版,第33页。

自己能向世界传达谶语一样的终极信息，在海氏看来似乎西方已经穷尽了它的所有可能性。罗蒂把海德格尔看作"苦行牧师"一类哲人的典型，这些人相当自信地认为，一个时代的本质可以通过阅读像他们这样的哲人著作来把握。

海德格尔擅长哈贝马斯所说的"本质化抽象"，"在存在哲学家整齐划一的眼光下，存在的历史从而与政治和历史条件脱离开了。甚至对犹太人的灭绝似乎也变成一件与其他许多事情一样的事情"①。海德格尔不太注重边沁功利主义意义上的具体幸福，他擅长目光超越地从宏观视角看问题。对他来说具体的社会运动不管是甘地的成功还是杜布切克的失败，都是偶然从本质的"分心"，是对"存在"遗忘的结果。海德格尔像许多哲学家一样，天性喜欢注视一个故事，一个关于整个西方哲学历史的总故事，而忽略那些许许多多各种各样的小故事和小人物。在他那里，哲学才是光辉和严肃的，叙事永远是次要的体裁。海德格尔在骨子里是浪漫的和抒情的，他总能在散发着哲理回音的抒情诗中找到"存在的本真"。尼采曾经一语道破"苦行牧师"这类人的天机，他把"苦行牧师"们对沉思和智慧的冷静追求解读为对权力欲望的幽怨表达。罗蒂认为，这类人在任何文化中都会出现，他们总是把自己和自己的同胞和社群分离开来，然后把他自己和他所愿意称道的大词"真我""存在""道""虚无"连在一起，一副天命所受的样子。他们共同的特点就是崇尚本质，喜欢理论甚于叙事。他们像尼采一样渴望纯洁（cleanliness），也像海德格尔一样推崇简约（simplicity），把性交和经济交往看成是肮脏的事情。他们倾向于鄙视女人，维护男女差别，他们的英雄是战场上的勇士和教堂里的牧师，很有意思的是，这两类人都极具"菲勒斯中心主义"（男权中心）的特点。

因为有了拉伯雷、尼采、弗洛伊德和德里达等人的帮助，罗蒂认

---

① Jürgen Habermas & John McCumber, "Work and Weltanschauung: The Heidegger Controversy from a German Perspective", *Critical Inquiry*, Vol. 15, No. 2 (Winter, 1989). 参见［德］哈贝马斯：《著作与世界观：德国视角的海德格尔争辩》，《批评研究》1989年冬第15期。

为我们才有了理论资源去嘲笑那些不可言说的、莫测高深的、非物质性的、纯粹的人,会发现"苦行牧师对理论、简约、结构、抽象、本质等概念的审美体会与小说家们对叙事、细节、多样性和偶然性等概念的审美感受之间的张力"①。罗蒂把昆德拉的小说观看作反对本体论神学的工具,他认为昆德拉的小说立场用反讽解构了"苦行牧师"们精心建构的文化霸权。他也把狄更斯看作反海德格尔的例子,他认为狄更斯的道德反抗小说表达了一种以不同于海德格尔的眼光看待西方的方式。狄更斯用丰富的细节加深了我们对他人以及对西方社会肌理的了解,虽然狄更斯呈现的大多是底层以及边缘群体的贫困和痛苦,但是在总的价值观上,他却是把平等、民主的希望而非技术统治,看作西方的主要特征。在罗蒂看来,狄更斯的创作是昆德拉小说理论的最好体现者,小说本身在形式体裁上具有民主和平等的价值取向,有助于促进人们在现实中争取自由和平等的斗争。

　　小说的智慧对苦行牧师们高严的理论面孔进行拆解和取笑。小说的精神乃是一种多元、宽容、驳杂和幽默的精神。他们以众多平民百姓的戏谑完成对牧师们的复仇,因为这些"苦行牧师"以堂而皇之的理由忽略了最大多数人的最大幸福。"从昆德拉的观点看,哲学家对待世间人事的本质主义方法,即他试图用沉思、辩证法和命运来取代冒险、叙事和偶然性的尝试,实际上是一种不诚实的言说方式:我在意的东西超过你在意的东西,从而使得我有权忽视你在意的东西,因为我与某种事物——实在相联系,而你没有。"② 小说家倾向于以多元化的细节描述让我们去看到具体生活在某个具体地方的具体人的痛苦;他倾向于培养我们看待社会人生的多个视角而不是一个视角。"在小说家与不会笑、没有幽默感的人之间是不可能有和平的。那些人从未听到上帝的笑声,坚信真理是清晰的,认为所有人都必须做同样的事情,而且他们本人完全就是他们所想的那样。但是,正是在失去对真理的确信以及与他人的一致的情况下,人才成为个体。小说是

---

　　① [美]理查德·罗蒂:《哲学、文学和政治》,黄宗英等译,上海译文出版社 2009 年版,第 38 页。

　　② 同上书,第 40 页。

个体的想象天堂。在这一领地中，没有任何一个人掌握真理，既非安娜·卡列尼娜，也非卡列宁，但所有人都有被理解的权利，不管是安娜，还是卡列宁。"①昆德拉把小说叫作"民主的乌托邦"②，在那里公民的美德是宽容和好奇心，而不是追求真理。昆德拉认为人总是希望看到一个善恶分明的世界，把具体生活中的道德、清白、正确诠释得过于简单，因此很多人容易像那些"苦行牧师"一样，陷入一种"非此即彼"的思维方式，不能容忍世间人事固有的相对性。典型的"苦行牧师"哲人海德格尔的心中英雄是荷尔德林，在荷尔德林的诗行里他发现一元的诗意与"实在"相联系；海德格尔的文化英雄绝不可能是拉伯雷和塞万提斯，因为这两位作家能够宽容人世的繁杂和喧哗。

像昆德拉和拉伯雷这样的小说家对生活的投入方式，不是试图用一套宏大的意识形态话语去区分真理和谬误，而是自觉地认识到，也许痛苦根本无法根除，每个时代都有自己的光荣和愚昧。苦行牧师们试图让自己逃避掉时间和偶然的踪迹，让自己走进最后历史的剧本，对于昆德拉来说这是非常可笑的。昆德拉所主张的"小说的智慧"就是敞开冒险的旅程，经历一系列的发现，承认不可能穷尽所有可能性，在具体语境中寻找普通人的卑微幸福。小说的智慧不进行抽象的道德比附，也不用人性、人类存在的意义、生命的意义之类的大词缠绕自己，小说家用形象和故事具体回答问题：我们可以怎样地相处，可以怎样安排事情，应该有哪些人被我们理解，我们将如何改变体制，等等。

在罗蒂看来，尼采所说"最后的人"和马克思的"社会主义新人"都代表了"苦行牧师"们想洗净人类的追求。③ 这样的道德纯净

---

① [捷] 米兰·昆德拉：《小说的艺术》，董强译，上海译文出版社2004年版，第200页。

② [美] 理查德·罗蒂：《海德格尔，昆德拉，狄更斯》，刘琦岩译，《国外社会科学》1995年第10期。

③ [美] 理查德·罗蒂：《哲学、文学和政治》，黄宗英等译，上海译文出版社2009年版，第47页。

主义者要求人类生活有一个总体的质变，他们不仅仅满足于边沁和穆勒所说的舒适和幸福，而是要为争取更多人的利益而斗争。但是狄更斯的小说却不希望我们为通向幸福的"质变"做出任何残害他人的事情。狄更斯只希望人们之间更少地制造不愉快，更多地增加理解。狄更斯的生活目标是实用主义的，只要更多的人生活得舒适，他不喜欢无产阶级"狂野的愤怒"，而是愿意用伤感的泪水唤起"宽容的愤怒"①。狄更斯是一个好脾气的唯信仰论者，他假设人们的错误是因为无知而不仅仅因为罪恶，这是后来在马丁·路德·金身上而不是在那些"苦行牧师"身上发现的愤怒。狄更斯的小说针对所有人的缺陷，而不主张团结一伙人斗争一伙人。狄更斯让我们注意到所有人的伤痛之处，从而促进心底的宽容。罗蒂对狄更斯宽容的理解让我们想起利维斯对乔治·艾略特小说的解读。利维斯认为，乔治·艾略特在自己的作品中不忍心去讽刺那些主人公，而是对所有人物抱有温煦的同情。② 这种宽厚的态度无疑也体现了罗蒂意义上"小说的智慧"，而这种小说的智慧，正是一种人文主义关怀。

可见，在罗蒂的语汇中，像昆德拉这样的小说家常常是生活的反讽主义者，他们都希望宽容与发展成为社会的口号，他们把不管是经济上的还是政治上的妥协看作智慧的象征，而把战争看成愚蠢的表现。因此他们对自由主义理想总是充满温煦的希望，这和当今后现代主义和新马克思主义的"文化左派"中普遍流行的"怨恨"情绪背道而驰。"自由主义的反讽主义者"认为我们应该终结追求自我纯洁和社会纯洁的"苦行牧师"史，以敞开的心态和利用更多的机会，加深社会与社会、社会与个体、个体与个体之间的发现和了解，共同增进生活的舒适和幸福。

（四）正视反讽还是期待救赎

在这个世界上，总有人是倾向于一元论的，倾向于"一根筋"，

---

① ［美］理查德·罗蒂：《哲学、文学和政治》，黄宗英等译，上海译文出版社2009年版，第48页。

② ［英］F.R.利维斯：《伟大的传统》，袁伟译，生活·读书·新知三联书店2002年版，第119页。

他们是罗蒂所说的本质主义者。他们道德纯洁，生活简单、朴素，耽于理想，事业心强，追求完美，不喜欢妥协和道德瑕疵。他们不喜欢多元的世界，不喜欢过于戏谑的人生。他们把像拉伯雷一样喜欢拿别人开玩笑当作道德上的缺陷。他们是更倾向于宗教情结的人，一生形迹为道德完满，无可指摘，就像《围城》里的方鸿渐之父，活一辈子方方正正、干干净净为了晚年写一本回忆录，因此每一言一行都甚为谨慎，唯求心安。也正如《钢铁是怎样炼成的》作者奥斯特洛夫斯基所说：当我回首往事的时候，不因虚度年华而悔恨，也不因碌碌无为而羞耻。他们的生活就像以赛亚·伯林所说刺猬型的哲人。他们追求道德的崇高、思想的深邃，追求事物的深度和高度。他们和别人相处总是很艰难，他们孤独而又诚恳，执着同时任性，勤奋而有耐力。他们就是罗蒂所说的"苦行牧师"，永远走在追求真理的艰辛之路上，时时刻刻期待着救赎。他们的身份是教士、革命者和知识分子阶层，如马丁·路德、罗伯斯比尔、斯大林等。很多独裁者如希特勒生活严肃、私人道德看上去无可指摘，似乎也是这类人的极好样品。他们天生渴望着皈依整全和期待着拯救，为此不管是皈依上帝之城还是创建人间之城。他们似乎不是生活在此世，而是眼光永远超越凡庸的生活，朝向彼岸的世界。

另一些人天性倾向于多元，承认人道德天生的欠缺与不完满，原谅和宽容别人；承认人生的偶然，很多事情现实中的人无能为力。因此他们不是以严肃的道德态度，而是以反讽的审美态度对待人生。他们在哲学家里是理查德·罗蒂和以赛亚·伯林，在小说家里是拉伯雷和昆德拉。他们是一些看上去聪明世故的人，言语机智幽默，生活丰富多彩。他们现实而有经验，喜欢妥协，不把经济交往和性交看作不洁的事情。在他们身上富有商业精神的低调务实，重视实用，很少理想主义悲情。他们喜欢和谐的优美，不喜欢庄严的崇高。他们喜欢把人生看成一幕正剧甚至是喜剧，而不是一幕悲剧。他们喜欢渐进的改良，遵循理性和秩序；而不喜欢谈革命，因为对他们而言，革命意味着毁坏，意味着暴力。他们认为最好是用建设的观点，在保守旧事物的同时慢慢建起新事物。他们是像胡适一样的实用主义者，承认渐进和经验中的试错,承认道路总是摸着石头过河,承认关于"路在何方"的问题,既然没有明确的方向,只好满足于"路在脚下"。他们承认人生中没有最好,只有更好。罗蒂继承杜威实用主义的线路,和胡适、李泽厚的经验主义正可以相通。他们都相信实用理性,认为人类最高的理想就是实现最大多数人的幸福,尽量减少痛苦,其他任何空洞的说辞、崇高的理想,让民众为之献身而不兑现的承诺,都是巫师的蛊惑。反讽主义者的谱系中包括的是像拉伯雷、塞万提斯、弗洛伊德、昆德拉、狄更斯这样的人。

比如在刘小枫《沉重的肉身》中,丹东成为这类懂得小说智慧的反讽主义者,而罗伯斯庇尔就像一元论的"苦行牧师"。在《丹东和妓女》一文中,刘小枫探讨当年公安委员会的主席罗伯斯庇尔处死了他的革命同志丹东的这桩公案。并结合审美感性与道德理性,以及伯林的消极自由和积极自由理论加以解释。① 丹东——作为游戏人生的反讽主义者和罗伯斯庇尔——作为刚硬刻板的道德救赎主义者,二人性格气质相差甚远,但作为革命旗手,他们都试图在"此世"克服肉身的痛苦,要求个人的自由。只不过,"妓女玛丽昂和丹东是尼采的先驱,要求以享乐克服痛苦的消极自由,罗伯斯庇尔是马克思的先驱,要求以积极自由建立起符合道德公意的社会制度来克服人生痛苦"② 罗伯斯庇尔也有"苦行牧师"的专制和虔诚,坚持人民伦理的道德叙事,而丹东则同情妓女的个人"在体性"感受,也许这可以看作个人自由伦理的肉身叙事。在这里,丹东憎恶以"革命"为名的断头台和绞肉机,丹东会认同"革命是并非教人死而是教人活的"③的。他的观点接近不试图以一己道德信念化约人生的"反讽主义者"。然而他被罗伯斯庇尔代表的新式革命伦理处决,因为罗伯斯庇尔需要的革命同志应该永远献身火热严肃的理想,而不能让革命的骏马在妓女门前驻足不前,他不能容忍自己的革命同志卑琐地融入日常生活的

---

① 刘小枫:《沉重的肉身》,华夏出版社2012年版,第8页。
② 同上书,第36页。
③ 鲁迅:《上海文艺之一瞥》,《鲁迅全集》第4卷,人民文学出版社1981年版,第297页。

浊流。永远革命的罗伯斯庇尔不能容忍龌龊、多元、驳杂的日常生活，他想建立一个完全不同的、纯净的此岸世界，他火热的理想主义让他绞死了自己曾经的战友。值得注意的是，革命理想主义者往往都有"不断革命"的激情。比如在电影《让子弹飞》中，张慕之的战友坐上了开往上海的火车，在"革命"胜利后开始去寻找后革命时代丰富多元的日常生活，而张慕之却依然骑在白马上，他的理想让他不能加入到世俗的生活洪流中，他也属于浪漫主义的英雄谱系，需要不断寻找新的革命对象，踏上新的革命征程。托洛茨基和切·格瓦拉，在一定程度上，都是这样的永远革命者。

苦行牧师类"救赎主义者"永远走在救赎之路上，他们最不能容忍停滞的理想，也最不愿面对凡庸的生活；而"反讽主义者"则正视了人生的反讽状态，承认生命的欷然，宽容日常生活的驳杂之相。这也容易使人想起上20世纪90年代关于"人文精神"和"世俗精神"的论争。二王（王蒙和王彬彬）对大众文化（王朔）的态度，以及二张（张承志和张炜）关于道德理想主义的言论，无疑可以为"反讽主义者/救赎主义者"这个理论模型的阐释加上新的注脚。高扬人文精神的旗帜，提倡抵抗世俗的人扮演了渴望救赎的"苦行牧师"形象。张承志的文集名曰《无援的思想》《清洁的精神》《鲜花的废墟》，恰可以使我们从中窥见作者思想之一斑：渴望崇高、爱好清洁，追求理想主义和浪漫主义，期待为宏大叙事献身。道德理想主义者与世俗的社会显得格格不入，他们高调的道德理想和准宗教的朝圣情结让他们仿佛变成"教主式"的孤家寡人和道德强迫症患者，因而表现出一种与尘世彻底不妥协的精神。他们绝不是胡适那样的妥协主义者，而是有鲁迅先生到死"一个也不宽恕"的决绝。他们坚定的赤诚和坦白的胸怀一直让他们在历史上承担着常人所无法承担的重量。

值得注意的是，像马丁·路德、罗伯斯庇尔、海德格尔、斯大林、希特勒一样的"苦行牧师"，既有可能成为品德纯洁如黄金的好人，被人看作上帝的使者和人民忠诚的儿子，也有可能成为一个化约生活丰富性的道德强迫症患者，被历史追认为作乱人间的恶魔或政治独裁者。在罗蒂看来，任何追求精神高度和深度的哲学，最终仍旧是形而上学或者神学，因为热切地渴望救赎和皈依整全真理的人就难免陷入偏执，罗蒂本人无疑赞同反讽主义者的人生态度。在理查德·罗蒂或者约翰·凯里①等人的眼里，扮演着苦行牧师角色自命高贵的知识分子，恰恰要将自己的精英意识、僵化单一的思维强加于他人，最终难免适得其反，走向思想上的专制和行动上对人类的蔑视（希特勒式的道路）。

但有时"反讽主义者"无疑容易被看成是"面包主义者"，或者至少抱着不负责任的人生态度；而那些承担此世生存之沉重的圣徒——那些"苦行牧师"们才正走在救赎的路上。在《圣灵降临的叙事》里，刘小枫的立足点有了很大的转变，有别于在《沉重的肉身》中他对丹东的同情，在《圣灵降临的叙事》中他以"文化基督徒"的身份对那些朝圣者表现出了极大的尊敬和热情。借梅烈日柯夫斯基之口，他提出不管是自由主义还是激进社会民主主义，这些"人而神"的信仰都通向魔鬼和地域，只有"神而人"的救赎才值得信靠。唯有"十字架上的真"，才让我们感动得泪流；其他所有现代的各种"主义"都通向狂妄和虚无。在刘小枫看来，精神世界的首要问题不是社会改革认同方向上各种"左"与"右"的主义之争，而是做精神市侩还是做精神贵族两种截然不同的选择，做市侩要面包，做贵族则是要信仰，这才是最根本的不同。精神的高贵在于对人类苦难和现世恶懂得谦卑，懂得宽恕、懂得承担。基督精神和敌基督精神，只是"承受生命之重"和"享受生命之轻"的不同。刘小枫认同的知识分子精神既不是巴枯宁和赫尔岑，也不是托尔斯泰和陀思妥耶夫斯基，他不要西方的自由主义，也不要斯拉夫的民族主义，只要承认个体的肉身、爱欲和自由，面向精神的救赎。他最关心的是个体是否获得拯救的精神哲学问题，而非社会获得解放的现实政治问题。他认为真正的圣徒才是人间的拯救者，在刘小枫的关注视野中，那些"渴望救赎"的"苦行牧师"之路是有意义的。

很多时候，正视反讽和期待救赎往往代表了两种不同的人和两种

---

① ［英］约翰·凯里：《知识分子与大众：文学知识界的傲慢与偏见，1880—1939》，吴庆宏译，译林出版社2008年版。该书对现代之初的知识界发动了猛烈攻击，以清晰的条理和富于雄辩的论述向我们揭示了现代文学知识界的知名知识分子思想的阴暗面。

不同的世界观，但很多时候这两者又是一体两面的，因为按照伯林的多元价值观，他们都自有存在的价值，自有善好的一面。如此看来也许救赎主义者和反讽主义者的关键问题，不在于选择道德的纯净虔诚还是审美的反讽自由，而在于是否会把一己好尚的价值观强加于他人，强力推行到社会公共领域。如果不同气质倾向的知识分子，不管是反讽主义者还是救赎主义者，不管洁身自好也好，还是享受人生也好，都不干涉别人，坚持罗蒂所说公域与私域的分立，让两种人在同一社会中都得到承认并同真并存，让不同的人对不同的人生态度都抱以宽容的观点，这未尝不是一件好事。

三 文学的自主性与公共性

（一）问题的由来：美与善的冲突

文学的"自主性"关注文学自身的审美特性，强调文学在社会场域内的独立和作家个体身份的私人性，而文学的"公共性"强调作品关联的社会正义和公共价值。文学的公共性关怀使得文学逸出了审美场域，关注文学与公共生活伦理之"善"的联系，将文学场域和社会（政治、道德）场域联系在一起。人们一般认为，文学自主性和公共性的历来矛盾指向文学中"艺术之美"和"道德之善"两种价值的冲突，因为大多数人认为"美"可以独立自足，但是"善"涉及如何处理与他人的关系。这样自主性与公共性的冲突似乎就变成一个"审美"价值与"政治/道德"价值在文学表现中何为优先的问题。

在传统人文主义批评那里，好的作品应该是美善同一的；宋儒认为文章可以修身、齐家、治国、平天下，对学问的追求可以"不离日用常形内，直到先天未画前"。古典人文主义批评认为，文学是人学，源于生活服务于生活，我们读文学，为了成为更好的人。阿诺德谈道："文化不是行动的敌人，而是盲目、短效行为的敌人；文化是前瞻性的，它致力于人自身的内在的转变。"[①] 利维斯等人不断提醒我

[①] ［英］马修·阿诺德：《文化与无政府状态》，韩敏中译，生活·读书·新知三联书店 2002 年版，第 14 页。

们，文字的美总是激发人们去发现、传递生活中的善意，那是阳光和玫瑰花的力量，而人心必须在文学的熏陶下向着这些健康的力量生长。文学的写作、阅读过程是一个增进人们之间相互理解的过程。这些古典人文主义者都相信，在这个失去信仰的时代，文学应该承担起"心灵的宗教"任务。这是对中国传统社会古老的"文以载道"说的翻版。文学假如不能做到"存天理，灭人欲"，至少应该"顺天理，限人欲"。而不应该决然放弃对生命意义的探讨和对美好价值的追寻，丧失社会伦理的承担。白璧德的新人文主义也贬低卢梭的"自然人性论"，主张一种"善恶二元人性论"，他主张人应该运用理性节制和平衡人性中的恶。他写道，"圣弗朗西斯融合了他身上老鹰和鸽子的品质——他是一个温顺的老鹰。……人是一种注定片面的造物，然而人之成为人文的，只在于他能战胜自身本性中的这个命定之事，也只取决于他所达到的调和自身相反美德的程度"①。白璧德对文学的想象和宋儒朱熹等理学家很相似。白璧德认为，人性不是本善的，而是善恶二元，顺从人的自然本性等于说顺从欲望，并释放出心中的魔鬼。因此这种自然人性论容易形成卢梭式的自恋、感伤和滥情，是对人性的降低，而不是对人格的提升，因为它不能凸显人之为人的尊严。当今之世欲望横流，人与动物本来已相差无几。如果再没有了善的追求，而是让人变成欲望的奴隶，文明将更加堕落下去。

对于美与善在文学作品中的体现和分量，不同的文学理论流派总是各执一端。而在后现代之后，美的形式和善的追求有时在写作中存在矛盾。很多唯美主义的作品如奥斯卡·王尔德（Oscar Wilde，1854—1900）的《莎乐美》等表现出反道德的一面。唯美主义者—浪漫主义者喜欢援引沃尔特·佩特（1839—1894）的话，把极端的美看成是像蓝宝石一样闪耀的瞬间火焰。"美"在奥斯卡·王尔德那里是一个比善更高的概念，美是对爱欲极端之事都能达到的宽容和理解。是一种源自生命深处的大气和悲悯。像樱花的开放一样灿然，又像昙

---

① [美]欧文·白璧德：《什么是人文主义》，生活·读书·新知三联书店2003年版，第15页。

花一现让人蓦然领悟生命的短促、幻灭和悲哀，生的极致和死的美丽，脆弱而又感伤。"唯美主义—浪漫主义—象征主义"的文学理论都强调"为艺术而艺术"，把美看成是文学本应追求的境界。① 相比而言，他们认为"善"的要求却来自文学之外，就像路遥的《人生》那样经典现实主义的作品，恰恰为高雅的唯美派人士所不满，苏珊·桑塔格认为卢卡奇对批判现实主义的赞赏是过时的、败坏的趣味表现②。王朔曾经说过"大众文化就是歌颂真善美"③，在唯美主义的理论风景中，这个论题的反题——"高雅精致的文化经常表现'假恶丑'"似乎也是成立的。

波德莱尔的《恶之花》《巴黎的忧郁》追求一种唯美的颓废，川端康成作品里有一种幻灭的悲哀。乍看上去，这些或多或少都是反道德的。"美"在此时放弃了对"善"的承诺，却走向了它的另一个同胞兄弟"真"。因为唯美主义者强调：如果面对人性的真实，人的本质就是脆弱的，每个人在内心里都是一个女童，易于恐惧、自恋而又容易委屈。所有的坚强和幸福都是面具，都是虚伪。有勇气真正直面人的生存的话，处处是偶然、脆弱和不幸。爱情中的美和艺术中的美，不管是否符合伦理、道德和法律，所有"真"的感情都值得尊重。唯美主义者强调，真和善在生活中并不难求，比比皆是；而美和爱才是难得的，是稀世的花朵④。中国以往的文学史也可以证明，过度关怀社会正义的作品，常会丧失诗美，比如以田间为代表的20世纪30年代的无产阶级革命"鼓点"诗歌⑤；而那些过度关注审美、沉

---

① 比如高行健的《灵山》和米兰·昆德拉的《生命不堪承受之轻》，都用优美的文字抒写人类的心灵，细腻而又忧伤，充满形而上的感悟。

② [美]苏珊·桑塔格：《反对阐释》，程巍译，上海译文出版社2003年版。

③ 王朔：《我看大众文化、港台文化及其他》，《天涯》2000年第2期。

④ 在中国的历史语境中，"善"的面孔并不陌生，就像汉文化几千年礼教的僵硬，在过去常常表现为理学家的禁欲主义的虚伪和马列主义老太太喋喋不休的教条。

⑤ 关于田间和正义，我理解公共空间的正义（Justice），既包括协调民族内部不同阶级之间的贫富平衡，也包括正视不同民族之间的强弱平衡。田间以为自己在鼓舞斗志、替弱势群体和弱势民族说话，但是因为他的诗像战歌一样过于短促、直白，缺乏诗的美感，所以，现在很少有人再提起。我以为这是过度关注诗歌的公共性而忽视文学的（转下页）

溺一己悲欢的作品,如20世纪30年代戴望舒等人的后期现代派诗歌,也常因封闭在自我的小圈子,丧失社会担当,显得矫情和苍白。

当"美"和"善",艺术和道德、文学自主性和公共性的这个冲突移植到中国语境中,就容易使人联想到德国汉学家顾彬、国内批评家李建军等人对当代文学的批评。他们基本都持自由主义—人文主义甚至有些保守主义的立场,他们批评当代一些名家名作放弃了文学对价值、意义的承担,比如莫言的《檀香刑》、王安忆的《长恨歌》等表现暴力和性变态,一味渲染非理性的激情和无节制的欲望,把人心引向黑暗的深渊。他们的批评在苏珊·桑塔格那样的唯美主义批评家看来,一定也会被看作"庸俗"和"坏趣味"的代表——既不懂文学,又用外在标准来苛责文学,俨然一副现代道学家的面孔。文学的审美衡量和道德考究是不是永远各执一词、自说自话呢?这两种价值在同一作品中是否可以协调起来呢?

如果举目为数众多的美学著作的话,你就会发现美善价值的分立是情有可原的。求真、求善和求美并不是总能和谐共存。有社会科学家倾向的美学家往往有求真(理性),尤其是求善(正义)的冲动,而对求美(情感)语焉不详。他们认为美有时会放弃道德承担,只寻找生命原欲的真实,这样就堕入了非理性。比如康德的审美自主性和无功利说启发了王尔德的"艺术为艺术",但是康德倾心的道德哲学和王尔德的反道德主义美学背道而驰。你不能因此断言王尔德是"审美原教旨主义者",因为这样做的话就等于忽视了问题的另一面:那就是艺术家和社会科学家所在领域与内在气质截然不同。理论家是在理性的法庭前立法的,艺术家则更多游走在非理性的层面。社会科学

(接上页)审美特性的一个例子。当然像后期象征主义诗歌的末流过于苍白、贫弱和个体化,总是在私人的小圈子里兜兜转转,也很难产生让人记住的诗歌作品。所以诗歌的公共性和审美性应该是兼而用力的,合二为一的,并且谁多谁少有一个"度"的问题。即便追求公共性的诗歌,也要先有诗美(审美自主性),才能被人们传颂;而即便是审美自主性很强的情诗,也要让很多人产生共鸣,说出很多人的心声(有公共性,艾略特说的"非个人化"我不知道是不是这个意思。就是好的诗歌就像谶语或者预言一样,比如雪莱的《西风颂》、艾青的《雪落在中国的土地上》、海子的诗《面朝大海,春暖花开》,可以说都有这个品质),才是好的情诗。

是可以用经验实证、工具理性的方法得出结论的,而文学归根结底是一种艺术体验,有时甚至可以说是一种宗教神秘主义的体验,它连着人类精神深处原始集体无意识的细密根须。"生命无须洞察,大地自己呈现。"①"天空一无所有,为何给我安慰。"②只有诗人说出了这样通向远古存在、响在未来的神的语言。社会科学是在用理性"祛魅",而人文主义有时就是在"赋魅",并且坦然承认,"魅"的存在是生命必须面对的暧昧和真实。像康德这样的道德主义者恰恰最欠缺欣赏文学的精微感性,而相反像米兰·昆德拉、苏珊·桑塔格这样有极高艺术禀赋的人,却会想当然地认为"为艺术而艺术"永远也不过时,因为它恢复了艺术作为一种感受、一种体验,一种非理性精神活动的尊严。

然而有些社会关怀浓厚的知识分子提倡文学的公共性不可忽视。比如阿多诺认为:"社会化愈彻底,精神愈物化,精神脱离真实自我的物化过程愈悖谬,有关厄运的极端意识也有沦为空谈的危险。文化批判面对的,是文化与野蛮的辩证法的最后阶段:奥斯威辛之后写诗是野蛮的。"③那么,在面对不义现实和重大灾难时,文学的表达怎样才是恰当的?

值得注意的是,阿多诺和萨特两位马克思主义谱系中的作家,都能面对文学审美的和意识形态的双重属性,对此问题的回答却有所不同:萨特认为"存在"亟待改变,所以呼唤"主体"尽快地"介入",致力于改变现实,因此他强调文学的公共性;而阿多诺对改变现行秩序的态度是悲观的,他认为艺术的否定性在于呈现一个幻想的乌托邦,因此他强调文学的审美自主性,并认为以这种方式对社会进行批判,是一种有距离的介入。他相信艺术是因其艺术性更成为有社会性的,并且认为艺术"只有在与外界张力发生关联时,艺术中的张

---

① 海子:《重建家园——〈海子的诗〉》,人民文学出版社2003年版,第107页。
② 同上书,第241页。
③ [德]格尔哈特·施威蓬豪依塞尔:《阿多诺》,鲁路译,中国人民大学出版社2008年版。

力才有意义"①。但是他同时强调艺术对社会的介入必须是以自主性的方式。"艺术的社会性主要因为他站在社会的对立面,但是,这种具有对立性的艺术只有在它成为自主性的东西时才会出现。通过凝结成一个自为的实体,而不是服从现存的社会规范并由此显示出'社会效用',艺术凭借其存在本身对社会展开批判。"②

这样,阿多诺似乎就为文学介入社会提出了自己的解答。艺术怎样既是介入政治的又不沦为政治的工具?阿多诺的回答是艺术可以是批判的,但是必须是以艺术的方式,不能为了批判流于空喊,变成急功近利的政治工具。不能理念先行,艺术家对社会的"介入"是自动的,就像"自言自语",艺术家投入写作不是响应什么号召,而是良心使然,就像陈平原所说为了一种"人间情怀"。阿多诺认为艺术品自身的根本特征是"生存经验的确切的传达"。这里艺术对生命、对生活的"摹仿"不仅是、也不可能是机械的反映(现实主义),而且更是表现(现代主义)。"艺术就是对被挤掉了的幸福的展示",艺术通过对现实的批判和否定展示存在的真理,呼唤乌托邦,它不是纯主观(浪漫主义)的,也不是纯客观(现实主义)的东西;不是前理性(弗洛伊德)的,也不是非理性(唯美主义,象征主义)的。在他看来,"艺术是不能克服而能批判自身的理性之物"③。如此让艺术的阐释回归理性,似乎又回到了黑格尔"美是理念的感性显现",我们可以看到,阿多诺对艺术审美自主性和公共关怀无疑仍然内在于审美现代性话语,强调世界背后的理念、秩序、本质和真理,虽然也或多或少带有直觉主义、神秘主义的痕迹。

(二) 私人完善和社会团结

那么,罗蒂对这个古老的问题,是如何看待的呢?

罗蒂对文学中审美和道德(政治)的矛盾,也即文学的自主性和公共性问题,解决路径和阿多诺有所不同。阿多诺专注于在一个文本上既体现文学的优美,又承担社会的道德责任。罗蒂却认为有两类不

---

① [德] 阿多诺:《美学理论》,王柯平译,四川人民出版社1998年版,第9页。
② 同上书,第386页。
③ 同上书,第97页。

同侧重的文本，有的注重公共生活，有的注重私人完美，各自强调的价值不同，可以各自分立，同真共存，各自以不同的方式促进社会道德。在文本形式上，"艺术为艺术"和"艺术为人生"各有价值，但总体来说最终都是为人生的，会改善私人生活和促进自由主义社会的美好。他首先就公私两个领域进行区分，指出有两类不同的作家。比如在哲学领域中，他把哲学家如杜威、马克思和哈贝马斯看成一类，认为他们致力于让公共生活更加正义；而另一类哲学家如尼采和海德格尔则致力于使得私人创造更加完美。"那些以自我创造和私人自律的欲望为主要出发点的历史主义者，如海德格尔与福柯，往往仍然和尼采一样，认为社会化与我们自我的最深处是格格不入的。而那些以追求正义自由的人类社会为主要出发点的历史主义者，如杜威和哈贝马斯，则往往还是认为乞求私人完美的欲望感染了'非理性主义'（irrationalism）与'审美主义'（aestheticism）的病毒。"① 现代性发生以来，这两类作家一直互不欣赏。

但是罗蒂倾向于对这两类作家都公平论断、等量齐观，重新安置，让他们各就其位，各尽其用。他认为克尔凯郭尔、尼采、普鲁斯特、海德格尔和纳博科夫等人，可以提供典范帮助我们创造私人完美和实现自律人生；而马克思、穆勒、杜威（John Dewey）、哈贝马斯（Jürgen Habermas）和罗尔斯（John Bordley Rawls）等人，则不为人格提供模范，而是社会公民一分子，他们共同参与社会事务，努力增加社会公正，尽量减少残酷和暴虐。他认为这两类哲学家的存在并不是对立的，而是互补的。只有仍然浸淫于形而上学思维、试图寻找世界背后统一本质的人，才会主张把真善美等不同价值统一在一个抽象实在之下，才会试图综合这两类作家，或者将这两类作者的世界观看成水火不容。而在罗蒂的眼中，任何大写的词汇如"人""理性""真理"等，都无法将他认为的"自律作家"尼采、海德格尔和"正义作家"马克思、哈贝马斯统合起来。在他看来，

---

① ［美］理查德·罗蒂：《偶然、反讽和团结》，徐文瑞译，商务印书馆2003年版，第4页。

这两类作家的关系，只是两种不同工具的关系，就像画笔和铁锹，根本无须综合起来。也不需要宏大的理论勉为其难地沟通私人和公共两个领域，人们应该视私人创造的完美和人类团结的诉求在促进人类进步上同等有效。

因此在文学场域内，他同时能欣赏写作《一九八四》这种政治隐喻小说的乔治·奥威尔和写作《洛丽塔》这种纯感觉主义、唯美主义小说的纳博科夫。因为他认为这两类小说都无损于社会正义，只是在以不同的方式告诉我们怎样减少痛苦和暴虐。在罗蒂看来，凡是认为我们可以为道德困境和价值两难找到坚实理论基础和正确答案的人，内心深处就仍然是神学家或形上学家。不相信这种统一基础和统合秩序存在的人，他将其称为反讽主义知识分子。他把纳博科夫和奥威尔的著述都看成与这样的反讽知识分子形象有关。虽然这类知识分子，即便在西方富裕民主社会中，也仍是少数，远不如坚持宗教信仰和启蒙理性主义的知识分子人数多。

但是在罗蒂看来，后宗教的文化既然可能，那么后形而上学的文化也一定是可能的，这样的文化就是自由主义反讽主义的乌托邦。在其中人们将背弃理论，转向叙述，明白"人类团结乃是大家努力达到的目标，而且达到这个目标的方式，不是透过研究探讨，而是透过想象力，把陌生人想象为和我们处境类似、休戚与共的人。团结不是反省所发现到的，而是创造出来的"①。他认为，减少暴虐、增强人类团结主要由小说家来承担，他们通过详细描述陌生人和重新描述我们自己，通过纪录片、报道、民俗学，尤其是像狄更斯、施赖纳这样的小说家，让我们注意到他人的苦难。这正如龙应台所说，如果我们了解敌人的痛在哪里，在关键的时候我们就不容易向他们举起枪。另外的小说家如亨利·詹姆斯和纳博科夫等，让我们知道自己心里的暗影在哪里，有可能犯下哪一种残酷，并将这种可能性细节地呈现在我们面前，他们重新描述我们自己，从而使得我们更了解自己。也就是说，

---

① [美]理查德·罗蒂：《偶然、反讽与团结》，徐文瑞译，商务印书馆2003年版，第7页。

所有的小说家，不管偏重个人完美，还是偏重探讨社会正义，他们都以自己的方式促进个体道德，使得我们的社会更美好。

由此看来，罗蒂的文学观和利维斯非常相近，小说让我们更好地认识自己，更多地理解同情他人，小说让我们成为更好的人，过上更好的生活。只不过罗蒂的表述不是用利维斯的伟大的人性基础和理性说辞，而是换成了"重新描述""同情"和"弱理性"等词汇。他的增加人类团结说和他的"种族中心主义说"不矛盾，他依然坚持历史的、社群的、小共同体的观点，仍然坚持所有的理解都是"我们"的理解，都有"我们"的主观视角在里面，但是他认为小说的作用就是不断扩大"我们"的范围，使越来越多的"他们"成为"我们"，直到进入一个人类团结的乌托邦。

罗蒂看到，一类书籍如《英国工人阶级的状况》《汤姆叔叔的小屋》《悲惨世界》《嘉丽妹妹》等有关奴隶、贫穷、悲惨与偏见，使得我们关心社会中边缘群体，而不至于变得残酷冷漠；另一类书如纳博科夫的《洛丽塔》等，会提醒我们个人的完美追求会怎样忽视对他人的道德义务。这两类书对于调整私人反讽和自由主义社会希望之间的紧张关系，都是必要的。前者以道德讯息为主要承载，迎合了我们传统文化语境中"文以载道"的观念；而后一类书以"审美"为最终鹄的，但以婉转的方式仍然促进了道德。于是道德（善）与审美（美）二者何为优先的问题在这里就转化为文本选材和表现侧重哪一方面的问题。

罗蒂所说的"反讽主义"人格，倾向于审美主义者和艺术家，他们以追求私人创造完美的自律为重，认为人类社会的目的并不在于提供普遍的幸福，而是给有天赋的人提供完成自我的机会。毫无疑问，纳博科夫更接近审美的、反讽主义者，而奥威尔更接近寻求道德诚实的自由主义者。根据罗蒂偶然的"自我"观，"任何'良知'或是'品味'都是由个人独有的信念和欲望构成，而不是有固定目标的'机能'"[①]，

[①] ［美］理查德·罗蒂：《偶然、反讽与团结》，徐文瑞译，商务印书馆2003年版，第202页。

因此"道德"与"审美"的区分在这里不大有效。改变传统上"道德家"和"审美家"之间的对立区分，罗蒂的"重新描述"转向关注个人自处中的反讽自律与他人相处中的减少残酷。

对于基督徒来说，私人完美的追求与为他人而活的生活规划可以并行不悖，合二为一；但是对于自由主义的反讽主义者来说，铸造终极的私人词汇和铸造终极的公共词汇是不可同日而语的。罗蒂认为，道德/审美的传统区分重视道德，认为道德可以帮助我们改变现有的生活，而鄙视审美，认为审美把读者带入一个沉迷的、毫无挑战性的世界。这种传统的区分将自律的追求和快感的满足混为一谈，认为私人规划就是在追求享乐，是不严肃的和低级趣味的。把道德与审美对立起来，而罗蒂倾向于承认他们各自的价值，并消弭他们之间的界限，认为他们都能以自己的方式促进道德。

无疑传统人文主义者如阿诺德、利维斯和特里林等，正是罗蒂意义上的道德家，他们认为在小说和道德之间，应该有一种启发关系，小说的义务就在于提醒人们的道德。而不欣赏古典人文主义之作的批评家如本雅明（Walter Benjamin，1892—1940）、苏珊·桑塔格等，则提倡现代主义或者后现代主义审美风尚，他们是典型的审美家。罗蒂认为，虽然纳博科夫是个不折不扣的审美—反讽主义者，他和乔治·奥威尔在创作上各异其趣，但在文学功能上却殊途同归。他认为《洛丽塔》属于那种通过生动描述使我们更确知自身缺陷的作品，"有些能够帮助我们避免残酷的书籍，其价值不在于对社会的不义提出醒世之言，而在于警告我们要注意自律的追求中必然含带有残酷性的倾向"[①]。《洛丽塔》正是通过生动描述警告自由主义—反讽主义知识分子，不要受到残酷性的诱惑，应该适当调节私人反讽与自由主义希望之间的关系。

表面看上去，纳博科夫和奥威尔的文学价值观是水火不容的。纳博科夫关于《洛丽塔》的宣言高扬审美的大旗，声称艺术只与感受的

---

① ［美］理查德·罗蒂：《偶然、反讽与团结》，徐文瑞译，商务印书馆2003年版，第204页。

(好奇、温柔、善良、狂喜)发生关联,"《洛丽塔》不带任何道德讯息。对我而言,一部小说的存在,说得露骨一点,完全在于它提供给我的'美感的喜乐'(aesthetic bliss),也就是感受到在某方面,以某方式,与艺术的常规(好奇、温柔、善良、狂喜)发生关联"①。他认为巴尔扎克、高尔基、托马斯·曼一系的"观念文学"(Literature of Ideas)是"话题垃圾"。与纳博科夫正好相反,乔治·奥威尔在《艺术与宣传的前线》中提出,"在一个法西斯主义和社会主义相互残杀的世界,任何有思想的人都必须表态"②,人们无法对生命垂危的病人采取审美的态度。人类过去历经的社会苦难已经使得政治和文学相掺杂,打倒了唯美主义者"为艺术而艺术"的幻想。纳博科夫和奥威尔之间体现的对立,看上去正是文学自主性和公共性之间的冲突。

罗蒂认为,依照以前文学理论和批评的传统区分,把奥威尔看作专注于道德的或者把纳博科夫看作专注于审美的,然后像康德和黑格尔一样提问"美感的喜乐是不是一种内在的自足的善"或者追问"快感或美感还是道德感、正义感是作家应该追求的真实目标"这类问题都过于空洞,也很难找到一劳永逸的解决答案。他的做法是反对这些笨拙的深度追问和惯常区分,他像调和杜威与海德格尔一样,将奥威尔和纳博科夫调和起来,他认为很多人都太容易看到二者之间的对立和差异,但罗蒂更愿意关注他们的相似和联系之处:二人都致力于通过描写减少残酷。自由主义者相信残酷乃是世间最恶劣的事情③。在罗蒂看来,奥威尔和纳博科夫之间的不同在于:"纳博科夫由'内在'描写残酷,让我们亲睹私人对美感喜乐的追求如何造成残酷。奥威尔大致是由'外在',也就是由受害人的观点来描写残酷,这类作品应归纳为纳博科夫所谓'话题垃圾'之流,但它们对于减少未来的苦难

---

① Nabokov, "On a Book entiled Lolita", Lolita, Haimondsworth: Penguin, 1980, p. 313.

② George Orwell, *The Collected Essays*, *Journalism and Letters of George Orwell*, Haimondsworth: Penguin, 1968, p. 152.

③ [美] 理查德·罗蒂:《偶然、反讽与团结》,徐文瑞译,商务印书馆2003年版,第207页。

和服务于人类自由却功不可没。"① 纳博科夫的"内在描写残酷"有点类似于罗蒂在分析普鲁斯特所采取的策略。正如普鲁斯特以细致的描写自我使得我们了解自己，走出了以自我为中心而得到救赎；纳博科夫的审美主义小说让我们看到对私人完美的热爱如何导致对他人生活的冷漠，让人们在道德深处直面自我的真实，警惕自己的审美追求对社会和对他人造成不经意的伤害。

（三）纳博科夫和乔治·奥威尔

罗蒂认为纳博科夫在呈现自我的过程中反照出自身残酷的一面。他对纳博科夫和乔治·奥威尔的解读都是典型的"解构"式阅读，他试图从文本中发现有异于通常解读的"症候"，专注文本的细节，以连接起所有不起眼的线索，置入他自己关于历史与自我的"偶然性"话语。

在《洛丽塔》后记中，卡思边的理发师絮絮叨叨讲述他儿子的往事，主人公亨伯特·亨伯特却漫不经心，直到他理完发抬头看到墙上照片，才发现这个可怜的年轻人（指理发师的儿子）已经死去了三十年。这和亨伯特无视夏洛特关于她小儿子（洛丽塔两岁死去的弟弟）的谈话（而是希望她多谈谈洛丽塔），表现出的是同样的冷漠。罗蒂认为纳博科夫的男主人公都有感觉敏锐又冷酷无情、既狂喜又残酷的特点，他们恰好和纳博科夫本人一样属于敏感而冷血的强迫性人格。他们在个人生活上自由而又反讽，喜欢浪荡子式的游荡，没有纳博科夫的父亲（一位自由主义的政治家）改造社会法律的那种入世情怀。纳博科夫提倡的美感喜乐是读到优秀作品时"肩胛骨之间无法自抑的激荡"（the telltale tingle between the shoulder blades）。但罗蒂指出，除了这种纯粹美学上的激荡外，当人类看到自身制造的恐怖和残酷之事、看到其他人在经历深重苦难时，还会激发起奥威尔式的愤怒、颤栗或者反感、羞耻，在这一方面纳博科夫似乎感觉迟钝。纳博科夫把奥威尔之类作家（如巴尔扎克、司汤达、左拉、高尔基、托马斯·

---

① ［美］理查德·罗蒂：《偶然、反讽与团结》，徐文瑞译，商务印书馆2003年版，第207页。

曼、福克纳、马尔罗等）看作粗糙的灵魂，拒之门外。他相信"细节优于普遍"①，生活中的芝麻小事是生命这篇鸿篇巨制的有力注脚。在纳博科夫看来，是艺术对独特性的探求而不是科学的普遍性概念，才穿破时间之墙，进入一个超越偶然的世界。

纳博科夫和他作品中的人物无疑属于罗蒂所说的"反讽主义者"，然而这些人物却对自由主义社会的希望不甚关心。这种极端唯美人格既可以对世事人生小细节关注敏感，同时又对任何涉及他人痛苦的大问题、大事件异常冷漠。纳博科夫在《洛丽塔》后记中把"艺术"定义为"好奇、温柔、善良、狂喜"的一体呈现，在这里他把"好奇"排在第一位。罗蒂认为纳博科夫以自己独特的天才背叛了他父亲的自由—人道主义拯救计划，而用唯美主义的普遍概念为自己的偏执人格做自我辩护。罗蒂根据纳博科夫的传记材料，把其作品中主人公的心理移植到作者身上，从而反向解读得出纳博科夫其实意识到了自己的残酷，并对此深为恐惧，就像害怕的死亡终究降临一样。他的写作无意中"泄露"了这种恐惧，所以纳博科夫的小说可以作为反面教材，因为他达到了对死亡恐惧和自身冷漠进行"重新描述"的一种自觉。他的主人公会使我们警惕在追求个人审美的道路上，我们有可能走多远，有可能怎样变得冷漠和残酷。

与纳博科夫相比，罗蒂充分肯定了奥威尔的写作和思想。纳博科夫是一位反讽主义者，并不关心自由主义；奥威尔更倾向于是一位坚定的自由主义者，而不关心是否反讽。他称赞奥威尔在最恰当的时机写出了最恰当的书籍，他把奥威尔称作"欧洲最后一位知识分子"②，因为他觉得不管相对于保守派（甘做资本主义卫道士）的愚蠢贪婪还是苏联寡头政治，奥威尔都对我们的政治处境和种种危险做出了最好的预见和描述。左派作家会认为奥威尔过于头脑简单、目光短浅，右派的人会认为奥威尔太习惯把永恒的文学绑架到政治战车上，导致两

---

① Nabokov, "On a Book Entiled Lolita", *Lolita*, Haimondsworth: Penguin, 1980, p. 373.
② [美] 理查德·罗蒂：《偶然、反讽与团结》，徐文瑞译，商务印书馆 2003 年版，第 241 页。

相损害。但是罗蒂却认为自奥威尔执笔40年来，还没有一个人用比他更好的方式来陈述我们的政治选择。"普鲁斯特想要自律和美，尼采和海德格尔想要自律和崇高，纳博科夫想要美和自律自保，奥威尔想要对受苦受难的人们有用。"① 罗蒂认为他们每个人都取得了自己想要的同等而杰出的成功。

但是罗蒂欣赏奥威尔的理由却和特里林等传统人文主义批评显然不同。《动物农场》和《一九八四》被欧文·豪称为有"极度的温柔和极度的话题性"，欧文·豪的评价倾向于淡化《一九八四》的末世绝望，强调奥威尔的人道和善良。莱昂内尔·特里林则称颂奥威尔的成功不在超越的天分，而在有着平常又质朴的心灵，将人们的关注引向那些普通的以道德为中心的事实。罗蒂也认同这种看法，认为奥威尔的卓越在于不必等到《古拉格群岛》面世，就已经提醒人们警惕苏联铁幕后的残酷和压抑，奥威尔提醒我们注意：一小撮知识分子可能会以追求人类平等为名，成为伟大的犯罪集团，犯下残酷的罪行，同时还动用宣传机器到处散播冠冕堂皇的自我辩护词。这些正是对奥威尔进行解读的主流观点，奥威尔本人在《我为什么写作》中，也应和了这一说法。奥威尔在谈到自己从事写作有四个冲动，一是纯粹个人主义的冲动，追求个人创造与成功；二是美学热情，感知外部世界的妙处，并表达出来；三是历史冲动，总想看到事情的本来面目，发现真相并载存以影响后来人们对历史的看法；四是政治目的，这是广义的政治，亦即表达人们渴望世界向哪个方向发展。②

然而作为对奥威尔的"重新描述"和反常规的解构批评，罗蒂的更多解读在总体上偏离了这个主导模式。他认为奥威尔的主题并不在于揭示荒谬与残酷，像多数人认为的那样，告诉人们"2+2=4"这样简单的真理，揭示意识形态呈现的"表象"和赤裸裸的"实在"之间的对立，让人们在那故弄玄虚的意识形态理论背后，看到简单明了

---

① [美] 理查德·罗蒂：《偶然、反讽与团结》，徐文瑞译，商务印书馆2003年版，第243页。

② [英] 乔治·奥威尔：《我为什么写作》，刘沁秋、赵勇译，南京大学出版社2008年版，第246页。

的道德事实。罗蒂认为照此解读容易把奥威尔解释成一个"实在论"者,仿佛奥威尔在以自己的方法抗拒那些反讽主义知识分子,抵抗他们对生活不负责任的态度。然而在罗蒂看来,这并不是奥威尔试图给我们的教谕,他认为奥威尔只是在对可能发生的事情进行"重新描述",只不过纳博科夫是在为自我的故事作传,而奥威尔把眼光投向社会。他们都旨在把自己描述出的事情和其他同类事情(而不是实在)进行比较。质言之,奥威尔让我们把以前的政治故事"重新脉络化"(recontextualize),以另类的观点来描述20世纪的政治和历史。罗蒂抓住奥威尔文本和访谈中那些不常为人们注意的部分,比如奥威尔关于"想象性写作"的论述,来证明奥威尔有时自己也会承认他的意识形态文学版本和斯大林主义的辩护者之间不是真理和虚伪的关系,而是平等竞争的关系。罗蒂认为,《动物农场》不是像特里林和欧文·豪认为的那样,凸显了作者的诚实和坦白,而是用诡诈的手法,对复杂难辨的历史事实进行了生动形象的"重新描述"。"就《动物农场》而言,奥威尔的诡诈手法,就是利用小孩子都懂的语言,将20世纪的历史重说一遍,以夸张荒谬的姿态,凸显左派政治讨论的极端复杂性和强词夺理。……《动物农场》之所以能将自由世界的舆论扭转过来,其力量源泉,不在它与实在的关系,而是与它对这段历史最普遍的描述之间的关系。它是在策略上安置巧妙的一支杠杆,而不是一面镜子。"①

由此看来,罗蒂既不同意传统人文主义批评将奥威尔的成功看作简朴地呈现了道德实在,也不像一些马克思主义者把奥威尔看成是意识形态斗争的宣传机器,他认为奥威尔的心灵既不透明也不单纯,他为我们勾画出一个可能的剧本:要想实现人类平等这种完美初衷,并且在现实人类社会中发展其在技术上的可能性,终会导致无休无止的奴役。而以往不论是从真理、人性还是历史的角度,人们都很难拒斥这一套蛊惑人心的修辞。奥威尔创造了"真理部",让人们看到真理

---

① [美]理查德·罗蒂:《偶然、反讽与团结》,徐文瑞译,商务印书馆2003年版,第248页。

是怎样被垄断的；他也创造了奥布莱恩这一有弹性有魅力的形象，他就像一个共产主义的反讽主义者。罗蒂认为奥布莱恩有着敏感、睿智和吸引同类的心灵，他把温斯顿们纳入自己的跟踪侦探圈，只为从精神上撕扯、分裂，摧毁他们。但那是一种怎样优雅地摧毁啊！奥布莱恩甚至在假装和这些人相处时，也让他们一厢情愿地相信他的政治观也许不是百分之百正统。事实证明，那不是非正统，而只是他为人的睿智而已。于是这样一位睿智的反讽主义者，不断地生产出他的迫害对象对他忠诚的爱，他优雅的迫害让温斯顿那样的知识分子显示出某种受虐狂的特征。罗蒂把奥布莱恩读作"欧洲的最后一位反讽主义者"①。在罗蒂看来，并不是只有阿道夫·艾希曼等麻木不仁的平庸之辈才可以做极权主义国家机器的螺丝钉，奥布莱恩这位既好奇又领悟力极强的知识分子，乃是未来可能社会中一个极具说服力的性格形态。罗蒂并不去探究这性格背后异化的权力本质，也不用人性之恶或者是人性的虐待倾向这样的大词，他认为这些并不取决于形而上学家所说的"人性内在真实"，而是一种性格本能，像性本能发作机制一样偶然和自然而然。"我们的未来统治者到底会像什么，并不取决于人性和人性与真理、正义的关系之伟大必然真理，而是决定于许许多多微不足道的偶然事实。"②

  正视了这些生存的偶然性事实，我们就能理解"上帝的归上帝，恺撒的归恺撒"，继而懂得"审美的归审美，政治的归政治"的道理，从而将很多互相纠结的问题分开来处理。我们可以放弃惯常思维将审美自主性和公共性相统合的期望，或者按先后顺序将个人完美与社会正义叠加到一部作品上的雄心，而是提倡将公共领域和私人领域二分。也就是承认不同的作品都有其不同的作用，从而使得不同气质性情的作家各自安然存在，相互理解而不相互指责。关于托洛茨基代表的社会正义和野兰花代表的个人神秘情感之间的整合，是罗蒂最初走上学术之路时一直焦虑的问题。当他发现世界背后没有

---

  ① ［美］理查德·罗蒂：《偶然、反讽与团结》，徐文瑞译，商务印书馆2003年版，第265页。

  ② 同上书，第266页。

统一的本质之后，当他看到一切的政治选择和美学偏好都有"事件"的性质和偶然的一面时，这个问题就成为无解的，进而也就迎刃而解——解决的办法就是让他们各自分立，互补共存，不再做缝合一体的努力。

第四章

后人文主义的文化批评

　　文化是一种整体的生活方式，罗蒂视野中的后哲学文化是一种整体主义的文化。传统人文主义者马修·阿诺德认为公众文化教养缺失是社会秩序失范的源头，因此文化批评首先应该是一种对生活的批评①和对社会的批评，借此提高公民素养。F. R. 利维斯《伟大的传统》继承了阿诺德的衣钵，也强调文学批评应该是一种对生活的批评，是"社会批评"和"道德批评"；并认为梳理伟大的传统，确立经典的地位，与在文化上对人类道德的拯救密切相关。在英国马克思主义批评家特里·伊格尔顿眼中，阿诺德和利维斯以最后的悲壮努力，自由穿梭于诗歌、批评、期刊和社会评论之间，与柯勒律治、卡莱尔和罗斯金等人一样，显示出古代知识分子的感人品质，他们不再安于被绑缚在专一的学术领域，而是寻求使自己的思想对整个社会生活产生影响。

　　罗蒂曾经把后哲学文化中的知识分子称作"骑在文学—历史—人类学—政治学旋转木马上"的人，认为他们能全能地穿梭于海德格尔、马克思和东南亚状况、女权主义之间。"后哲学文化"重在对人类迄今发明的谈话方式进行利弊比较研究，它更倾向于是一种"文化批评"。后哲学文化中的知识分子不寻求超历史的阿基米德点，而是永远关注最新的人类状况，重新描述。同时我们所言的"文化批评"也和理查德·沃林《文化批评的观念》中提到的"文化批评"旨趣相通，沃林把文化、哲学、政治看成一个联系的整体，既从多个面相

---

① 《阿诺德散文全集》，转引自陆建德《序》，[英] F. R. 利维斯《伟大的传统》，韩敏中译，生活·读书·新知三联书店2002年版，"序"第10页。

审视，又综合进行分析，我们认为讨论罗蒂的后人文批评和他所扮演的公共知识分子角色，也许这是个适合的切入点。

本章首先主要阐明在"左""右"之间，罗蒂自诩的"自由左派"立场，实际上是自由主义人文立场和社会主义平等关怀的一个合题。由罗蒂与文化左派、与艾伦·布卢姆的争论，可以看出他的观点和当代美国新马克思主义者、新保守主义者都有不同，在此基础上厘清其"自由左派"的文化政治立场和价值关怀，阐明他是一个不够"左"的左派①，不够"右"的自由主义者。同时在现代性和后现代性问题上，他也是一个不够"后"的后现代主义者。最后一节探讨罗蒂的自由主义反讽和哈贝马斯的自由主义共识以及与利奥塔和德里达等代表的后现代主义思想的联系与不同，分析罗蒂新实用主义的哲学观、新浪漫主义的美学观和后人文主义的文化政治观。

第一节 罗蒂与文化左派：不够"左"的左派

20世纪中后期身份政治和"文化研究"的兴起，使大众知识层和媒体对美国梦和美国理想的污名化浮出水面。罗蒂一改当今"文化左派"对国家的批判立场，大声疾呼知识分子应该通过文学形象和叙述故事继续塑造民族认同。他通过追溯和分析美国左派运动发展的历史，分析以往的"改良左派"与当今的"文化左派"的联系与区别，号召二者联合起来，共同筑就我们的国家。本节借助将罗蒂观点与杰姆逊等新马克思主义者的"晚期资本主义"文化批评观进行对比，阐明罗蒂与杰姆逊乌托邦思想的不同，兼及他与传统马克思主义—社会主义者在理论上的纠结。

一 知识分子和民族认同

（一）重塑美国梦

罗蒂认为，民族自豪感就像每个人的自尊心一样，是筑就一个完

---

① 刘擎：《声东击西》，新星出版社2005年版，第45页。

整的国家、培养民族认同必不可少的东西。而为了国家自我完善和培养民族自豪感，讲故事是必不可少的手段。那些希望自己国家强大的人，会通过讲述富有启迪的故事，通过叙述民族过去的历史事件和英雄人物来塑造国家形象，每个国家的艺术家和知识分子在这方面可以起非常重要的作用。但是令他不安的是，20世纪末的美国文学却充斥着自恨和自嘲的倾向。在尼尔·斯蒂芬森（Neal Stephenson）的《雪崩》（*Snow Crash*）和马门·西尔克（Leslie Marmon Silko）的《死者年鉴》（*Almanac of the Dead*）等小说里①，美国是一个绝望之地。政府参众两院被金融寡头和跨国公司垄断，已经成为有钱人的代理机构，政府商业化，商业政府化。

  美国当代左翼作家批评家们认为，林肯和马丁·路德·金的时代已经过去，当今的人们充满悔恨地默认美国梦的破灭，他们把美国自启蒙运动以来200多年的历史看作渗透了虚伪和自欺的历史，继而把福柯和海德格尔反现代性思想形象化，认为历史和理性只是加固了我们身上的枷锁，技术社会为我们带来精神的全部沦落。"相信福柯和海德格尔的人常常会像西尔克那样看待美利坚合众国；希望以某种截然不同的东西来取代它。"② 美国当前的"文化左派"把对美国的民族自豪感和大国沙文主义直接等同，然后就是关于海湾战争等事件的自责自恨式联想。他们以为自己是目前地球上少有的良知残存者，认为自己有理性戳破民族主义的外衣，看到当代美国现实的丑陋。

  当今美国小说与20世纪上半叶《美国的悲剧》（*An American Tragedy*）、《愤怒的葡萄》（*The Grapes of Wrath*）等社会主义小说相比，充满了自我怨恨情绪，而不再满怀民族希望和理想。在罗蒂看来，20世纪上半叶那些小说作者和美国"改良左派"的政治纲领相联系。当年的"改良左派"认为工业资本主义的崛起和美国早期的个人主义思维方式已经过时，他们想用罗斯福新政（the New Deal）那样半社会主义的进步运动（Progressive Movement）发掘美国新的可能

---

① ［美］理查德·罗蒂：《筑就我们的国家》，黄宗英译，生活·读书·新知三联书店2006年版，第2页。

② 同上书，第4页。

性。约翰·杜威（John Dewey，1859—1952）和沃尔特·惠特曼（Walt Whitman，1819—1892）就是这种"改良左派"思想的代表。罗蒂通过追溯美国文学史上的这些人物形象和故事，号召知识分子像改良左派那样重新发挥积极影响，重塑美国梦。

（二）杜威和惠特曼的民主理想

罗蒂坦言自己关于知识分子与民族认同的思想主要来自林肯、惠特曼的民主理想，另一个来源就是詹姆斯（William James，1842—1910）和杜威的实用主义。在罗蒂看来，惠特曼是把美国的民族历史和人类生活意义紧紧扣在了一起的一位诗人，他比政治家和哲学家更好地把握了美国精神，而美国精神的最好体现就是民主。惠特曼是黑格尔的崇拜者，能够理解黑格尔所说"哲学是以思想的形式反映一个时代"，他认为美国在自我的历史中已经实现了和正在实现着她的精神。所以，惠特曼认为美国不需要把自己放在任何参照系内，因为民族—国家本身就是自我创造的诗人，它已经以过去的历史和现在的成就唱出了一首独一无二的"自我"之歌。詹姆斯则认为："民主是一种宗教，而且我们注定不能允许它失败。信念和乌托邦理想是理性最崇高的表现。任何一个富有理性光辉的人都不会听天由命。"①

罗蒂认为惠特曼和杜威的爱国理想是相同的，只不过表达侧重点不同。"我认为，惠特曼和杜威在理论学说方面没有什么差别，但他们的侧重点明显不同：重点谈论爱还是重点谈论公民权。惠特曼关于民主的意象是相拥的情侣，而杜威的则是城镇会议。"②

杜威的实用主义信念使他相信，美国不必从哲学上证明自己的合理，而只需把它的哲学和诗歌都当作自我表达的工具。杜威反对独裁主义的"真理符应论"，不认为美国的制度体现了普遍的人性和世界的本质，惠特曼和杜威都主张彻底的世俗化美国，他们认同政府和社会机构的存在，只是为新型个体的发展提供可能。除了各个自由个体

---

① William James, "The Social Value of the College-Bred", *Essays, Comments, and Reviews*, Cambridge, Mass.: Harvard University Press, 1987, p. 109.

② ［美］理查德·罗蒂：《筑就我们的国家》，黄宗英译，生活·读书·新知三联书店2006年版，第20页。

之间达成的共识，这个国家不需要另立任何等级和权威。社会构建的目标只是尽最大可能减少灾难和残酷，创建个体的丰富多样性。杜威虽然和福柯一样相信话语实践的力量，但是杜威致力于建设性的话语实践，他努力发展一套有利于福利社会良性运转的话语实践。

  杜威和惠特曼都坚信在美国这块土地上进行的是自我创造的实验，他们不再把"上帝"定义为自己的未来，而是把美国变成献给人类的赞歌。虽然他们认为这种世俗化的过程充满了无限的偶然，因为即便是人类的先锋有时也会迷路。他们不像欧洲的哲学家斯宾塞（Herbert Spencer，1820—1903）那样努力追求关于人类的知识，想对人类行为做出权威性的指导，他们相信人类的本性就是不断扩展自己和创造自己。未来无止境，实验也永不停息，社会生活将更自由，正如个人生活会越来越多样化。但是这种无止境、多样化的烂漫不能和多重文化相对主义相提并论。因为后者旨在对现存的多种文化进行保护并存，而惠特曼却希望在适者生存的竞争中创造出越来越有活力的新文化。"与黑格尔一样，惠特曼对保存和保护没有兴趣。他想要的是人类生活不同方式的竞争和争论———一种诗意的竞赛，在这一过程中，各种不和谐因素最终归结于前所未闻的融洽。"① 由此可见，罗蒂眼中的惠特曼是黑格尔的历史主义加达尔文生物进化论的合题，罗蒂把他的进化思想移到了社会领域，并把美国的发展看作美国精神实现自身的过程。

  杜威认为一个民族不能自我怨恨和自我嫌弃，把自我的历史发展看成是原罪的、无法改变的，而是应该以健康的心态把碰巧犯下的罪行（比如对印第安人的屠杀等）当作有意的学习经验。杜威和惠特曼都对美国的历史认同带着自豪感，他们不以对内压榨劳工阶级、对外实现殖民统治的原罪观念看待美国，而是认为一个民族和一个人一样，既需要尊重他人，也需要自我尊重，且这种自我尊重不一定要堕落为大国沙文主义。罗蒂相信爱默生（Ralph Waldo Emerson，1803—1882）的话"唯一的原罪就是限制"②，因为只要发展和创造不停滞，

---

  ① ［美］理查德·罗蒂：《筑就我们的国家》，黄宗英译，生活·读书·新知三联书店2006年版，第19页。

  ② 同上书，第27页。

改变便永远在进行中。他呼吁美国知识分子要做美国历史的参与者，而不是旁观者。罗蒂认为，"20世纪初左派知识分子与他们同时代占多数的反对者之间的不同，就像行为者与旁观者之间的区别"①。罗蒂所指的是在美国学院中存在一个喜欢冷嘲的左派，他们就像美国历史的旁观者，他们不是积极梦想去改变现实，而是认为美国无法再重新塑造，并把这种悲观的情绪"理论化"，从而认为文化政治高于现实政治。在罗蒂看来，他们不是在富有成效地用行动去铸造希望，而是在云山雾罩地玩弄知识。

这些"学院左派"避开现世主义和实用主义，一味执着于拉康、德里达和利奥塔的学说。拉康的人类欲望无法满足论和德里达的意义不确定论，以及利奥塔的压迫者与被压迫者无法平等论（因此推导出屠杀印第安人的历史无法描述论），成为这些学院左派的悲情指南。"绝望在左派中变得时髦——有原则的、理论化的、哲学的绝望。在20世纪60年代之前激励美国左派的惠特曼式的希望，现在已被认为是天真的'人文主义'的一个症状。"②

罗蒂认为这些"学院左派"偏爱知识而非希望，因为这些左派是从马克思那里而非杜威那里继承了黑格尔主义，喜欢以宏大理论解释历史事件。罗蒂把这种左派称作"福柯式左派"，罗蒂认为他们高估了哲学对政治的作用。学院左派把实践和改良看成肤浅的自由主义"人文主义"的症状，因而没兴趣关注任何新的社会实验。罗蒂认为这种对"人文主义"的不信任造成从实践向理论的退却，这些学院左派把对现实的悲观归咎于美国的历史原罪说和皈依永恒的真理标准，试图在民族和个体生活实验之外寻找参照系，因此"黑格尔—马克思"的末世理论，以及海德格尔倒置的末世理论，还有福柯和拉康对绝望的理性化，代替以往的神学充斥了"学院左派"的头脑。这使得杜威呼吁的"用行动改变美国"的平民宗教成为不可能。罗蒂把越战以前杜威式的实用主义左派称为"参与性左派"，亦即"改良左派"，

---

① ［美］理查德·罗蒂：《筑就我们的国家》，黄宗英译，生活·读书·新知三联书店2006年版，第5页。

② 同上书，第29页。

而把目前的"学院左派"称为旁观性的左派,也就是"文化左派"。罗蒂认为目前这些"文化左派"的做法非常不利于知识分子担负起塑造民族认同的重任,这些左派知识分子在通过自身声音妖魔化美国形象,带着自怨和自恨的情结,这使大多数人无法在热爱美国的共识下团结起来,共同筑就我们的国家。

二 改良左派与文化左派

(一) 资本主义:改良还是革命

罗蒂意义上美国的"老左派"是那些在 1945—1964 年间认同社会主义方案的美国人,也叫"改良左派",他们的共同特点就是企求在宪政民主的框架内保护弱者,实现社会公平。罗蒂用"新左派"或者"文化左派"来指称那些在 1964 年前后认定在资本主义制度内,实现社会公平已经不可能的人,其中主要是 20 世纪 60 年代的青年学生。罗蒂的"改良左派"是个宽泛的定义,包含了极左派人士不愿意承认的好多人,那些极左派人士一直把对资本主义的绝望看作是否真正左派的依据,这是罗蒂所不喜欢的。罗蒂更看重关注弱势群体、实现社会公平的改良政治实践,他把有此行动和倾向的人,如欧文·豪和加尔布雷思、哈林顿和施莱辛格、罗斯福和林顿·约翰逊等人,都看作左派改革者。"我的所谓'改良左派'涵盖了右派畏惧憎恨的大部分人,这样就模糊了极左派试图在左派和自由主义者之间划分的界限。"①

美国左派传统源于法国左派的"左岸"政治,作为巴黎公社的策源地,法国有着源远流长的马克思主义传统。法国又是后结构主义的故乡,所以美国的老左派受到马克思主义和托洛茨基主义的影响。而新左派普遍受到新马克思主义,包括法兰克福学派、阿尔都塞、葛兰西、布迪厄,同时还受到各种后现代、后结构主义的影响,比如尼采、海德格尔、福柯、德里达等人。有意思的是,除了尼采、海德格尔倾向于右翼,福柯和德里达、德鲁兹等人的理论中都有激进的左翼

---

① [美] 理查德·罗蒂:《筑就我们的国家》,黄宗英译,生活·读书·新知三联书店 2006 年版,第 33 页。

倾向。

西方世界"左"和"右"的分野在于对现实的认同程度，纯粹的左派会认为"这个国家完全可以是另外一个样子"。在当今美国，按罗蒂的说法，区分左派和右派的标志就是对资本主义的认同态度，是认为资本主义是垂死的、无望的，还是认为资本主义虽然有着种种缺陷，但是其民主制度还是有着优越性，因此可以通过社会政策的具体改进来完善。是否认为可以通过社会政策的具体改进来改善现行社会体制，也是区分基本认同现行制度的"老左派"和构建乌托邦政治的"新左派"的分水岭。"老左派"被罗蒂称为"改良左派"，他们是后托洛茨基主义者，像罗蒂的父亲一样以前工会运动的积极分子，马克思主义政党、劳工组织等；"新左派"（New Left）被罗蒂称为"文化左派"，以古德曼、米尔斯、杰姆逊等人为代表。

（二）关注群体：国内还是国际

罗蒂认为，从"改良左派"到"文化左派"的态度质变大致发生在20世纪60年代，老左派认为现行制度是可以改良的，但是新左派却在抗争中慢慢转向呼唤一场革命的主张。C.赖特·米尔斯（C. Wright Mills）和拉希（Christopher Lasch）等年轻左派把越战看成美国的奇耻大辱，罗蒂认为，20世纪60年代当走上街头、坐在大街上的人们，唱着唱着歌声由"Solidarity Forever"转变为"We all live in a Yellow Submarine"时，这一刻很可能就是行动的"政治左派"在绝望中转为旁观的"文化左派"的开始[1]。

新左派即"文化左派"认为："越战和非裔美国人所遭受的无穷无尽的屈辱，表明他们的国家有深层的弊端，这些弊端无法通过改良消除。"[2] 拉希认为美国现行政治已经变成奥威尔式的独白话语，使得左派任何政治建言不可能影响决策机构。他们认为自己生活在一个邪恶的帝国，因此寄托希望于当今世界的第三世界国家，希望在那里出现晨曦微露的光明，并且美化和怀旧20世纪"60年代"各国左派的

---

[1] [美]理查德·罗蒂：《筑就我们的国家》，黄宗英译，生活·读书·新知三联书店2006年版，第43页。

[2] 同上书，第50页。

运动政治，对"毛主义"赞不绝口，有"1968情结"。他们主张通过文化政治的方式关注世界上受压迫的人群，比如第三世界和美国黑人，妇女和同性恋者、穷人和无家可归者等，通过实现弱势群体在社会中的身份政治，进一步扩大平等权利的范围。在文化左派看来，代议制民主政府已经成为资本家的议事机构，逐渐为其背后资本势力所控制，因此为了真正实现民主就需要扩大直接民主的范围，增强社会福利。他们主张从文化上撕开老资本主义的一道裂缝，以等待新的救世光明出现。

  罗蒂认为，"文化左派"的理论家及作家为我们描述的是一个无可救药的美国，丧失了杜威和惠特曼曾经珍视的建国理念，也不再对民主政体抱有信心，这不利于建立起知识分子对自己生存意义共同体的认同。在罗蒂看来，目前的现实情况尽管不是尽如人意，但起码不是无药可救，现代化的实现以及现代性进程带来的民主、闲暇，并不完全像福柯等人所言，让官僚统治窒息了个体的生存空间，而是恰使每个个体权利伸张有了在其他政体下不可能有的空间。只有较好的政治，没有完美的政治。较好的政治不来源于抽象的理念，而只是前后左右在制度之间具体比较相对不坏的选择。罗蒂认同自己所处的民主社会就是这样相对不坏的选择，在这样的社会组织形式中，人们一方面对政府权力的扩张越来越敏感，另一方面不断出台新的法案在尽力遏制这样的扩张。因此，当今"新左派"应该像"老左派"那样付诸于政治实践，参加工会运动，完善国家法律，而不是一味拿来欧洲的话语，对现行体制进行批判。

  罗蒂能够认同"文化左派"引用最多的哲学家尼采、海德格尔、福柯、德里达对启蒙理性主义的批判，但是他试图进一步阐明传统自由主义和人文主义理想完全可以和这种批判和谐共存。在他看来，我们放弃真理符应论，不宣称自由主义理念符应了世界和人性的内在本质，仍然可以从增进个人幸福和人类幸福的角度捍卫自由主义理想。也就是说不把自由的依据看成道德信仰和科学信条，并不妨碍我们继续追求自由和幸福。在这里罗蒂依然强调公共领域和私人领域的二分，"只要这些反形而上学、反笛卡尔的哲学家倡导的是一种伪宗教形式的悲怆精神，我们就应该把他们放逐到私人生活的领域而不能让他们当作思考政治问题的先导"①。"不可再现性""不可通约性""不可能性"这些概念在罗蒂眼中就像宗教的原罪观念一样，对需要在现实中必须担负起责任的人类毫无益处。他认为像德里达那样坚持说"意义和正义是不可能的"，对于必须在秩序中生活的人类而言，是类似哥特式的诱惑，这相当于说民主政治毫无益处，因为它无法对付超自然的力量。

（三）关注焦点：利益还是尊严

罗蒂提出，文化左派应该忘掉鲍德里亚（Jean Baudrillard，1929—2007）关于美国是个"仿真国家"的叙述，致力于提出建议切实修改这个国家的法律。"改良左派"面对的是人们在经济生活中的自私心理，对穷人和弱势的不加体恤，改良左派更重视经济问题；而文化左派似乎面对更深刻的问题，面对的是施虐心理，有点像弗洛伊德的施虐狂心理，主要关注弱势群体如女性和同性恋者，也即那些不因他们经济上穷富，只因他们的出生和存在就被我们视为"他者"的人。文化左派是身份政治、差异政治和认同政治的代言人，他们更重视尊严和屈辱的问题，旨在改善压抑在美国理念下的根深蒂固的殖民观念和自大保守倾向。

对于民族生活中的种族差异等现象，"改良左派"强调美国是各种肤色、人种、各民族生活的熔炉，强调淡化差异，并肩建造我们的国家；而文化左派强调突出这些差异，并且保护和尊重这些差异。在全球化进程中，文化左派认为美国已经堕落成一个邪恶的帝国，因此无须对本国人民负责，只要对人类负责，他们批评这个国家没有负起对人类的责任。因此文化左派在世界其他地方寻求道义和智力上的支持，比如在杰姆逊（Fredric Jameson）的一些论文中，对中国20世纪60年代的"文革"和"毛主义"颇有浪漫化的倾向，他们把中情局和国防部看成罪恶之源，认为"冷战"是一场服务于美国自身国家利

---

① ［美］理查德·罗蒂：《筑就我们的国家》，黄宗英译，生活·读书·新知三联书店2006年版，第71页。

益的不义战争,从而深切同情殖民地和第三世界国家。

而罗蒂愿意认同的"改良左派"却认为美国的主体是自由民主的制度,大西洋富裕社会迄今为止还是人类制度创新的骄傲。虽然在发展的过程中,它也遇到了种种问题,如在全球化进程中,美国工人阶级和很多穷人的利益渐渐失去保障,一个跨国资本无形的手可能在无意识中间接控制全球政坛,尤其是华尔街和白宫的关系将越来越难解难分。但是"改良左派"会认为,这个国家总体来说是欣欣向荣的,仍然值得我们努力去改变。对于全球化进程中的具体利益考量,更应考虑到美国自身无产阶级的生活状态,而非迈过本国穷人具体问题去思考人类整体,试图建立一个世界政体和无阶级全球乌托邦。①

(四) 关怀方式:参与还是旁观

罗蒂一针见血地指出,"文化左派"的理论构成了一种哥特式的民族集体无意识,这种无意识深处不是政治改革的梦幻,而是神奇变形的梦幻:"它用权力代指一种无形的、无处不在的恶意的存在,它追求的理想都是目前无法实现的理想。"② 文化左派寄希望于人民权力,希望"人民"能成为关注自己生活问题的决策的主人,但是就股民如何决策是否需要建一所工厂达成共识这样具体细微的问题,他们从来不去考虑。在这些左派眼里,只要企业家和资本市场被取代,无疑就是一件大快人心的事情,而至于之后怎么做,他们从来语焉不详。在罗蒂看来,目前文化左派那些空虚、玄远的主张只有否定现实的负面意义,并不能积极建构人们的日常生活。他批评了这种旁观者的态度,"我们不能只去设想一个完全不同的制度,只去设想一种完全不同的思考人类生活和事务的方式,而不对现有制度进行渐进式的改革"③。旁观和参与是两种截然不同的对待现实的态度,没有新、老

---

① 应该说,罗蒂在 1997 年对学院左派的质疑,代表了美国知识分子中比较务实的、注重常识的、保守的一种力量,在罗蒂过世将近 10 年之后,2016 年特朗普的胜选可以看成是以选票和民意的形式,对罗蒂当年大声疾呼的一种迟到的回应。

② [美] 理查德·罗蒂:《筑就我们的国家》,黄宗英译,生活·读书·新知三联书店 2006 年版,第 75 页。

③ 同上书,第 77 页。

美国左派政治,我们依然强大勇敢,但没有人会认为我们仁慈,只有"文化(学院)左派"对身份认同和人权尊严的敏感,和"改良(政治)左派"对具体社会问题的参与和关心,两相携手,杜威和惠特曼的政治希望和社会梦想才会在这块土地上实现。

罗蒂指出"文化左派"志在社会运动,而"改良左派"志在政治活动,两者有着根本的区别。文化左派的运动政治,规模庞大而没有定向,对社会的积极影响只在文化和意识形态层面,改变的是人们待人接物的态度,并不能积极推进政治权利和参与政治实务。欧文·豪在1930年代曾经对先锋派和运动政治大加赞赏,而他在1960年代已经开始怀疑一个翻天覆地的变化是否会在美国出现。罗蒂认为"运动政治"(movement politics)如同一个子宫,从里面可以孕育出保罗的"基督教新人"或毛主义的"社会主义新人"。然而运动政治对法律的漠视最终会导致社会的无序状态以及民粹主义的兴起。在这里罗蒂把"文化政治"和"文化革命"相提并论,是个崭新的视角。

而他愿意称道的"改良左派"总是坚持渐进的、改良的、温和的政治实践。"在民主社会,政治投入就是爱国行动,是表明自己相信民众判断力的宣言,最终也是对自己的国家充满信心的表现。迈克尔·沃尔泽(Michael Walzer)的说法是对的,即真正有效的社会批评家是嵌入在自己的社会中的,虽然与社会保持距离,但他的批评是出于爱,而且爱往往占主导地位。"① 也许批评政府是知识分子可以找到的最好的爱国方式,但是罗蒂强调批评是为了爱,为了改良;而不能为了恨,为了希望她倒掉。

虽然罗蒂认为"改良左派"的辉煌已经不再,但是他认为那些务实的追求,依然感召着负责任的知识分子为国家发展继续努力,他相信他们在政治活动中应该发挥更多的作用。而"文化左派"作为新一代方兴未艾,虽然在目标和态度上一直存在着很大问题,但

---

① [美]狄奥尼等:《知识分子和他们的美国》,吴万伟译,爱思想网 http://www.aisixiang.com/data/32159.html,见 E. J. Dionne, Jr., Alice Kessler-Harris, Jackson Lears, Martha Nussbaum, Katha Pollitt, Michael Tomasky, Katrina vanden Heuvel, Leon Wieseltier, "Intellectuals and Their America", *Dissent* 2010, 57(2)。

是他们不倦地批判和学术激情,却也逐渐推及学院之外,使这个社会成为对受侮辱、损害者和边缘群体更少漠视、更多尊重的社会。每周40小时工作制,妇女选举权、新经济政策、民权运动、女权主义和同性恋权利运动的胜利,在一定程度上都要归功于"新左派"的努力。

所以,在他看来,最好的办法就是两派不再互相鄙弃,而是携起手来,在同一个美国的底线共识下,创造属于这个社会的梦想,用希望取代知识,用行动取代一味批判。由"文化左派"走向"政治左派"。在他看来,美国左派是美国的良心,有了新、老左派的共同努力,美国就会成为镌刻惠特曼和杜威梦想的国度,一个不仅强大勇敢而且宽容仁慈的国家。

三 罗蒂与马克思主义的纠结

有很多美国左派把罗蒂的文化政治理论看作某个过时的"冷战"自由主义版本,认为他的观点其实和美国原教旨自由主义者相差无几。但是罗蒂本人却一贯自称左派,并对左派政治寄予厚望,我们可以从罗蒂的生平和其社会关怀里,找到他和左派(马克思主义者)的个中纠葛。

(一)社会底层的关怀

罗蒂的父母都曾经是美国共产党党员,后来因为不满莫斯科对该党的间接操纵而与党决裂,之后在党内他们被定名为"托洛茨基分子"。罗蒂从小阅读社会主义劳工报等面向工人和资产阶级知识分子的左翼期刊,对即将会到来的社会正义深信不疑,这些社会正义包括工资高、工作条件好,无种族歧视等。

罗蒂的外祖父沃尔特·劳申布什(Walter Rauschenbusch)是一位基督教社会主义者,信仰社会福音运动的神学家(Social Gospel theologian)。他深信"要想解决这个国家的社会问题,就要用一种自觉的社会理想;用爱取代早先创造美利坚民族的本能愿望"。他想创造一个合作型的共和政体,一个无阶级的社会。他的好多亲戚参与制定了罗斯福新政的法规。在罗蒂童年的生活圈子流传的这些观念和诉求,奠定了他一生左翼的关怀：关心工会运动，关心穷人的疾苦。他从小认为，左派需要不停地用立法和出台新的法规来矫正社会上的不义和错误，重新分配资本主义制度生产的财富。在罗蒂成长的社会圈子里，麦迪逊（Madison）的官僚和杜威的弟子麦克斯·奥托（Max Otto）之类的学者云集，他们能把爱国主义、再分配的经济学、反共思想和杜威式的实用主义自然地融合在一起①。这个圈子给罗蒂带来的印象是典型的美国"改良左派"氛围。

罗蒂赞同美国的社会主义者克罗利、杜威等人对美国19世纪个人主义的清算，希望广大美国知识分子投身于为广大群众争取正当权益的斗争中。在一定程度上，他同意社群主义者用"民族主义和历史主义"的术语重新界定的民族身份，以此置换掉宪政主义界定公民身份的空洞言辞。他认同社群主义用博爱和民族团结的术语更换了个人权利的术语，认为这是一种社群主义的而非个人主义的美国梦。

由此可见，马克思主义以其精华部分给予罗蒂最多的是对社会（底层）的关怀，他一直试图在一个无法足够公平的社会替穷人说话，关注底层利益。他反对自由主义人文主义老套的说辞，不管是"人性"基础还是"普世价值"，他关注那些具体地方的普通人，那些具体遭受的利益损害。但和经典马克思主义的主张不同，他主张在立法框架内解决问题，而不是采取暴力革命的手段。在2007年来中国上海访学的一次报告会上，罗蒂明确地将自己的社会政治立场与哈贝马斯、罗尔斯、泰勒、德沃金以及沃尔泽等人等同起来。承认"我们这些人分享着基本相同的社会理想或者乌托邦。而我们之间的差别是微小的，这些差别只对哲学家才有意义。他说的理想是'社会民主主义'的某种版本"②。马克思主义给予他的是左派的社会关怀，他一直认为自由主义个人主义版本的利己说辞太过苍白，新的社会关注焦点应该转向社会（社群），有更宏观的视角、公平正义地进行财富再

---

① ［美］理查德·罗蒂：《筑就我们的国家》，黄宗英译，生活·读书·新知三联书店2006年版，第47页。

② 刘擎：《领略罗蒂》，2010年11月4日，爱思想网，http://www.aisixiang.com/data/37065.html。原载《东方早报》2004年7月21日。

分配。这使他的学说和以个人权利为基础的自由主义保守主义者有根本不同。

(二) 改良主义者

赖尔·米尔斯等极左派认为民族—国家、公民义务和权利、精神认同这些术语都已经过时，美国已经变成一个不可救药的国家。让·保罗·萨特和杰姆逊都把反共分子看作永远的渣滓，而罗蒂则认为，即便美国当年不扶植右翼独裁者照样也会去打那场越战。"我的言论得到中东欧左派的大力支持，而詹姆逊的观点则得到拉美和亚洲左派的大力支持，因为他们亲身体验过中央情报局是如何阻挠穷国寻求社会正义的。"① 他认为，越战固然劳民伤财，冷战固然有着意识形态的偏见和军事利益的考量，但是对于世界上大多数集权国家的被压迫者来说，那是一场正义的、不得不打的战争。任何政治不可能尽善尽美，政治决策者总是在现实考量中择取最不差的方案去行动，政治不是清白的和理念的，没有政治家在道义上永远纯粹。历史最终将证明"冷战"出于错综复杂的原因而发动，它的后果是使世界脱离了险境。在"老左派"看来，和本国人民一道努力过上幸福生活和在全球范围内遏制极权主义是同等值得做的事情。

罗蒂也并不认为美国是一个道德上无可指责的国家，相反他能够看到现实政治没有道义上的纯粹。正如丹尼尔·贝尔所言，当前的资本主义竞选已经是"政治、化学史上最不稳定的化合物"②。经典马克思主义者会认为只有工人和农民自下而上的暴动才能改变这个国家的现状，但是罗蒂和改良左派的政治希望不仅在自下而上的要求，也在于自上而下的妥协，并且他们认为美国左派的政治应该是这两种力量创造良性互动、交错作用的历史。

更坚定的左派如英国的马克思主义者特里·伊格尔顿、美国的文化左派领袖弗里德里克·杰姆逊等用煽情的话语呼唤革命的到来，罗蒂认为这多少是有些徒劳的。革命的乌托邦不需要鼓吹，不需要流血

---

① [美] 理查德·罗蒂：《筑就我们的国家》，黄宗英译，生活·读书·新知三联书店2006年版，第44页。

② [美] 丹尼尔·贝尔：《资本主义文化矛盾》，严蓓雯译，人民出版社2010年版。

和暴力，那些缺吃少穿和没钱没权的人并不准备再为革命去送命。因为只要知识分子足够参与，工会活动在立法中起作用，完全可以逐步改良不合理的政治，使得穷人和富人达致妥协而双赢。真正关心民生的左派应该抛开福柯和德里达的"幽灵政治学"符咒，而去解决实际问题，关注具体地方具体人的生存。

（三）追求希望的左翼

由此可见，祛除了左派政治乌托邦革命的魅影，罗蒂愿意接受现行的资本主义制度，在制度框架内解决贫富不均和社会公正问题。他是一个改良的左派，抱着建设的态度为政府提意见和建议；与罗蒂相比，杰姆逊对共产主义的热情却表现了更鲜明激烈的左派立场，因为杰姆逊等人一直在意识的深层呼唤一场革命的到来，使得全球的利益格局得以重写，"第三世界"得以翻身。就像张旭东所说，罗蒂和杰姆逊都有乌托邦的理想，然而两个人互不欣赏是因为他们的乌托邦版本截然不同。①

罗蒂有着社会主义民主主义和实质民主的理想，他的社会民主理想包含在宪政民主的框架内。他的观念是自由主义的制度选择和社群主义的制度诠释的一个整合。罗蒂认为左翼永远是批判之源，是活跃的力量，不像右翼一样一副精英和既得利益者面孔，故步自封。左翼永远期盼着一个真正平等的乌托邦社会。"左翼之所以叫作左翼，就因为它是追求希望的群体。它坚持认为，我们国家的理想还远没有实现。"②

作为自诩的左派，罗蒂并不欠缺乌托邦的关怀，很奇怪的是他从杰姆逊的充满乌托邦色彩的后现代理论中却读出只有玩弄学术逻辑的冷静"知性"。罗蒂和杰姆逊两个人虽然都有浪漫主义情怀，都充满对未来的幻想，但是他们幻想中的乌托邦版本截然不同。杰姆逊瞩目和遥望的是一个红色的乌托邦，而罗蒂想要的是曾使杜威和惠特曼引以为荣的梦想中的美国。一个是世界大同梦，另一个是美国创造梦；

---

① 参见张旭东《知识分子与民族理想》，《读书》2000年第10期。

② [美]理查德·罗蒂：《筑就我们的国家》，黄宗英译，生活·读书·新知三联书店2006年版，第122页。

前者的论证是社会主义—共产主义的，而后者的论述版本是历史主义—社群主义的。难怪像伯恩斯坦、杰姆逊一样的左派会认为罗蒂并不是左派，而是经由后现代术语改装了的冷战自由主义者；而罗蒂自己会认为杰姆逊等文化左派躲进学院成一统，用知性取代了热望，用冷嘲的批判取代了对一个可能的美国的向往，走向了极端的左派。

第二节　罗蒂与新保守主义：不够"右"的自由主义者

一　罗蒂与列奥·施特劳斯的潜在对话

罗蒂早年毕业于芝加哥大学，当时这所大学最优秀的学生都被列奥·施特劳斯（Leo Strauss，1899—1973）的新保守主义政治哲学所吸引，其中包括和罗蒂一样少年早成的哲学天才艾伦·布卢姆。在信奉施特劳斯哲学的人看来，杜威和胡克的实用主义思想是模糊的、相对主义的、自我否定的"街头哲学"。施特劳斯学说具有当代柏拉图主义的精神性和严肃性，对于15岁想为人生寻找确定支点的少年罗蒂来说，无异于在他面前敞开了一片新的原野，他仿佛在课堂上洞见了童年山野野兰花的浪漫神秘。依此修行，只要认定"善即知识"，皈依绝对的善，一个人就能在单纯的一瞥中把握实在和真理；只有相信苏格拉底的引导，"一个青年才能成长得既像基督徒那么善良，又像施特劳斯及其弟子一样博学和聪明"[①]。于是从15岁到20岁，罗蒂努力想使得自己变成一个柏拉图主义者。但是柏拉图主义内部的张力一直难以说服罗蒂对之深信不疑，最终他还是走了出来，不再乞求寻找某一个确定基础和世界之上的绝对真理，而是像以赛亚·伯林一样，在世界之中能够容忍多元价值的并存。他反复强调黑格尔的《精神现象学》给予了他历史主义的变动观和辩证观，让他相信任何庄严

[①] ［美］理查德·罗蒂：《后形而上学希望》，张国清译，上海译文出版社2009年版，第364页。

的形而上学最终只不过是神学的变体。他没有成为柏拉图主义者,而是成为那些古代智者们①的后代。尽管如此,施特劳斯学派却给予他很深的影响,并且成为他在完善和发展新实用主义哲学过程中一个潜在的论敌。他的历史主义、相对主义的哲学观点与列奥·施特劳斯本质主义的自然正义学说恰好构成隐秘的对话,他们生活在共同的时代,面对同样的哲学和政治话题,然而却以不同的学术旨趣,对这些问题做出了明显不同的应答。

(一) 本质主义与历史主义

施特劳斯学派和罗蒂新实用主义的最大分歧在于一与多、共性与殊相、实体与变异及巴门尼德和赫拉克利特之间那个古老的争议。施特劳斯就是罗蒂一再批判的本质主义者,形而上学家和神学家,是新柏拉图主义的当代传人。施特劳斯认为,"政治哲学就是寻求用关于什么是美好生活的知识,取代在这个问题上存在着的各种意见"②。他认为古典政治哲人如柏拉图—法拉比—巴门尼德等一系,坚持世间自然正义(nature right)的标准,"right"一词应译为"自然正当",与各个时代的柏拉图主义者一样,施特劳斯相信世界背后有人们需要努力探求的"正当的"自然秩序和政治秩序,这个秩序符合人间自然正义的需求。然而在柏拉图"洞穴"中的人类只能看到墙壁上火光投射的影子,只有富有政治智慧的哲人才能走出"洞穴",站在阳光下看到事物的真实全貌。因此政治哲学的宗旨就是要努力探求这个自然秩序,寻求世间至善的政治。"在关于苏格拉底问题的演讲中,施特劳斯也特别指出苏格拉底与智者学派的对立,智者们的立场在于否认这些标准的存在,信奉人是尺度,强权即公理,善恶无定论。哲学家探

---

① 智者学派(sophists),怀疑主义者,是公元前5—前4世纪古希腊的一批收徒取酬(fee)的职业教师的统称。他们以雅典为中心,周游希腊各地,对青年进行修辞、论辩和演说等知识技能的训练,教授参政治国、处理公共事务的本领。

② Leo Strauss, *What Is Political Philosophy and Other Studies*, Illinois: The Free Press of Glencoe, 1959, pp.10-11.

求真理,而智者们则徘徊于各种意见之间。"①

在古典政治哲人那里,坚持绝对标准、遵从自然秩序是政治哲学的最高原则。只有到了近代,古老的"自然正义"说才被弃之如敝屣,人们开始把"right"翻译成"权利",于是古典的"自然正义"说变成现代的"自然权利"说。施特劳斯在《自然权利与历史》中,回顾西方政治哲学史,并将其看成是一部由古典哲学(对绝对主义的至善追求)向现代政治(相对主义、虚无主义)堕落的历史。"自然正当"被偷换成"自然权利"之后,一切以个人利益为出发点,人们不再敬畏自然与秩序,而是主张打倒传统和权威。人变成不知天高地厚的猴子,自以为是,任意妄为,罔顾古典政治哲人温良谨慎的政治美德,人们不再认为政治只是政治家和哲人的事情,而是高呼启蒙,鼓动大众。于是现代国家和现代社会以利益为出发点组织公共生活,所有人一味追求实利而不顾道德约束,人们放纵心中的偏执和欲念,放弃了对至善生活的追求和对绝对标准的探究。

在施特劳斯的政治哲学史视野中,现代人从马基雅维利和培根开始反叛古代,倡导一种"进步"的观念,卢梭和康德发展了一套"历史"的观念,直到黑格尔、马克思辩证的"历史主义"观念出现,"德国思想创造了历史意识,最终导向了漫无节制的相对主义"②。现代性的发展过程就是历史观念的发展过程。因而理性发展得越高,虚无主义的症候越深,直到后现代的开山人物尼采和海德格尔,把这种对历史意识的强调推到极致,于是世间一切都是"瞬间绽放"和"自我出离"的,一切行为都是生存偶在中的盲目选择。施特劳斯认为,在"现代性的三次浪潮"③之后,人们已经在历史的、相对的流变中

---

① 参见 [美] 列奥·施特劳斯《苏格拉底问题六讲》,刘小枫、陈少明编《苏格拉底的问题》,华夏出版社 2005 年版。

② [美] 列奥·施特劳斯:《自然权利与历史》,彭刚译,生活·读书·新知三联书店 1997 年版,第 2 页。

③ 列奥·施特劳斯认为第一次浪潮的代表是马基雅维利、霍布斯、洛克,第二次浪潮的代表是卢梭、康德和黑格尔、马克思,第三次浪潮的代表是尼采和海德格尔。参见 [美] 列奥·施特劳斯《自然权利与历史》,彭刚译,生活·读书·新知三联书店 1997 年版,第 17 页。

泯灭了善恶和好坏的标准,丧失了对世间万物甄别的能力,并自我豁免对善好事物追求的责任,为了"政治正确"的"你好我好大家好",堕入了相对主义和虚无主义的文化深渊。施特劳斯认为,"我们的社会理想无疑是在变迁之中,那么除了陈腐僵化的习惯之外,就没有什么东西能够阻止我们往同类相食的缓慢变化。如果除了我们社会的理想之外,没有什么更高的标准的话,我们就全然不能对那一理想保持一段距离,来对她加以审视批判"[①]。在他看来如果没有人再相信标准和永恒之事,如果认同世间一切都终生必死、转瞬即逝,那么人们似乎就没有理由不遵从彻底享乐和活在当下的动物性需求,于是人心原有的深度被削平,人们的日常生活日益空洞化和平面化,这就是西方文明的现代危机。

在施特劳斯看来,不管是自由主义者还是西方左派都一味沉湎于现实政治"左"与"右"的争论喧嚣,没有人看出现代危机的实质乃是人心的危机,是天下失序和普遍失范。这种状况的出现皆源于在现代性的门口,在"古今之争"的对决中,今人的胜出使我们忘记了对自然秩序、传统权威和古代哲人智慧的敬畏。因此《自然权利与历史》的一个主要当代论敌就是包括当今左派、右派在内的形形色色的历史主义者。在施特劳斯看来,正是他们对历史主义和相对主义的鼓噪,使人心陷入了全面危机。

值得玩味的是,罗蒂正是施特劳斯所说的这种历史主义者和相对主义者,就像施特劳斯的哲学正是少年罗蒂曾经心仪、但最终坚定走出的本质主义形而上学一样。这两个人术业专攻的路向,堪称政治哲学光谱的两个极端。施特劳斯是柏拉图和巴门尼德的后裔,而罗蒂则是智者学派和赫拉克利特的当代传人。罗蒂的《哲学与自然之镜》就是要拆穿人心是自然之镜的高严比喻,否定表象/本质的二分。他坚定地认为世界背后没有本质和秩序存在那里,就像神学中上帝一样为人们动荡的人生提供永恒安慰。世界历史是一个随着科学和人类的进

[①] [美]列奥·施特劳斯:《自然权利与历史》,彭刚译,生活·读书·新知三联书店1997年版,第3页。

化不断进步的过程。罗蒂认为必将有更多的知识分子接受这样的观念"真理是创造出来的,而不是等待我们去发现的"。"世界存在那里"和"真理存在那里"是完全不同的事情,前者是说时间和空间中的大部分事物外在于人类心灵而存在;然而后者关于真理的表述是一个判断,判断只能源于心灵,并且用语言来表述,因为语言是社会性的,因此关于真理的表述也必然是社会性的,根植于特定的社群,有说话者个人的视角,因此也必然是主观的。所以罗蒂认为世界背后根本没有永恒不变的客观本质、自然秩序和真理。在他看来坚持要发现真理、本质和秩序的人,在骨子里就仍然是形而上学家或者变相的神学家。黑格尔的历史主义、达尔文的进化论以及库恩的科学范式革命思想,都给罗蒂以很深的影响,从而使他认为每一代人都面对自己的问题,柏拉图和亚里士多德不可能预见到我们这个完全现代化的世界。因此对于哲学史的追溯,他更强调古今之间的变异而不是连续性。罗蒂认为每个时代的具体政治都是具体现实的重新选择,完全没必要和柏拉图的政治哲学扯上联系。

在罗蒂的哲学英雄中,维特根斯坦、杜威和海德格尔给予他共同的教益就是历史主义。这些哲人告诉他,无须再为古老的教义辩护,不必把某种语言游戏——不管是柏拉图的还是康德的,某种社会实践——不管是社会主义还是自由主义的,永恒化和神圣化,因此罗蒂能够忍受一个多元变动的世界,将对"心""哲学""知识"各种观念的考究都放在历史的视野之内。在他看来事物之间进行联系的不过是信念和欲望组成的不确定的关系网络,在这个网络中,自我的出现、语言的出现和自由主义社会的出现都是一种偶然。我们说真理和标准不存在,不过是说相对于人类生活的丰富多彩而言,任何关于真理和标准的表述都是主观的、历史的、在时间之中的,是终会被超克和发生变动的。罗蒂认同尼采所说"真理是隐喻的机动部队",因此哲学也必须承认自己的语言性、隐喻性和有限性,他能够看到一切所谓的真理最终都难逃被"重新描述"的命运。在他看来"这个世界并不具备任何判断标准供我们在不同的隐喻之间选择,我们只能把不同的语言或隐喻彼此相互比较,而无法把它们拿去和一个超越语言的东西——'实在'相比较"①。任何哲学逃避历史的企图终将失败,自然科学的范式革命已从托勒密的天体理论到牛顿的物理学再到爱因斯坦的相对世界,这本身已经说明,人们无法把握绝对真理,谁也不能自称拥有了最后的知识。

因此罗蒂坚持彻底的反本质主义的立场,服膺杜威去根基、淡化标准的实用主义哲学。在施特劳斯看来这是堕入了非理性主义和相对主义、虚无主义。然而罗蒂认为,就像根本不信神存在的人,根本无所谓渎神一样;根本不相信世界背后有一个确定基础的人,也无所谓相对主义。相反,他主张去掉理性/非理性、表象/实在、道德/明智的古老区分。他认为"绝对主义和相对主义、理性与非理性、道德与明智等的分野,乃是陈旧过时且笨拙不堪的工具,是我们应该摒弃词汇的遗迹。……依照我的思想史观,思想的演进乃是千挑万选的隐喻的本义化过程;一个人对某事物的再描述如果遭到反对,其驳回的方式大体上是对其他事物加以再描述,试图扩大个人所偏好的隐喻的范围,从侧翼保卫这些反对的意见。因此,我们的策略就是设法使这些反对说法所使用的词汇显得不好,从而更换术语,而不是和反对者的批评正面迎战,让他选择武器和战场"②。因此,他从来不承认自己是相对主义者,也不正面迎接政治哲学史的论证挑战。他认为,我们需要用全新的语汇组织这个时代更多人的信念和欲望,满足他们对幸福的平凡要求,重新描述和应对我们的时代问题。而柏拉图的语汇,对于实现这个实用主义的目标来说,显然已经过时了。

(二) 精英哲学与民主政治

西方政治哲学的一个核心矛盾就是处理政治与哲学的关系。施特劳斯学派追随柏拉图的政治哲学传统,把哲学看成是统领万事万物之上的最高智慧,哲人是最高的智者,哲学高于政治。他们相信自己的政治哲学能为善治提供基础,人类的"理想国"应该由哲学家来担任"哲人王"。苏格拉底之死就是哲学家的圣明和大众民主之荒谬之间的

---

① [美] 理查德·罗蒂:《偶然、反讽与团结》,徐文瑞译,商务印书馆2003年版,第33页。

② 同上书,第67页。

一场对决，苏格拉底愿意以自己的死成全雅典城邦的民主制度，但是民主的缺陷在这里一览无余。哲学家如果不能成为城邦的实际统治者即哲人王，也可退而求其次为帝王师。柏拉图本人曾经三次奔赴叙拉古，希望在那里实现自己的政治主张，是为"叙拉古情结"。在柏拉图看来哲人是以自己的智慧穿透蒙昧、在内心把握了事物的理念和秩序的人，所以天生应该是立法者。虽然这样的人很少，但是我们生活的政治共同体应该由这些爱智慧、有智慧的人来承担。应该是这些精英哲学家对我们的公共生活重大问题进行决策，而不是那些贩夫走卒"一人一票"的大众民主。柏拉图认为，做木器活需要最好的木匠，治理苗圃需要用最好的花匠，为什么单单治理国家就不需要行家里手，而是要用庸众来集体治理呢？因此他提倡贵族政体和精英统治，反对大众民主。

施特劳斯追随柏拉图，也认为古典正义理论不是盲从大众意见，而是经过辩论和思考，到达关于事物本质的"知识"。如苏格拉底提出的"勇气是什么""城邦是什么"等。施特劳斯赞扬苏格拉底"他把智慧或哲学的鹄的等同于关于一切存在物的科学：他始终不渝地思索着每一个存在物是什么的问题"①。因此哲学家洞观到的知识优于民众的意见，而哲人智慧胜过庸众同意，这成为柏拉图—施特劳斯精英政治哲学的基本理论假设。但是现代自然权利理论的要旨在于让多数人的意见左右政坛，让"同意优于智慧"②，在施特劳斯看来，实际上这种做法等于用工具理性的数量计算来简化政治问题，于是庸众基于利益的呼喊淹没了哲人基于全局的思考，高贵的古典政治庸俗化为低俗的票数计算，造成了"业余者治国"的弊端。因此他认为现代政治的最大误区就在于高估了民主政治，而无视从自然正义出发的哲学智慧。

但是罗蒂的看法却和施特劳斯大相径庭，罗蒂认定"民主先于哲

---

① ［美］列奥·施特劳斯：《自然权利与历史》，彭刚译，生活·读书·新知三联书店1997年版，第122页。

② 陈伟：《罗蒂与施特劳斯：政治与哲学之争》，《中国社会科学报》2009年9月1日，总第19期。

学",好的政治不一定要有哲学基础,政治只是每个不同历史时期具体人群的选择。在他看来"哲学是西方政治思想攀登高峰的梯子,爬上去之后就一脚踢开了"①。罗蒂认为自17世纪以来,在启蒙哲学高歌猛进过程中,哲学对宪政民主的建立确实起过不可低估的作用。伏尔泰、卢梭和康德、黑格尔的哲学曾经起了中世纪宗教所起的作用,凝聚人心,促进人们的公共生活,促使人们觉醒去建立宪政的决策机制,推行民主平等的社会制度。但是就当代的社会生活而言,哲学对大西洋民主社会所起的作用已经不再是基础性的了。手里拿着选票的选民不再关心民主党或者共和党的执政理论基础,他们关心的是哪个党上台对其个人实际生活发生的利益影响。

因此从实用主义的视角来看,即便自由主义制度诞生在大西洋民主社会并在全球方兴未艾,也并不说明这是一套普世的制度体系和有特殊理论基础的政治选择。它只能说明我们这个社会经历千差万别的发展,恰好适合也适应了这一制度。罗蒂写道:"我一直在给你宣扬的反基础主义者的道德是对于那些还没有实行欧洲启蒙运动最重要后果的世俗化的国家,或者那些只是现在看到宪法政府出现的国家,西方哲学的历史并不是一个特别有价值的研究领域。在众多国家进行的各种不同社会试验的成功和失败的历史也许有价值得多。如果我们反基础主义者的观点正确,那么,我们应该放弃寻找社会的哲学基础,转而进行从历史记录中学习的尝试。"② 在他看来自由主义社会的产生是偶然的,其合理性不在自然法和人性基础,也不在普遍空洞的人权理论,其合理性在于它所产生的社群,自由主义社会的优越性植根于历史、习俗和传统。与其他制度相比,自由主义社会能带来更大多数人的幸福生活。仅就其成就和结果为大

---

① Richard Rorty, Democracy and Philosophy, 吴万伟译。这段文字选自理查德·罗蒂2004年4月在德黑兰文化研究中心的演讲稿。该演讲是雷敏·亚罕拜格鲁(Ramin Jahanbegloo)组织的在德黑兰的西方知识分子的演讲系列之一。除了罗蒂外,演讲者还包括哈贝马斯、乔姆斯基、阿格尼丝·赫勒(Agnes Heller)。译文来自豆瓣读书小组 https://www.douban.com/group/topic/18893793/。

② 同上。

多数人可欲这一点而言，足可以为自由主义优于法西斯主义、斯大林主义进行辩护。

所以在罗蒂看来，满足了人们物质和精神需要的、真正是人民所欲的生活就是好生活，好生活的标准不在哲学家的哲学讨论中，而在每一个人关于自己切身利益的需要和愿望中。合理的政治因而不是哲学家空想的产物，而是能尽量代表自由平等的多数人利益，取得公众的同意和信服。并且他强调，这种信服是通过"弱理性"的对话交流得到的"说服"，而不是通过"强理性"推行自己主张而形成的"压服"。他显然看重民主同意更甚于看重哲人智慧。有别于施特劳斯学派的精英政治理念，罗蒂珍视现代政治中的民主平等价值，并坚定不移地认为自由和宽容乃是政治的进步。

罗蒂认为罗尔斯的《正义论》和《政治自由主义》是对大西洋富裕社会民主制度的事后经验总结，而不是意在阐明所有自由主义社会的先在哲学基础。任何一种社会制度成长发展于历史中，和民族传统、风俗等是一个有机体，因此都是个别的、偶然的，没有普世不变的政治法则，也没有说明任何制度存在合理性的永恒不变的哲学基础。哲学在启蒙以来所起的作用，就是推进了政治世俗化的进程，蹬掉这个梯子，民主制度并不会摇摇欲坠，因为政治问题是实务问题，而哲学讨论对于今天的政治来说常常过于空洞和抽象。人们不必再像苏格拉底一样追问"自由是什么"才去行使自由的权利，哲学和政治话语可以是各自分立的社会生活领域。好的哲学家如海德格尔并不必要在政治上表现特别明智。海德格尔的"黑色笔记本"在 2014 年出版之后，引起了欧美学界和公众的广泛讨论①。在罗蒂生前，对海德格尔的政治道德质疑的声音就一直不绝如缕。在罗蒂看来："近来这些想要把海德格尔当作'纳粹哲学家'而剔除的行为，有点类似于当

---

① 参见［美］理查德·沃林：《国家社会主义、世界犹太集团与存在的历史——关于海德格尔的黑色笔记本》，李旸译，《中国高校社会科学》2014 年第 4 期。作者理查德·沃林（Richard Wolin），纽约城市大学研究生院历史与政治科学杰出教授，本文原发表于《犹太书评》(Jewish Review of Books) 2014 年 6 月号。

初纳粹将爱因斯坦的相对论称作'犹太物理学'而剔除的行为。"①好的哲学关乎个人创造的完美，而某个人政治立场常常是公共生活中各种历史条件促成的现实选择，因此是一个偶然。所以他采用实用主义的政治观，认为我们在社会生活中完全可以专注于解决具体的政治问题而不必纠结于认识论上的追问。"哲学是实现政治希望的好仆人，然而是实现政治希望的坏主人。"② 他认为相信自己意见是绝对知识的哲学家尤其不适宜做国王，"叙拉古情结"很有可能沦为一种专制情结。

因此，哲学只是政治、文学、社会学、物理学诸学科的一种，是人们探求的工具和手段，而不是各个学科的万能之王。罗蒂的哲学总是意在削平哲学的深度模式，去掉烦琐的玄学追问和论证，使得哲学正视自己的有限性，从而归于服务现实问题的平凡。他主张祛除柏拉图—康德以来的"大写哲学"，而提倡一种关注现实问题的"小写哲学"。他的实用主义提倡以政治问题替代认识论问题，在他看来"关于主体与客体、现象与实在的认识论问题可以由政治问题，即关于为哪些团体目的、为何种需要而从事研究的问题，取而代之"③。他认为西方哲学关于有条件之物和无条件之物、事实和价值、道德和审慎的二元对立，都是人脑海中尚未清除掉的形而上学，人不应该执着于这些烦琐的永无确定答案的知识，而应该充满信心地去希望，用希望取代知识，根据信念去行动，从而改变生活。罗蒂同时批评神学家和哲

---

① 理查德·罗蒂：《海德格尔的日记》，林云柯译自《伦敦书评》2015年3月7日。来自泼先生PULSASIR微信公众号http：//www.360doc.com/content/15/0307/23/103068_453425547.shtml。海德格尔的"黑色笔记本"，按照主持海德格尔全集的Vittorio Klostermann出版社的计划，最初三卷将于2014年6月出版，包括纳粹时代的1933年至1941年（1931—1932年部分佚失）。据《纽约时报》报道，在1200页笔记中，反犹段落只有大约两页半，但就是这两页半的反犹文字，使得德国弗莱堡大学做出了取消海德格尔曾担任的现象学教席的决定。

② [美]理查德·罗蒂：《后形而上学希望》，张国清译，上海译文出版社2003年版，第122页。

③ [美]理查德·罗蒂：《后哲学文化·作者序》，黄勇编译，上海译文出版社2004年版，第1页。

学家（形而上学家），他总是强调民主政治而非哲学追问对解决现实问题的优先性。

(三) 古典主义与浪漫主义

由政治哲学视野中施特劳斯和罗蒂的潜在对话可见，施特劳斯哲学属于柏拉图以来的本质主义传统，要求确立"善好"的标准，追求事物表象背后的本质，强调追求真理和热爱美德是政治公民的必备条件，主张理想的国家应该由哲学家共同体来统治治理，因此施特劳斯属意于贵族政体和精英政治，把高贵和庄严看成政治哲学的德性。在"古今之争"中，施特劳斯的政治哲学坚定地站在古典一边，主张膜拜经典，对经典文本做"恢复性阐释"。古典政治哲学的"自然正义"说是其立论的基石。施特劳斯和中国的孔子一样，是一个执着的理想主义者，喜欢对现代生活的堕落做出种种悲情的预言。他把西方现代性看成因对历史主义的强调而逐渐走火入魔的过程。施特劳斯希望由洛克—卢梭—康德以来开启的现代政治哲人的癫狂回归古典政治哲学的清明。因而其政治哲学是精英主义的，向后看的，在他眼中哲学的黄金时代永远在古代，我们永远需要回看希腊，我们永远需要仰望柏拉图的智慧；他认为"哲学本身是超政治的、超宗教的、超道德的，但政治社会却永远是而且应该是道德的、宗教的"[①]。在他看来，"古今之争"的全部问题就是现代哲人用非道德的政治观取代了古典哲人关于道德与政治关系的深入思考。因此施特劳斯的政治哲学总体上是古典主义的。

而罗蒂则属于智者的怀疑主义、相对主义和近代以来的历史主义、实用主义哲学传统。他通过解构祛除了哲学是自然之镜的隐喻，反对形而上学关于绝对主义/相对主义、表象与本质、哲学家与庸众的二元划分。他的政治哲学更强调现代自然权利理论的民主和平等，强调民主和哲学是一种策略和工具，政治问题要有实用的眼光，通过实际效果进行评价。罗蒂的政治哲学永远是向前看的，他持进化论的

---

① [美] 列奥·施特劳斯：《自然权利与历史》，彭刚译，生活·读书·新知三联书店1997年版，第63页。

观点，认为每一个时代有自己的具体问题；他也持历史主义和社群主义的观点，认为每一个地方的人们都有他们的具体问题。在罗蒂看来"杰斐逊和康德可能感到纳闷在过去200年里西方民主国家所发生的巨大变化。因为他们根本就没有想到从自己阐述的哲学原则中引申出黑人和白人平等，女性投票权等结论。想象中的他们的惊讶说明了反基础主义者的观点，即道德观念和数学不同，不是理性思考的结果。相反，它是想象美好的未来，观察把那个未来变为现实的尝试结果。道德知识像科学知识一样在很大程度上是实验的结果，看看它们到底效果如何"①。罗蒂和中国的胡适一样，是一个清浅的自由主义者和乐观的实用主义者。他认为，我们并不需要普遍主义至大而空的幻想，而是应该竭尽全力专注于眼前的现实问题，进而破除前辈政治哲人"影响的焦虑"，发挥自己的个性，创造性地描述和解决我们自己时代的问题。因此，他不是强调恢复古典的灵光，而是鼓励每一个当代人去发挥想象，去希望，去创造自我，创造属于自己的新生活。"如果说实用主义有什么不同的话，那么就是他以更美好的人类未来观念取代了'现实''理性'和'自然'之类的观念。人们可以用诺瓦里斯关于浪漫主义的说法来评价实用主义：它是'对未来的神化'。"② 因此罗蒂的政治哲学崇尚现代价值，面向未来，是浪漫主义的。

施特劳斯重在守旧，罗蒂重在开新。施特劳斯的乌托邦在过去，罗蒂的乌托邦在未来。一个永远向前看，一个永远向后看，施特劳斯关注永恒，试图为混乱的现代生活提供安身立命的基础，寻找"什么是善"这样终极问题的解决方案；而罗蒂则重视偶然和机缘，安于现代生活的流浪和破碎，正视生命本身的有限性、脆弱性和偶然性。施特劳斯主张向上提升哲学和生活的品质，追求最好的生活；罗蒂主张更广推行政治生活的福利，强调人们有免于最坏统治的自由；他们一个耽于沉思玄想，一个关注社会现实；一个注重古今之间的连续性；

---

① 理查德·罗蒂在《批评性思考杂志》（*Kritika&Kontext*）十周年纪念专版中简要描述了其哲学的反基础主义者前提，见《民主与哲学》（*Democracy and philosophy*），吴万伟译。

② ［美］理查德·罗蒂：《后形而上学希望》，张国清译，上海译文出版社2009年版，第6页。

一个强调古今之间的差异性。施特劳斯坚定、偏执而深刻,罗蒂犹疑、现实而肤浅,他们的政治哲学可谓背道而驰,各走偏锋,大异其趣。

二 罗蒂与艾伦·布卢姆的争论

在《美国精神的封闭》发表之后,罗蒂对艾伦·布卢姆主要观点做出回应。他用自由主义的清浅和语言哲学的明晰拆解布卢姆为政治哲学布下的迷阵。如果说新保守主义政治哲学装神弄鬼、云山雾罩的话,罗蒂的实用主义和自由主义就是轻装上阵,进山打鬼,如阳光直射刺穿迷雾。罗蒂的论述风格自然犀利,语言明白晓畅,将自由主义与新保守主义对自由民主与大学教育、知识分子等问题的争论推向深入。

(一) 开放与封闭

艾伦·布卢姆认为,现今的美国大学教育正是因为无原则的"开放"导致了"美国精神的封闭"。大学在他看来应该是涵养心灵、培养美德的地方,真正的教育必须有教育的目标。但是现今的美国大学却一味投合"政治正确",丧失了对青年人的严格要求,不重视高贵的品德教育,反而提倡"无可无不可"的相对和自由;大学阶段同时淡化爱国主义教育,处处为"差异政治"寻找借口。美国建国之父们要求把非裔美国人和其他有色人种都同等当作人来看待,在人权和自由、平等的"自然权利"基础上建立人群相处的底线共识,而现在少数族裔和人群的要求是:他们必须被当作他们本身来对待。如今越来越"开放"的社会不是让少数人融入原有的社群,习惯更适宜的文化,而是要他们保留自己的文化个性,提倡身份认同。少数人不再寻求融入和服从多数人的价值,而是鼓吹自己的信仰和独特性,要求得到特殊对待。

传统教育中对神话、激情、严明的纪律和家国忠诚的强调,现在一律被看作狂热的爱国主义和非理性的专制主义,而培养民主人格、宽容一切差异成为现代美国人的共识。谁若对此稍有异议,马上会被当作另类看待。为了反对"封闭"社会及其敌人,"开放"社会的提倡者最提防的就是不宽容。一切价值都是相对正确的,唯有不宽容绝对错误的。为了彻底摆脱过去历史中专制主义、极权主义的梦魇,自由社会的价值超市面向所有人和"不宽容"之外的所有价值开放。"它向各色人等、各类生活方式、所有的意识形态敞开大门。除了对一切都不开放的人以外,它没有敌人。但是,如果没有公共利益的共同目标或观念。社会契约还能存在吗?"① 在布卢姆看来,自由主义从启蒙哲学以来就一直意在消除歧视,以至于这种趋势到目前愈演愈烈,为了自由人们弱化一切宗教信仰,把所有美德和知识打入意见领域,同真共存。"人世间没有绝对之物,但自由是绝对的。结果便是,为自由辩护的论证消失了,同时所有信念也开始变得软弱,而起初这应该仅限于宗教信仰。"② 人们丧失了一切判断是非和好坏的标准,人们不能回答在世界的某个地方,面对特定族群中人们集体将再婚寡妇投石问罪致死这样的事情,自己该怎么表态。如果你向他们提出这个问题,他们会一脸无辜地回答"你为什么要到那个地方去?"文化相对主义反对的唯一价值就是不宽容,此外全世界发生的痛苦与不幸似乎就与己无关。在布卢姆看来,相对主义貌似开放和宽容,实际造成的是对自我和他人处境的冷漠与不负责任。

从提倡人权自由的自然法"权利"理论到主张民主平等的"开放"运动,这个轨迹在美国历史上的发展显而易见。既然真理是相对的、乐观主义的进步观就成了人们唯一的共识。布卢姆认为,这种没有自然权利的自由主义,都是拜约翰·斯图亚特·穆勒和约翰·杜威所赐,因为这两个人教导人们生活中唯一的危险就是对新兴事物视而不见。于是人们不再试图坚持原则,也不再努力追求美德。文化相对主义者把所有的文化看作一时一地的偶然选择,不仅曾经公开提倡正视偶然、学会反讽、促成团结的理查德·罗蒂是布卢姆的假想敌,布卢姆对写出《正义论》的罗尔斯也甚为不满。他认为《正义论》把"一视同仁"当作道德律令,与歧视相对立,这恰恰会使人们忽略去寻找人类的本然之善,甚至就算找到了也不敢去推崇"善",因为对善的强调总相应伴随着对

---

① [美] 艾伦·布卢姆:《美国精神的封闭》,战旭英译,译林出版社 2007 年版,第 3 页。

② 同上书,第 4 页。

恶的鄙视。艾伦·布卢姆认为，在罗尔斯的自由主义版本里，人性中本然存在善恶、优劣、高下之别的"自然灵魂"，被政治正确、一视同仁、民主平等的"人造灵魂"所取代。因此，罗尔斯的"无知之幕"和霍布斯的"自然状态"的理论假设一样是空洞的，经不起推敲，因为它的成立不是立足于历史和传统社群，而是根据抽象人性假想的产物。而"无知之幕"中的人是根本不存在的。在布卢姆看来，每个人被抛入人世，就先行有了父母、邻人，有了他必然要发展价值观念的社群，这是人无法逃避的"自然洞穴"。

布卢姆认为，一个"不忽略任何人"的社会才有可能对"我"身外的社群生活冷漠而无动于衷。他写道："开放导致了美国的故步自封——美国之外的世界呈现出单调的多样性，它顶多让人了解到价值是相对的，而我们这里创造着我们想要的各种生活方式。我们的开放意味着我们不需要别人。可见，大肆张扬的大开放其实是大封闭。"① 就像在启蒙辩证法里，启蒙最终走向了工具理性，走向了启蒙的反面一样，在无所不包的开放里，开放也包含了听之任之的冷漠。表面开放的态度恰恰造成了内在精神的封闭，人们不准备向异质文化寻找任何异质同构的心灵，不准备再去寻找关于人有别于动物存在的人性和美德。一切失去了基础、丧失了标准之后，人们习惯互不侵犯、各自专为，以自由和宽容为名的相对主义和虚无主义，实际成为当代民主社会唯一共同认同的价值。

因此，《美国精神的封闭》是布卢姆作为一个多年工作在教育前线的教师，对美国高等教育痼疾发出的大声疾呼。在他看来，年轻人需要提升美德的教育，需要了解所有那些美好生活的原动力，需要真正去了解自己的文化传统、潜心研读经典。年轻人也需要真正对他者文化感兴趣，而不是抱着一种伪帝国主义的屈尊式的宽容，宽容背后则是压根不愿意去了解。年轻人不仅需要知道有很"多"的生活方式，也许要在教师的引导下懂得什么是更"好"的生活方式。人们既

---

① ［美］艾伦·布卢姆：《美国精神的封闭》，战旭英译，译林出版社2007年版，第11页。

然从来都生活在文化的天然洞穴里，开放就不能毫无原则和没有节制。在布卢姆看来如果人们否认认识善恶的可能性，那就意味着对真正开放的压制，因为历史主义和文化相对主义阻止人们检验自身的偏见。真正的开放不意味着随波逐流，而是具备探求知识的欲望和愿意为真理而献身的精神。祛除相对主义那些伪宽容的教条，年轻人才能在高等教育的带领下去追求有深度的灵魂。

布卢姆的大声疾呼在相对主义和历史主义的信徒罗蒂看来，未免有些"天下本无事，庸人自扰之"。在《施特劳斯主义、民主以及艾伦·布卢姆：那旧日的哲学》这篇文章中，他把艾伦·布卢姆及其师施特劳斯的哲学一并斥之为"旧日的哲学"，并且认为他们的哲学实际上是自由民主的敌人，是小圈子里的哲学精英孜孜不倦的事情。罗蒂认为这些每天提倡古典阅读、自谓有着深刻学养的人，实际上已经相当边缘，因为他们的主张与现代生活和现代价值观格格不入，这已经使得施特劳斯学派似乎成为某种异教。罗蒂并不关心没有原则的开放将走向内在心灵封闭这一问题，而是一针见血指出，布卢姆们滔滔不绝的理论只是精英主义一厢情愿的孤芳自赏。他认为"布卢姆对'高等教育应该如何'所做的那番慷慨陈词，只有当一个人已经相信柏拉图之所信的时候才听起来有那么一点道理（其实对布卢姆的这本书来说，一个更贴切的副标题应该是'民主如何导致了哲学的失败，并使得今天的学生对柏拉图打不起精神来'）"①。

在罗蒂看来，人们不愿意再研读柏拉图哲学是个很自然的现象，它并非什么教育的堕落和人格的缺陷。因为柏拉图哲学在罗蒂眼中就是"过时的哲学"。在他看来"我们杜威式的历史主义者认为第一原理仅仅是一套信仰——它包含了对某种具体选择的偏好——的缩写，而非其证成。那些信仰的来源不是'理性'与'本质'，而是过去某种盛行的制度或生活模式"②。柏拉图那种超历史、永恒的人性观和真理观、本质观不再被人们奉若神明，因为它无法预见我们今天的生

---

① Richard Rorty, "Straussianism, Democracy, and Allan Bloom, I: That Old-Time Philosophy", *New Republic*, 4 April 1988, pp. 28-33.

② Ibid..

活。随着时代向前发展，新的问题不断涌现，我们就像布卢姆所言，"像一群无知的牧羊人，活在伟大文明曾经兴盛过的土地之上"①。但是我们必须面对我们自己的问题，拿出我们的政治的、社会的解决方案，就这一点求教于柏拉图无异于缘木求鱼。根据实用主义哲学，没有一劳永逸的判断事物的标准，只有具体情境下的具体选择。艾伦·布卢姆在罗蒂眼中无异于变相的神学家和基础主义者，只不过在布卢姆的心中把上帝的位置换上了柏拉图。而作为实用主义者，罗蒂反对任何关于世界有一个固有本质的学说，也不认为每个信念在一个先天的理性秩序中都占有一席之地，以及所有这些秩序能返归某个终极证据的本源。在他看来，我们愿意认为正当的秩序和原则只不过对我们文化中存在的问题做出了正当回答而已。"博爱论者——既包括资产阶级自由主义的博爱论者，也包括马克思主义的博爱论者——往往断言，这些问题实际上是非常紧迫的，因为政治运动需要哲学的基础。但是我们实用主义者不会这样说。我们并不与基础打交道。我们所能做的一切是……提供一些针对专门目标的回击手段。"②

在罗蒂眼中，不存在布卢姆反复强调的关于"合理性""人性""上帝的仁慈""道德法则的知识"这些空洞的概念，罗蒂哲学术语更关注你同情别人痛苦的能力。他认为没有任何东西使得我们期待一个人能把对别人痛苦的敏感和你对特殊事物的爱，还有你关于任何事情的看法协调起来。"简而言之，没有任何理由去盼望我读大学时希望获得的那种单纯的'一瞥'。"③ 罗蒂就是布卢姆指控的约翰·斯图亚特·穆勒和约翰·杜威的传人，他重视新生事物，他认为没有固定不变的规则，也没有必要追问什么是美好生活，从而去确立一些美德。因为在他看来，这些与具体的道德情境和道德实践相比都是异常空洞的。罗蒂像杜威一样认为人类是处于一定时间和空间中的产儿，其可塑性不带任何形

---

① Richard Rorty, "Straussianism, Democracy, and Allan Bloom, I: That Old-Time Philosophy", *New Republic*, 4 April 1988, pp. 28–33.

② [美] 理查德·罗蒂：《后形而上学希望》，张国清译，上海译文出版社2009年版，第239页。

③ 同上书，第370页。

而上学和生物学限制。这意味着道德义务感是后天设定的，而不是先天的洞见。没有任何东西原本就在那里存在，等着我们用单纯的一瞥对实在与正义诸问题一目了然。他像威廉·詹姆斯一样认为，"我们的良知，我们的审美趣味，同等地是我们在其中成长的文化环境的产物。我们体面而自由的人道主义榜样比我们与之斗争的恃强凌弱者仅仅是幸运得多，但不是更有洞见得多"①。艾伦·布卢姆对大学教育的悲情来自这样的信念，即从苏格拉底和柏拉图时代以来，道德信念就寓于每个人的内心深处，我们只要时时擦拭，勤于修炼（当然不言而喻是通过阅读柏拉图的方式），那么这些信念就会澄明，我们就会对自己的存在有更清晰的认识，道德信念将会使我们变成既有德性又有见识的人。而罗蒂认为没有这样的道德信念存在在那里，道德选择背后没有一个不可动摇的支点。历史和人类学已经证明，关于道德问题寻求的客观性最多也只不过是更多的主体间的同意。

他认为布卢姆《美国精神的封闭》现在对大学教育所做的事情虽然貌似赫施（E. D. Hirsch）当年在《文化素养》（*Cultrual Literacy*）呼吁的中学教育改革主张，但二者态度还是有着很大差异。赫施对教育的批判是在杜威实用主义的指导下进行的，希望学生能成为民主社会中更好的公民，了解政府实际在做什么和能够胜任什么，好投下他们明智而审慎的一票。但是罗蒂认为，布卢姆的教诲使得大学生远离现实，去读那些"卓越而古老的大书"，也即那些普遍公认的经典文本，并且以一种特殊的施特劳斯派的读法去读，"让它们［那些文本］指出问题以及对待问题的方法，——不是用我们杜撰的范畴去规范它们，不是把它们当做历史的产物，而是努力按照作者所希望的方式去阅读"②。罗蒂看来，这句话说起来容易，做起来非常困难。因为每个人的脑子不是一块白板，我们不知道在读柏拉图的时候怎么能够重回柏拉图的语境，而不和自己的当下现实产生任何联想；我们不能将自

---

① ［美］理查德·罗蒂：《后形而上学希望》，张国清译，上海译文出版社2009年版，第371页。

② Richard Rorty, "Straussianism, Democracy, and Allan Bloom, I: That Old-Time Philosophy", *New Republic*, 4 April 1988, pp. 28–33.

己从自己的历史中连根拔起,一头扎进柏拉图的世界。还有,柏拉图没有在我们的对面等着我们,看起来成为柏拉图肚子里蛔虫的唯一途径就是——膜拜施特劳斯或者布卢姆对柏拉图的解读。而如果当代的青年学生因为受了穆勒、杜威、罗尔斯的影响做不到这一点,这就是布卢姆看到的大学败坏、出现"一场巨大的智识危机"、到处弥漫着"压抑性的宽容"(repressive tolerance)的主要原因。

由此可见,罗蒂不认为大学真如布卢姆所说相对主义、虚无主义和冷漠到处蔓延,也不认为大学教育因为过度开放和宽容而会导致心智的封闭,他认为处于开放社会中的现代人,已经接受了反本质主义、历史主义的价值观,再也无法回到古代,去接受布卢姆那种自以为是的封闭(精英)教育。在他看来,愿不愿意再去认真阅读柏拉图是学生的自主选择,年轻人所有的阅读包括文学阅读,只要读得进去,都会对形成其世界观有帮助。青年人如果对所谓经典不感兴趣,也不适宜通过呼吁强制去读。因为在实用主义者看来,青年人愿意阅读哪些书,和哪些作者的书能恰如其分地相遇,有赖于具体的情境,是个很复杂的缘分,完全谈不上知性的缺陷和道德的堕落。

(二)哲人与知识分子

在《美国精神的封闭》的结尾,布卢姆写下了这段话:"在所有自相矛盾的共同体幻影中,人类真正的共同体是那些寻求真理者、那些潜在的知者(knower)的共同体,总的来说,也就是全体渴望求知者的共同体。事实上这只包括很少的人,他们是真正的朋友,就像在对善之本质的看法出现分歧时,柏拉图是亚里士多德的朋友那样……按照柏拉图的观点,这才是唯一真正的友谊,唯一真正的共同善……其他各种想要自我持存(self-subsisting)下去的关系,都只是这种关系的不完美反映,它们之所以正当,是因为它们同这种关系之间存在着最根本的联系。"[①] 这段话不仅在这本书的前言里被他的好友索尔·贝娄(Saul Bellow,1915—2005)高调引用,也成为罗蒂之后批判布

---

① [美]艾伦·布卢姆:《美国精神的封闭》,战旭英译,译林出版社2007年版,第330页。

卢姆的一个靶子，因为这段话不仅指明人类精神的传承靠少数哲人——"知者的共同体"，而且这个哲人共同体的联合完全靠他们与"善之本质"的最根本联系。哲学思考永远是孤独者的探索，因而真正懂得追问人生的根本问题、懂得忧思教育的人永远是少数。既然教育是对心灵原始激情的驯化，教育者不管面向君主还是面向学生，就要懂得塑造的艺术。让学生懂得在高贵、崇高、深刻、典雅和紧张、变幻、粗野、放荡之间进行选择。无疑，前者是经典书籍能为当代青年提供的东西，而后者却充斥美国当代大众文化市场，它们是好莱坞、摇滚乐甚至20世纪60年代更激进的性革命导致的变态艺术。

"柏拉图—施特劳斯—布卢姆"意义上的哲人，不仅在教育上懂得即便曲高和寡也要有所坚持，而且在政治上更加懂得哲学要有清明审慎的智慧。就像中国古代贵族政体的提倡者孔子一样，他们视国家为天下之重器，治国者应该危言逊行。因为充分认识到大众民主、暴民政治的危险，所以他们有两套教诲流传于世，用施特劳斯的术语，一套是显白的教诲，一套是隐微的教诲。"显白的教诲"公之于世人庸众；"隐微的教诲"留给当代的君主和后来的哲学家。这就是说，施特劳斯能从《理想国》里读出的微言大义是别人读不出的。[①] 施特劳斯的政治哲学推崇古典阅读，认为现代人过于骄傲狂妄，我们之所以取得了一些成就，一直是因为我们站在这些古代哲学巨人的肩膀上。施特劳斯强调古代经典和现代问题之间的连续性。他的学生布卢姆则更近一步认为，这种哲人的智慧实际上是一种统治的秘术，因为要考虑整个国家的秩序安排，这些深谋远虑的哲人们总是不自觉地和历史上的统治者们站在一起。"哲人们与绅士结成同盟，让自己为绅士所用，但他们从不向他们表露过多，他们通过对他们所受到的教育

[①] 同理，刘小枫和甘阳能从施特劳斯政治哲学里读出的微言大义也是一般公共知识分子望尘莫及的。中国当代的施特劳斯主义者，愿意引证这并非是西方古典哲人独有的智慧，早在中国春秋时代的孔子，就是这样一位微言大义的教诲者，而《春秋》就是这样一部"以一字寓褒贬"的文本，所以历来有"春秋笔法"的说法。

进行改革的方式来加强他们的绅士风度和开放精神。"①

如果哲学家做不了哲人王,退而论教育,那么做"帝王师"也是很不错的事情。因此布卢姆意义上的大学教育实际上是一种精英教育。他的教育理想对象是美国高等学校的大学生,尤其是大学生中教育资源并不匮乏的"常青藤"学校的学生,他尤其格外关注"常青藤"学校的学生中志在研读柏拉图哲学的少数精英。在布卢姆看来,正是这些精英决定着这个国家日后的走向。政治哲人以这种方式服务于社会,而相应社会给予这些哲人稳定的学院生活和研究环境,因此才有大学的繁荣。在布卢姆看来大学的繁荣是因为它们被认为能按社会的需求服务于社会。对布卢姆而言,杜威和罗尔斯的价值中立理论教育学生在"电子游戏与诗"之间无须选择,在两者的差别上保持中立,这样下去大学和教师都将丧失自己对教育应有的责任感。杜威宣扬对"灵魂"和"永恒真理"的相信属于哲学的幼儿期,因为那时人们还没有摆脱对宗教的恐惧和敬畏。布卢姆认为杜威自己才是一个头脑简单、永远长不大的孩子。因为如果人们认为正当的社会制度不需要一个正当的自然秩序的理念基础,这种不求甚解迟早会导致人类社会一味满足现状,把目前的民主制看作就是最好的,已经无须任何理论证明,这就使得人们失去批判现实应有的距离和依据。

但是布卢姆的如上主张在罗蒂看来,和他的老师施特劳斯一样,实际上是在讲述一个小团体内秘传的故事。他们自觉区分两类人,一类是热爱真理的"哲人",一类是有点小聪明的"知识分子"。前者懂得"有所言有所不言"的政治智慧,而后者是只知启蒙不顾及后果、以致启蒙到癫狂状态的人。"知识分子"在布卢姆那里带有贬义,指的是那些忘记古典哲人严守的清明审慎和政治理性,把一切想法都公诸世人的人,他们也被称作启蒙思想家或公共知识分子。在奉行古典政治智慧、热爱严肃高贵哲学的哲人看来,这些"知识分子"无异于走江湖卖假药的江湖术士;而在罗蒂这样的"知识分子"看来,讳

---

① Richard Rorty, "Straussianism, Democracy, and Allan Bloom, I: That Old-Time Philosophy", *New Republic*, 4 April 1988, pp. 28-33.

莫如深、装神弄鬼、玩弄玄学术语的施特劳斯学派,不过是一些柏拉图时代的遗民,充其量只是一个不宽容又自我陶醉的哲学小帮派而已。

令人遗憾的是,如今这些号称"知识分子"的江湖术士却把持了大学。"现今工作于各大学社会科学与人文学部的大部分人,用布卢姆的术语来说,都只是知识分子,而非哲人,这是让布卢姆最感厌恶的地方。这些知识分子认为,任何一个人都可以坦诚地与大众打交道——即使不是按大众所需为其服务,至少也应该开诚布公地说清楚:大众想要被服务的应该是什么。"① 对于罗蒂来说,布卢姆主义者提倡的"隐微的教诲"不过是对民众实行一种"温婉的骗术",而所有认为这样的"哲人"是骗子的人,都被布卢姆打入"历史主义者和相对主义者"的另册,这些人是站在"永恒真理"和"善的本质"的对立面,相信穆勒、杜威、爱默生蛊惑人心学说的人,这些人分不清灵与肉、理性与激情、审慎与癫狂,分不清"哲人/绅士/暴民"(philosopher/gentleman/mob)的区别。罗尔斯就是这些人中的当代佼佼者,布卢姆写道,罗尔斯"为了说服别人写下的东西蔚为大观,他提出一种政体方案,促请人们不要蔑视任何人。他在《正义论》中写道,物理学家或者诗人不可轻看一生蝇营狗苟或从事轻薄下贱活动的人"②。而在布卢姆看来,不承认人在起点资质上的差别,恰恰就是盲目平等主义者最大的"乡愿"③。因为按照罗尔斯的观点"一视同仁"之后,没有对智慧和高贵的尊重,也就无所谓对愚昧和低贱的歧视,世界就完美地如这些鼓噪启蒙的知识分子所愿,实现了全面向"低下"层次的拉平。难怪加拿大学者莎蒂亚·德鲁里(Shadia B. Drury)

---

① Richard Rorty, "Straussianism, Democracy, and Allan Bloom, I: That Old-Time Philosophy", *New Republic*, 4 April 1988, pp. 28-33.

② [美]艾伦·布卢姆:《美国精神的封闭》,战旭英译,冯克利校,译林出版社2007年版,第6页。

③ "乡愿",出自《论语·阳货》:"子曰:'乡原,德之贼也'"。孔子所谓乡愿大概是指伪君子,指那些看似忠厚实际没有一点道德原则,只知道媚俗趋时的人。孟子所言大约是说言行不一,当面背后各一套的四方讨好、八面玲珑的人。在强调人的美德反对相对主义和道德宽容这一点上,中西保守主义者的观点遥遥相应。

把施特劳斯学派的精英主义称作"柏拉图和尼采思想的混合"①。

由此可见,哲人和知识分子的格格不入,究其实质仍是贵族精英政治的拥护者和大众民主政体的拥护者的不同。施特劳斯学派认为政治哲学关系国家整体秩序安排。在布卢姆这样的哲人看来,"宪法不仅是一套统治原则,而且有着在整个合众国实现一种道德秩序的内涵"②,因而哲学是少数人的事情,所以应对普通人讳莫如深;而罗蒂意义上的知识分子认为政治关系每个人切身利益,政治是大多数人让渡权利给政府而实现的"共治",所以应该不遗余力进行宣传启蒙,唤醒每一个人,尊重每个人的意见和每一票所代表的民意。贵族政体最警惕的是暴民政治,对于这些提倡贵族政体的政治哲人来说,法国大革命的阴影总是挥之不去;而民主政体的提倡者最警惕的是政府寡头统治,以及统治者以提防"多数人的暴政"为名推行极权和专制之实,法西斯主义和斯大林主义是这些启蒙知识分子永恒的梦魇。布卢姆意义上精英政治的提倡者最不愿看到的就是,在政治中,每个人的意见可以被平等地看待,罗蒂看到,"对施特劳斯主义者们而言,这种认为政治思想与社会制度应该抛开人的等级秩序、自由发展的观点,是现代所犯下的弥天大错"③。但对于像罗蒂这样鼓吹民主制的知识分子来说,如果民主政治不导向实现每个人的平等权益,那现代政治就几乎失去了它全部的价值。

罗蒂认为,一个人成为信奉施特劳斯主义的"哲人"还是成为信奉历史主义的"知识分子",关键看他能否相信有一个永恒不变的标准存在。布卢姆等施特劳斯主义者认为有一个高于社会的理念存在,否则的话我们无法拉开距离对现行社会保持适当的批判。施特劳斯和布卢姆把不承认这个标准存在的人,都一律斥为相对主义者和非理性

---

① [加]莎蒂亚·B.德鲁曼:《列奥·施特劳斯与美国右派》,刘华等译,华东师范大学出版社2006年版,第19页。

② [美]艾伦·布卢姆:《美国精神的封闭》,战旭英译,冯克利校,译林出版社2007年版,第7页。

③ Richard Rorty, "Straussianism, Democracy, and Allan Bloom, I: That Old-Time Philosophy", *New Republic*, 4 April 1988, pp. 28–33.

主义者。在柏拉图主义者眼里,哲人就是寻找本质之善的人,而不是在不断更迭的习俗里挑挑拣拣。但是对于罗蒂这样的杜威主义者来说,我们不需要这个永恒的理性,不需要做理性主义者,为了选择,我们只需与他种文化在制度和生活方式上进行利弊比较就行。

施特劳斯—布卢姆意义上的哲人会认为"每一种文化都是一个洞穴。他(指柏拉图)没有建议人们走向其他的文化以克服洞穴的局限。自然本性应该成为我们判断自己生活和其他民族生活的标准。这就是为何最重要的人文科学是哲学——而非历史学或人类学——的原因"①。但是像杜威—罗蒂这样的知识分子却愿意努力走向和了解其他文化,相信是文学而非哲学的力量会扩大我们的道德想象力,罗蒂们会把对人的本质的确定性寻求看作懒惰和怯懦,"因为它将一个自我创造的存在简化成了一个完成的、不再变化的人"②。罗蒂和杜威都会认为,哲学除了提供假设之外,没有提供更多的东西,而这些假设只有对提高我们的道德感受力有促进时才是有价值的。要紧的不是超越话语的标准,而是开拓话语本身的想象力和扩大其开放性。艾伦·布卢姆等柏拉图主义哲人们把苏格拉底看成自己的哲学英雄,因为他们认为苏格拉底不断对生活中的善和一些本质问题进行追问,苏格拉底的一生是执着于"真问题"的一生;而在罗蒂这样的杜威主义者看来,苏格拉底之所以有意义就在于他象征了一种求知和开放的人生,一种实验性的人生,就像激励了美国的民主实验一样。可见柏拉图主义的哲人推崇苏格拉底追问的内容,认为那个问题对我们至今仍事关重大;而杜威主义的知识分子推崇苏格拉底追问的态度本身,也即他"永远走在问题途中"的生活方式,认为苏格拉底实现的是一种不断实验、自我纠错的人生。

(三)消极自由与积极自由

哲人和知识分子的不同,还在于对以赛亚·伯林所提出的两种自

---

① [美]艾伦·布卢姆:《美国精神的封闭》,战旭英译,冯克利校,译林出版社2007年版,第13页。

② Richard Rorty, "Straussianism, Democracy, and Allan Bloom, I: That Old-Time Philosophy", *New Republic*, 4 April 1988, pp. 28-33.

由——消极自由和积极自由,所强调的侧重点各有不同。罗蒂这样的知识分子会秉承杜威的教导,注重消极自由。罗蒂会认为只要给大学足够的自由,大学应该教什么则无须过多劳神。就像罗尔斯关心社会正义只是个程序问题,而不能实质化一样,大学的自由也是个程序问题,只要自由竞争了,自然秩序就会形成,无须特别呼号甚至强制,罗蒂们追求的只是自由和平等的最大化。而布卢姆式的哲人却对平等彻底不抱真诚的态度,布卢姆认为学校是提升人性的地方,放弃这种追求等于自我卸下责任。布卢姆们也提倡最大限度的自由,但他向往的是向着完美延伸的积极自由,他们追求的是自由的提升和最优化。"布卢姆认为我们不能仅仅关注制度性的程序,而要关注所教之物的实质。"① 布卢姆认为学生是可塑的,有效的教育必须引导学生去接近优雅的内容。布卢姆不关心表面的程序,而关心学生接触到的实质内容。

　　罗蒂式的知识分子满足于以赛亚·伯林所说的消极自由,认为只要免于强制,通过市场竞争和优胜劣汰,"我"自能选择对"我"好的东西;而布卢姆式的哲人强调在教育问题上消极自由是不够的,必须主动去寻求知识之真和道德之善,不切入实质内容的消极自由是一盘散沙,不堪一击。只有积极追求提升自我的自由,庶几可以塑造出国家未来的有用之才。就像哲人不屑于知识分子的肤浅和圆滑,知识分子也不满哲人的教条气和学究气,知识分子认为哲人的精英主义里包含了对人民直觉的不信任和知识人固有的势利(snobbery)。

　　在认同美国应该是一个有凝聚力的国家、应该为世界秩序做出表率这一点上,罗蒂和布卢姆都有民族主义的情感和国家主义的信心,只是二人唱出的调子截然不同。他们都认为也许世界史的美国时代终将过去,民主也不会遍及全球。但布卢姆给出的原因是美国正在经历深层的精神困境,必须在文化精神上重新铸造美国;而罗蒂认为,美国从来不是一个精神上多么深刻的国家,美国面临的问题也许不是内

---

① Richard Rorty, "Straussianism, Democracy, and Allan Bloom, I: That Old-Time Philosophy", *New Republic*, 4 April 1988, pp. 28-33.

在的精神空虚，而是外在的政治、经济、外交上的失败。同时最关键的是，即便面临重重问题，这个民族也不能在种种"唱衰"中丧失她赖以崛起的希望。对于罗蒂这样的实用主义知识分子来说，有希望才会有进步。

以赛亚·伯林曾经在《俄国思想家》中提到，有两种哲人，一种是刺猬型，一种是狐狸型。刺猬一生只知道一件大事情，而狐狸却知道很多事情①。所以刺猬型哲人天生是一元主义者，只关注一个很根本的问题，并且他的思考和学术都围绕这一问题做得很深很精；而狐狸型哲人天生是多元主义者，他们的学术跨越很多领域，博而不精却全都有所得，他们因此能对世界有一个通融的看法。笔者认为新保守主义者坚持哲学的操守，努力思考善的本质，不管是人性至善的伦理还是人间至善的顺序，努力钻研，锲而不舍，他们可谓刺猬型哲人。而理查德·罗蒂和以赛亚·伯林本人一样，天生认为人性最大的敌人是专制和不宽容，世界唯一的真实是多种冲突的价值可以同真并存，因此多元共容不可避免。罗蒂和他的同道总是不断地游移，修改自己也接纳更多别人的观点，他们从不企图自立标准和宣称能够看到事物本质，他们是和蔼的怀疑主义者，也是准备随时接受一切也怀疑一切的多元主义者。他们不相信本质，只相信共识；他们知道很多事情，并愿意发出自己的声音，他们不喜欢哲学的玄奥，而愿意赞同小说的智慧，就此而言他们是伯林意义上狐狸型的哲人。

三　自由左派的立场

（一）左右夹击

在其自传《托洛茨基和野兰花》开篇，罗蒂不无自嘲地谈到了他目前在美国的思想文化界受到的"左右夹击"。

---

① 以赛亚·伯林：《刺猬与狐狸》，《俄国思想家》，彭淮栋译，译林出版社2001年版，第26页。伯林在分析俄国思想家时提出了一个观点。他引用希腊诗人的话"狐狸有多知，刺猬有一知"来说两种思想家：刺猬型喜欢建构体系，企图把所有问题放在一个中心框架里创造严密的理论体系；狐狸对什么都有兴趣，东张西望，没有兴趣构建严密体系。狐狸型有很多思想闪光点，但缺乏体系，甚至彼此冲突。

在美国通行的文化观念中右派是保守主义者,要求保守住自由,主张代议制政府和精英政治,反对直接民主,反对公权力干预市场,主张自由竞争,相信"看不见的手"。在政治哲学上宣扬坚持普世价值和人权理念,以列奥·施特劳斯、艾伦·布卢姆和小哈维·C.曼斯菲尔德(Harvey Claflin Mansfield, Jr.)等为主要代表人物。他们在政治上是强硬的"鹰派",在"古今之争"的问题上强调对"古典哲学"的微言大义进行细致解读。他们认为现代性毁坏了人们的道德,放低了对人性的要求。因为现代性把"自然正义"转化成"自然权利",从古典哲学对"自然正义"的应然要求转为现代哲学对"自然权利"的最低欲望满足,这是现代利益理论对古典哲学深度的第一轮削平。这造成道德伦理上对人性的"拉平"而不是"提升",从而形成了尼采所说的"末人①时代"。罗蒂对《美国精神的封闭》的公开批评,引起小哈维·C.曼斯菲尔德等著名的保守主义者、共和党幕僚们的不满,罗蒂写道:"保守主义的文化斗士常常把我当作提倡相对主义和非理性主义,推崇解构,喜欢冷嘲热讽和得意洋洋,其著述正在削弱年青一代道德品质的知识分子来引用。"② 保守主义者认为罗蒂的做法是愤世嫉俗和道德冷漠症的表现,他们认为罗蒂在以"强误读"的方式损毁杜威的声誉。同时他们也抱怨罗蒂挖去了自由主义的存在根基,使得教育者无法把赞成民主的理由传给下一代,并且完全否认真理、知识和客观性,这在他们看来是在故意搅乱人们的良知和生活,以虚无主义的鬼魅与常识世界为敌。右派思想家认为一个人只是喜爱民主社会远远不够,还必须相信民主社会是客观的善,是根据理性第一原则建立起来的,是充分体现了"真理"和"理性"的社会。右派认为罗蒂是轻浮的和"不负责任的",他们最不喜欢罗蒂没有根基的后现代哲学。

---

① 末人(Der Letzte Mensch),见尼采所著《扎拉图斯特拉如是说》的序言,意指一种无希望、无创造、平庸畏葸、浅陋渺小的人。现在"末人"是指和超人相反的,病态的人群,信奉奴隶道德、限制了超人的人。

② [美]理查德·罗蒂:《后形而上学希望》,张国清译,上海译文出版社2009年版,第357页。

但是左派也并不引罗蒂为同道，他们从罗蒂对新保守主义的批判里看到了罗蒂和艾伦·布卢姆实际是"一丘之貉"。他们被左派称为"大西洋民主社会有教养的富人阶层的哲学家"，他们都是只会歌颂美国制度和美国富人的势利小人，在左派眼中，他们无视美国黑人等边缘群体的利益和"第三世界"国家的痛楚。英国的马克思主义者特里·伊格尔顿认为"在罗蒂的理想社会里，知识分子将成为反讽人，他们将以一种合适而傲慢、悠闲的态度对待他们的信念；而大众只把如此自我反讽权当作颠覆的一个武器，他们将继续向旗子致敬，且认真地对待生活"①。理查德·伯恩斯坦（Richard J. Bernstein）则批判罗蒂的观点不过是用时髦的后现代话语改装的某个过时的"冷战"意识形态版本。在左派的眼中，像罗蒂这样的一位后现代哲学家竟然也加入了乔纳森·亚德里所言的"美国拍马比赛"的活动，而没有如美国左派喜欢称引的后哲学家福柯那样，把美国看成是一个"规训社会"。在左派知识分子看来，罗蒂的局限使他没有看到可憎的自由主义产生了种族主义、性别歧视、消费社会和共和党总统。左派喜欢批评罗蒂是"自鸣得意"、盲目乐观的自由主义者。他们不喜欢罗蒂坚定的自由主义政治立场。

（二）罗蒂对保守主义的回答

对于这种"左右夹击"的批评，罗蒂自嘲地说："如果说我的哲学观点在多大程度上冒犯了右派，那么我们的政治学观点便在多大程度上冒犯了左派。"② 对于保守主义的反对声音，罗蒂喜欢用他浅白的常识观拆穿哲学的西洋镜，让我们看到事情最平常最务实的一面。实用主义者认为，"在既有的形式中，人类的想象力永不停歇。因此没有一个固定的标准，来对真理的变异进行衡量和裁判"。但是列奥·施特劳斯和哈维·曼斯菲尔德（Harveyc Mansfield）等人认为标准的存在对一个社会的礼仪和个体的完善是根本的。保守主义者把杜威的实用主义看作天真和轻浮，没有根基。而像罗蒂这样的杜威主义者却

---

① ［美］理查德·罗蒂：《后形而上学希望》，张国清译，上海译文出版社2009年版，第357页。

② 同上书，第359页。

认同德里达和海德格尔等反形而上学欧陆思想家的看法,把寻找根基看成是人们对信仰的另一种需求形式;在这些实用主义者看来,客观性不过是人类主观上的共识而已,并非某些非人类事物的准确再现。由于人类的需要各不相同,因此对何为客观人们也存在分歧。要解决这种冲突,不可能诉诸非人类的东西,而只能通过政治手段,利用民主程序调和不同需要,从而求得在更多的事情上达成共识。

保守主义者不同意杜威关于建立福利国家、落实话语实践的做法,而是强调世俗社会的世风日下和道德堕落。他们认为要重建道德理想主义的哲学基础——道德普遍主义。他们认为道德依赖于广泛共同的需要,嵌于人类或者社会实践本性的内部。但是罗蒂却认为人一出生就被抛入一个社会关系中,人的所有本性都有赖于他的社会性,是由需要和愿望偶然结成的网络,在他看来"人的一生是深奥而未完成的诗的注脚。……其所以不可能完成,乃是由于没有任何东西必须要我们完成;事实上,只有一张关系的网——一张在时间中天天延长的网,必须不断重新编织"①。由于语言是社会性的、偶然的,因此生命存在也是一种机缘,人性都打上了各种童年生活的模糊印记,因此特定历史条件下的社会成员会有完全不同的记忆,也会形成他们不同的个性。有时所谓人性和个性就是他们应付世界的策略的结果。罗蒂认为"这些策略中,并不会有一些策略因为较善于表现人性而优于其他策略。没有一种策略会比其他策略更具人性,正如同笔不会比屠夫的刀子更确定是一个工具,或杂种兰花不会比野玫瑰更不是一朵花"②。因此罗蒂提倡的现代人是自由主义的反讽主义者,反讽主义者相信自由主义但是并不执着,他们头脑中的自由乌托邦不是有赖于人性本质、历史目的和上帝意志,他们对自己和自己的社会一直心存希望,并有着美好的信念。正是这些共同的信念和希望把人们关于"好"生活的想象重叠在一起,凝聚起具体行动的力量。

---

① Richard Rorty, *Contingency, Irony, and Solidarity*, Cambridge: Cambridge University Press, 1989, p. 43.
② [美]理查德·罗蒂:《偶然、反讽与团结》,徐文瑞译,商务印书馆2003年版,第57页。

罗蒂对英美现存政治制度是有基本认同的，但是他的认同不是基于和新保守主义者相同的理由，他从不喜欢用正义、道德、善好政治等词汇，罗蒂用来证明现存制度合理性的是历史主义、小共同体经验和实用主义。所以他的承认是基于各种生活样式的横向比较而不是寻找"上帝"或"理性"那些纵深的依附根基。和丹尼尔·贝尔一样，罗蒂同样看到了"资本主义的文化矛盾"，但是贝尔是悲观的，主张回到宗教拯救现世的荒唐①；而罗蒂是乐观的，主张"哲学的归哲学，政治的归政治"，这是西方古老的政教分离原则的一个最新应用，因为罗蒂喜欢把现世哲学所起的作用和过去的宗教功能相提并论。值得注意的是，罗蒂这个喜欢谈交融的人之所以在公共与私人、哲学与政治的问题上坚持二分，也是他坚持多元价值观的一个间接折射。既然各个领域有不同的善好标准，如同画笔和铁锹，都是人们改善生活的工具，既不可偏废，也不可同日而语，其实无法制定相同的标准进行裁决，也不可能用柏拉图式的"拼图"世界观、用世界背后的本质问题将其沟通。

因此，罗蒂主张将启蒙的自由主义和启蒙的理性主义分开来谈，他认为世界已经发生变化，空谈"人权"已经变得过时和不切实际，在他看来，"人类是否真正拥有《赫尔辛基宣言》中列举的权利的问题不值得一提。……除了世界文化之历史偶然事实以外，把人类和动物相区分无关乎道德选择"②。人权文化在道德上的优越性并不支持普遍人性的存在，不存在柏拉图认为的一劳永逸的关于人性的知识，把人看成是自私的工具或者权力意志的喷涌之物等都未尝不可，当我们说"尊重人的尊严"的时候，我们周围没有抽象的人，只有一个个男人和女人，基督徒和异教徒等。我们谈任何"人"都必须谈到具体人的属性。罗蒂认为在抛弃人性合理性的客观基础主义之后，人们只需在共同体内部与共同体之间，提倡更多同类相怜和更少同类相残就可

---

① ［美］丹尼尔·贝尔：《资本主义文化矛盾》，严蓓雯译，江苏人民出版社2007年版，第164页。

② ［美］理查德·罗蒂：《后形而上学希望》，张国清译，上海译文出版社2009年版，第296页。

以了。他认为比接受真理和道德知识更重要的，或许是"安全感"和"同情心"的培养。尽管同情是比理性更脆弱的力量，但是只有这样的"弱联系"，才使得我们的人权文化不至于把自己的好尚强加于人。因此他不同意绝对的道德命令，而是提倡以理解和同情把更多的"他者"纳入"我们"的范围。

也正因此罗蒂一直被人称作"文化相对主义"者。他提倡地方文化却不是一个种族中心主义者，因为他发展出一种反种族的"种族中心主义"——那就是有多个种族，各自以自己为中心，互不妨碍、互不侵犯的共存，每个种族都像一个社群，他们在地球村里相安无事。他们各自通过相互走访或者阅读文学故事进行理解与对话，不管是大的种族还是边缘的小社群，他们以"弱理性"的同情相联系而不用武力和强权来统治。他们商谈事情通过交往理性，也即通过说服而不是压服。所以，罗蒂把同情心的进步看成是一个时代最重要的事情，在他的想象中如果一个通过"同情"相联系、通过"对话"相互学习和修正自己的"地球村"能够建立起来，那可真是一个温情脉脉的"人文主义的乌托邦"。

纵观罗蒂与保守主义的理论交锋，他们在政治立场上并无根本不同，因为他们都深刻同情和坚持自由主义，他们主要不同在两者为自由主义社会提供的哲学说辞。保守主义者认为自由主义必须有人权和理性的基础，而罗蒂认为自由主义可以通过社会历史事实以及和其他文化的比较证成。"我们认为，我们的使命在于使我们自己的文化——人权文化——变得更加自觉，更强有力，而不在于通过诉诸跨文化的某个东西来证明他对其他文化的优越性。"[①] 在文化和文学趣味上，他和丹尼尔·贝尔、特里林的观点非常相近。然而罗蒂在政见上与新保守主义者相比，总是更强调社会正义而非个体自由，这使得他的观点抹上了某些马克思主义的色彩。

（三）罗蒂的自由左派立场

罗蒂愿意自称左派，当有人问他做左派与做自由主义者有何不同

---

① ［美］理查德·罗蒂：《后形而上学希望》，张国清译，上海译文出版社 2009 年版，第 297 页。

的时候，他简洁地答道："在美国，自由主义就是欧洲的社会民主主义。"① 他认为自己是"改良左派"的精神后裔，罗蒂的政治立场颇似自由主义中的社群主义一翼，他为什么总自称是左派呢？如果我们仔细辨别，就会看到罗蒂与左派的共识在于对社会公正问题持久的关心，以及他关于社会政治改良的乌托邦理想。

在罗蒂看来，左派才是这个国家政治生活的核心，是激发改革的活跃的力量，而右派从不认为什么东西需要改变。每一个社会都有争夺文化霸权的斗争，文化霸权有时涉及的是合法化问题而不是操纵。罗蒂认为"社会组织的目的这种观念是明确属于左派的"。左派——希望之党——认为，我们国家的精神认同尚待塑造，而不是需要保持。右派则认为，我们的国家已经有了精神认同，并且希望保持这个形象的完整无缺。② 他把自己的学说看成是美国左派传统的一部分，从废奴运动到20世纪30年代劳工运动和罗斯福新政，一直到20世纪60年代民权运动和妇女运动，他看重任何"社会进步"和"政治改良"的实践。他总是争取在社会上和道德上满意度最大的财富分配方式，以关注和保护弱者的经济权益。左派传统一直致力于法国大革命思想传统中的"平等"关怀，对右派过度提倡的"自由"竞争从社会层面以二次分配的方式给予制衡，因此罗蒂把"社会正义"看作美国民主的必不可少的一面。他主张左翼应该提出行之有效的改良方案而不是一味用抱怨和批判唱衰美国。左派要高举爱国主义的旗帜，继承杜威和惠特曼的民主理想，激发民众对美国当代历史的参与感和自豪感。罗蒂相信美国民主就是黑格尔所说自我实现的民族精神和国家精神，他认为真正的变革不仅需要自下而上的压力，也需要自上而下的妥协，因此美国的统治阶级和被统治阶级应该在一个美国理想的底线上达成共识，共同筑就我们的国家。

当罗蒂把自己的左翼关怀移向政治、经济等领域的时候，他明显

---

① [美] 理查德·罗蒂：《后哲学文化》，黄勇译，上海译文出版社2009年版，第264页。

② [美] 理查德·罗蒂：《筑就我们的国家》，黄宗英译，生活·读书·新知三联书店2006年版，第24页。

靠近了美国自由主义左翼的传统。这从他对罗尔斯程序正义的批评可见一斑。"从实用主义和政治改良的政治实践论出发,罗蒂不满足于罗尔斯的形式民主和程序正义,指出占有社会财富绝大多数的少数特权阶级完全可以高高兴兴地接受这套以民主为名的形式和程序而不用为自己的财富和特权担心。"① 张旭东曾认为罗蒂在呼唤民主的实质化,但不同于保守主义者在思想上夯实民主理念,罗蒂要做的是在物质和文化财富上进行更合理公正的分配。施特劳斯要美德,而罗蒂却像所有的马克思主义者一样,要面包。他并不认为美国是一个充满罪恶和暴行的国家,在他看来,尽管美国曾经犯过错误,但仍然是有史以来优秀社会的范例。然而仔细观察就会发现,罗蒂的"爱国主义"不是以拍马为目的,而是一种手段,他希望每个美国人都有国家主人的社会责任感,他一直把民众的积极参与看作政治改良和社会持续进步的动力。

罗蒂认为来自左翼和右翼的批评在他身上合流,主要在于他对道德基础主义和本质主义的攻击,他把道德选择更多联系于道德情境和偶然,"对于(站在施特劳斯一边的)艾伦·布鲁姆和站在马克思一边的特里·伊格尔顿来说,就必定存在着这样一些信念,一些决定如下问题之答案的不可动摇的支点:哪一个道德或政治的取代物是客观地有效的?对于像我这样的杜威实用主义者来说,历史和人类学足以证明,不存在不可动摇的支点,寻求客观性只不过是你想方设法取得更多主体间同意的事情"②。对于罗蒂来说,政治的合理性寓于政治实践的有效性和历史情境之中,从来没有任何超越的、跨文化的标准为任何左派或者右派的政治理念进行辩护。罗蒂在解释罗尔斯关于社会正义属于非形而上学问题的论点时,重申了如下自由主义的政治原则:当考虑政治制度和社会政策的具体问题时,应把神学置于括号之中,政治理论当把何为人性之本质、道德之品质或人生意义等问题撇

---

① 张旭东:《知识分子与民族理想——评理查德·罗蒂〈筑就我们的国家〉》,《读书》2000年第10期。

② [美]理查德·罗蒂:《后形而上学希望》,张国清译,上海译文出版社2009年版,第372页。

在一边。① 在他看来，关于人生目的和人生意义的问题属于私人的信仰，自由的民主社会不能用宪政手段强制人们拥有某种价值理念。否则，将既危及个人自由，也危及社会正义，这被视为从杰斐逊（Thomas Jefferson，1743—1826）到杜威的美国民主政治思想传统。在这个传统中，政治的安排，只关乎具体社群中每个人的自由和幸福。

在西方学界的政治谱系中，罗蒂的位置也许可以定位为"自由左派"。他常常将自己的社会政治立场与哈贝马斯（Jürgen Habermas）、罗尔斯、泰勒（Charles Taylor）、德沃金（Ronald M. Dworkin）以及沃尔泽（Michael Walzer）等人相提并论。他常常说："我们这些人分享着基本相同的社会理想或者乌托邦。而我们之间的差别是微小的，这些差别只对哲学家才有意义。"② 罗蒂说的理想是"社会民主主义"的某种版本，对于继承法国学术传统的激进左派——"学院左派"的主张，他总是持批判和有所保留的态度。罗蒂认为这些人并没有为改良政治提供任何建设性的方案。尽管有哲学上的种种分歧，他最愿意认同的当代哲学家仍是哈贝马斯和罗尔斯。

第三节　罗蒂与后现代主义：不够"后"的后现代主义者

作为一个后现代主义哲学家，罗蒂的思想中有不够"后"的一面。无论从哲学、美学还是政治层面，他与哈贝马斯、利奥塔、丹尼尔·贝尔、德里达、福柯等人在关于现代性与后现代性的论争中，对现代性和后现代性弘扬的价值都既有赞同也有批判，并同这二者都呈现出千丝万缕的联系。

---

① ［美］理查德·罗蒂：《后哲学文化》，黄勇译，上海译文出版社2009年版，第169页。

② 刘擎：《领略罗蒂》，华东师范大学现代思想文化研究所"思与文"网站http：//www.chinese-thought.org/zttg/0476_ld/003921.htm。

一 现代与后现代：新实用主义的哲学观

在哈贝马斯和利奥塔关于现代性和后现代性问题争论中，罗蒂对二人都有褒贬之处，各打五十大板，借对这两个人的分析和解读，罗蒂主要表达了自己实用主义的现代观和后现代观。

（一）利奥塔：面对后现代状态

利奥塔认为，随着后工业社会的来临，文化已经进入后现代时期。在他看来"后现代"就是目前发达社会中的知识状态。"于是它（科学）制造出关于自身地位的合法化话语，这种话语就被叫作哲学。当这种元话语明显地求助于关于精神辩证法、意义阐释学、理性主体或者劳动主体的解放、财富的增长等某个大叙事时，我们便用'现代'一词指称这种依靠元话语使自身合法化的科学。"① 利奥塔认为19世纪末以来，科学、文学和艺术各个领域的游戏规则都发生了很大的变化，因而现代性的许多"元话语"面临着合法化的危机。后现代主要对两套现代性宏大叙事发生怀疑，一套是关于知识的真理叙事，另一套是关于启蒙的解放叙事，这两套宏大叙事分别在思辨哲学的领域和社会政治的领域塑造了人们对现代性的英雄崇拜。然而，社会历史和科学发展证明，不管是哲学上包罗万象、终结体系的野心，还是社会中试图用一套方案一劳永逸解决人类面临问题的宏伟构想，都是一种虚妄。伟大的冒险和伟大的航程在当今时代统统失去了光晕，目前所有的话语已经分解为叙事性语言元素的云团，其中每个云团代表一种异质元素；不管是指示性语言（科学），还是规定语言（政治），或者描述性语言（文学），都有自己的语用化合价。我们就生活在这些异质语言元素的交叉路口，各种领域之间的话语游戏规则不可通约，它们也不见得要构成稳定的语言组合。

利奥塔把人们对"元叙事"的这种怀疑看作"后现代"。在以往宏大叙事中决策者往往以理想为蛊惑，用元素可通约性和整体确定论

---

① ［法］让-弗朗索瓦·利奥塔：《后现代状态》，车槿山译，生活·读书·新知三联书店1997年版，第1—2页。

的逻辑来设计和管理我们的生活。这使得"他们"（管理者）的权力不断增长，而"我们"（被管理者）却越来越失去自我。但是目前科学发展的结果已经使得牛顿结构主义的人类学失去了效用，系统决定论彻底失效，取而代之的是一个语言粒子的语用学世界。当下不管在科学真理还是社会正义的领域，"后现代状态"都提倡元素异质性的语言游戏，也即提倡语言游戏以片段的方式建立体制，于是局部决定论取代了整体决定论。

但是利奥塔认为这种"元叙事"的终结并不意味着我们一定会走向幻灭，新的合法性也不必一定要建立在哈贝马斯所说的"共识"中。在他看来，"共识"是另一种改头换面了的德国"总体性"幻想，利奥塔把"共识"看作黑格尔—马克思—卢卡奇哲学的遗物。他认为我们强调"共识"往往会忽略"差异"，所以这种共识有违语言元素的异质性。他写道："发明总是产生在分歧中。后现代知识并不仅仅是政权的工具，它可以提高我们对差异的敏感性，增强我们对不可通约的承受力。它的根据不在专家的同构中，而在发明家的误构中。"① 因此利奥塔不主张寻求共识，而是推崇谬误推理。他认为社会关系的合法化无法运用科学活动的游戏规则来解决。在这个非常后现代的时刻，人们必须学会面对不同话语适用于不同的游戏规则，激活多元，宽容差异，而不是试图寻求唯我独尊，或以"共识"为名义造成对他人的强制。

关于后现代的美学，他认为"后现代"致力于表现那不可表现的，不求优美、和谐和愉悦，而是追求崇高。在他那里，后现代的美学是一种更绝望的美学，这种美学以更决绝的姿态，吹响了在文化艺术领域对资本主义最后一战的号角。带着些许的悲情，后现代主义者用反文化的姿态来表达对资产阶级正统意识形态的轻蔑，戳穿现代艺术的自主和唯美不过是个骗局。后现代美学是左翼政治失败的产物，本质上是一种行动中的抵抗美学。

---

① ［法］让-弗朗索瓦·利奥塔：《后现代状态》，车槿山译，生活·读书·新知三联书店1997年版，"引言"第3—4页。

(二) 哈贝马斯：现代性远未完成

哈贝马斯却认为"后现代性明确将自身展示为反现代性"①，目前这种时代情绪已经渗透到知识生活的各个领域，各种后现代、后启蒙和后历史的话语让我们仿佛看到现代性已经寿终正寝，穷尽了它的所有可能性，面临被（后现代）代替的命运。但是哈贝马斯从美学的现代性、文化的现代性和社会的现代化等多个层面证实，启蒙的设计还没有过时，启蒙的目标远未完成，现代性仍然走在途中。

在哈贝马斯的考察视野中，人们是从17世纪的"古今之争"开始有了自觉的现代意识，正如黑格尔所言，现代性首先是从美学领域开始确证自身的。在歌德那里"古典的还是浪漫的"，在席勒那里"素朴的还是感伤的"，成为古典通向现代美学的焦点问题；通过美学风格的比较，更多的人们意识到古今风格与时代精神不同。浪漫的现代主义者要求打破古典主义和谐均衡的审美理想，追求以丑、怪、奇为美，这种新颖的风格体现在美学上一轮又一轮的超越冲动中，在19世纪形成了以波德莱尔《恶之花》为代表的审美现代性，那是一张忧郁的、颓废的现代性面孔，间或有唯美的感伤和落拓的自由。后起的先锋派将这场美学超越运动推向极致，他们侵入一切未知领域，并时时变幻形式表达自身的冒险或困窘，有些未来主义者和超现实主义者还有一种占有未来的渴望。这种对新生事物的狂热崇拜显示了某种破坏历史连续性和扩张自我的无政府主义需求。新的美学闯将要求打破古典理想，废除古典标准，这在保守主义者丹尼尔·贝尔看来，已经引起了发达资本主义社会中文化和社会的分裂，自我对自由的无限要求与社会对秩序的日益掌控之间形成了某种形式的张力。②

但是哈贝马斯对现代性的看法并不这么悲观，他认为现代化本身是一个可喜的过程，带来了工作、闲暇、民主政府和经济社会各方面的巨大改变，新保守主义者强调现代性在文化上的堕落——比如缺乏

---

① [德] 尤尔根·哈贝马斯：《论现代性》，严平译，王岳川、尚水编《后现代主义文化与美学》，北京大学出版社1992年版，第9页。

② [美] 丹尼尔·贝尔：《资本主义文化矛盾》，严蓓雯译，江苏人民出版社2007年版，第85页。

社会认同、缺乏精神信仰，享乐主义和自恋盛行等，哈贝马斯认为这些都是必然的副产品，并不能遮蔽它已经取得的巨大成就。但是，现代性也有弊端。这主要体现在自现代性以来，在以康德等人为代表的启蒙话语中，知识、道德、审美诸领域各自分立，分别获得自主性，如此清晰的分科产生了专家文化，它既造就了文化的合理化，也给统一的"生活世界"带来威胁。因为各个领域的自律使得他们越来越专业化，从而远离了生活世界的日常话语，艺术家文化越来越倾向于"为艺术而艺术"。也就是说艺术在现代主义者手中异化了自身，直到那些后现代主义者和先锋派出现，炸毁了"艺术"这个自足的容器，打破艺术与生活、虚构与现实、表象与实存之间的隔阂。这些新的反叛者宣称"凡事皆为艺术，人人可以为艺术家"。哈贝马斯认为，这些先锋派的反叛也是一柄双刃剑，在打破了艺术自律容器的同时，他们也将艺术的内容和意义散失殆尽。于是，人们想象中的解放奇迹并未如约来临。这些后现代主义者将美学政治化，又回过头来将政治美学化，虽然他们冲击了中产阶级道德严肃的教条，但是也滋生了某种非理性主义的冲动和无政府主义的恐怖。

　　哈贝马斯认为启蒙哲学的初衷是好的，只是现在没有很好地实现这些美好初衷。在《论现代性》一文中，他写道："十八世纪为启蒙哲学家所系统阐述过的现代性设计含有他们按内在的逻辑发展客观科学、普遍化道德与法律以及自律的艺术的努力。同时，这项设计也有意将上述每个领域的认知潜力从其外在形式中释放出来。启蒙哲学家力图利用这种特殊化的文化积累来丰富日常生活——也就是说，来合理地组织安排日常的社会生活。"① 因此，哈贝马斯认为我们不应放弃现代性，宣告它已经失败。因为虽然现代性不尽完美，并常出错误，但是那些否定现代性的种种方案看上去更加不切实际。现代性的方向并没有错，任何企图以美学的或者政治的名义使其脱离既定轨道的做法都是危险的和经不起检验的。现代性这项大业仍未完成，哈贝马斯

---

① ［德］尤尔根·哈贝马斯：《论现代性》，严平译，载王岳川、尚水编《后现代主义文化与美学》，北京大学出版社1992年版，第17页。

号召现代人抛开"青年保守派"的反现代主义,"老年保守派"的前现代主义,以及新保守派的"后现代主义"①,重新使得现代性回归正途并阔步前进。值得注意的是,哈贝马斯有时也把利奥塔所属的当代法国思潮称作"新保守主义者"。

有别于利奥塔提倡激活差异,哈贝马斯提倡人们应该通过交往理性寻求达致某种底线共识,因为他担心种种后现代主义者会和前现代主义者联姻,共同损害来之不易的现代性,所以对后现代主义的美学政治化倾向他非常警惕。但是哈贝马斯提倡的透明的理性交流环境和话语规则只是一种预设和理想,集真实性、正确性、真诚性为一体的交流在现实生活中几乎不存在。与福柯、布迪厄等人过高估计了现实中的利害关系相反,哈贝马斯似乎过于理想化了现实话语纠纷中涉及冲突各方的"交往理性"。尤其是在政治、经济实务中,实力的较量和利益之争往往大于一切,这使得"交往理性"显得苍白无力,"交往理性"常常成为弱势一方一厢情愿的幻想。

(三)罗蒂:实用主义的立场

罗蒂认为哈贝马斯和利奥塔论后现代的关键分歧在于,利奥塔不相信一切元叙事,他把哈贝马斯的"交往理性"和"共识"看作更新了版本的"元叙事"。而哈贝马斯认为既然坚持社会批判,就不能完全丧失标准,变成"彻头彻尾的自我中心的批判方式"。罗蒂敏锐地看到:"所有被哈贝马斯视为'理论探索'的东西,都会被不轻信的利奥塔当作'元叙事'。而任何对这种理论探索的放弃,都会被哈贝马斯看作或多或少是非理性主义的,因为他丢弃了那种一直被用于为启蒙运动以来各种各样的改革(这些改革刻画了西方民主政体的历史)提供合法性的观念,这种观念现在还被用来批判自由世界和共产主义世界的社会经济习俗。对哈贝马斯来说,放弃一个即使不是先验的,至少是宇宙论的立场,就等于背叛自由主义政治学之核心的社

---

① [德]尤尔根·哈贝马斯:《论现代性》,严平译,载王岳川、尚水编《后现代主义文化与美学》,北京大学出版社1992年版,第22页。

希望。"① 因此罗蒂认为二人都有矫枉过正而走极端的倾向。为了批判哈贝马斯的整体性哲学，利奥塔几乎放弃自由体制的政治理念；而为了批判利奥塔的非理性主义和"以自我为中心"理论"完全受制于环境"，也为了支持自由主义政治理念，哈贝马斯不得不诉诸"共识"和有效性观念，不肯完全放弃整体性哲学。

罗蒂同意利奥塔关于"科学知识"与"叙事知识"的区分，他也认为科学陈述必须受制于规则，要合乎一组既定的条件才能取得自身的合法性。但是罗蒂认为叙事知识的合法性只在于它是否实用，并不需要详细的论辩和证明。这种说法和斯诺在《两种文化》里对"科学文化"和"文学文化"的划分有异曲同工之处。罗蒂自己一直是"文学文化"的热心提倡者，所以他能够理解利奥塔区分两种叙事实际是想肯定"叙事知识"尤其是"小叙事"的权利。利奥塔认为，我们放弃"元叙事"之后，各种各样的"小叙事"和地方性知识因其本身的事实性而取得合法性。

然而哈贝马斯的努力在于：试图给各类"小叙事"提供可以通约的判断标准，为各类叙述提供合法性基础。对哈贝马斯的这种努力，罗蒂和利奥塔观点相似，他们二人都认为这种普遍的理性标准是根本不存在的。因为在罗蒂看来哈贝马斯"理想的言说场合"这一概念，在社会的批评机器中是个根本没用的轮子。他认为法兰克福学派的批判理论里萦绕着赫胥黎（Aldous Leonard Huxley，1894—1963）《美丽新世界》的梦魇，法兰克福学派各位理论家认为人类的正常欲望如果按照某个"正常的"社会发展过程本应得到满足，但是在现行秩序框架内，却无法做到。罗蒂认为，法兰克福学派隐含有对这样一种"正常"的社会发展过程的期望，这是一种对社会进步图景更趋近历史主义的考虑，这样的考虑就与埃德蒙·伯克（Edmund Burke，1729—1797）和奥克肖特（Michael Oakeshott，1901—1990）的反理性主义以及杜威的实用主义有了交集。

---

① ［美］理查德·罗蒂：《哈贝马斯和利奥塔论现代性》，孙伟平编《罗蒂文选》，社会科学文献出版社2007年版，第320页。

因此罗蒂认为，既然哈贝马斯可以赞美资产阶级理想中的"理性成分"，那么赞美作为这些"理性成分"理论来源的各个国家民主政治经验"小叙事"，也就无可厚非，这样他就经由对利奥塔"小叙事"的认同，通过历史主义和经验主义的道路，得出了哈贝马斯愿意得出的结论——捍卫自由主义政治。在罗蒂看来，以历史的方法和经验的实践作为自由主义合法性的理论来源，就免去了关于"基础"的"元叙事"论证。也就是说没有共通的标准和基础，人人照旧可以心安理得地居于自由主义社会，做一个罗蒂意义上真诚的"种族中心主义者"。

这样的"种族中心主义者"相信多个种族可以有多个自己认为的"小中心"，这些多个种族中心可以并存，彼此之间是互相影响和说服的联系，而没有任何压制和强权。这多个种族对自己社会的合理性论证不寻求理论上的支持，而是把它们看作社会实践。这样的"种族中心主义者"把每一个族群的生活方式都看成是一项独特的发明，就如同发明新教、浪漫派诗歌和议会政府一样。哈贝马斯同意现代主义的文化品格在于知识、道德、审美各个领域的分裂，因此他认为有必要从现代性精神中建构起一个"内在的理想形式"，这个"理想形式"既不必模仿过去，也不必从外部强加。罗蒂不同意哈贝马斯试图为政治提供哲学"元叙事"的努力，在这一点上，他的思想和后现代思想家利奥塔更接近。他认为在科学的目标和程序与政治的目标和程序之间，并没有太大的区别，它们都是必须根据经验不断试错的产物。就此而言以一种内在"理想形式"沟通康德和韦伯划分的"真""善""美"三大价值领域或许是不必要的。罗蒂认为哈贝马斯过分受到康德的影响，以至于他的想法难免染上主体哲学的先验还原论色彩，试图解决哲学和社会的根基问题，有回到"先验主体"的趋向。罗蒂坚定的"反还原主义"使他相信社会价值的诸多领域可以简单共存，并可以让他们重新组合，产生新的意义。

与此同时，罗蒂也批评利奥塔等法国哲学家丧失了自由主义的社会理想，因为他们（福柯、利奥塔等）一直用一种冷静客观的、社会科学的面孔在写作，那里面没有人文感召，也没有对希望的承诺和热盼。罗蒂写道："恰如哈贝马斯所言，社会目的是经由发现协调各种利益的美好道路，而不是通过发现把自己与其他人的利益分开的崇高道路来实现的。'左派'知识分子自称自己通过争取纯粹的自由而服务于地球上的弱者，这是一个毫无希望的企图。因为知识分子的特殊需要与她的共同体的社会需要不可能一致起来。"① 所以罗蒂把左派知识分子（福柯、利奥塔等）称作给社会希望泼冷水的"新保守主义者"。罗蒂认为他们过度逃避关于主体命运的叙事，过度逃避"共识"哲学，一味地寻求将一切传统知识"系谱化"并加以揭露。左翼的批判剥下资产阶级统治合法性的外衣，给世界"祛魅"；但是罗蒂却愿意追随杜威，以坚持具体性的方式，给世界"复魅"。罗蒂认为我们应该像杜威一样继续关注共同体日常生活问题，因为"它包含了利奥塔的后现代主义对元叙事的不信任，但却不包括这样的假定，知识分子有充当先锋的使命，有逃避规则、实践制度的使命"②。在他看来利奥塔有左派知识人最难以摆脱的一个思维定式：即先天认为逃避制度就是好事情。利奥塔这样的后现代主义者看重"崇高"美学，而不像哈贝马斯那样希望艺术服务于日常生活。利奥塔追求个体差异存在的独特和决绝，而哈贝马斯宁要皈依整体的和谐和妥协。

作为左派知识分子，利奥塔和哈贝马斯都呼唤哲学的批判功能，但是为了达到批判目的，利奥塔放弃了对自由社会的希望，而哈贝马斯却相信经由努力和改良，经由交往理性，人们在具体语境中可以达至基本的共识。像利奥塔之辈"渴望崇高"者追求一种后现代主义形式的智力生活，而像罗蒂这样的后现代主义哲学家，却和哈贝马斯一样，追求一种达致美好和谐目标的社会生活。只不过与哈贝马斯不同，在罗蒂那里，这个美好社会不需要任何哲学基础，他认为该社会完全可以通过经验和历史自我确证。

---

① ［美］理查德·罗蒂：《哈贝马斯和利奥塔论现代性》，《罗蒂文选》，孙伟平等译，社会科学文献出版社2007年版，第335页

② 同上书，第334页。

二　保守与创新：新浪漫主义的美学观

罗蒂从小受到莱昂纳尔·特里林文学趣味的影响，但是他的美学观却非常复杂。与丹尼尔·贝尔新保守主义的美学相比，罗蒂倾向于肯定情感、想象和创造个性的浪漫主义；与尼采、海德格尔、德里达后现代美学相比，他又捍卫现代性美学的人文价值。所以，我愿意称罗蒂的美学观为"新浪漫主义"，这种美学观祛除了哲学根基、正视生命有限和偶然、推崇想象和创造，力主对前人叙事进行"重新描述"。

（一）丹尼尔·贝尔的新保守主义美学

丹尼尔·贝尔认为现代性的断裂使得人们和自己的过去失去联系，只是瞩目于现在和将来，现代主义的运动和变化感给人带来不确定性，使得人们的精神世界面临深刻的危机，那就是对空虚的恐惧和自我的极度膨胀。在贝尔看来，"在现代人的千年盛世说（chiliasm）的背后，隐藏着自我无限精神的狂妄自大。因此现代人的傲慢就表现在拒不承认有限性，坚持不断地扩张；现代世界也就为自己规定了一种永远超越的命运——超越道德、超越悲剧、超越文化"[①]。现代主义中人们有一种在劫难逃的焦虑感，并且乞求天启式的乌托邦拯救，不管是在政治革命还是在文化革命的领域。现代主义者不管政治立场是"左"还是"右"，都有一种对社会秩序的憎恨，同时有一种对于天启拯救者的向往，不管这个拯救者在尘世还是在彼岸。现代主义者企图以美学代替宗教和道德来拯救生活。

后现代主义意味着在西方传统的理性与非理性、理智与情感、道德与审美的二分中，倾向于与现代性价值相反的另一极。它打乱了现代主义者精心建构起来的美学秩序，叔本华、尼采、弗洛伊德、海德格尔都把非理性看成人们生活中更本质的力量。后现代主义反对美学为生活立法，不属意于道德，而是寻求冲动和兴趣的满足。他们在20

[①] ［美］丹尼尔·贝尔：《资本主义文化矛盾》，赵一凡等译，生活·读书·新知三联书店1992年版，第96页。

世纪60年代掀起一场反美学的风暴,"后现代主义溢出了艺术的容器,它抹煞了事物的界限,坚持认为行动(acting out)本身就是获得知识的途径。'事件'和'环境'、'街道'和'背景',不是为艺术,而是为生活存在的适当场所"①。丹尼尔·贝尔认为,后现代主义隐秘的意识形态就像古老的诺斯替教(Gnosticism),他们把艺术的话语权从现代主义艺术的唯美、独立、中产阶级风尚和精神贵族品位那里拿过来,送到无产阶级大众的手中;后现代艺术是削平深度的、行为的、参与的,并且溶解于日常生活中。

在贝尔看来,后现代主义主要有两个潮流。其中一个潮流沿着福柯的哲学方向发展,以冷静的价值中立和无动于衷的客观知识解构一切秩序和权力,把人看成是短命的历史化身,主体死了,作者死了,在权力之网中,每个人成为悲哀的琥珀,被固定在那里,等待风化。这里有无政府主义的影子和消极"无为"倾向,所以贝尔悲情地把这种艺术看作"西方的没落"和"一切文明的终结"。他认为达达主义、超现实主义等先锋派艺术不过是赌气的胡闹,如昙花一现,日后只能成为文化史荒诞的注脚。在贝尔视野中,后现代主义的另一潮流沿着解放感性冲动和释放原欲本能的方向发展,以德鲁兹(Gilles Deleuze)和瓜塔里(Felix Guattari)的哲学为代表,新马克思主义者马尔库塞(Herbert Marcuse)应该也属于这一翼。他们完全是冲动的和愤激的,打破了中产阶级原有的"正常"价值观,不再膜拜以往的禁欲、自律、节制等宗教精神,寻求一切反常、变态的身体解放,贝尔认为他们使得中产阶级价值观面临全面崩溃。

显而易见,贝尔的美学观既不站在现代性一边,也不站在后现代性一边,而是倾向于古典主义美学的和谐、秩序与优雅。在他看来现代主义美学的标新立异与后现代的颠覆—解构都不过是一种美学的"折腾",因为他们都寻求反叛"正统",而在贝尔看来,"正统"并没有如他们所预想的那样已经到了山穷水尽的地步。贝尔写道:"正

---

① [美]丹尼尔·贝尔:《资本主义文化矛盾》,赵一凡等译,生活·读书·新知三联书店1992年版,第99页。

统本身并不是现存制度的卫道士，它仅仅是从理性出发，对信仰的合理与道德界限做出的一种肯定。"① 贝尔认为在资本主义的统治越来越程序化和资本主义的现代文化越来越琐屑无聊、零散化之间，已经存在着巨大的矛盾和不和谐。20 世纪 60 年代的造反运动便是这一危机的症候，那场轰轰烈烈的文化政治运动在他眼中无异于一群孩子为了发泄青春冲动而发动的"反文化"十字军东征。年轻人以革命为名打破幻想和现实的界限，要求解放生命的原欲和冲动，这种反叛的回声至今不绝如缕，正因如此当下社会上享乐主义和虚无主义盛行。针对这种情况贝尔希望继续回到宗教，让宗教重新作为社会整合的黏合剂和灵魂救赎之源。在他看来，回到宗教能让人心怀对上帝的感恩，体味到自身的有限和脆弱，感知自己的痛楚和他人的痛楚；在生命的某个时刻，重新发现神圣的意义。

（二）德里达后现代主义的美学观

与贝尔的新保守主义美学相比，罗蒂更青睐德里达的后现代主义美学。罗蒂认为，德里达后现代的游戏美学更适合他对私人反讽和对偶然价值的推崇。在他看来，后期德里达任性解释柏拉图和苏格拉底，这种游戏哲学的态度是对早期哲学超越诱惑的排拒，德里达自由地将公共生产变成私人生产，书本变成婴儿，写作变成性爱，思维变成爱情，对黑格尔式绝对知识的欲求变成对子女的欲求。德里达成功地糅合了海德格尔和弗洛伊德，把伟大哲学时代大部分书籍看成实现人类欲望的噪声，戳破它们的物质性与偶然性。德里达也继承索绪尔和维特根斯坦，在丰富的语言差别游戏中解构幻想与论证、哲学与文学、严肃之作与游戏之作的二元区分。

并非像别人诟病的那样，德里达之所以拒绝形而上学终极话语是因为他的"非理性"和"在幻想中走火入魔"。在罗蒂看来，他（德里达）是因为企图创造自己，而更新哲学，他不再给苏格拉底或者柏拉图做哲学的注脚。德里达顺着自己的解释思路，把以往哲学家"重

---

① ［美］丹尼尔·贝尔：《资本主义文化矛盾》，赵一凡等译，生活·读书·新知三联书店 1992 年版，第 38 页。

新脉络化"(recontextualization)。"解构"无非是把以往哲学"重新脉络化"的代名词。显而易见,这种把以往哲学重新植入自己话语体系的脉络梳理,根本不需要成规和方法,只需要足够的天分和才情。"重新脉络化"中会有阶层颠倒和话语革新,罗蒂写道:"正如苏格拉底'重新脉络化'了荷马,奥古斯丁重新脉络化了异教德行;黑格尔又重新脉络化了苏格拉底和奥古斯丁,使得两人同时被扬弃。普鲁斯特在《追忆似水年华》里重新脉络化了他生命中遇见的每一个人。德里达重新脉络化了黑格尔、奥斯丁、瑟尔和他所阅读的每一个人。"[1]罗蒂认为这种"重新脉络化"志不在于哲学论证,因此也没有固定的判准可循。像德里达一样每一次这样的工作只是在不断扩大文类和判准的范围,而这正是罗蒂的反讽主义者愿意做的事情。

在罗蒂的解读中,德里达以另一种范式走向了"人文",因为他离柏拉图和海德格尔的哲学学说越来越远,德里达越来越不像尼采,而越来越走近普鲁斯特,他不再关心崇高和不可言说,而是越来越倾向于将美加以幻想并重新安排。普鲁斯特回忆的具体对象不是普遍概念而是生活细节,德里达为哲学史所做的事情正似普鲁斯特为生命史所做的事情。读《追忆似水年华》和《寄》这样的小说和哲学论文,你会去除一切的观念架构,你会将记忆中取回的东西"重新脉络化"。德里达避免了海德格尔浪漫的怀旧就像普鲁斯特避免了滥情的怀旧一样[2],罗蒂认为,德里达像普鲁斯特一样,延伸了我们的经验和想象的可能性边界。

(三) 罗蒂新浪漫主义的美学观

如果说,丹尼尔·贝尔的立场是对现代主义和后现代主义美学都有所批判的话,罗蒂则是对二者都有所继承。应该说在古典主义与浪漫主义那场著名的美学范式对话"古今之争"中,罗蒂在理论旨趣上是站在浪漫主义一边的。虽然他的文学批评趣味和古典主义者很相似。

---

[1] Richard Rorty, *Contingency, Irony, and Solidarity*, Cambridge: Cambridge University Press, 1989, p. 135.

[2] [美] 理查德·罗蒂:《偶然、反讽与团结》,徐文瑞译,商务印书馆2003年版,第191页。

首先，罗蒂的反基础主义和本质主义使他不看重整体的理性秩序，而是心仪每一个人的个体性和创造性。在哲学史上浪漫主义者首开先例，继而被黑格尔发扬光大，人们开始把自我意识等同于自我创造，没有诗人再把个人独特性看作自己作品的绊脚石。古典主义的美学家推崇事物之间的连续性，而罗蒂喜欢谈论一切事物之间的差异性以及怎样走出"影响的焦虑"。不是遵循传统和美学原则，而是打破常规、创造自我并且"重新描述"，才是罗蒂最为关心的事情。他像所有现代主义者一样提倡标新立异，也像所有后现代主义者一样重视非理性的"事件"和生命中的偶然。

其次，罗蒂也并不认为宗教是当前实现救赎的适宜力量，相较而言他更重视文学叙事的救赎功能。在这一点上他和哈罗德·布鲁姆意见相似，他们都推崇能够更新传统、创造自我的"强力诗人"。神学和哲学企图超越偶然并努力成就普遍性，在罗蒂看来这不过是一种形而上学的幻想。而文学叙事却能带领人们走出柏拉图以来诗歌与哲学之间的古老争辩，承认偶然并努力成就自我，罗蒂愿意像尼采一样把诗人当作真正体悟偶然的人。诗人和小说家不坚信对人类处境事实上只有一种正确的描述，不企图把握生活的普遍脉络。在他看来以往的人们都无谓地把有意识的生命花在企图逃离偶然上，他们无法像强力诗人那样肯定并掌握偶然。罗蒂写道："在西方哲学传统中，个人生命的极致，就在于它突破了时间、现象、个人意见的世界，进入了另一个世界——永恒真理的世界。相对地，在尼采看来，极致生命所必须越过的重要关卡，不是时间与超时间真理的分界，而是旧与新的界限。他认为一个成功极致的个人生命，就在于它避免对其存在偶然作传统的描述，而必须发现新的描述。"[①] 罗蒂认为，这就是尼采所谓真理意志（the will to truth）与自我超克意志（the will to self-overcoming）的差异分野。就此而言，罗蒂和丹尼尔·贝尔所要达到的救赎也是两种完全不同的救赎。在贝尔看来，救赎就是皈依上帝，与一个

---

① ［美］理查德·罗蒂：《偶然、反讽与团结》，徐文瑞译，商务印书馆2003年版，第45页。

比自己更伟大、更永久的东西接触；而在罗蒂看来，救赎不需要神的眷顾，也可以在此世完成，那就是如尼采所言，"把一切'曾是'重新创造为'我曾欲其所是'"①，这就是尼采意义上的"重估一切价值"。

除了接受后现代流浪、破碎的语境，正视存在的偶然，罗蒂也接受了现代性的理想主义乌托邦向度，而对后现代主义的悲观、绝望和冷漠不以为然。罗蒂的乌托邦理想不是反现代性的，甚至也不是反思现代性的，而是内在于现代性的国家制度设计和现代化的物质生活需求。这种理想要求以人民生活的幸福来检验任何社会学命题的合理性，凡事注重实际效果。对于资本主义罗蒂持乐观的态度，他把自己称作是"后现代的资产阶级自由主义者"。因此，罗蒂的乌托邦内在于自由主义的社会理想，而不是像各种新马克思主义一样，寄希望于现行秩序有朝一日能被推倒重来。

同时，罗蒂乐观的实用主义态度和温和的改良主义思想使他对现代性的精英趣味和后现代的"反文化"都不看好，在文学和美学的社会功能方面，他回到了古典主义的追求——强调秩序和道德。首先，他不认同"为艺术而艺术"的唯美主义现代性主体，而是喜欢谈通过读书"使你更好的生活"，"使你变成更好的人"。质言之，他更看重文学的公共性关怀以及文学在凝聚民族理想和国家认同方面的作用。他的文学价值观是变相的"寓教于乐"，在文学的"兴、观、群、怨"② 等诸多功能中，他更看重"群"——也即文学对社群好尚的引导功能，并且相信文学能通过叙事描述增进不同社群之间的理解。其次，与后现代主义美学的"反文化"不同，罗蒂认为文学不是要进行颠覆和反抗，而是唤起希望、扩大想象，寻求秩序和认同。文学的意

---

① Richard Rorty, *Contingency, Irony, and Solidarity*, Cambridge: Cambridge University Press, 1989, p.29.

② "兴观群怨"，出自《论语·阳货》："子曰：'小子，何莫学夫《诗》？《诗》可以兴，可以观，可以群，可以怨；迩之事父，远之事君；多识于鸟兽草木之名。'"是孔子对诗社会作用的高度概括，它是对诗的美学作用和社会教育作用的深刻认识，对后世很有影响。

义不是旨在"反文化",而是力求"有文化"。这里对"文化"的理解是在雷蒙德·威廉斯(Raymond Williams, 1921—1988)"文化是一种生活方式"的意义上。文学叙事和美学阅读能增进人们对自己生活方式和精神状态的理解,也加深对他人的理解。这样通过文学形成一种基于感染和说服、共鸣和同情的"弱理性",这种"弱联系"使得世界上不同族群之间相互尊重和理解,从而减少残酷和暴虐,增加温爱和同情。

三 反讽与自由:后人文主义文化政治观

罗蒂对现代性和后现代性各取所长的认同,使他与福柯和哈贝马斯的社会理论呈现出不同的面貌。罗蒂与福柯的不同主要在政治立场,也即是否认同自由主义社会理想。他认为福柯貌似中立的批判"喜欢从远离当代社会问题几光年的视角来写作"①,他(福柯)对《性史》和《疯癫史》的"考古学"考察和"系谱学"分析,与现代生活中社会问题的解决(比如监狱的改革)等丝毫没有关系,它(《性史》)只是告诉人们不合理的权力压迫是怎样在历史中形成的,而事实是生活在不合理社会之末端的人们,尤其是大多数现代人,并不愿意因此放弃已经习惯了的舒适生活,回到福柯等人赖以美化的前现代过去。因此,罗蒂认为这种批判除了勾起怀旧的情绪,锻炼学术知性,并没有任何实际作用。罗蒂把大多数左派知识分子称作福柯式的美国左派,这些人都对资本主义社会的权力压抑异常敏感。而像罗蒂和哈贝马斯、罗尔斯这样的人,却更看重现代社会、现代国家制度给个体带来的权利和自由、舒适和闲暇等。罗蒂认为福柯式的反讽淡漠了社会关怀,变成了为批判而批判,为讽刺而讽刺,"只要稍微用心就可以读出,福柯是一个淡泊的、不带感情色彩的现存秩序的观察者,而不是它的热心的批评家"②。他认为福柯因为批判立场失去了所

---

① [美]理查德·罗蒂:《哈贝马斯和利奥塔论现代性》,《罗蒂文选》,孙伟平等译,社会科学文献出版社 2007 年版,第 332 页。

② Richard Rorty, "Habermas and Lyotard on Postmodernity", *Essays on Heidrgger and Others*, Cambridge University Press, 1991, pp. 164–176.

有建构的愿望和改良的耐心。

在罗蒂看来,福柯激进的批判主要应该保留在私人领域,而不能把一己偏好延伸进社会领域,因为罗蒂认为这种美学上的无政府主义,可以延展个体自由却对社会秩序建构无力,而社会最终不能没有秩序,哪怕相对不坏的秩序。因此,他认为生活在具体历史中的个人也不能完全背离人文主义传统,因为其他的"解放"之路,不管已经实验过的,还是没有付诸于实验的,都并未给人留下可靠的经验。表面看上去,福柯的批判是激进的,罗蒂对人文主义的维护是保守的。但是罗蒂却愿意像哈贝马斯一样,称福柯为"新保守主义者",因为福柯及其同道认为古老的前现代社会是没有这么多压抑的,福柯等人以未来社会学家和历史学家的冰冷态度看待当代现实,这些人为了反抗资产阶级主体性哲学,为了避免人类社会陷入"宏大叙事"的陷阱,走向了彻底的虚无主义,他们一味沉迷于私人领域的感性放纵。同时在公共领域内,福柯及其同道也不再珍视自由主义—人文主义的信念和社会希望,不愿意像罗蒂所倡导的实用主义一样,为社会改良在公共政治和具体事务层面尽自己的最大努力。

罗蒂喜欢称自己为"后现代主义的资产阶级自由主义者",他认为"大多数自认为已经超越了形而上学和元叙说的人也认为已宣布与资产阶级告别。但部分地是因为很难把资产阶级的自由制度与这些制度从启蒙运动那里继承得来的词汇相分离"[①]。在罗蒂看来,不用立宪主义和自然权利的词汇,不用任何非历史的支柱,自由主义社会仍然能够凝聚起公民对她的忠诚,那就是凭借经验传统而不是凭借道德律令。罗蒂认为自由主义社会的英雄,应该是哈罗德·布鲁姆所说的"强力诗人"和"乌托邦革命家",或可称作他所谓"自由主义的反讽主义者"。首先这个英雄他必须是"自由主义者",必须珍视社会进步的希望,不放弃人文主义的理念,他要关心具体人的幸福;其次他必须是"反讽主义者",因为反讽主义者善于重新描述,说出了自己

[①] [美] 理查德·罗蒂:《后哲学文化》,黄勇译,上海译文出版社 2009 年版,第 185 页。

想说的话，而又不偏执于一己的自我描述，有怀疑和开放的心态，足够重视生命中的有限和偶然。在罗蒂看来，"一旦我们把我们的语言，我们的良知和我们最崇高的希望视为偶然的产物，视为偶然产生出来的隐喻经过本义化的结果，我们便拥有了适合这理想自由主义国家公民身份的自我认同"①。因此，罗蒂笔下自由主义的反讽主义者有弗洛伊德式的常识感，他们愿意做社会的创建者和改变者，为自己的幻想找到偶然的语词，懂得自己的隐喻不过偶然符合了社会上其他人隐约感受到的需要而已。以这种抱持着偶然意识的自由主义乌托邦社会的公民的眼光来审视福柯和哈贝马斯，罗蒂精辟地指出"福柯是不愿成为自由主义的一位反讽者，而哈贝马斯是不愿成为反讽者的自由主义者"②。

福柯以尼采提倡的"身体—感性"解放为灵感之源，小心留意自由主义在政治民主所带来的新自由背后潜伏的陷阱，唯恐民主社会为个体加上新的束缚。哈贝马斯虽然也同意尼采对"以主体为中心的理性"所做的批判，但是他认为尼采和福柯以至于罗蒂的审美化人生哲学因为极端渲染个人的完美、自由和创造性激情，实际上非常危险，带有无政府主义的倾向，也容易滑向希特勒式的极右政治。在哈贝马斯看来，拒绝解放的企图，乃是尼采留给海德格尔、阿多诺和福柯的传统，这种对现实的拒绝使得哲学无视自由主义已经给社会带来的巨大进步和给人类带来的福祉，而对自由主义社会深怀敌意。后现代主义者于是为自身的"反讽"所吞噬，对社会前途采取极度悲观的立场。但哈贝马斯本人则并不准备经由对理性的批判滑向"非理性"的深渊，他提出了"主体间性"以取代主体性哲学，他以"交往理性"摒弃康德和尼采共同持有的"以主体为中心"的理性。哈贝马斯、杜威和以赛亚·伯林不仅如福柯所看到的那样，看到民主社会扼杀自我的种种弊端，同时也看到了我们在从"前现代"走向"现代"社会过程中所获得的种种福利。

---

① Richard Rorty, *Contingency, Irony, and Solidarity*, Cambridge: Cambridge University Press, 1989, p.61.

② [美] 理查德·罗蒂：《偶然，反讽与团结》，徐文瑞译，商务印书馆2003年版，第90页。

一方面,罗蒂同意哈贝马斯和杜威、伯林等人的见解,认为主体性格的情欲化和内在化也是现代人自由增多的一个后果,他认为自由主义社会是可以自我纠错、自我改良的。但是哈贝马斯和罗蒂的分歧在于,哈贝马斯并不同意后现代和后形而上学时代的文化应该是"诗意的文化",他觉得罗蒂关于隐喻、概念的创新和自我创造的说法过于美学化,罗蒂过于沉溺于海德格尔意义上的语言的"开显功能"(world-disclosing function of language),而忽略了语言在日常实践中的"解决问题的功能",而这正是海德格尔—福柯—德里达一系"新尼采主义"者的通病。如果把对美学的态度带进实际的日常生活,最坏的结果就会带来希特勒式的对现存体制的"浪漫式"推翻。在哈贝马斯看来,那些像福柯一样要把自己的自律反映到制度上的人,远比福柯所畏惧的"专家文化"更可怕。在哈贝马斯看来,罗蒂的哲学仍然属于"新尼采主义"这一脉。

另一方面,罗蒂也指出,哈贝马斯代表了传统自由主义要求重建某种理性主义的企图,和他自己关于"文化应该诗化"的主张存在分歧,主要不同就在重建社会的途径——理性的还是诗性的;而不在对民主社会的态度,他写道"不似我和福柯的差异是政治上的,我和哈贝马斯的这些差异乃是通常所谓'纯粹哲学'上的差异"[1]。由此可见关于这个社会需要怎么改进才免于宰制,哈贝马斯和罗蒂各自所诉诸的方略和所用的修辞不同。

罗蒂首先同意哈贝马斯所提出的自由社会的共同目标,比如更多对原子式个人行为和其他人类社会行动的预测和控制,生命机会应该平等化,尽量减少残酷等。但罗蒂认为除此之外,人们还应该对私人目标的彻底多样性、个人生命的彻底诗意化,更多关注和强调。在罗蒂看来,我们应该放弃普遍主义的幻想,对那些反讽主义者比如尼采、海德格尔、德里达等做出相对公正的论断,应该"协调"而非"综合"私人的认同感与自由主义希望。罗蒂写道:"我的诗化的文

---

[1] [美]理查德·罗蒂:《偶然,反讽与团结》,徐文瑞译,商务印书馆2003年版,第95页。

化,已经不再企图把个人面对自己的有限性所采取的私人方法和个人对其他人类的任务感,统合起来。"① 这个态变是相当直率坦诚的。

但在哈贝马斯看来,这种放弃统合,听任自我与社会的内在区隔的态度是成问题的,在他看来乃是向"非理性主义"的让步,这等于承认"理性的他者"(other to reason)的权利。而罗蒂认为,我们不应该再把理性看成是一种统合力量,把"理性"作为人类团结的源泉。罗蒂倾向于把人类团结的观念看作只是现代人偶然幸运创造出来的好东西,因此他认为我们不需要一个"交往理性"取代以"主体中心的理性"。罗蒂认为我们没必要在反对宗教的同时,拿出另一套统合力量的哲学来取代上帝的位置。他坦言"我反对任何关于超历史的基础或历史终结式的意见会合之理论——不管是宗教的、抑或是哲学的,而代之以关于自由主义制度和习俗之起源的历史叙述:指出这些制度和习俗的设计,是为了减少残酷,使在被统治者的同意下建立的政府成为可能,并尽量使无宰制的沟通的实现成为可能"②。这样一来他就把关于自由社会的讨论从知识论转移到政治领域,从解释"理性"及其关联转到探究政治自由如何给我们的生活带来好处,罗蒂不再宣称任何普遍有效性,而是正视语言的偶然为我们带来的自由主义乌托邦诗化文化。在这个文化中,罗蒂同意杜威的话,"想象力乃是善的主要工具,艺术比各道德体系都还要道德。因为所有的道德体系都是——或有倾向变成——现状的神圣化……而人类的道德先知一直就是诗人,尽管诗人们都是通过自由诗篇或偶然来说话的"③。

无疑,文学文化和艺术想象力所代表的"美"和社会伦理道德体系所代表的"善"之间,有时是不能完全同向的。比如在奥斯卡王尔德的戏剧《莎乐美》中,一种美的极端体验和爱的极端情绪可能有损社会生活和公众伦理道德。罗蒂在这一方面的观点难免有些

---

① Richard Rorty, *Contingency, Irony, and Solidarity*, Cambridge: Cambridge University Press, 1989, p.68.

② [美]理查德·罗蒂:《偶然,反讽与团结》,徐文瑞译,商务印书馆2003年版,第97页。

③ 同上书,第98页。

简单，虽然他自己有一套关于美善不必严格区分的说辞。但是在实践中，对文学自由的强调还是很有可能会过度塑造私人生活，因过度强化私人生活而呈现出反社会、反伦理的一面。诚如哈贝马斯所担忧的那样，罗蒂所向往的自由主义乌托邦文化，可能确实有过于浪漫主义的倾向，有难免坠入非理性主义之嫌。

第五章

后人文话语的意义与局限

罗蒂的后人文话语对当代中国的意义主要在于，他用特殊的历史主义话语对自由主义社会的证成。此外他消解二元对立的思维模式，提倡公共领域和私人领域之间分立，让不同价值可以同真共存。他还认为"民主先于哲学等"，这些思想给中国知识分子在思考当代问题时，提供了更开阔的视野。罗蒂的实用主义、经验主义态度使他关怀具体人的福祉，强调一切哲学和政治要看实效——是否增进人的幸福，并且他倡导在不同族群文化之间应该互相理解，共同学习。每个族群都要看到自身的有限性，族群之间提倡弱理性、弱联系，这些都表达了对"人"更为尊重、体贴的人文主义态度。

与此同时，罗蒂的后人文主义话语与中国当下语境也存在着某种程度的错位，因为中国至今仍然走在现代性的途中，传统人文主义话语在这块土地上还并不过时，有时它甚至是鼓舞人们去构建公共领域更有用的思想工具。本章将从罗蒂后人文主义话语与当代中国启蒙现代性语境的交错、碰撞与对接诸方面来探讨这一话题。

第一节 后人文关怀与当代思想论争

一 反反种族中心主义

当代中国，启蒙自20世纪90年代中后期开始走向自我瓦解①，

---

① 许纪霖、罗岗：《启蒙的自我瓦解——1990年代以来中国思想文化界重大论争研究》，吉林出版集团有限公司2007年版，第12—15页。

抱持启蒙现代性话语的知识分子之间很难凝聚起共识,"新左派"和"自由派"关于中国过去、现实和未来的体认正在走向分裂,每个阵营内部观点也四分五裂,各执一词。关于这两种社会思潮背后主要的理论主张和价值诉求,有学者指出:"新左派思潮是以西方左翼社会主义思想理论为基础,以平等与公平为核心价值,把中国走向市场经济的转型过程中的社会分层化、社会失范与社会问题理解为资本主义社会矛盾的体现,并以平均主义社会主义作为解决中国问题的基本选择的社会思潮。其核心问题是反思'现代性',强调国家对经济、社会生活的干预。……而自由主义首先是一种学理,然后是一种现实要求。它在经济上要求市场机制,与计划体制相对而立;它在政治上要求代议制民主和宪政法治,既反对个人或少数人专制,也反对多数人以'公意'的名义实行群众专政;在伦理上它要求保障个人价值,认为各种价值化约到最后,个人不能化约、不能被牺牲为任何抽象目的的工具。自由主义的核心就是对个人价值和尊严的肯定,对个人权利和利益的尊重与保护。"① 毋庸置疑,提出这个定义区分的是一位偏自由主义观点的人士。

纵观中国思想界近三十年对立与纷争,其中位于两个阵营争论旋涡的是对于"全球化"的态度问题,这个问题涉及哲学观和价值观上对"普世价值"与"中国特色"的不同体认。自由主义者提倡的"普世价值"基于自然法和自然权利学说,宣称世间存在普遍共通的人性,每个人有不可剥夺的基本权利,这些权利包括民主、自由、平等等。而很多被叫作"新左派"的知识分子赞同"中国模式"说,他们认为每个族群都有自己特殊的现代化道路和发展模式因此我们应该坚持中国特色,逐步走出自己的创新之路,切不可盲目照搬西方。罗蒂作为关心当代文化政治的知识分子,在和施特劳斯学派以及宪政共和主义者的论争中,他也反复提到这类问题,比如正义、人权和自由主义的关系,罗蒂实用主义版本的"反反种族中心主义"思想,无疑为我们审视本土这一问题提供了崭新视角。

---

① 徐友渔:《新左派与自由主义的分与合》,《博客中国》2006年11月8日。

"反反种族中心主义"的核心是既不承认有亘古不变的普世价值，也不承认文化相对主义的观点，即认为任何社会发展模式都有同等价值。罗蒂认为，对比法西斯主义和斯大林主义，自由主义制度是有优越性和说服力的。但是他为支持自由主义制度提供的是历史主义、经验主义的证明方式。在罗蒂和桑德尔关于正义、人权和自由主义的论争中①，桑德尔（Michael J. Sandel）称罗蒂为"最低限度的自由主义者"。因为罗蒂不承认有永恒不变的人性，也不承认《赫尔辛基人权宣言》的哲学基础，这个观点和李泽厚很相似。李泽厚也认为人性是文化心理结构的积淀，理性扎根于历史经验本体。在李泽厚眼中"普世价值既不是先验原则，也不是自古便有，而是历史发展到特定时期所生发出来的"②。桑德尔反驳《正义论》中的部分观点，而罗蒂时而引用罗尔斯，时而引用哈贝马斯，最后你会发现，罗蒂和他们（指的是桑德尔、罗尔斯、哈贝马斯）三个人的区别都很明显。实际上罗蒂的哲学先祖是尼采和达尔文。他把黑格尔以来的历史主义思潮和"小共同体"理论放大到突出的地位，从而反对所谓"拼图"世界观。在反本质主义和基础主义、表象主义这一点上，罗蒂做得非常彻底。

　　罗蒂认为当代社会哲学的辩论在三种人之间展开，"一种是罗尔斯和德沃金这样的康德主义者，他们试图保持道德与远虑之间的非历史区别，并把它作为现存民主制度和实践的理论支柱；一类是欧洲的马克思主义哲学左派、安格尔和麦金太尔（Alasdair MacIntyre）这样一些人，他们想放弃这样的制度（自由主义），不仅因为这些制度假定了一个已经失去信用的哲学，而且还有其它更具体的原因。第三种人就是像奥克肖特（Michael Oakeshott）和杜威这样的人，他们想保存这些制度而要放弃其传统的康德主义支柱"③。罗蒂本人的观点无疑

---

　　① ［美］理查德·罗蒂：《后形而上学希望》，张国清译，上海译文出版社2009年版，第260—316页。
　　② 李泽厚：《从"两德论"谈普世价值与中国模式》，《东吴学术》2011年第4期。
　　③ ［美］理查德·罗蒂：《后现代主义的资产阶级自由主义》，《后哲学文化》，黄勇译，上海译文出版社2009年版，第183页。

属于第三种。虽然后两者都接受了黑格尔的历史主义对康德的普世道德观念的批评，但是对于像罗蒂这样的实用主义者来说，不诉诸天赋人权和道德法，从传统共同体的生长和自然演进的角度出发，人们仍能找到支持自由制度的理由。实用主义者习惯把道德看成是一个"受历史制约的共同体的利益"，而不是"人类的共同利益"。

"后现代"在利奥塔的意义上意味着不再相信"本体自我""绝对精神"这样一些元叙述，然而"自由主义的黑格尔辩护者可以单单根据亲和性来辩护一个传统上要求有比亲和性更多的基础的社会"①。罗蒂认为自己就是自由主义的黑格尔式辩护者，他要把捍卫自由主义制度和认同自由社会从启蒙继承来的康德主义词汇相分离。罗蒂开始提出的"种族中心主义"主张认为既然不存在普世标准，那么判断一件事情的合理性就只能从本种族的利益和传统出发，而不是遵从任何绝对命令和普适范畴。在他看来"成为种族中心的，就是把人类划分成一个人必须证明自己的信念对之是合理的人群与其他人群，而构成第一人群的人们，即他自己种族的人，与他分享足够多的信念，从而使有成效的谈话成为可能"②。德沃金（Ronald Myles Dworkin）反对罗蒂这样的主张，认为"正义不可以归结为约定和轶事"，并把黑格尔式的历史主义斥之为文化相对主义。普特南（H. Hilary Putnam）等人也认为这是一种文化相对主义，一种改良的"唯我论"。只不过此处的"我"由单数换成了复数。

针对这种反种族中心主义的指控，罗蒂又提出了一种"反反种族中心主义"。他认为虽然我们无法超越自身共同体得到一个中立的立场，去证明自由主义共同体比某些极权主义共同体更合理，但这并非我们不去如此证成的唯一理由。每个文化都不是与世隔绝的单子，也并非我们这些通风较好的单子与人类本性或与理性等有着更多联系，而是每个文化"只好是种族中心的，只是说检验由其他文化建议的信念的办法只是努力把他

---

① ［美］理查德·罗蒂：《后现代主义的资产阶级自由主义》，《后哲学文化》，黄勇译，上海译文出版社 2009 年版，第 184 页。

② 黄勇：《译者序》，［美］理查德·罗蒂《后哲学文化》，黄勇译，上海译文出版社 2009 年版，"译者序"第 38 页。

们与我们已有的信念编织在一起"①。意识到这一点就不会单边地认为对方一定要服从"我"的信念,把"我"的信念看作想当然地"正确",而是以一个敞开的姿态,认同对方的信念在与"我"的信念重新编织的过程中,也可能改变"我"的信念。因此这种"反反种族中心主义"的理论认为有多个中心共存,我们要提倡不同共同体之间的平等对话,提倡判断事物的"弱理性"而不是"强理性",提倡不同共同体社群之间的"弱联系"而非"强联系",提倡说服而不是压服。这代表了对不同文化和个体更为尊重、体贴的人文主义态度。

在罗蒂看来,任何理性、道德都不是超文化、超历史的。"相对主义"不是意味着任何共同体与其他共同体相比都一样的好,而是意味着"如果从我们自己的传统内部出发,我们只能期望产生一个较为理性的概念和一个较好的道德概念"②。由此可见,后现代的自由主义辩护强调传统共同体而不是普世的道德律,这是主要受黑格尔历史主义传统影响的罗蒂,和主要受康德主义传统影响的哈贝马斯、罗尔斯的重要不同。

许纪霖曾经谈到他无法相信后现代哲学,但曾深深为之吸引过,因为懂得了这些理论,你可以使自己变得更加自由和宽容。罗蒂的哲学能够防止欧美知识分子在推行全球价值观的过程中产生不切实际的优越感,认为自己比别的民族更理性,他的"反反种族中心主义"意在增大不同共同体之间"设身处地"的同情,避免人们用如弗朗茨·法侬(Frantz Fanon)所揭露的"善恶对立寓言"看待"他者"文化。在罗蒂看来,一个"第一世界"大西洋富裕社会的知识分子要有自知,自知自身信念和自己族群信念的有限性,不认为自己掌握了"正确"和"合理性",不把自己当作神的使者,不把自己变成推行自由主义教义的原教旨主义者。罗蒂认为在全球化时代,民族矛盾冲突不断涌现,为了了解"他者"文化,"爱比知识更重要"。不存在跨文化的普遍道德义务感,人权基础主义已经是一个过时的名词。

---

① 黄勇:《译者序》,[美]理查德·罗蒂《后哲学文化》,黄勇译,上海译文出版社2009年版,"译者序"第39页。

② [美]普特南:《理性、真理和历史》,《后哲学文化》,黄勇译,上海译文出版社2009年版,第189页。

以上罗蒂关于人权、人性这些比较传统保守的观点接近于社群主义者，而罗尔斯和哈贝马斯从个人本位出发的自由主义版本认同"普遍人性"和"原初状态"的假设，因此他们的观点历来受到保守主义和社群主义的双重攻击。因为社群主义者认为，恰恰不是权利优先于善，而是善优先于权利。罗蒂在从后现代的视角拆除"人权"论的理论根据，他让强势的"人权"学说不是气势汹汹的"普世真理"，而是变成"我们"对"他们"的同情。"他们"假如认识不到"将通奸者投石而死"这种社群风俗是反人权的，不是因为他们先天没有发育出良好的理性和正确的认识，而是因为他们恰巧生活在那样一个道德、风俗相对封闭的共同体中。在罗蒂看来不是康德意义上绝对的道德命令和普遍的道德义务，而是安全感和同情心，对于促进人类的团结是必要的。因此如果我们想要推行我们的价值观，应该靠说服而不是压服，靠同情而不是启蒙。但是"我们"为什么会同情"他者"？罗蒂往往不愿深究，这是他的理论常被人们诟病为"轻浅"的原因。他绝不愿意说基于人性的共通性，我们对同类才有这种同病相怜的感情，他倾向于认为"同情"是基于具体情境的自然生发，因此每一次的同情都是具体的，而非抽象的。

罗蒂针对正义、人权和自由主义的言说，能轻而易举地拆除哲学概念设置的路障，还原到语境的具体性和复杂性。他解构了桑德尔所设置的道德两难困境，提醒人们注意到道德是个实践的问题，道德两难恒久存在，靠讲道理有时并不能最终解决问题。罗蒂对待道德两难是一种更加自由的、宽容的、伦理的、富有同情心的态度。他拆解了关于自由问题的认识论基础，从一定程度上让自由主义回到了伦理学认同，回到了对伦理共同体由小到大、由近及远、推己及人式的理解和同情，就区分不同范围的共同体使得"爱有差等"这一点来说，他的观点和孔门仁学很相似。

值得注意的是，中国当代自由主义者钱永祥先生对自由主义的辩护，在减少残酷和增加同情等措辞上和罗蒂也可以异趣沟通。钱先生认为自由主义在道德要求上很低调："它不要求个人成为圣人、不期望个人展现出很高的品德。但这并不意味着自由主义没有道德要求，它希望个人不要制造痛苦、能够同情共感，但它绝对不会对个人做更多要求。它非常体谅个人,给个人很大的空间,非常在意互相尊重、自由发展,这是我觉得自由主义比较美好的地方。自由主义的一个基本关怀就是让每个人去追求他的安身立命之道。"① 这种把"自由"放低的理解方式和罗蒂异曲同工,在这里自由主义是为了增进每个人的幸福,伸展每个人的精神自由,它深深扎根于人们对此世幸福的平凡渴望中,而不是为了其他任何远离人世的宏伟目标和虚妄理想。

二 消解二元对立思维

目前中国,现代性的制度建设还远未完成,我们仍然走在现代性的途中,但也许正因如此,在公共领域关于现代性的论争不绝于耳。现代性的话语崇尚一系列的区分思维,在公共空间的论战中,人们区分事实和价值、责任伦理和意图伦理、理性和情感、正义和忠诚等等。因为"启蒙"的应有之义正在于"照亮"(Enlightenment)和"澄清"(Clarify),如果厘清了概念我们就不至于错把无理性的吵架当成有理性的论辩,错把信仰当成理想。持启蒙现代性话语的知识分子都会认为,如果弄清楚这种种区分,国人的头脑就不至于太糊涂,因而有助于更加理性平和地讨论问题。

但是,我们文化中长期养成的"斗争哲学"思维模式,使得好多知识人习惯在思维方式上搞二元对立。在思想上不是你死就是我活,有了理智就不要情感,有了理性就不谈感性,为了现实不要原则,或者为了原则牺牲现实;高谈价值不顾事实,为了事实忽略价值等等。这种二元对立思维在人们的思想深处盘根错节,贻害不浅。巴赫金曾经在他关于"狂欢诗学"的研究中提倡"亦此亦彼"思维。他认为民间的"笑文化"既是戏谑官方的,同时又嘲弄自己;既是在渎神,又是在娱神。李泽厚在《告别革命》② 中也提醒人们,完全可以去除一个世纪以来"斗争哲学"的阴影,使得矛盾对立双方在互补转化中共荣共存。李泽厚、刘再复二位曾主张共同体内部成员合力解决现实

---

① 许纪霖、刘擎、钱永祥等:《政治秩序与心灵秩序》,《东方早报》2011 年 10 月 19 日。

② 李泽厚、刘再复:《告别革命》,香港天地图书有限公司 2004 年版。

问题，少提"阶级斗争"，也尽量少区分"敌我"；在代表不同利益的共同体之间，应提倡"对话"关系，而不是"对抗"思维。这无疑是一种更加宽容、智慧、平和的建设性态度。

然而罗蒂解构这类二元对立的常用的思路却和巴赫金、李泽厚都不同。他不是提倡那种"亦此亦彼"的兼容模式，而是主张消解对立项的区分，使得二者之间分界模糊，融为一体，在他看来，正义是扩大了的忠诚，情感和理性并没有泾渭分明的界限。罗蒂经由消融而达致解构的方式有点像德里达解构"哲学/文学""文字/声音"那些二元对立时采取的态度和路径，但是他的解构不像德里达那样突出弱势的另一方，而是让人看到双方很难区分，却可以兼容分立共存。罗蒂的做法也和伽达默尔重视实践品质的解释学传统异趣相通，伽达默尔在谈到阐释学在法律上的应用时，认为"理解和使用"并不能截然分开。对一个法律条文的理解就包含了"使用"的考虑，而"使用"一个法律条文也就是按照使用者固有的理解在"使用"。"理解和使用"的辨析涉及胡塞尔哲学著名的"意向性"状态，就像人们在区分"述行/述愿"语时辨析过的那样，人们总是将自己的意向投射到行动之上，而后产生行动，这期间的界限并不总是泾渭分明。

（一）正义和忠诚

我们可以试看在关于正义的问题上，罗蒂是怎样解构正义和忠诚之间的分界线的。在我们通常的观点中，正义是社会的，忠诚是个体之间的。康德主张正义产生于理性，而忠诚产生于情感，理性激起的是普遍的、无条件的道德义务，而情感相对来说比较暂时。哈贝马斯坚持康德式的区分，同样不愿意抹煞理性与情感、普遍有效性和历史共识的界限。然而在罗蒂看来"与康德分道扬镳的当代哲学家，要么沿着休谟的方向（像安妮特·贝尔），要么沿着黑格尔的方向（像查尔斯·泰勒），要么沿着亚里士多德的方向（像麦金太尔），都对此不以为然"[①]。如果仔细观察的话，这些人都或多或少是当代有别于自由

[①] ［美］理查德·罗蒂：《后形而上学希望》，张国清译，上海译文出版社2009年版，第276页。

主义的某种社群主义的提倡者,而罗蒂和他们的主张很相似,都提倡某种关于不确定性、小共同体、历史的、实践的主张。罗蒂反复强调任何道德义务都恰恰是有范围和有条件的,在他眼中正义不过只是更大范围的忠诚。

罗蒂举了几个生动的例子,证明他对"正义和忠诚"之间界限的"抹煞"是有道理的。比如动物权利倡导者要求把某些人际伦理施及动物,这符合更大范围的人道主义和自然正义。然而此种原则不得不受到小范围忠诚伦理的现实制约。假定奶牛和大袋鼠携带着某种突变病毒,那种病毒对它们自身无害,而对人类很致命,那可想而知所有的人类(包括动物权利保护者),都会加入必要的对它们的大屠杀行列中去。在此种情况下我们对地球上生命物种的更大范围的忠诚,会为对人类共同体小范围的忠诚所取代。

他还有一个更犀利的假说,假设民主自由制度和全球富裕幸福的实现之间存在矛盾,"只有在受到局部能够实现但总体上不可能的某种经济富裕支持的情况下,民主制度和自由才有望得到实施。假如这个假说是正确的,那么'第一世界'的民主和自由将无法存活于劳动市场的彻底全球化之中"①。也就是说民主制度如果施于全球,财富平均化之后,将不会有现在大西洋富裕社会的幸福生活。那么这些富国的富人,是愿意放弃自己的民主制度,以支持穷困的第三世界呢?还是坚持自己的民主制度,心安理得观看另外一些地区的匮乏?民主国的富人们这时怎样做才算正确?忠诚于他们自身还是忠诚于全球正义(其他人)?是以牺牲三分之二(穷国)为代价来保留三分之一(富国)人类的自由社会?还是出于平等经济正义的原则考虑,牺牲上天对自己政治自由的赐福?

与这类问题平行的还有,假如一场核灾难过后,一个大家庭家长面临这样的选择,他是把自家藏于地窖里的粮食拿出来与邻居分享呢(尽管他知道那些粮食也只够自家吃一两天)?还是拿起枪赶走自己的

---

① [美]理查德·罗蒂:《后形而上学希望》,张国清译,上海译文出版社2009年版,第275页。

邻居，自家独享地窖中的口粮？罗蒂认为这类道德两难产生了同样的问题，也就是我们该认同怎样意义上的共同体（生活圈子），范围大一些的还是小一些的圈子。"我们应该为了忠诚而紧缩那个圈子，还是应该为了正义而延伸那个圈子？"① 在罗蒂看来这类问题永远没有一劳永逸的正确答案，所以他愿意把正义和忠诚之间的冲突描述为——对小共同体的忠诚和对大共同体的忠诚之间的冲突。再比如2015年9月叙利亚小难民艾兰·库尔迪随全家偷渡时不幸遇难溺死海边的一张照片曾经震惊全世界，在这个情况下，欧洲各个富裕国家的公民，为了正义和人道主义，都开始纷纷表示向叙利亚难民尽量打开国门；而之后2015年11月的巴黎暴力恐怖事件似乎又提示所有这些善良的人们，欧洲各国在接纳难民涌入的同时也有大量恐怖分子混了进来。那么对于欧洲各国的公民来说，是为了自己小共同体的安全，重新封闭国门呢，还是忠于全球范围内更大的共同体（包括信仰伊斯兰教的叙利亚难民们）正义，继续开放国门？对于此类问题，永远没有一劳永逸的答案。

（二）理性和情感

关于理性和情感之间的对立，罗蒂也用了类似的方式进行消解。理性是我们现在公共领域讨论中经常要用到的关键词，它代表着某种正面价值，我们同意谁的严谨论证往往称赞他"很理性"，我们不喜欢谁的错乱观点或行为往往说他"非理性"。而情感是我们民族思维和生活方式中的"情本体"②，也是人们生活和思考很多问题难以回避的影响因素，甚至是出发点。像罗蒂这样的非康德主义者认为，我们并不因为自己人类成员资格而有一个核心的、真正的自我——一个响应理性无条件召唤的自我，我们总是无法逃避小共同体情感以及身

---

① ［美］理查德·罗蒂：《后形而上学希望》，张国清译，上海译文出版社2009年版，第275页。

② 李泽厚：《情本体、两种道德和"立命"》，《李泽厚近年答问录》，天津社会科学院出版社2006年版，第235页。李泽厚认为"情本体"主要与"宗教性道德"有关，从而也影响到"社会性道德"的规范建立。

份"占位"①对事实和价值判断的影响。罗蒂赞同丹尼尔·丹尼特（Daniel Dennett）的见解，把"自我"看成是一个叙事重心。他认为："道德两难不是理性和情感冲突的结果，而是两个不同自我、两个不同自我描述、给予某人生活以意义的两种不同方式冲突的结果。"② 在人类社会进化的缓慢过程中，正是随着人们生活团体的扩大，法律才取代了习俗，抽象原则取代了实践智慧。罗蒂认为法律和原则是抽象空洞的稀薄之物，而习俗和实践扎根于历史传统，往往凝聚着厚重的东西。然而在文明进化的过程中，人类生活的共同体不断扩大，这才使得某种方式的抽象原则（理性）先于具体忠诚（情感），稀薄之物以某种方式变得优先于厚重之物。在他看来，"假如我们不再把理性看作权威的源泉，假如我们把理性简单地看作通过说服而达到同意的过程，那么理性和情感之间标准的柏拉图和康德式的二元划分就开始被人们所废除。那个二元划分会被各种信念和欲望之连续的重叠程度所取代"③。罗蒂试图表明，理性也是来源于欲望、信念和情感的。

在中国传统语境中也不乏"忠孝不能两全"的道德困境，像"四郎探母"那类戏剧历来被传唱不衰。丢下父母去远征是否是一个合适的选择？依照罗蒂的逻辑审视此类问题，这不过是对于国家这种更大共同体的忠诚和对于家庭这种较小共同体忠诚之间的选择。那么现在我们要追问的是：道德义务合理被扩展的"度"在哪里呢？比如早期儒学中"亲亲相隐"公案，大多数人会在内心认同舜背着杀过人的瞽叟（他父亲）逃弃天下的做法，并敬佩他为了父爱弃天下（私利）的忠诚选择。但是此案里，对国家法律的不尊重是不是就真的不用考虑了呢？对于此类问题现代启蒙思想者如邓晓芒认为，正是自古以来

---

① ［法］皮埃尔·布迪厄：《艺术的法则》，刘晖译，中央编译出版社 2001 年版。布迪厄认为，所谓"占位"，是指行动者（agent，作家、批评家、书商等）在共时与历时的文学空间中占据的位置。场域是占位关系构成的系统，根据场域概念思考就是从关系的角度进行思考。每个人的占位不同，也就是立场和出发点不同，其观点就会有很大不同。

② ［美］理查德·罗蒂：《后形而上学希望》，张国清译，上海译文出版社 2009 年版，第 278 页。

③ 同上书，第 288—289 页。

的"亲亲相隐"导致了我们现在这个只重人情、不重法律的"关系社会"。然而新儒家人文主义者比如郭齐勇援引孟德斯鸠在《论法的精神》里的说法,认为亲属间相互揭发(比如让子女为父或母的通奸罪作证),是用一个更大的恶来制止较小的恶,这样的法天生是恶法。我猜要是遇上这种情况罗蒂应该会更同情新儒家人文主义者,因为他常常提醒我们尊重小共同体的习俗和感情。但是这种尊重也不是没有底线的。如果遇上整个部族将再婚寡妇投石而死那样的惨剧,不诉诸理性和人权,我们将怎样把彼部族的信念编织进我们自己的信念呢?罗蒂的解决方略是弱理性的:即"我们"先对"他们"如此的风俗和传统深加了解,然后通过说服而不是压服,使得"他们"的信念中也编织进"我们"的信念,从而通过理解、交流和同情,对祛除陋俗起到切实的影响。无疑这与武装干涉相比,是一个比较缓慢的过程,但是这样来处理问题却能在移风易俗中,最大限度地减少对原部族的感情伤害。

　　阿多诺(Adorno,1903—1969)说过,在荒谬的时代没有正确的生活。在我们的生活中理性并不总是正义的,正义也并不总是站在正确的一边,尤其是在一个错误的时代;一般来说基于感情的选择常常有沉默温柔的力量,能经得住时间考验。说起来"亲亲相揭"这样的恶法在中国历史上并不少见,秦始皇、明太祖时期的告密"连坐"文化,还有就是"文革"时期亲属间的互相批斗。在"文革"中为了揪出"阶级敌人",人们都很"理性"地和自家亲人"划清界限,一刀两断",很多人响应号召在群众如潮的声讨声中跳上台去,揭批自己"地、富、反、坏、右"的亲属。当年做出如此选择的人们,为了历史中流动的"正义"(在当时就是阶级斗争原则)泯灭了永恒的人伦亲情。他们为了对较大共同体(集体)的忠诚而放弃了对较小共同体(家庭)的忠诚。在那个梦魇一般的时代,人们因为被教唆、煽动起来的理性而丧失了良知的底线,对一个宏大空洞"理性"的归附,造就了社会更大范围内的非理性现实。当人真的"铁面无私"揭发亲属的时候,人们心底真正的情感,那脆弱的、卑微的、柔软的部分,却被忽视了。到底怎样做是理性的,怎样做是非理性的,在这里确实很难说清。

不仅在社会领域理性和情感区分困难，即便在个人领域也是一样。罗蒂削平深度模式的后现代哲学倾向于认为，我们做出一个选择，有时并非出于向着至善的理性，比如为了上帝，为了真理，为了正义等。在罗蒂看来"所谓的道德法则至多是一张具体的社会实践之网的精巧缩写"①。有时我们的选择，只是在两善不能兼得的情况下，在水平方向上进行情感取舍，而不是在垂直方向上做出的理性依附。

因此理性并不先天优越于情感，很多貌似理性的选择其实也不过是情感的选择。比如在关于韩寒和方舟子的论辩中，我们愿意站在哪一方，也许不是纯粹理性的选择，而是一个和情感、信念连在一起的问题：我们愿意相信谁？愿意相信韩寒是光明磊落不可替代的，还是愿意相信方舟子"打假"出于公心和赤诚？这些判断本身就有赖于我们长期培养起来的对二人的情感态度（比如很多"倒春韩"者坦言自己的质疑是因为对"韩三篇"不满）。因此在对社会问题进行判断时，理性和情感往往夹杂不清。归根结底这是因为谁也没有办法占有上帝般超然中立的位置，我们都是被"抛入"人世的，自懂事起就生活在大大小小的共同体中，我们做出的每一个判断和选择都是受生存条件、个人经验、情感亲疏等因素影响的。

值得注意的是，罗蒂提出消解这些二元对立，其初衷并非要泯灭是非、善恶的界限，而是提醒我们注意，这些二元对立很多都是具体情境下的选择，没有语境的道德教条是空疏的。世界是复杂的，存在是具体的，道德本身也是复杂的。认识到这一点，我们在任何论争中，就都能从对方的语境和"占位"出发考虑问题，不以"真理在握"的"强理性"强加于人，而是以平等的态度体谅、尊重对方的观点和感情。像胡适当年一样，对前途充满希望、乐观，对政敌和异己说服、宽容，去除"二元对立"斗争哲学的思维方式，具备罗蒂意义实用主义人文主义者的处事态度和胸怀。不管是"新左派"还是自由派，还是其他什么派别，所有希望自己的国家往更好方向发展的知识

---

① [美]理查德·罗蒂：《后形而上学希望》，张国清译，上海译文出版社2009年版，第280页。

分子，应该求同存异，相信多元价值可以共存，在此基础上建立底线共识；而非纠结于互相指责、内斗。这种自由、宽容、改良、实用的态度，对于目前中国的思想界来说是弥足珍贵的。

三　人文主义的批判智慧

罗蒂认为没有一套普遍的人性学说，将公共领域和私人领域，公共的正义和私人的完美统合起来。道德评判是抽象原则和具体语境结合的产物，因而必然是复杂的；而政治选择则常常是具体时代偶然事件的结果。因此，他认为在进行道德评判和政治选择的时候，将二者简单联系起来的观点有时是非常有害的。正因如此，他提倡一种"人文主义的批判智慧"。这种智慧是一种实践智慧，有别于启蒙哲学家提倡的僵硬"理性"教条，这种批判智慧不把私人的道德评价必然联系于这个人在公共领域的政治立场选择。这种人文主义的批判智慧，能够使人们看到，有些作者如马克思、穆勒、杜威、哈贝马斯和罗尔斯关注社会正义和人类团结，另一类作者如克尔凯郭尔、尼采、波德莱尔、普鲁斯特、海德格尔和纳博科夫则注重私人的完美——自我创造和自律的人生。一个宽容的社会所要做的就是让这两类思想者都受到尊重，各自在自己的领域发生作用。罗蒂写道："在我看来，当他公开指责康德式的对确定性的自欺欺人的追求的时候，让-保尔·萨特是正确的；当他公开把普鲁斯特当作资产阶级无用懦夫来唾弃的时候，萨特是错误的。一个人的生命和著作或许都同等地不相干于实际发生的那个唯一实践，即推翻资本主义的斗争。"① 罗蒂认为"人文主义的批判智慧"在政治立场的两极间进行调停，这样的评判者努力做一个富有实践智慧的、成熟的人。

在《两位值得敬重的人》里，罗蒂把惠特克·钱伯斯和阿尔杰·希斯都看作值得敬重的人。就他们二人分别受到"冷战自由主义者"和"政治间谍"的指控和在同代遭到的误解，罗蒂谈到我们不能把政

---

① ［美］理查德·罗蒂：《后形而上学希望》，张国清译，上海译文出版社2009年版，第369页。

治分歧简单看成道德败坏的一种表征。他认为并不是任何一个正直而有才智的人,都会选择未来的历史学家所赞同的政治立场。诚然被称作"冷战自由主义者"或者当作"苏联间谍"都是政治上的污点,但是当人们用"背叛""愚蠢"或者"不诚实"这样的道德词汇谴责当事人的时候,也许太过简单、粗俗,这些词汇无法处理具体道德情境中分裂的忠诚以及艰难的道德选择。罗蒂认为政治是在具体而又复杂的层面上运作的,分裂的忠诚有时体现在:"如果我不得不从出卖国家和出卖朋友这两者中选择其一,我希望我有出卖国家的勇气。"①这个道德教条听起来悲怆动人,但是如果不假思索付诸行动也会变成一种残忍。因此不管是首选出卖国家还是首选出卖朋友,都不能变成僵硬的道德律令,否则的话就有逃避历史情境,化约具体、复杂事物的危险。在莱昂纳尔·特里林看来,也许钱伯斯正是为了心中的真诚政治信念不得已出卖了朋友。所以罗蒂提倡"人文主义的批判智慧",是希望这样的智慧使人不以僵化的观点看待他人的道德和政治选择,并且他相信这样的选择扎根于具体的历史情境之中。

　　罗蒂认为,当人们称赞乔治·奥威尔是一个清明正确的人,而同时代的萧伯纳和叶芝却不愿意再版他们当年对墨索里尼的评价时,并不说明这三个人在道德上有明显的优劣可以进行比较。萨特(Jean-Paul Sartre,1905—1980)曾经称雷蒙·阿隆(Raymond Aron,1905—1983)是"社会渣滓",但是我们觉得萨特和阿隆相比谁更正直呢?在罗蒂看来,关于政治立场,每个人都有可能犯诚实的错误。罗蒂认为乔治·奥威尔总是站在正确一边,可能并非源于他的道德上的正直明晰,而是在很大程度上由于不可言说的运气。莱昂纳尔·特里林曾经发表小说《旅程中途》,其主人公以惠特克·钱伯斯为原型,并为其政治选择进行辩护。特里林不是一个对道德要求低、愿意为别人做伪证的人。在历史上钱伯斯和希斯都已经因其"冷战"行径而不被看重,但是特里林以小说家的智慧尽量去体谅他们的立场和政治选

---

① [美]理查德·罗蒂:《哲学、文学和政治》,黄宗英等译,上海译文出版社2009年版,第136页。

择，他对钱伯斯做法的理解是出于对人性的宽容和对政治问题复杂性的认识。

本质主义者和追求政治、道德信念确定性的人一般会认为，"在政治事件的波澜中，有一个特殊的时刻，此时相关事实都展现在所有人面前，所以只有不诚实的人才看不到它们的涵义"①。罗蒂认为这种观点就像把科学革命看作某个关键性的科学实验的成功一样糟糕。并非比萨斜塔实验之后，所有的人马上就会成为伽利略的信徒，从而不再相信亚里士多德的学说。智慧和理性无法为所有的特例做出选择。真正具有"人文主义的批判智慧"的人，应该竭力抵制诱惑，拒绝承认自己的道德身份自足而无条件，把自己看作时代和偶然的一个产物。废奴主义者对罗伯特·李（Robert Edward Lee）将军为保留奴隶制而战感到厌恶，但是他们从未想到过否认李是一个值得敬重的人。罗蒂认为是否诚实和可敬是根据人们对自己的叙述表里如一的程度以及他们是否由衷相信这个叙述的真实性来衡量的。大多数人编一部属于自己的小说，都可以把自己塑造得可歌可泣。然而现实生活中的选择却并没有一颗明星为我们导航，以便让所有诚实的人都能看到它。

很多时候，人生背后既然没有统一的本质和基础，没有永恒的标准外在于我们或者植根于我们内心，那么道德或政治的选择就难免不在事物发展前因后果的链条中呈现偶然的一面。罗蒂看到"进行道德或政治选择时，或者就科学理论和宗教信念做抉择时，我们最多能做到让自己前后一致。但是这样做也不能保证历史的评判会站在我们这一边"②。没有告诉我们永远正确的指路明星，这颗指路明星的缺失是人生必须面对的事情，我们必须忍受这种状况，大半是因为，如果有这颗明星在的话，它很可能会变成另外的东西——上帝、形而上学基础、建构理性或者波普尔所说的历史主义之类的东西。这颗明星的缺失预言了我们敬重的人也可能做出令人厌恶的事情。林昭是在"文革"暗夜中依然忠于信仰的烈士，里芬斯塔尔却一直忠于希特勒的法

---

① ［美］理查德·罗蒂：《哲学、文学和政治》，黄宗英等译，上海译文出版社2009年版，第131页。

② 同上书，第143页。

西斯主义并不肯言悔，在现实案例中很多人不够明智站错了立场，但是他们宁愿为错误的"主义"而献身，因此我们很难通过政治立场的选择对别人进行道德评判。当我们一劳永逸地说"让历史做出证明吧"，历史的评判恰恰也有可能是错的。尽管如此，罗蒂反过来辩证地说，并不意味着我们可以因此停止道德评判，就像我们知道即使纳粹赢了，曾经密谋去刺杀希特勒的施陶芬贝格（Claus Philipp Maria Justinian Schenk Grafvon Stauffenberg，1907—1944）仍然做了一件正确的事情一样。我们知道错误有时在所难免，但我们依然要教诲我们的孩子学做正直的人；然而同时必须有这样的自知，那就是有了正直的品质，也无法保证他们总是去做正确的事情。

由罗蒂的观点审视当今中国知识思想界，就会发现"左右之争"总是很容易沦为道德之争：一方指责对方是当权者的高级幕僚，"五毛党"，另一方则直呼对方是权贵资本主义、"带路党"、美帝的走狗。而问题解决的出路可能是：不要急于因政治立场不同给他人贴上道德标签。正视别人的理论，先假设他是真诚的，看有没有对自己的思路形成有益的补充，借此发现自己的理论或现实盲点。如果为了在理论上击败对手就先行在道德上占据制高点，对别人的学术动机大加指责，甚至不惜进行人身攻击，实在是两败俱伤、让"亲者痛，仇者快"。

罗蒂对政治选择具体、复杂的审视也容易使人想起当年余杰对"余秋雨你为什么不忏悔"的追究。在一个错误的时代，很少有人做出林昭、遇罗克那样正确的事情。一直受人敬重的钱理群老师也曾经在《随笔》上著文对自己"文革"中一些做法表示自责。也许罗蒂说得有道理，即使我们怀疑"人文主义的批判智慧"很快变成历史古董，但是当我们发现我们的孩子对道德和政治选择显示出偏执的迹象时，我们还是应该教导他们。我们这些后人能做的可能不是指责、追究、教训前人，而是尽量让过去的悲剧不再重演。

罗蒂所持的"人文主义的批判智慧"承认现实性和偶然性，在道德评判和政治选择上力避确定性观念和偏执的道德理想主义，这使得很多有柏拉图—康德形而上学哲学情结的人，不能完全认同这种后哲学的观点。关于政治选择与道德的关系，按照康德的观点，好的政治总是顺应了、也进一步催生好的道德。如果研究社会科学和政治哲学不是为了更好的政治，不是为了涵养民众更好的道德，我们研究它还有什么用呢？罗蒂的哲学就像解毒剂，他意在告诉我们没有事先认为一成不变的好的东西，好的就是具体有用的。你可以向着自己认为好的方向努力，但是不确保现实会有什么结果。

然而罗蒂说对前人的政治选择应放到具体的语境中去认识，应抱理解和同情的态度，这并无大错，就像钱穆先生说每个中国人对历史和传统应持的那种温情脉脉的态度。陈丹青先生对胡兰成《今生今世》的解读，对胡兰成及其同代人的政治选择所持的也正是这样一种态度。"看过胡兰成的《今生今世》，可能会有很多感想，但有一个感想就是，一个有才华的人，一个有抱负的人，而且他在文化上绝对是一个民族主义者，可是在那样一个大时代里，同他一样的那么多青年，走了不同的道路，变成不同的人，留在历史上不同的名声，最后不同的脸谱。这也是让胡兰成有意思的地方，他在一个永远的困境当中。"① 陈丹青的解读无疑体现了"人文主义的批判智慧"——对不同时代、不同政见的思想者持一种更人文的、宽容的态度。

第二节 后人文话语与中国现代性语境

一 区分公共领域和私人领域

(一) 统合、分裂和兼得

从少年时代起，野兰花代表的神秘个人经验和托洛茨基代表的社会正义关怀，对于罗蒂来说就具有同等的吸引力。15岁的他曾有一种向往，那就是同时拥有对托洛茨基和野兰花的爱。他最担心的就是，自己向往的托洛茨基式人物不会赞成他对野兰花的热爱。他一直想找到能调和二者的精神范式"就我心中的打算而言，是要调和托洛茨基

---

① 陈丹青：《谈〈今生今世〉》，豆瓣读书 http://www.douban.com/group/topic/14414836/。

和野兰花。我想找到某种智识的或审美的框架，它能让我——用我在济慈那里读到的激动人心的诗句说——'在单纯的一瞥中把握实在和正义'①。因此，从那时起野兰花和托洛茨基在罗蒂那里就有了象征意义，一端是自我创造的完美和对神秘实在的迷恋，一端是社会公义的追求和对他人命运的关心。

罗蒂曾经长期为二者的关系如何和谐共处而苦恼。他在哲学生涯开端追随列奥·施特劳斯哲学，想要寻找的答案是柏拉图主义的，那就是发现世界背后关于自我和社会的统一本质，把个人、社会与一种"大写真理"相联系。之后他在完善这个理论的路途中屡屡触礁，渐渐失望，于是背离。在现实生活中，这两者的对立和分裂却常常存在。世上的大多数作者根据自己的气质倾向选择一种人生，发挥到极致，并对另一种可能性嗤之以鼻。人们往往将私人完美和社会公义这两种倾向看作对立的两端，互不通融。以个人完美为人生旨趣所归的作者如尼采、海德格尔和福柯等人，带有某种反社会的倾向，嘲笑正义和民主；而以社会公义为主旨关怀和奋斗目标的作者如杜威、马克思和哈贝马斯等，则斥第一种人为个人神秘主义和非理性主义，认为对方的观点不值一提。

既然二者不能统合，分裂也许并不可怕，关键就是两类作家各自为敌，于是以己度人的冲突在所难免。每一个阵营里的人都自以为是，谴责对方的观点浅陋。比如萨特把普鲁斯特看成小资产阶级的无用懦夫，而哈贝马斯认为海德格尔错误的政治立场选择可以追溯到其内在就有问题的浪漫主义哲学。在认定公共关怀和私人追求统合不能、分裂无益的情况下，罗蒂试图超越这两种态度，让两者分立并存，像两棵树一样，比立着平行生长，共同促成"幸福的森林"（康德语）。罗蒂主张让不同的人各尽其用，我们应该既鼓励私人创造的完美，又提倡社会公义的关怀，让两者分立互补，各自以不同的方式服务于现实社会人生。

---

① Richard Rorty, "Trotsky and the Wild Orchids" (1992), *Philosophy and Social Hope*, New York: Penguin Putnam Inc, 1999, p. 6.

由此可见，罗蒂提倡公共领域和私人领域的二分，其实重点不在二分，而在如何兼得，在这里承认分立是能够兼得的前提。他提出二者的统一只是在功能上，而不是在本质上。我们可以通过阅读伟大经典而提高私人涵养，但是并不能从中学到如何组织社会生活，社会生活如何组织属于公共领域的问题，在这个层面上，罗蒂支持自由主义社会。作为一个个体，罗蒂也阅读尼采和海德格尔，但是他与这两个人的政治主张保持反讽的距离。他认为，作为政治思想家的尼采和海德格尔是非常危险的。

在罗蒂看来，既然不存在大写的、共通的人性，也就没有康德意义上"理性/非理性"泾渭分明的划分，语言、自我和自由主义社会都是偶然的产物，根本不存在一个超越经验世界之外的超验世界，因此也不必有一个统一的世界观基础，可以统合一个人所有的政治选择、美学趣味等。在他看来一切具体的政治行为都有"事件性"的特点，"自我"是由童年经验的偶然塑成的，自由主义社会成长于历史、传统和习俗中。罗蒂认为我们"要在理论上将自我创造和正义统一起来，是不可能的。自我创造的词汇必然是私人的，他人无法共享，而且也不适合于论证；正义的词汇必然是公共的，大家共享的，而且是论证交往的一些媒介"①。我们想要诉诸统合为一的努力，是因为我们假定世界背后有形而上学的基础和标准作为支撑，事实上，如果现代人足够有勇气和开明，就能理解根本不存在这样的标准，一切问题的解决来自社群内部的共识，而不是来源于既定目标和客观标准。因此罗蒂认为自由民主的社会应该是开明的、对话的社会，在这样的社会里共识的形成靠说服而不是压服。如果我们支持和鼓励公私之间的区分，就能为私人领域留下足够的地盘，最大限度地鼓励私人创造，而不压抑天才或者不把艺术家视作非理性和反社会的"另类"，这样我们就可以充分培养社会的宽容。

人们完全可以允许一类作家如克尔凯郭尔、尼采、波德莱尔、普鲁斯特、海德格尔和纳博科夫等人，作为私人样本自由地追求和创造

---

① ［美］理查德·罗蒂：《偶然、反讽与团结》，徐文瑞译，商务印书馆2003年版，第5页。

完美；另一类作家如马克思、穆勒、杜威、哈贝马斯、罗尔斯等人，作为公民模范致力于提高社会公正。让普鲁斯特们尽情编织关于自我的怡人小事，让乔治·奥威尔们为社会公民提供清醒的认识，两类作家谁都不必厚此薄彼，互相怨怼。也就是说萨特没有理由鄙夷普鲁斯特，就像纳博科夫没有理由轻视巴尔扎克和高尔基，因为"没有任何东西具有神圣的普遍性，使得分享了它的人比没有分享它的人必然地更好些。没有任何必然的特权，让你能使每个人都同意的（普遍的东西）凌驾于你不能使每个人都同意的（特殊的东西）之上"①。罗蒂对公域和私人二分的理论正来自他对偶然性和特殊事物、具体情境选择的重视。在他看来，人们完全可以根据自己的气质倾向选择自己的生活道路，一心致力于自己关心的问题，并且因此得到社会承认和尊重。如果能够做到让私人完美和公共关怀分立同真并存，对于一个个体来说，才有开明的胸怀；对于一个社会来说，才是一个自由的社会。

（二）哲学的归哲学，政治的归政治

罗蒂把哲学看作个体知性训练和私人完美追求，归入私人领域；他把政治看作与他人相处的具体事务，归入公共领域。政治公共领域指向社会正义，需要提供社会组织的秩序和原则；而哲学即私人领域，指向私人创造的完美，要为人们提供安身立命的价值和意义。实际上他的区分也是秉承了西方政治传统中的政教分离原则，让"上帝的归上帝，恺撒的归恺撒"。这意味着制度建构要共识，而人心信仰有自由。政府不能告诉民众什么是私人意义上好的生活，这个领域要由他们个人的好尚决定。政府也不能以高压的政治权力统辖人心，因为人心是自由的，人心只向他自己和上帝负责。在罗蒂看来宗教没落之后，启蒙哲学起着和宗教大体相当的作用，即为人生提供意义。因此，他认为把哲学追求驱入私人领域，就可以免去好多哲学家"叙拉古情结"的诱惑。有别于柏拉图最防备文学家（诗人）对城邦的公共

---

① Richard Rorty, "Trotsky and the Wild Orchids" (1992), *Philosophy and Social Hope*, New York: Penguin Putnum Inc, 1999, pp. 13–14.

生活腐蚀，罗蒂对小说家和小说的智慧颇有赞词，他反倒最对哲学家及其追求不敢放心。他时时提醒人们不要让哲学理论的灰色蛛网捆缚住蓬勃常青的生命之树。他主张把公共领域、私人领域分开对待，就是为了让"哲学的归哲学，政治的归政治"，这就等于承认政治和道德，哲学与宗教之间并没有必然的联系。

　　罗蒂把哲学/政治、私人领域/公共领域二分历来受人诟病，很多人认为他无法做到让一个人的政治立场完全不受本人哲学世界观的影响。而罗蒂提出这一理论来自他对偶然性的认识。罗蒂受到历史主义的吸引，把哲学和政治观点都看作生命之偶然的产物，他坦言"我这里的历史主义并不是波普尔在《历史主义的贫困》中所批评的那种关于历史必然性的观点。相反，它指的是我们的哲学词汇及其所要解决的问题所涉及的都是偶然的历史情境，而不是那些'永恒的'或者'根本的'东西"①。既然一切因缘际会，无论是哲学旨趣还是政治选择都是历史主义、情境主义的结果，那么试图在某人的哲学观点和政治观点之间建立必然联系的做法便是形而上学的。因为这样的人仍然迷恋"拼图"世界观，相信世界背后有一个普遍本质，人的一切领域的观点之后有一个稳定的、统一的自我。比如哈贝马斯认为，海德格尔对纳粹的亲和与其浪漫主义哲学的特质有密切关系；理查德·沃林则在新书《法西斯的魅惑》中大谈尼采那被审美化了的后现代思想（主要是相对主义和虚无主义哲学）和纳粹哲学之间的关系②；马泰·卡琳内斯库也在《现代性的五副面孔》中提到，无论极左派还是极右派对现代主义艺术的支持，都与他们反现代性情结、破坏性冲动内在相关。但是罗蒂认为，虽然在一些传记事实上，海德格尔的哲学观和政治观是有关系的，就像在同类传记事实的基础上，萨特的《存在与虚无》也与斯大林主义有关一样，但是纳粹政治并无损于海德格尔哲学的深刻，正如斯大

---

① ［美］理查德·罗蒂：《后哲学文化》，黄勇译，上海译文出版社2009年版，第263页。

② 陶东风：《审美化背后的尼采》，《读书》2017年第4期。

林主义也无法侵蚀萨特的哲学一样①。

在罗蒂看来,哲学涉及私人的故事,而政治协调复杂的偶然利益。前者主要是理论的累积,因此哲学史是一个思想家企图超越另一个思想家的故事,每个人都想做形而上学的终结者;而政治史则涉及具体利益的分配、制衡和敌我的区分、选择,主要是具体问题的解决。哲学意在使理论越来越繁复精致,而政治旨在使残酷的历史事件越来越减少。他认为"政治学是漫长的,而哲学相对地是短暂的。创造一个没有暴行的世界的渴望比任何一个哲学观念都要深刻持久"②。所以一个成熟的社会,为哲学和政治、理论和实务划定边界在所难免。在此意义上罗蒂远离了曾经师承的施特劳斯哲学,因为施特劳斯把政治进步看作思想进步的一个副产品,施特劳斯认为我们思考一切现代问题都绕不过柏拉图和亚里士多德。罗蒂却认为你无法用历史事件来佐证你的政治观点,也无法用哲学来支持你的乌托邦政治。就像你无法以处理自然的方式处理历史,以及无法用过去预测未来一样。罗蒂认为把政治和哲学搅在一起拎不清,实在是许多人道灾难和哲学迷误的原因。

罗蒂批评法国解构主义者德里达和福柯等人把人生哲学问题和政治问题混淆来谈。他认为启蒙时代的两大遗产,一个是关于哲学的真理叙事,一个是关于政治的解放叙事,不必绑在一起,而是可以分开来对待。因为这些启蒙的哲学遗产已经被维特根斯坦、杜威、塞拉斯等人超越,而今虽然"大写"哲学真理不再存在,但是启蒙的政治遗产并没有过时,政治遗产也不因哲学遗产的千疮百孔而受到损害,因为它依然是我们目前生活富足社会自由的主要原因。罗蒂认为,在政治中,我们必须坚守自由主义的立场,他不愿意支持各种激进批判的现实左派学说,也即他不愿对自由主义政治采取虚无主义的态度。罗

---

① 理查德·罗蒂:《海德格尔的日记》,林云柯译,《伦敦书评》,2015 年 3 月 7 日,来自泼先生 PULSASIR 微信公众号。http://www.360doc.com/content/15/0307/23/103068_453425547.shtml。

② [美]理查德·罗蒂:《后形而上学希望》,张国清译,上海译文出版社 2003 年版,第 118 页。

蒂认为我们在放弃理性和真理的同时，不应该把婴儿和洗澡水一起倒掉，同时放弃民主和自由。正因如此，他赞成哈贝马斯和罗尔斯的自由社会理想，而不完全赞同他们提供的"理性""普遍性"哲学论证；他在哲学上同意尼采、福柯、利奥塔、德里达等人对启蒙哲学的清理，却不赞成他们的虚无主义造成的对启蒙人文理想的腐蚀。罗蒂理想的知识分子是自由主义的反讽主义者。既保持对野兰花及此在的神秘迷恋，又能担负起托洛茨基那样的社会责任；既能拥抱自由主义、人文主义的社会理想，而又不致因把自己观点强加于人、唯我独尊，而走向专制和偏执。

（三）是否可分：哲学层面和政治层面

罗蒂的后现代哲学话语致力于消解一切形而上学二元区分，包括表象/本质、理解/使用、文学/哲学、正义/忠诚、理性/情感、道德/审慎等，这些习惯思维中的二元对立都被他轻易解构以致界限消融，但是他坚持公共和私人领域的划分，给很多人留下了攻击的靶子，很多人认为这是一个明显荒谬的学说，一个致命的理论漏洞。因为不管是一个人的哲学观还是他的政治观，面对的都是同一个世界，做出判断的都是同一个自我。亚里士多德认为，人本身就是政治的动物，也就是说，广义的政治涉及人们对过去、历史和现实的看法，因此无法不和人安身立命的周遭事物有关。马克思对人的本质的论断是非常精辟的，他认为："人的本质不是单个人所固有的抽象物，在其现实性上，它是一切社会关系的总和。"① 在路易斯·阿尔都塞（Louis Althusser）的泛意识形态理论中，"意识形态"是对个体与其现实存在条件的想象性关系的再现。② 据此，公私二分理论的反驳者提出，当今社会政治已经渗透到所有人类生活的领域，尤其是女权主义者的"身体政治"，更充分地说明了"私人的也是政治的"。

米德（George Herbert Mead，1863—1931）曾经说过："自我，作

---

① 《马克思恩格斯选集》第1卷，人民出版社1995年版，第56页。
② ［法］路易斯·阿尔都塞：《保卫马克思》，顾良译，商务印书馆1984年版，第202—203页。"意识形态是人类依附于人类世界的表现……是人类对人类真实生存条件的真实关系和想象关系的多元决定的统一。"

为可成为他自身的对象的自我，本质上是一种社会结构，并且产生于社会经验。"① 罗蒂的哲学英雄、经典实用主义者杜威也认为，人的好多个体行为都是社会意义内化的结果。维特根斯坦用纸盒实验证明了根本不存在一种纯粹的私人语言。无独有偶，在汉娜·阿伦特（Hannah Arendt）的"哲学—美学化"政治理论中，也强调公共世界和私人世界的联系。"公共领域中各部分的所有活动的目标，无论是文化的还是政治的，都不是满足人的需求，而是赋予人类生活以意义。"② 在阿伦特看来，价值、意义本不是私人的、个体的，个体的人是没有所谓的意义、价值的；只有当人在公共领域中，真诚地生活在人与人交往的世界的时候，人生才有意义。这就表明了意义是一个公共性的问题，一个与政治相关的问题。因此私人完美的追求事实上和社会正义密不可分。阿伦特意义上的政治哲学受海德格尔的影响，本身有一种政治神学的影子和过于理想主义的气质。她把政治哲学命题上升到了人生意义的层面，强调人与他人的"共在"。

对于这些理论困境，罗蒂可能也意识到了，在后来的著述中，他承认公共和私人之间相互影响，但是他从不承认这两者之间有直接的、必然的联系。那么问题是，二者之间偶然间接的影响、能够被承认的相互依赖和塑造到何种程度？罗蒂的意思是即便两者之间有影响，也要尽量减至最低，以便给私人留下质疑和反讽的空间。因此在哲学理论上追究二者区分之有无是没有益处的，尽管被习俗化了的社会系统是每个人思考意义的出发点，但是我们还可以通过"重新描述"创造我们的公共文化。

罗蒂强调的是，在政治社会实务的层面，公共和私人、哲学和政治之间这个区分是行之有效的。因为他认为"自由政治的目标就是要尽可能为隐私留下地盘"③。如果政治已然渗透到一切领域，包括私人

---

① ［美］米德：《心灵、自我与社会》，赵月瑟译，上海译文出版社1992年版，第125页。

② 陈伟：《阿伦特与政治的复归》，法律出版社2008年版，第114页。

③ ［美］理查德·罗蒂：《后形而上学希望》，张国清译，上海译文出版社2009年版，第382页。

领域，那并不是一件值得欢欣鼓舞的事情，也不见得是社会进步必须要付出的代价。就此而言，他不认为女权主义的"身体政治"对他的理论造成任何威胁，他认为这和他的话题是两个层面的问题，他的理论重点不是在说私人的能否成为政治的。他认为公共政治当然能够促进私人权利，反之亦然。然而他最关心的是如何把私人创造和公共责任分开，在现代社会中，如何清晰地界定我们对他人和对自己的责任义务边界。

或者我们可以这样理解，私人与公共的关系就像海德格尔哲学中遮蔽与澄明的关系，时而在场，时而不在场，这个界限是像林间浓荫洒下的疏明一样，动荡摇曳不定，相互区分同时又相互依存。"私人的从来就是公共的，没有公共的也就没有私人的"①，反之亦然。一个人的私人思想无法不影响到他的公共行为。公共与私人之间，仿佛有一道篱笆墙，两边可以透过篱笆墙相望；但是拆除了这道篱墙，也就没有了各自的边界，再也无所谓公共和私人。在哲学层面纠结于这些问题确实对理解罗蒂的理论无益，但是在现实社会的层面，为了保障私人的权利和自由，很多人都提出过类似这样的二分，比如穆勒的论"群己权界"，以赛亚·伯林的两种自由——消极自由和积极自由，李泽厚的"两德说"——宗教性道德和社会性道德，林毓生的人文学科和社会科学的分野等。对于走在现代性进程中的中国，这些划分都不仅方便而且实用，虽然经不起理论深究，但于现实应用而言，片面得深刻。

二 中西"文化左派"的批判与建构

（一）立足现实：批判与建构

不同于"文化左派"，罗蒂对制度变革采取实用主义、保守、温和的态度，他更注重以经验主义的态度切入政治实践，而不喜欢玩弄术语搞"学院政治"。由前面章节可知罗蒂更愿意成为一个实用主义的"改良左派"。左派政治作为制度更新的永动机，永远站在权力话

---

① 陈亚军：《形而上学与社会希望》，江苏人民出版社2009年版，第160页。

语的对立面，具有不与权力同流合污的批判精神；但实用主义的精髓在于避谈高调的理想，坚持用常识说话。很多人认为左派的批判立场和实用主义的保守倾向之间存在着矛盾，因为实用主义看重政治举措的实际效果，常常被极端左派看作无法对当前统治保持适当的批判距离。罗蒂的回答是，作为知识分子，当然不能失去批判的锋芒，但是批判的目的是为了渐进、改良。与高调政治理想相比，他更愿意关注历史细节，"我同意，实用主义有某种保守的成分。尽管如此，在我看来，失去了对历史细节的关心，我们会有很大风险。我们就会陷入坏的乌托邦主义，就会为了抽象的原则而开始互相残杀"[①]。因此，他总是非常警惕人为建构的乌托邦，他从不去怂恿人们建立脱离人间、高于历史的任何事物。

从罗蒂的"文化左派"批判中我们应该汲取的是，要想实现政治的改善不能空谈理论政治，而是着力于切切实实做好身边的事。我们应该维护自身权利，普及文化理念，躬身去做启蒙的实事，而不是眼高于顶，满足于批判的冷眼旁观。批判的"冷眼旁观"并非不可以，但至少要和参与的"热肠担当"结合起来。罗蒂同意"民主是一种生活方式"，任何民主的实践都是可以从我做起的，因此政治的改进也是个累积的过程。一个理念的深入人心，一种生活方式为越来越多的人所认同，需要从一点一滴的小事做起，每一个人在服务于自身共同体生活改进的过程中，都是自律可为的主体，而不是"旁观者清"的旁观者。你无法从自身的共同体生活中将自己连根拔起，因此每一个人都是自己生活的当事人，每个人都是自己的起点也是这个世界的起点，"你的腹中有一千道光芒"，使你能够在希望渺茫、自由举步维艰的环境下不放弃希望，敢于"与虎谋皮"。知识分子不光要靠"明辨是非"澄清理念，通过批判社会来服务社会，更要以自身切实的行动，改变正在发展中的社会。

因此，首先每个知识人不仅要做批判的知识分子，也要从罗蒂这

[①] [美]理查德·罗蒂：《后哲学文化》，黄勇译，上海译文出版社2009年版，第254页。

样的欧美"自由左派"那里汲取精神资源，做建构的知识分子。对于前现代、现代、后现代语境纵横交错的当下中国，用西欧左派常用来批判资本主义的"幽灵政治学"药方进行解构和批判，也许并不是完全对症。谈到怎样与权力打交道，怎样捍卫个人权利和尊严，我们有来自法国左派、美国左派的理论遗产可以借鉴，但也要和自身的语境发生切实的关系。除此之外，罗蒂还告诉我们应该想想如何凝聚社会共识，共同塑造我们的国家。我们应该满怀希望，致力于具体事务，相信我们的国家会越来越美好。我们不必纠缠于真理的符应论、规范性的根据、正义的无法实现和我们与他人之间的巨大差距等问题中，因为理论的迷雾往往会遮蔽我们对面前最基本权益的争取。罗蒂认为，宗教和哲学可以安顿个人身心，但是要谈到解决实际问题，便显得高远而又乏力。我们应该努力解决杜威所言"人"的问题，人的温饱，人的尊严，人的权利，应在现实生活中，通过逐步改进去实现社会公平，而不是在云山雾罩的理论里互相指责，迷失自己。

其次，罗蒂关于"民主先于哲学"的论述很容易让人想起刘瑜的《民主的细节》，民主是具体政治问题的协商和解决，与具体实务相关，应该注重经验、注重实用，不唱高调，具体问题具体分析。政治尤其是后民主时代的政治，已经和高严深奥的政治哲学相去日远，政治生活中具体问题的解决更需要一种体贴的态度和实践的智慧。罗蒂的实用主义提醒我们对空疏、软弱、苍白的理想主义要有警戒的态度。我们应该理解李泽厚所说的"实用理性"和当前发展中"摸着石头过河"的理念在经验、现实角度上的合理性。也许只有中国知识分子保持不激进也不保守的态度，脚踏实地做事，我们才能一步步"告别革命"，通过改良切实推进社会变革。空疏的理想和激情有时是无用的，坚持自己的政治理念，并能以脚踏实地的方式去实践这一理念，它需要把每个民族的文化传统看成一个有机整体，立基于传统和习俗，在尊重实践经验的基础上，探索适合本民族发展的独特道路。

(二) 新左派：西方与中国

目前中国的"新左派"在知识谱系上受西方左派影响比较大，他们同时借用西方左派和后现代的理论资源，批判中国现代化进程中的权贵资本主义和消费社会中的奢侈无度。在当代中国"新左派"学者看来，中国正在发展"另类现代性"，目前中国自身经济的发展已经让世界人民对"中国模式"刮目相看，是我们正在发展中的实践，给西方的左派带来地球另一端新的希望，无形中成为西方左派批判资本主义垂死性的反面参照系。由此追随西方左派杰姆逊等人的学说，与后现代、后殖民理论接轨，批评中国当下的消费社会，批评全球一体化经济中不计代价的现代化发展模式，批评中国知识分子中老掉牙的人文主义话语，就不仅显得在理论上时髦，而且似乎在实践上已经超前了。但这样的盲目乐观却和中国本土现实存在着的错位，它使我们在对自我模式雄心勃勃的同时，选择性地忽略掉了这块土地上大多数人的沉默生存。

首先，像罗蒂对美国"文化左派"的批评一样，中国"新左派"话语同样存在着玩弄学术知性的趋向。罗蒂把美国的"文化左派"称作"福柯式的美国左派"，因为在福柯的理论里，权力是个无形之网，它无所不在。因此"文化左派"都浸渍在权力的梦魇里，成为"幽灵政治学"的牺牲品。西方的"文化左派"玩弄哲学术语，把"主体性"语言化，将所有的"自我"看成是社会结构的询唤和建构之物。罗蒂认为，如果把政治权力看成无所不在的撒旦，我们的政治学世界观就从杜威和惠特曼民主世界的明朗乐观，走向了一个阴森压抑的哥特世界。自由主义和人文主义在福柯式左派看来是对恐怖现实天真无知的代名词。但是既然人们必须在一定的政治秩序中生活，无法彻底逃脱权力的罗网，一味控诉权力的压迫性除了激起人们对权力的警觉外，对日常生活并无甚帮助。罗蒂的建议是，如果我们希望这个国家更好，而不是推翻它，我们不妨不那么悲观，继续做一个改良的自由主义者。

同时，中国的"新左派"也喜欢用高深的哲学术语诠释当下纷纭复杂的社会现实，左派的"知性"使每个阅读者如堕五里雾中。他们孜孜不倦地教导是：社会主义我们已经走过弯路，资本主义前景更糟，我们不必忙着东施效颦，自寻"华尔街"的失败之路。"对于那些身处西方（特别是美国）、又受到西方批判思想影响的年轻知识分子而言，所谓'西方道路'能否作为中国的楷模变得可疑了；对于那些身处中国特色的市场之中的知识分子而言，改革的目标到底是什么也同样变得含混起来。1980年代中国的启蒙思想所许诺的'好社会'不仅没有伴随经济市场化而到来，市场社会本身呈现了新的、在某种意义上说是更加难以克服的矛盾。"① 在这些追随西方左派、超长句式的"全球化"批判中，新的道路的开辟似乎只在"中国模式"，但对这个模式的具体所指往往又语焉不详。如果不寄希望于完善法治，中国新左派人士提倡的"重构我们的世界图景"就变得暧昧不清。事实证明轻视民主法治和程序正义，凭借政治精英的统治意志和政治权力来解决社会问题，虽然短时间内迅速高效，却可能在长时间内贻害无穷。在中国自辛亥革命以来所历经的曲折现代性历史过程中，民权的觉醒是个不争的事实，也是至今尚未折腾殆尽的启蒙精神遗产，不得不承认崇拜个人权威和倚重"清官政治"的时代已经一去不复返了。

其次，借鉴西方"文化左派"的理论批判，中国的"新左派"话语与中国当下现实之间也存在着情境上的错位。一般认为"现代"一词有三个层面的含义，一是文化体验上的现代性，另外两层就是政治制度和经济模式上的现代化。就此而言，中国还不是完全实现现代化的现代国家。在这块土地上，前现代的政治遗产、现代化的经济模式和后现代的消费图景杂陈并存。就经济发展而言，不是现代化的市场经济过度发展了，而是权贵与资本主义合谋，经济走向了畸形另类发展，虽然有了GDP飞速上升的可喜成果，但也只是"面子"过得去，"里子"还不堪示人。基尼指数和消费指数远没达到与GDP同步增长的水平，贫富分化正在加剧，大多数穷人的悲惨境遇被选择性遮蔽，目前的中国现实离先贤孔子所说"老者安之，朋友信之，少者怀之"的理想社会还相差甚远。

因此传统"人文主义"话语虽然在西方已经被批得千疮百孔，但是在中国这块土地上并不过时。因为我们这里从来稀缺真正的"人文主

---

① 汪晖：《当代中国的思想状况与现代性问题》，http://www.aisixiang.com/data/689.html.

义",仍然需要提倡理性,尊重主体性,张扬个体尊严和个体权利,实现个人价值。如果我们不提个人权利,由后"文革"时代的集体主义话语,直接过渡到社会达尔文主义的"适者生存",就会使得物质利益至上的"消费社会"哲学大行其道。或许这种庸俗版本的"消费主义理念"会加剧培养人们"事不关己,高高挂起"的犬儒态度,使得社会上攀附权贵的虚荣之风、不择手段的竞争之风盛行。的确,大多数人没有高调的人文理想,也不屑去追问人生的意义。但是如果我们只谈"过日子"哲学,容易发展出一种不健康的个人主义——为我主义。假如每一个个体都是一张封闭的"单子",没有人关心超越个体利益之外的社会现实,那么,即使市场经济、改革开放如火如荼、高歌猛进,人们的物质生活越来越好,人们的公共生活会仍然是一盘散沙。

因此,中国的"新左派"在借鉴西方"文化左派"的理论进行文化和社会批判的时候,一方面需要学习他们站在权力对面坚持理想主义的批判精神,另一方面在批判理念上,却不必照搬硬译。比如学习德里达对"在场"形而上学的批评时,要区分在我们这块国土永远"在场"、驱之不散的到底是"形而上学"还是其他的什么;比如在学习福柯对权力话语的批判时,能够看到"一切历史都是权力话语"是可贵的,但是是否就此像福柯一样宣布"人之死",倒不必操之过急,因为还要追问"人"是否曾经像样的"活"过;在引入布迪厄的"场域"理论分析现代国家内部政治、经济、文化等自主场域及其间互动关系时,采用其马克思主义辩证的、历史的观点非常实用,但是不必就此宣判人文主义的终结,因为正如鲁迅所言,我们实在还没有挣得做人的权利。

就此则言,罗蒂对西方"新左派"的批判也可以间接提醒中国的"新左派",如果全盘照搬西方理论进行中国本土批判,就有向着空靶子放箭的嫌疑,批判越是激烈,越是虚张声势,就越显出底气不足和立场上的软弱。西方左派的靶心对准市场和资本,然而在中国语境中,没有不被权力干涉的市场,也没有不依附于权力的资本,我们用西方左派话语批判资本主义现代性,也许恰恰为发展前现代资本主义提供了理论支持;我们循着西方后现代思想解构现代性,质疑"人文主义"和"理性"、"主体性"神话,也许恰恰为本土非理性的民族主义和民粹政治开辟了通路。

同样道理,反躬中国的自由主义者,在借鉴罗蒂的后现代人文话语的时候,也该作如是观。罗蒂对"理性""人权""正义""自由主义"旧有模式的解构和"重新描述",也许提醒我们对自由的想象不可过于空疏和简单,不能做一厢情愿、"清浅"的自由主义者,大可不必将"自由"理念理想化和神圣化。我们要直面本土复杂的现实和悠久独特的历史传统,以"拿来主义"的态度对待罗蒂对西方基础哲学的解构,就像一直没有面包吃的人你无须因为吃了一顿饭而担心他营养过剩一样,罗蒂的文化批判与我们的生存实践之间,也许至今还有很大一段距离。

三 作为立法者与阐释者的知识分子

知识分子,按照赛义德的观念应该是向权力说"不"的人,也就是说永远站在权力的对立面,"知识分子是一小群才智出众、道德高尚的哲人王(philosopher kings),他们构成人类的良心……真正的知识分子形成了一个知识阶层(clerisy),的确是稀有罕见之人,因为他们支持维护的正是不属于这个世界的真理与正义的永恒标准"[①]。在齐格蒙·鲍曼(Zygmunt Bauman)看来,知识分子不可能有确切的定义,知识分子概念的四周也没有围栏,它"始终意味着一种广泛而开放的邀请,——邀请人们加入到这一种全球性的社会实践中来"[②]……知识分子一词就像一声召唤,只有应声而起者才算知识分子。或者用阿尔都塞(Louis Althusser,1918—1990)所说的"询唤"(interpellation),它吁请着每个主体的加入,在这个过程中"你成为主体",或者成为"知识分子",因此"知识分子"的区分要仰赖于实践模式而非理念。由此可见,赛义德对知识分子的定义是现代性

---

① [美]爱德华·W. 赛义德:《知识分子论》,单德兴译,生活·读书·新知三联书店2002年版,第12页。

② [英]齐格蒙·鲍曼:《立法者与阐释者——论现代性、后现代性与知识分子》,洪涛译,上海人民出版社2000年版,第2页。

的，他提到"人类的良心"，"永恒的真理与正义的标准"等关键词；而鲍曼的定义则是后现代的，因为在这里知识分子是被召唤、建构而成的，知识分子是在形成过程中的一个开放的联盟，而不是一个固定的知识精英小群体。

鲍曼认为，现代性和后现代性这两种不同境遇，是知识分子角色转换的主要原因。这种后现代转型不仅仅发生在社会历史学的层面上，也包括哲学、解释学上的后现代转向。后维特根斯坦哲学和本体论解释学都认为，世间没有超越历史和共同体的普遍共通的标准，真理是隐喻构成的大军，真理是用语言表述的，真理是共同体的实践共同创造出来的，而不是隐在世界的背后被不同居住区的人们先后发现的。在维特根斯坦看来，真理仰赖于语言进行表述，既然语言都是社会性的，那么真理也无法不是具体的、社会性的。在伽达默尔看来，解释是具体解读实践的产物，也是主体进行创造的模式，解释的有效性来源于传统和自我，"传统"在这里可以理解为意义共同体中的文化习俗和信仰，等等。也即没有超离具体社会人群的传统，因此意义的最终确立有赖于社会达尔文主义式的优胜劣汰筛选过程。在这里，"传统"是"地方性的"，而不是普遍的。现代性思想以反对相对主义、追求知识的普遍理念而著称；而后现代性思想却认为，除了地方共同体和相对性知识，人们无法找到世界的普遍、永恒的特征。

依鲍曼之见，在现代性过程中，知识分子一直在扮演"立法者"的角色，这个角色意味着知识分子比非知识分子有更多的机会和权利来获得更高层次的客观性知识，因此他们被赋予了从事仲裁的合法性。鲍费看到"之所以知识分子有更多的机会和权利来获取知识，应该归功于程序性规则。这些程序性规则保障了真理的获得，保障了有效的道德判断的形成和艺术趣味的适当的选择"[①]。这些程序性规则以及由此获得的普遍有效性知识使知识分子成为正义和真理的代言人，被赋予了治外法权，不受地域和共同体传统的限制，这使得知识分子

---

① ［英］齐格蒙·鲍曼：《立法者与阐释者——论现代性、后现代性与知识分子》，洪涛译，上海人民出版社2000年版，第5页。

被赋予了对社会各界所持信念之有效性进行判断的权利和责任。知识分子依赖于自身的理性和程序性规则，证明理由不充分或者毫无根据的观点是错误的，当他们主要对社会流行话语和意识形态妄念进行卡尔·波普尔所说的"证伪"的时候，他们就是社会的批判者。

然而有批判就要有建构，人们批判总要根据一定的理念与标准，批判和建构常常是一体两面的。"破"是为了"立"，破除旧的意识形态迷信才能为新的意识形态立法。比如启蒙时代伏尔泰们批评教会，实际上这些启蒙思想者是在皇权准许的范围内，为资产阶级登上历史舞台在理论上做准备，因而"人性""自由""民主""平等""博爱"等不是横空出世的，这些"大词"不是古往今来人们生活的核心价值，而是在曾经的意识形态之争中用得比较有效的概念。但是这样的概念依然是有用的，因为它们客观上推进了一个富裕民主社会的形成。

后现代之后，"阐释者"这一角色转换说明知识分子的话语已经不是为意识形态立法，而是对已有的共同体的习俗、信仰、传统进行阐释，它服务于后现代的全球政治。在鲍曼那里"阐释者"是成功的翻译者和中介人，阐释的目的就是让形成于此一共同体中的知识系统能够为彼一共同体所理解。阐释不是为了选择最佳的社会秩序，而是为了自主性的共同参与者之间的交往，并且通过"深描"① 各自文化传统激发相异传统之间的微妙平衡。

就此而言，罗蒂意义上的"自由左派"知识分子无疑承担的是全球化时代各个族群文化政治的"阐释者"角色。在罗蒂看来，"文化，只不过是一整套共享的行为习惯，它们使得单个人类群体的成员们彼此间和睦相处，并且他们与周围环境（也即其他群体）也能一样和平共处。在这种意义上，每一个军队营房、学科院系、监狱、修道院、

---

① "深描"一词源自吉尔伯特·赖尔对"眨眼睛"的解读，美国文化人类学家克利福德·格尔茨在他的《深描说：迈向文化的解释理论》一文中正是利用赖尔的四种眨眼的例子来说明他的深描概念：深描指的就是对所观察或研究对象作细致入微的深入内层的描写和解释，它是人类学研究中常用的方法。

村庄、科学实验室、集中营、街头集市和商业公司都有自己的文化。"① 罗蒂虽然承认文化差异,但是他并不抱有文化相对主义的看法,他并非认为每一种文化都像艺术品一样值得保存,比如他认为集中营文化、黑社会文化和银行家们的阴谋文化就完全应该扫进历史的垃圾堆。但是罗蒂也不像苏珊·桑塔格(Susan Sontag)一样认为"白人是这个行星的癌症"。相反他批评西方左派知识分子的"欧洲中心主义"原罪感和文化自虐倾向。因为罗蒂并不认为当代西方文化是殖民主义文化,他也不认为这个文化完全是病态的、崇尚暴力的和缺乏创造性的。相反,他愿意追随杜威的文化达尔文主义的看法,他相信在世界范围内文化选择是一个自主性的趣味问题,他相信在自然的、没有强制的条件下,大多数人的文化选择会增进人类福祉而不是相反。罗蒂承认任何地方文化都有优点,全球新技术的兴起打破了理论家的"崇高"和工匠们的"卑贱"之间的分野。但是罗蒂像杜威一样认为技术本身并没有压迫性,而只是在人为压迫中起作用的工具而已。西方"文化左派"把现代西方社会看作是一个"全景监狱"——监视一切的社会,罗蒂却从中看到了不断增长的闲暇、财富和安全使得每个人的个性化越来越成为现实。

　　因此,罗蒂对正义、人权和自由主义的重新描述,也有着后现代语境中特殊的含义。因为在总体目标上,后现代策略并不排斥现代性话语,就知识分子"阐释者"的角色定位来说,没有对"立法者"话语的继承,也就无所谓"阐释者"。所以,我们不妨把鲍曼的意思理解为:在不同共同体之间你尽可以做"阐释者",从而放弃一统江湖的普遍主义的幻想;但是在本共同体内部,知识分子仍然可以根据自己的职业权威,制定程序性原则,进行话语判断,并引领主导话语,也就是做"立法者"。

　　对于罗蒂来说,现在关键的问题是,不管是立法者还是阐释者,这个共同体的边界难以确定。魁北克的居民一定有不同于加拿大官方

---

① [美]理查德·罗蒂:《理性和文化差异》,《罗蒂文选》,孙伟平等译,社会科学文献出版社 2007 年版,第 339 页。

话语的意义共同体认同，大到全球和人类，小到每一个社群，对大共同体的忠诚和小共同体的忠诚存在冲突时，该如何取舍呢？鲍曼对此语焉不详。他只是言明在后现代状况下，专业知识分子会更有用武之地；而对于普遍性知识分子①来说，要对自身活动领域的合法性进行论证是存在内在困境的。由此可见，鲍曼审视知识分子传统的眼光基本是后现代的，普遍性知识分子之所以遭遇困厄，是因为在利奥塔所说的后现代状况中，一切宏大叙事面临破产，自然科学以及人文科学各个门类之间话语不可通约，因而只能相互阐释、转译。如前文所言后现代精神满足于宽容小叙事和特殊性，提倡多元差异。后现代语境中，知识分子"立法者"的辉煌已经不再，这是一个无可奈何的后现代事实。罗蒂认为在这样斑驳的后现代事实中，每个人对共同体范围的选择也没有任何空洞的教条可以遵循，而是应该联系他进行言说的具体情境。

因此，回到中国的语境，当代知识分子在当今世界担当各个民族共同体之间文化阐释者的工作当然责无旁贷，同时中国还并不是一个完善的现代性国家，立法者的任务也远没有完成。鲍曼只是对知识分子在不同境遇下的角色转换进行阐释，然而在中国这个意义共同体中知识分子角色担当会更复杂一些。如果也成为罗蒂那样的阐释者，要阐释孔子所代表的前现代传统文化还是有中国特色的社会主义传统，还是五四以来的启蒙文化传统？就鲍曼的理论而言弹性是很大的，他意指每个共同体内的知识分子，仍然可以为本共同体内部的公共生活进行立法，包括建立合法性来源的一套假说，建构统治阶级意识形态；或者拆穿合法性假说，建构属于未来社会合法化的一套新意识形

---

① 笔者理解"专业知识分子"指的是只在本人所从事专业领域发声的知识分子，比如医生针对医学问题，律师和法官针对法律问题发表自己的看法；而"普遍性知识分子"指的是基于自己的认知和理性，愿意对一切公共领域热点事件发言的知识分子，有点类似国内语境中的"公共知识分子"。鲍曼《立法者与阐释者》导论中有："这个问题对那些在专业化分支学科中从事活动的'局部性'知识分子并不存在什么影响，但是，对于那些从事'普遍性'工作的当代知识分子来说，情况就不同了，后者的活动领域遭到了质疑。在后现代性策略中，对于自身活动领域的合法性的论证，成为了一个内在的困境，他们的立法活动也由此而变得艰难。"

态。在现代性和后现代纵横交错的当代社会文化版图中，也许中国的知识分子，不仅要做鲍曼和罗蒂意义上的"阐释者"，同时要做公共生活和理想秩序的"立法者"。

鲍曼认为西方 18 世纪以来，知识分子一直是一个"立法者"和启蒙者的角色，但是自 20 世纪后半期随着后工业、后现代社会的到来，宪政法治等基本秩序建设已经完成，知识分子没有必要再继续执迷于"立法者"的角色。因此，鲍曼认为在目前后现代社会中，知识分子应该做更谦卑、更实用的"阐释者"，沟通不同共同体之间的隔阂。而罗蒂提倡的"反反种族中心主义"理论，也认为同在后现代碎片化的世界里，知识分子再做追求普遍性和统一性的"立法者"角色已经不合时宜，所以应该提倡地方性小叙事，重视每一个小共同体的诉求，所以罗蒂希望每一个种族都是种族中心主义的，每一个小共同体都实现自身的美，美美与共，天下大同。鲍曼和罗蒂都能认同知识分子扮演这个"阐释者"角色，他们在后现代社会中重视小共同体利益，坚持"弱理性"或者"交往理性"。但是笔者认为他们整个观点也许对于中国来说不完全适应。因为我们还没有进入后现代社会，基本的现代性法治和秩序建设还有待完成，我们仍然走在哈贝马斯所说的现代性的途中，所以中国的知识分子没有理由完全放弃"立法者"的角色担当。因此，后人文主义话语的局限性就在于它在中国的本土适应性，它的原创性理论是罗蒂针对西方社会的发展现状提出来的，罗蒂并没有替我们思考、解决问题的自觉意识，因此我们中国知识分子在借鉴后人文话语的时候，要回到自身的有效语境，注重这个理论和我们自身语境的契合程度。

结　语

　　罗蒂的"后人文主义"理论，是一种"人文主义的有限主义（humanist finitism）"。所谓"后人文主义"，一方面既是"后"学反本质主义的，正面迎对各种后现代境遇的挑战；另一方面又是自由人文主义的，因为它并不因深受"后"学影响而抛弃弥足珍贵的人文关怀。笔者认为，罗蒂思想最吸引人之处，就是他抛弃了现代性哲学话语的形而上学基础，而在变动不居的后现代语境中，仍能坚持自由主义人文主义的价值立场。关于这一点，涉及罗蒂对启蒙现代性的纠结态度。一方面在价值观念上是对启蒙现代性成果的守护（如民主、平等、自由等），另一方面在方法论上是对启蒙现代性论述的扬弃（如人性、理性、真理等）。他试图使现代性立足于人们的生活经验实践而非启蒙理念的基础之上，因此这一套话语实际上构成了对启蒙现代性成果的后现代论证。

　　在后形而上学时代，哲学家已经不再是立法者，而是阐释者。我认为，罗蒂的理论出发点在于在一个无根的时代"重新描述"我们必须赖以存在的话语体系。他试图以自己"强文本"的阐释模式改写哲学的面貌，然而并不放弃哲学最终守候的人文价值。理查德·沃林在《文化批评的观念》曾经提到，罗蒂赞同的哲学英雄尼采、海德格尔、德里达等，都是哈贝马斯所说的审美无政府主义者①，无论是极右还是极"左"，他们在政治上的选择都是激进的。而罗蒂却能用这些人的方法论捍卫自由主义的理念和政治实践，保持和哈贝马斯、罗尔斯

---

① ［美］理查德·沃林：《新实用主义的重新语境化：罗蒂反基础主义的政治意义》，《文化批评的观念》，张国清译，商务印书馆2007年版，第149—245页。

大致相同的温和政治立场。这在沃林看来，是罗蒂哲学的前后矛盾之处。他认为在罗蒂激进的后现代哲学观和新保守主义的政治立场之间，存在着无可缝合的裂缝。而我则认为，这恰恰是罗蒂的高明之处：他是在后形而上学时代，用一套全新的哲学语言使人文主义再度焕发出光彩。

　　罗蒂深受英美经验主义和实用主义传统影响，承认人生和政治实验的试错性，他提倡渐进的改良。"后人文主义"作为"有限度的人文主义"，承认人生存的偶然、经验的有限，它不刻意去寻求普世主义的高度和浪漫主义的深度。它以具体的、有限的个人代替了抽象的、普遍的人性；以交往共识中的协同性代替了人类普遍标准的客观性；以基于体验和同情之上的"弱理性"代替了相信人类理性之光无所不在的"强理性"。在这里，哲学和自然之镜不复存在，取而代之的是信念和欲望之网。罗蒂喜欢说在人生和社会演进的"偶然"中，是每个人的信念和愿望，决定了我们在具体语境中的现实行动和政治选择。一切理念的玄想都可以抛弃，独有共同体中每个人的自由和幸福值得珍视，它是一切话语、描述、阐释的出发点和归宿。

　　罗蒂的思想本身是驳杂的，就像后现代光怪陆离的"拼贴"，不管是实用主义、分析哲学还是欧陆哲学，他都信手拈来，他把这些斑驳陆离的思想整合进自己的思考框架。詹姆斯对文学的重视，对情感的重视，杜威对社会政治的关心，休谟的彻底怀疑，黑格尔的历史主义，达尔文的进化论、尼采的非理性和浪漫主义、海德格尔对形而上学的清点、伽达默尔的本体论解释学、读者反应批评的强文本阐释模式，甚至柏格森的生命观，弗洛伊德的非理性、偶然事件和潜意识。罗蒂是这些所有人的一个方面，又处处不是他们。他创造性地利用这些复杂的理论资源，把它们变成自己的词汇。

　　罗蒂的哲学关怀在于对"柏拉图—笛卡尔—康德"真理观和实在观的解构，所以自古代"智者学派—唯名论者"以来所有强调动态的、不确定性的、偶然的、生命的、非理性的、整体的、交融的观点都受到他的青睐，但是谁若稍有确定性观点和对基础主义、本质主义、表象主义的留恋，罗蒂就会在那里和他分道扬镳。和其他欧陆思想家不同,他没有在解构逻各斯中心主义之后走向彻底批判和虚无主义,而是把后现代思想和实用主义链接起来,把人的行为放在具体的历史和社群语境中,让人类行动在实践中凸显意义,他希望人们共同创造福祉,减少残酷。因此他以自己独特的方式,提供了支持自由主义、人文主义价值的理由。罗蒂的"重新描述"使我们对传统人文主义批评的关注有了一个崭新的视角。就此而言,罗蒂是一位削平哲学深度模式的哲学家,反本质主义的人文主义者。一个不够"左"的左派,不够"右"的自由主义者,不够"后"的后现代主义者。

然而,值得注意的是,罗蒂的后现代哲学话语和中国当下的现代性语境之间确实存在着某种程度的错位,传统人文主义话语在中国依然没有过时。我们对罗蒂的话不妨听听,但是现代性启蒙话语在我们这里无疑更有效。我觉得那个梯子的比喻无比恰当,罗蒂就是攀着现代性的哲学话语而上,会当凌绝顶,最后决心把身后的梯子蹬掉的人。我们不可以用通常意义上的"忘恩负义"或者"过河拆桥"描述这一状况。因为在后现代社会中,"立法者"所弘扬的一套价值观已经成为"大西洋富裕民主社会"的生活常态,哲学家就可以卸下自己"立法者"的重任,让哲学大众化,服务于日常生活,安心满足于做一个"阐释者"。发挥"阐释者"的哲学新角色,就是要用一套新的话语"重新描述"当时代的生活和哲学,放弃理论的宏大叙事,致力于实际的政治改善和文化观念革新。

笔者以为,罗蒂本人也深受前辈哲人话语"影响的焦虑",为了让人文科学观念随自然科学的进步与时俱进,他千方百计调整新的世界观,使之能够应对新的事物和新的问题。他善于发前人所未发,用"强误读"的方式创造地表达适合新时代的见解。因为统一的标准并不存在,他并不关心自己的言说正确与否,而只关心是否对同时代人的生存现状提供了"又一种"恰当描述。因此,他的后哲学思想是一种"弱哲学"思想。他孜孜不倦地提醒人们,哲学能做的或许没有想象得那么多。在后现代流浪而又破碎的世界中,在社会历史演变的经验偶然中,唯有人的自由和幸福,而不是任何空洞的理念,值得现实中的人奋斗不已。

在《民主先于哲学》这篇文章里，罗蒂的视野试图超出自己的共同体（大西洋民主社会），并认为民主就像阿司匹林，对世界各个地方的人们都适用。然而当提到民主、自由、幸福的哲学价值何以具有优先性时，罗蒂却拒绝提供康德主义的根基性证明。从一定意义上说，像罗尔斯和哈贝马斯这样的哲学家仍然植根于现代性的哲学话语，而罗蒂的言说却只适合于后现代之后的语境，他的文化和文学观也是后民主时代的"后人文主义"话语。

显而易见，在处没有"立法者"的地方也就无所谓"阐释者"存在。如果现实生活中人们面对的状况是有"权"可依、无"法"可循的话，即便想做"阐释者"也根本找不到确定的规则去供你阐释。对于仍然走在现代性途中的人，眼前既没有达到"会当凌绝顶"的高度，身后也没有旧哲学的"梯子"供你蹬掉。罗蒂自己也承认，形而上学对中国似乎一直没有像西方那样发生过持久而深厚的影响。[①] 所以，一个吊诡的逻辑是：当我们想让自己尽早进入后现代，以便让哲学可以放弃对合法性的证明以享受后现代的平凡、轻松时，我们首先要做的却是寻找"梯子"。若干年后或许我们可以坚定地站到罗蒂一边，但是目前，我们遗憾地说，哈贝马斯和罗尔斯似乎更适合我们。李泽厚在一次访谈中曾经说道："现在中国恰恰缺的就是形式正义，建立社会性道德，形成公共理性。西方是过头了，我们是不够。"[②] 我们需要知道人有哪些底线的权利，一个有序的社会赖以什么样的规则得以运行，立法的根据在哪里。我们不能完全照单全收罗蒂的智慧，因为我们还没有走在现代之"后"。不是因为他说得不好，只是因为语境不同而已。

罗蒂当然会更多地思考他自己的共同体，我们也没有理由苛责他没有更多的国际主义精神替我们思考问题。当我们为自己的存在寻找证明时，罗蒂治疗性的哲学只能给我们起到预防针和解毒剂的作用。

---

① 吴冠军：《困于康德和罗蒂之间——国际学术研讨会"罗蒂、实用主义与中国哲学"侧记》，《开放时代》2004 年第 5 期。

② 李泽厚、童世骏：《关于"体用"、"超越"和"重叠共识"等的对话》，《哲学分析》2012 年第 1 期。

当下我们最主要的问题仍然是"立人",而不是反复强调需要"立"的这个"人"可能也是有问题的。我们要建构自己的生活秩序,并进而拥有自己的公共生活,我们需要所有合法性论证的根基,不管这个根基是来自柏拉图还是来自康德。我们依然需要重申每个人生存最基本的权力和最底线的人类共通感,所以旧的人文主义话语在我们的语境中也依然没有过时。因此我们在研读罗蒂的后现代理论时,要有自己的问题意识和本土意识。

参考文献

（一）罗蒂的著作

中文：

1. ［美］理查德·罗蒂：《哲学和自然之镜》，李幼蒸译，商务印书馆 2003 年版。

2. ［美］理查德·罗蒂：《真理与进步》，杨玉成译，华夏出版社 2003 年版。

3. ［美］理查德·罗蒂：《偶然、反讽与团结》，徐文瑞译，商务印书馆 2003 年版。

4. ［美］理查德·罗蒂：《后形而上学希望》，张国清译，上海译文出版社 2003 年版。

5. ［美］理查德·罗蒂：《后哲学文化》，黄勇编译，上海译文出版社 2009 年版。

6. ［美］理查德·罗蒂：《筑就我们的国家》，黄宗英译，生活·读书·新知三联书店 2006 年版。

7. ［美］理查德·罗蒂：《罗蒂文选》，孙伟平等编译，社会科学文献出版社 2007 年版。

8. ［美］理查德·罗蒂：《实用主义哲学》，林南译，上海译文出版社 2009 年版。

9. ［美］理查德·罗蒂：《哲学、文学和政治》，黄宗英等译，上海译文出版社 2009 年版。

10. ［美］理查德·罗蒂：《哲学的场景》，王俊、陆月宏译，上海译文出版社 2009 年版。

英文：

1. Richard Rorty, *Philosophy and Social Hope*, Penguin（Non-Clas-

sics）, 2000.

2. Richard Rorty, *Truth and Progress*, Cambridge: Cambridge University Press, 1998.

3. Richard Rorty, *Contingency, Irony, and Solidarity*, Cambridge: Cambridge University Press, 1989.

4. Richard Rorty, *Consequences of Pragmatism*, Minnesota: University of Minnesota Press, 1982.

5. Richard Rorty, *Essays on Heidegger and Others*, Cambridge: Cambridge UniversityPress, 1991.

6. Richard Rorty, *Objectivity, Relativism, and Truth*, Cambridge: Cambridge, University Press, 1989.

7. Richard Rorty, *Philosophy as Cultural Politics*, Cambridge: Cambridge University Press, 2007.

8. Richard Rorty, *Take Care of Freedom and Truth Will Take Care of Itself: Interviews with Richard Rorty*, edited by Eduardo Mendieta, Stanford: Stanford University press, 2006.

9. Richard Rorty, *Achieving Our Country: Leftist Thought in Twentieth-century America*, Harvard University Press, 1999.

10. Richard Rorty, *The Linguistic Turn: Essays in Philosophical Method*, University Of Chicago Press, 1992.

11. Richard Rorty, *Philosophy in History: Essays on the Historiography of Philosophy*, J. B monograph, 1984.

12. Richard Rorty, "Philosophy as a Kind of Writing: An Essay on Derrida", *New Literary History*, 10: 1（1978: Autumn）.

13. Richard Rorty, *Philosophy and the Mirror of Nature*, Princeton University Press, 1981.

14. Richard Rorty, *The Future of Religion*, Columbia University Press, c2005.

15. Richard Rorty, "Freud, Morality, and Hermeneutics", *New Literary History*, 12: 1（1980: Autumn）.

（二）关于罗蒂的研究著作

中文：

1. ［美］J. 萨特康普编：《罗蒂和实用主义》，张国清译，商务印书馆2003年版。

2. ［美］鲁玛纳：《罗蒂》，刘清平译，中华书局2003年版。

3. 蒋劲松：《从自然之镜到信念之网——R. 罗蒂哲学述评》，湖南教育出版社1998年版。

4. 张国清：《无根基时代的精神状况：罗蒂哲学思想研究》，上海三联书店2001年版。

5. 陈亚军：《形而上学与社会希望》，江苏人民出版社2009年版。

6. 毛崇杰：《实用主义的三副面孔：杜威、罗蒂和舒斯特曼的哲学、美学与文化政治学》，社会科学文献出版社2009年版。

7. 顾林正：《从个体知识到社会知识：罗蒂的知识论研究》，上海人民出版社2010年版。

8. 赵颖：《创造与伦理：罗蒂公共"团结"思想观照下的文学翻译研究》，中国社会科学出版社2010年版。

英文：

1. Robert Piercey, *The Uses of the Past from Heidegger to Rorty*: *Doing Philosophy Historically* , Cambridge University Press, 2009.

2. Varghese Manimala, *Faith and Reason Today*: *Fides et ratio in a Post-modern Era*, Council for Research in Values and Philosophy, 2008.

3. Calder Gideon, *Rorty's Politics of Redescription*, University of Wales Press, 2007.

4. Edward Grippe, *Richard Rorty's new pragmatism*: *neither liberal nor free*, Continuum, c2007.

5. Stephen Mulhall, *The Conversation of Humanity*, University of Virginia Press, c2007.

6. James Tartaglia, *Routledge Philosophy Guidebook to Rorty and the Mirror of Nature* , Routledge, 2007.

7. G. Elijah Dann, *After Rorty*: *The Possibilities for Ethics and Religious Belief*, *Continuum*, 2006.

8. Sauss Haun, *Comparative Literature in an Age of Globalization*, Johns Hopkins University Press, 2006.

9. Andreas Vieth, ed., *Richard Rorty*: *His Philosophy under Discussion*, Heusenstamm: Ontos Verlag, 2005.

10. M. Festenstein and S. Thompson, eds., *Richard Rorty*: *Critical Dialogues*, Cambridge: Polity Press, 2001.

11. Amélie Oksenberg Rorty, ed., *Philosophers on Education*: *New Historical Perspectives*, Routledge, 1998.

12. Ben H. Letson, 1956- *Davidson's Theory of Truth and Its Implications for Rorty's Pragmatism*, 1997.

13. Jürgen Habermas, *Debating the state of philosophy / Habermas, Rorty, and Kołakowski*, edited by Józef Niznik an monograph, 1996.

14. Chantal Mouffe, *Deconstruction and pragmatism*, Routledge, 1996.

15. Badmington Neil, "Theorizing Posthumanism", *Cultural Critique* 53 (2003).

16. Ralph Cohen, ed., *The Future of Literary Theory*, New York and London: Routledge, 1989.

（三）人文主义及文学理论

1. ［古希腊］亚里士多德、［古罗马］贺拉斯：《诗学·诗艺》，杨周翰译，人民文学出版社 2005 年版。

2. ［英］阿伦·布洛克：《西方人文主义传统》，董乐山译，生活·读书·新知三联书店 1998 年版。

3. ［意］加林：《意大利人文主义》，李玉成译，生活·读书·新知三联书店 1998 年版。

4. ［英］马修·阿诺德：《文化与无政府状态》，韩敏中译，生活·读书·新知三联书店 2002 年版。

5. ［英］F. R. 利维斯：《伟大的传统》，袁伟译，生活·读书·新知三联书店 2002 年版。

6. ［德］恩斯特·卡西尔：《人论》，甘阳译，上海译文出版社1998年版。

7. ［美］欧文·白璧德：《卢梭与浪漫主义》，孙宜学译，河北教育出版社2003年版。

8. ［德］卡尔·洛维特：《从黑格尔到尼采》，李秋零译，生活·读书·新知三联书店2006年版。

9. ［美］美国《人文》杂志社、三联书店编辑部编：《人文主义：全盘反思》，多人译，生活·读书·新知三联书店2003年版。

10. ［英］特里·伊格尔顿：《理论之后》，商正译，商务印书馆2009年版。

11. 赵毅衡编选：《新批评文集》，百花文艺出版社2001年版。

12. ［德］哈贝马斯：《现代性的哲学话语》，曹卫东等译，译林出版社2004年版。

13. ［美］韦勒克、沃伦：《文学理论》，刘象愚等译，江苏教育出版社2005年版。

14. ［美］布鲁姆：《影响的焦虑》，徐文博译，生活·读书·新知三联书店1989年版。

15. ［美］纳博科夫：《文学讲稿》，申慧辉等译，上海三联书店2005年版。

16. ［美］艾布拉姆斯：《镜与灯》，袁洪军译，中国社会科学出版社1991年版。

17. ［美］雷·韦勒克：《批评的概念》，张金言译，中国美术学院出版社1999年版。

18. ［意］艾柯等：《诠释与过度诠释》，王宇根译，生活·读书·新知三联书店2005年版。

19. ［美］D.C.霍埃：《批评的循环》，兰金仁译，辽宁人民出版社1987年版。

20. ［美］艾伦·布卢姆：《巨人与侏儒》，张辉等选编，华夏出版社2007年版。

21. ［美］列奥·施特劳斯：《自然权力与历史》，彭刚译，生活・读书・新知三联书店 2003 年版。

22. ［美］艾伦・布卢姆：《美国精神的封闭》，战旭英译，译林出版社 2007 年版。

23. ［美］丹尼尔・贝尔：《资本主义文化矛盾》，赵一凡等译，生活・读书・新知三联书店 1992 年版。

24. ［美］玛莎・努斯鲍姆：《诗性正义：文学想象与公共生活》，丁晓东译，北京大学出版社 2010 年版。

25. ［美］哈罗德・布鲁姆：《西方正典》，江宁康译，译林出版社 2006 年版。

26. ［德］康德：《判断力批判》，邓晓芒译，人民出版社 2002 年版。

27. ［德］黑格尔：《精神现象学》，贺麟译，商务印书馆 1997 年版。

28. ［德］席勒：《审美教育书简》，张玉能译，译林出版社 2009 年版。

29. ［古希腊］柏拉图：《柏拉图对话集》，王太庆译，商务印书馆 2004 年版。

30. 童庆炳：《在历史与人文之间徘徊》，赵勇编，北京师范大学出版社 2007 年版。

31. 张源：《从人文主义到保守主义》，生活・读书・新知三联书店 2009 年版。

32. 段怀清编：《新人文主义思潮》，江西高校出版社 2009 年版。

33. 刘小枫：《沉重的肉身》，华夏出版社 2007 年版。

34. ［美］爱德华・W. 萨义德：《人文主义与民主批评》，朱生坚译，新星出版社 2006 年版。

（四）后现代思想及批评理论

1. ［德］尼采：《哲学与真理》，田立年译，上海社会科学院出版社 1993 年版。

2. ［德］F. 施莱格尔：《雅典娜神殿断片集》，李伯杰译，三联书店 2003 年版。

3. ［美］威廉·詹姆斯：《实用主义》，陈羽纶等译，商务印书馆1979年版。

4. ［美］杜威：《经验与自然》，傅统先译，江苏教育出版社2005年版。

5. ［美］杜威：《艺术即经验》，高建平译，商务印书馆2005年版。

6. ［英］达尔文：《物种起源》，周建人等译，商务印书馆1995年版。

7. ［美］蒯因：《从逻辑的观点看》，陈启伟等译，人民大学出版社2007年版。

8. ［美］普特南：《重建哲学》，杨玉成译，上海译文出版社2008年版。

9. ［德］哈贝马斯：《后形而上学思想》，曹卫东译，译林出版社2001年版。

10. ［德］海德格尔：《面向思的事情》，孙周兴等译，商务印书馆1996年版。

11. ［德］伽达默尔：《真理与方法》第2卷，洪汉鼎译，上海译文出版社2004年版。

12. ［美］苏珊·哈克主编：《意义、真理与行动》，东方出版社2007年版。

13. ［英］爱德华·泰勒：《原始文化》，连树声译，上海文艺出版社1992年版。

14. ［美］戴维·波普诺：《社会学》，李强等译，中国人民大学出版社1999年版。

15. ［美］马克·埃德蒙森：《文学对抗哲学：从柏拉图到德里达》，王柏华、马晓冬译，中央编译出版社2000年版。

16. ［美］路易斯·梅南德：《哲学俱乐部：美国观念的故事》，肖凡、鲁帆译，江苏人民出版社2006年版。

17. ［美］托马斯·库恩：《科学革命的结构》，金吾伦、胡新和译，北京大学出版社2003年版。

18. ［美］托马斯·库恩：《必要的张力》，范岱年等译，北京大学出版社 2004 年版。

19. ［美］约瑟夫·阿伽西：《科学与文化》，部晓燕译，人民大学出版社 2006 年版。

20. ［丹］克尔凯郭尔：《论反讽概念》，汤晨溪译，社会科学出版社 2005 年版。

21. ［美］保罗·德·曼：《解构之图》，李自修等译，社会科学出版社 1998 年版。

22. ［美］凯尔纳、贝斯特：《后现代理论》，张志斌译，中央编译出版社 1999 年版。

23. 冯俊等：《后现代主义哲学讲演录》，陈喜贵等译，商务印书馆 2003 年版。

24. ［美］理查德·舒斯特曼：《实用主义美学》，彭锋译，商务印书馆 2002 年版。

25. ［美］林赛·沃林斯：《美学权威主义批判》，昂智慧译，北京大学出版社 2000 年版。

26. ［美］马泰·卡林内斯库：《现代性的五副面孔》，顾爱斌、李瑞华译，商务印书馆 2003 年版。

27. ［美］杰姆逊：《后现代主义与文化理论》，唐小兵译，北京大学出版社 2005 年版。

28. ［捷］米兰·昆德拉：《小说的艺术》，董强译，上海译文出版社 2004 年版。

29. ［英］乔治·奥威尔：《我为什么写作》，刘沁秋等译，南京大学出版社 2008 年版。

30. ［美］苏珊·桑塔格：《反对阐释》，程巍译，上海译文出版社 2003 年版。

31. ［美］斯坦利·费什：《读者反应批评》，文楚安译，中国社会科学出版社 1998 年版。

32. ［法］德里达：《书写与差异》，张宁译，生活·读书·新知三联书店 2001 年版。

33. [法] 德里达：《德法之争：伽达默尔与德里达的对话》，孙周兴等译，同济大学出版社 2004 年版。

34. [德] 尼采：《论道德的谱系》，周红译，生活·读书·新知三联书店 1992 年版。

35. [德] 尼采：《权力意志——重估一切价值的尝试》，张念东译，商务印书馆 1996 年版。

36. [德] 海德格尔：《存在与时间》，陈嘉映译，生活·读书·新知三联书店 2006 年版。

37. [英] 路德维希·维特根斯坦：《哲学研究》，陈嘉映译，上海人民出版社 2005 年版。

38. [法] 让-弗朗索瓦·利奥塔尔：《后现代状态》，车槿山译，生活·读书·新知三联书店 1997 年版。

39. [法] 福柯：《规训与惩罚》，刘北成译，生活·读书·新知三联书店 2003 年版。

40. [法] 皮埃尔·布迪厄：《实践与反思》，李猛等译，中央编译出版社 1998 年版。

41. [英] 特里·伊格尔顿：《后现代主义的幻象》，华明译，商务印书馆 2000 年版。

42. [美] 哈罗德·布鲁姆：《批评、正典结构与预言》，吴琼译，中国社会科学出版社 2000 年版。

43. 王岳川：《后现代主义文化与美学》，北京大学出版社 1992 年版。

44. 陈晓明主编：《后现代主义》，河南大学出版社 2004 年版。

（五）文化政治与批评

1. [美] 理查德·沃林：《文化批评的观念》，张国清译，商务印书馆 2007 年版。

2. [德] 卡尔·曼海姆：《意识形态和乌托邦》，黎鸣、李书崇译，商务印书馆 2000 年版。

3. [美] 约翰·罗尔斯：《政治自由主义》，万俊人译，译林出版社 2000 年版。

4. ［英］约翰·密尔：《论自由》，徐宝骥译，商务印书馆1959年版。

5. ［英］以赛亚·伯林：《浪漫主义的根源》，吕梁等译，译林出版社2008年版。

6. ［英］以赛亚·伯林：《自由论》，胡传胜译，译林出版社2003年版。

7. ［美］布鲁斯·罗宾斯：《全球化中的知识左派》，徐晓雯译，中国社会科学出版社2000年版。

8. ［美］索卡尔：《"索卡尔事件"与科学大战：后现代视野中的科学与人文的冲突》，南京大学出版社2002年版。

9. ［英］齐格蒙特·鲍曼：《立法者与阐释者：论现代性、后现代性与知识分子》洪涛译，上海人民出版社2000年版。

10. ［美］杰姆逊：《晚期资本主义的文化逻辑》，陈清侨等译，生活·读书·新知三联书店1997年版。

11. ［英］雷蒙·威廉斯《关键词——文化与社会的词汇》，刘建基译，生活·读书·新知三联书店2005年版。

12. ［德］哈贝马斯：《公共领域的结构转型》，曹卫东等译，译林出版社1998年版。

13. ［美］拉塞尔·雅各比：《乌托邦之死》，姚建斌译，新星出版社2007年版。

14. ［挪］希尔贝克等：《西方哲学史：从古希腊到二十世纪》，童世骏等译，上海世纪出版集团2004年版。

15. ［美］约翰·罗尔斯：《正义论》，何怀宏译，中国社会科学出版社2001年版。

16. ［德］阿多诺：《美学理论》林宏涛、王华君译，台北美学书房2000年版。

17. ［英］特里·伊格尔顿：《审美意识形态》，王杰、傅德根、麦永雄译，广西师范大学出版社2001年版。

18. ［法］让-保罗·萨特：《"什么是文学"》，《萨特文学论文集》，施康强等译，安徽文艺出版社1998年版。

19. ［德］卡尔·曼海姆：《保守主义》，李朝晖等译，译林出版社 2002 年版。

20. ［美］汉娜·阿伦特：《极权主义的起源》，林骧华译，生活·读书·新知三联书店 2008 年版。

21. ［法］雷蒙·阿隆：《知识分子的鸦片》，吕一民等译，译林出版社 2005 年版。

22. ［英］雷蒙·威廉斯：《现代主义的政治》，阎嘉译，北商务印书馆 2002 年版。

23. ［英］约翰·凯里：《知识分子与大众：文学知识界的傲慢与偏见，1880—1939》，吴庆宏译，译林出版社 2008 年版。

24. ［美］拉塞尔·雅各比：《最后的知识分子》，洪洁译，江苏人民出版社 2006 年版。

25. ［美］拉塞尔·雅各比：《乌托邦之死》，姚建斌译，新星出版社 2007 年版。

26. ［美］刘易斯·科塞：《理念人》，郭芳等译，中央编译出版社 2004 年版。

27. ［美］爱德华·W. 萨义德：《知识分子论》，单德兴译，生活·读书·新知三联书店 2007 年版。

28. ［法］雷蒙·阿隆：《社会学主要思潮》，葛志强译，上海译文出版社 2006 年版。

29. ［美］马歇尔·伯曼《一切坚固的东西都烟消云散了》，徐大建等译，商务印书馆 2004 年版。

30. 汪晖，陈燕谷：《文化与公共性》，生活·读书·新知三联书店 2005 年版。

31. 刘小枫：《刺猬的温顺》，上海文艺出版社 2002 年版。

32. 刘小枫：《现代性社会理论绪论》，上海三联书店 1998 年版。

33. 许纪霖、罗岗等：《启蒙的自我瓦解》，吉林出版集团 2007 年版。

34. 周宪：《审美现代性批判》，商务印书馆 2005 年版。

（六）中文期刊文章

1. 衣俊卿、丁立群：《走近罗蒂》，《求是学刊》2004 年第 5 期。

2. 潘德荣：《偶然性与罗蒂新实用主义》，《华东师范大学学报》2005 年第 1 期。

3. 陈华兴：《教化和教化哲学》，《复旦学报》1994 年第 6 期。

4. 曾繁仁：《论席勒美育理论的划时代意义》，《文艺研究》2005 年第 6 期。

5. 张国清：《论罗蒂的后哲学文化观》，《浙江大学学报》1994 年第 3 期。

6. 吴冠军：《困于康德和罗蒂之间——国际学术研讨会"罗蒂、实用主义与中国哲学"侧记》，《开放时代》2004 年第 5 期。

7. 翟振明：《直面罗蒂：交互超越主义与新实用主义的交锋》，《开放时代》2005 年第 3 期。

8. 哈贝马斯：《纪念哲学家和公共知识分子 R. 罗蒂》，天一译，《世界哲学》2009 年第 4 期。

后　　记

　　本书基于我2012年完成的博士学位论文。毕业多年一直希望有机会能认真修改，结果一晃5年过去了，时光蹉跎，由于工作和专业逐渐转向，自己似乎和曾经心爱的研究对象罗蒂渐行渐远。此番修订书稿重新推敲文字的过程中，仿佛还能重温起初读罗蒂时那种激动的心情，想起那些和罗蒂奋战的日日夜夜。这位削平哲学深度、看上去有些"肤浅"、不那么"美国"的美国老头儿，曾经陪伴我走过读博的三年岁月，且不时给我带来意外的惊喜。

　　"后人文主义"这两年同"后人类"语境联系起来，不断吸收结构主义、后结构主义、控制论、行动者—网络理论的最新成果，结合对当代科技发展动态的观察，开始越来越强势地涉入当代西方思想版图，并对传统的人文主义及人文学科的发展提出了巨大的挑战。在本土文学理论研究领域，有赖于王宁老师等人的提倡，这个术语也变得越来越广为人知。回想起自己当年将罗蒂"反本质主义的人文主义"命名为"后人文主义"时那种忐忑的心情，我很庆幸一不小心似乎走在了时代前面。尤其是2016年特朗普的上台，以及美国国内和世界局势发生的变化，包括世界范围内的贫富分化、强人政治和民粹主义的抬头，人们在今天重读《筑就我们的国家》（1998）和《在2096年回望往昔》（1996）等作，仿佛罗蒂生前那些看上去危言耸听、曾经饱受围攻的预言正在一一应验。罗蒂本人也似乎被罩上了一层智者（巫师）的光环，再一次在新媒体学术话语传播圈层火了起来。

　　这让我真有百转千回、重遇故交之感。但由于生性疏懒，一直没能把罗蒂的后人文主义相关思考凝练成文公开示人，这次把书整理出版，也算是对自己多年爬梳、研读的一个交代。布罗茨基说过，阅读是作者和读者双边孤独的产物，就像两个厌世者之间的交谈，这场和罗蒂的精神"交谈"持续有十多年之久；延宕在毕业五年之后，我才不情愿地给它画上一个句号；而罗蒂带给我的启迪是难以尽数的，无疑它将继续伴我前行，给我睿智和力量。

在这里，我要感谢那些默默无闻地付出辛苦和努力，以各种方式帮助过我，帮助这本书问世的人。

感谢我的博士生导师赵勇先生，没有赵老师的宽容、鼓励和耐心指导，也就不会有我的点滴进步和这本书的诞生。

感谢首都师范大学的陶东风教授和中国人民大学的张永清教授，北师大的校外评审程序严格，两位老师的首肯让我如释重负。

感谢参加我的论文开题、预答辩、正式答辩和同行评审的各位老师，蒋原伦先生、方维规先生、季广茂先生、汪民安先生等，他们从各自关注的视角给予我指点、批评和建议。

感谢我的硕士导师曹卫东先生，是曹老师的博学和严格，最早领我迈进学术的门槛；也感谢让我首次对现代性和后现代性问题产生兴趣的王一川先生，王老师的课总是启发良多。

感谢我的各位同门，以及同届一起读书的各位兄弟姐妹们，是你们的友爱和支持，激辩和砥砺，让我不倦思考，你们是我真正的"精神同路人"。

感谢这么多年一直支持我的家人们，是家人的理解和扶持，让我可以在读书的路上始终专注，坚持了下来。

感谢一直帮助我的北京邮电大学过去和现在的同事们，尤其感谢中国社会科学出版社的编辑许琳女士和慈明亮先生，没有他们的热心督促，也就不会有这样一本书与你相遇。

我在这里还省略了很多应该感谢的名字，那些美好的回忆和故事，就让它们永存心底，或者只与知道的人分享吧。

每一场阅读都是一次美丽的邂逅，希望有缘读到这本印数不多的"学术书"的你，和我一样，喜欢上罗蒂，感受到后人文主义话语的魅力。毕竟，它是如此与众不同。

刘　剑

2017年7月28日，于北京温都水城